O DESAFIO
DO AMOR VERDADEIRO

LAURA LEE GUHRKE
O DESAFIO
DO AMOR VERDADEIRO

TRADUÇÃO DE
SILVIA MARIA

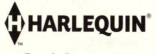

Rio de Janeiro, 2019

Copyright © 2018 by Laura Lee Borial. All rights reserved.
Título original: The Trouble with True Love

Todos os personagens neste livro são fictícios. Qualquer semelhança com pessoas vivas ou mortas é mera coincidência.

Direitos de edição da obra em língua portuguesa no Brasil adquiridos pela Editora HR LTDA. Todos os direitos reservados. Nenhuma parte desta obra pode ser apropriada e estocada em sistema de banco de dados ou processo similar, em qualquer forma ou meio, seja eletrônico, de fotocópia, gravação etc., sem a permissão do detentor do copyright.

Diretora editorial: *Raquel Cozer*

Gerente editorial: *Alice Mello*

Editor: *Ulisses Teixeira*

Copidesque: *Monica Surrage*

Revisão: *Pérola Gonçalves e Thaís Carvas*

Capa: *Osmane Garcia Filho*

Diagramação: *Abreu's System*

CIP-Brasil. Catalogação na Publicação
Sindicato Nacional dos Editores de Livros, RJ

G97d

  Guhrke, Laura Lee
    O desafio do amor verdadeiro / Laura Lee Guhrke; tradução Silvia Maria. – 1. ed. – Rio de Janeiro: Harlequin, 2019.
    320 p.

    Tradução de: The trouble with true love
    ISBN 9788539826841

    1. Romance americano. I. Maria, Silvia. II. Título.

19-58923

CDD: 813
CDU: 82-31(73)

Meri Gleice Rodrigues de Souza – Bibliotecária CRB-7/6439

Direitos exclusivos de publicação em língua portuguesa cedidos pela Harlequin Enterprises II B.V./ S.À.R.L para Editora HR Ltda.

A Harlequin é um selo da HarperCollins Brasil.

Contatos: Rua da Quitanda, 86, sala 218 — Centro — 20091-005
Rio de Janeiro — RJ
Tel.: (21) 3175-1030

Para Sophie Jordan, Gayle Callen, Margo Maguire e Jennifer Ryan. Vocês não são apenas bons escritores, também arrasam no brainstorm! Muito obrigada.

Capítulo 1

Londres, 1893

Clara Deverill estava com 22 anos quando descobriu em si mesma um defeito que não sabia que tinha.

Não era a timidez, pois já estava bem familiarizada com esse aspecto de sua personalidade, com o qual travava uma batalha diária.

Também não era a aparência comum, já que há muito tempo sabia que uma garota de cabelos castanhos, rosto redondo e nariz pequeno com sardas não fazia o coração de nenhum homem acelerar, sem falar no corpo, que ainda se assemelhava ao de uma menina e não ao de uma mulher adulta.

E definitivamente não eram seus valores e opiniões tradicionais, pois embora Irene, sua irmã ousada e moderna, sempre zombasse de seu ponto de vista conservador, a maioria das mulheres, inclusive a própria Clara, tinha o objetivo muito justo de conhecer um homem bom, casar-se e ter filhos.

Não, ela admitiu enquanto lançava um olhar triste para as cartas empilhadas sobre a mesa, seu grande defeito era a procrastinação, uma faceta de sua personalidade da qual ela só começara a se dar conta havia meros dez dias.

Com os cotovelos sobre a mesa e o rosto apoiado nas mãos, ela olhou para o telegrama que estava no topo da pilha de envelopes à sua frente. Já tinha lido tantas vezes que havia decorado as palavras.

Feliz por papai estar bem. Estou me divertindo bastante. Quero estender a viagem mais oito semanas para visitar Grécia e Egito. Você consegue lidar com Lady Truelove mais um pouco não é querida. Não se preocupe. Você fará um trabalho esplêndido. Responda via Cooks. Veneza a 7 de maio. Irene.

Clara se sentia feliz por Irene estar aproveitando a lua de mel, mas não muito animada com o prolongamento da viagem, uma vez que as coisas em casa não iam tão bem quanto ela dava a entender nas cartas que escrevia para a irmã. O pai delas já tinha uma inclinação pela bebida, que piorou bastante com a partida da filha mais velha para o Continente. Jonathan, o irmão mais velho, tinha concordado em voltar da América para assumir a administração do jornal da família, mas isso já fazia dois meses e ele ainda não havia chegado. Clara havia escrito várias cartas solicitando sua presença, mas em resposta obtinha apenas promessas vagas. Ele nem sequer respondera o último telegrama dela exigindo uma data.

Mesmo assim, ela não tinha a menor intenção de preocupar Irene com nada disso em plena lua de mel, por isso mandou um telegrama otimista em resposta. Não podia ser de outro jeito. Irene sempre cuidara dela e a sustentara sem pedir nada em troca até agora, e Clara preferia cortar um braço a incomodar a irmã em uma viagem que se faz apenas uma vez na vida.

Quando olhou para o telegrama de Irene e a pilha de correspondência logo abaixo, ela compreendeu que nem sempre a lealdade fraterna funcionava conforme o previsto. Irene tinha redigido textos para a coluna de Lady Truelove para durarem apenas até o seu retorno previsto. Contudo, com o prolongamento da viagem, Clara teria que escrever os conselhos para os apaixonados londrinos até a irmã voltar, ou Jonathan chegar.

Não se preocupe, querida.

Clara não se sentia nem um pouco encorajada por essas palavras. Mas a frase era típica de sua irmã. Irene nunca se preocupava com nada, mas também, por que deveria? Era uma mulher bonita, talentosa e cheia de autoconfiança. Desde a morte da mãe, dez anos antes, Irene tinha assumido a casa e colocado tudo em ordem em menos de um ano. Além disso, tinha também reerguido o jornal falido da família, transformando-o em um negócio local rentável; nesse processo criou também Lady Truelove, a colunista conselheira mais popular de Londres. Então Irene se superou ao se casar com o lindo e desejado duque de Torquil e, quando voltasse de viagem, ela pretendia usar sua influência como duquesa para conseguir que as mulheres pudessem votar. Clara não tinha dúvida de que ela seria bem-sucedida nisso também. Sua irmã era bem-sucedida em tudo que tocava.

Você fará um trabalho esplêndido.

Será que faria mesmo? Clara não tinha a mesma fé que a irmã em suas habilidades. Uma mulher tímida e sem graça, que gaguejava quando ficava nervosa e nunca chamara a atenção de um homem na vida dificilmente seria uma boa conselheira sobre amor e romance.

Claro que esse era o cerne da questão, por isso ela havia deixado as cartas intocadas e acumuladas no canto da mesa. No entanto, o tempo estava passando e ela não tinha mais como se dar ao luxo de adiar o problema.

Relembrando tudo que Irene já havia feito por ela, Clara respirou fundo, deixou de lado o telegrama da irmã e pegou a primeira carta no topo da pilha.

Uma batida na porta a distraiu, e Clara sentiu uma irracional onda de alívio. Entretanto, a emoção foi rápida, evaporando-se no momento em que a porta se abriu e o sr. Beale entrou no escritório.

Augustus Beale era o editor do *Weekly Gazette*. Antes de se casar, Irene era a redatora e a editora do jornal, mas às vésperas de sair em lua de mel contratou o sr. Beale para assumir a parte editorial. No final, isso se mostrou um surpreendente e raro erro de julgamento. Apesar da sólida experiência e das cartas de recomendação, Augustus Beale era, pelo menos na opinião de Clara, um homem detestável. E naquele momento ela percebeu que além de tudo ele era uma pessoa muito brava.

— Senhorita Deverill! — Ele vociferou o nome dela como se falar exigisse um grande esforço. — Alguma notícia sobre a chegada de seu irmão?

Aquela pergunta era feita diariamente, e a resposta era sempre a mesma, embora ela tentasse se mostrar animada.

— Infelizmente não, sr. Beale. — Ela cruzou os dedos debaixo da mesa antes de acrescentar: — Mas ele deve chegar a qualquer momento. Posso ajudar enquanto isso?

Ele franziu o cenho a ponto de unir as sobrancelhas grossas.

— Duvido.

— Entendo. Então... — Ela fez uma pausa, lançando um olhar esperançoso para a porta.

— Ainda não recebi a coluna de Lady Truelove.

— Ah, não chegou ainda? — Clara fingiu surpresa, pois a identidade verdadeira da famosa colunista era mantida em segredo absoluto, um segredo que nem mesmo o editor do *Gazette* deveria saber.

— Que coisa... Não posso imaginar a razão do atraso. Lady Truelove geralmente é digna de confiança.

Ele seguiu até a mesa de Clara e pôs o layout da edição de segunda-feira sobre a pilha de cartas, aberto em uma página cujo título era: *Querida Lady Truelove*.

— A senhorita está vendo isto? — perguntou ele, apontando para o vasto espaço em branco abaixo do título. — Está em branco — acrescentou, como se ela não estivesse enxergando. — A infeliz está dois dias atrasada. Parece que temos definições muito diferentes para confiança, srta. Deverill.

Clara fez uma careta, sentindo a consciência pesada. Mesmo não gostando do sr. Beale, sabia que ele tinha motivo para estar frustrado.

— Vou entrar em contato com Lady Truelove imediatamente para saber o que...

— Faça isso — ordenou ele, como se Clara fosse uma funcionária qualquer do jornal. — Diga que ela tem até as quatro para entregar. Se a coluna de conselhos tolos dela não chegar até então, vou escolher alguma outra coisa para pôr no lugar e a sua Lady Truelove ficará sem emprego.

Clara imaginou a irmã voltando de viagem e descobrindo que a coluna mais popular do jornal havia sido excluída. Assustada com a possibilidade, ela se levantou e disse:

— Tenho certeza de que isso não será necessário, sr. Beale. Não vamos para a gráfica até amanhã à noite. Ainda temos bastante tempo até eu a encontrar e o senhor editar o texto. A contagem das palavras pode ser um pouco diferente dessa que o senhor designou aqui, mas tenho certeza de que...

— Minha semana de trabalho termina às cinco da sexta-feira, srta. Deverill, ou seja, daqui a três horas. Minha esposa serve o jantar uma hora depois da minha chegada. Eu me recuso a ficar preso aqui por causa de uma mulher tola que prefere a carreira a ficar em casa cozinhando para um marido que trabalha duro.

Clara nunca almejara ter uma carreira, mas também não fazia o tipo que participava das passeatas pelos direitos das mulheres, como a irmã; mesmo assim, o jeito como o sr. Beale falou despertou nela um pouco do seu lado sufragista. Se fosse em outra ocasião, ela argumentaria contra as ideias depreciativas dele sobre a posição da mulher na sociedade, mas naquele momento não tinha como defender o atraso de Lady Truelove.

— Eu mesma posso editar o artigo e me responsabilizo para que caiba no espaço previsto, antes mesmo que o sr. Sanders comece com a tipografia.

— Veja o que você consegue! — gritou ele e, sem dizer mais nada, virou-se e saiu, batendo a porta.

Embora estivesse feliz por estar sozinha de novo, Clara notou que seu humor inegavelmente tinha piorado depois daquele encontro, e em vez de começar logo a cumprir a tarefa ela olhou para a porta, sentindo-se tomada por uma repentina onda de ressentimento que não incluía apenas o sr. Beale, mas também Jonathan, Fate e até a irmã amada.

O combinado não tinha sido aquilo. Todos haviam concordado que Jonathan seria o editor depois do casamento de Irene. Era ele que deveria estar sentado àquela mesa, tratando com o sr. Beale e preocupando-se com Lady Truelove, enquanto Clara deveria estar com a família do duque, tentando perder a timidez e aprendendo a se portar na alta sociedade. A temporada iria começar oficialmente na semana seguinte. Com a deserção de Jonathan e o atraso na volta de Irene, como ela poderia debutar com sucesso? O pânico se instaurou, mesclando-se com o ressentimento, mas ela se forçou a superar as emoções, bem como qualquer tendência a sentir pena de si mesma. Afinal, havia trabalho a ser feito. Clara pegou o abridor de cartas, porém, antes mesmo de começar, outra batida na porta a interrompeu. Dessa vez era Annie, a criada.

— Com licença, srta. Clara, seu pai quer saber se a senhorita vai tomar chá com ele esta tarde.

Como já passava 14 horas, o pai dela já devia ter bebido bastante, e ela não tinha vontade nenhuma de vê-lo mais bêbado ainda.

— Não, Annie, diga a ele que sinto muito, mas estou ocupada demais para tomar chá. Mas devo subir para me despedir dele antes de voltar para a casa do duque no final da tarde.

— Sim, senhorita.

Assim dizendo, Annie saiu, mas a porta mal tinha se fechado quando outra pessoa bateu.

— Santa paciência — murmurou Clara, deixando cair o abridor de cartas e passando a mão na testa. — O que é agora?

Depois de mais uma batida, ela ergueu a cabeça.

— Entre!

A porta se abriu e a secretária do *Gazette*, srta. Evelyn Huish, entrou.

— Eu separei a correspondência da tarde — disse a secretária de cabelos escuros ao se aproximar da mesa de Clara. — A coluna de Lady Truelove ainda não chegou.

— Eu sei. — Clara torceu o nariz. — O sr. Beale já se deu ao trabalho de me comunicar.

Evie certamente notara o tom ácido da frase, mas como Clara e o sr. Beale também acumulavam funções administrativas, ela não comentou nada e preferiu olhar os envelopes que carregava no antebraço, pegando um deles.

— Não chegou nenhuma carta da Lady Truelove, mas tem uma de seu irmão.

— Jonathan?! — exclamou Clara, aliviada, levantando-se e pegando a carta da mão de Evie. — Finalmente!

Mas quando viu o endereço do remetente, seu ânimo se esvaiu. Jonathan ainda estava em Idaho, uma parte remota da América, a oito mil quilômetros dali. Nem um pouco mais próximo de Londres de quando escrevera no mês anterior.

Prevendo o pior e xingando baixinho, Clara abriu o envelope e passou os olhos pela caligrafia descuidada e quase ilegível do irmão.

— Espero que as notícias não sejam ruins.

Clara levantou a cabeça ao ouvir a voz de Evie.

— Péssimas — disse ela, consternada. — As piores possíveis. Ele encontrou prata.

— Prata? — perguntou Evie, surpresa. — Ele é minerador?

— Meu irmão — respondeu ela por entre os dentes — se transforma no que for possível para evitar as responsabilidades que tem em casa. Prata! — exclamou, indignada, amassando a carta. — Depois de sete anos viajando pela América procurando por qualquer negócio escuso, ele encontra uma mina de prata...? Sei. Aquele patife!

Evie riu, para contrariedade de Clara.

— Mas se ele encontrou prata, significa que ficou rico — observou ela.

— Droga, Evie, você ainda não entendeu. Ele não veio para casa e essa desculpa significa que não tem intenção de vir algum dia. Esse é o problema. — A raiva de Clara era evidente. — Sem contar que Irene deve estar a caminho da Grécia neste momento. E agora, o que eu faço?

Clara sabia a resposta para o seu dilema. Ela estava presa não apenas à Lady Truelove, mas também ao jornal, ao sr. Beale e a todas as dores de cabeça que isso geraria até Irene voltar para casa.

— Srta. Huish? — gritou o sr. Beale da sala dele. — Quando a senhorita terminar de fofocar com a srta. Deverill, quero que venha até aqui.

— Pode ir — disse Clara quando Evie hesitou em sair. — Ponha o restante da correspondência no canto da minha mesa. — Em seguida, virou-se para pegar uma pasta de couro na prateleira. — Amanhã eu cuido disso.

— A senhorita virá trabalhar no sábado?

— Temo que sim. Não há saída quando se tem um irmão perdulário que não cumpre suas promessas. Mas agora... — Ela se lembrou da tarefa prioritária, enquanto enfiava as cartas na pasta. — Vou lidar com Lady Truelove. Se eu não voltar com a coluna pronta, o sr. Beale provavelmente terá um ataque apoplético. Humm... — Ela fez uma pausa. — Pensando bem, até que não seria uma má ideia.

Evie riu e pôs a correspondência de Clara sobre a mesa.

— Posso ajudá-la em mais alguma coisa, srta. Deverill?

— Não, Evie, pode ir, mas peço que não conte as novidades do meu irmão ao sr. Beale. Se for necessário, eu decido quando e como falar.

— Sim, senhorita.

Evie saiu da sala, e Clara terminou de colocar a correspondência de Lady Truelove na pasta. Colocou ali também o telegrama de Irene, um bloco de papel de carta e uma caneta-tinteiro, e então saiu do escritório, ignorando o olhar maligno do editor ao passar.

Já na calçada, ela virou à esquerda e subiu a Belford Row como se soubesse aonde estava indo, quando na verdade não tinha a menor ideia. Teria de ser um lugar calmo, decidiu enquanto caminhava, um recanto sem distrações ou editores mal-humorados, no qual ela pudesse escrever a coluna de aconselhamento em paz.

Ao parar em uma esquina e olhar à direita para verificar o trânsito antes de atravessar, ela viu a placa da Casa de Chá da Senhora Mott no final do quarteirão. Resolveu ir para lá por ser o lugar perfeito e porque àquela hora estaria vazio e silencioso. Assim, ela desistiu de atravessar a rua e seguiu à direita.

Ao entrar no salão alguns minutos depois, suas expectativas foram superadas. Com exceção de dois cavalheiros, que nem desviaram o olhar das xícaras de café quando ela entrou, o lugar estava vazio. A garçonete a conduziu até uma mesa ao lado da dos homens, mas com um agrupamento de vasos de palmeiras entre as duas mesas, a presença deles dificilmente a distrairia.

Clara se sentou, pediu um chá com creme e tirou as cartas e o material da pasta. Disposta a finalmente cumprir o trabalho que tinha postergado durante a semana inteira, escolheu uma carta da pilha à sua frente.

Querida Lady Truelove,

Sou uma moça de família nobre e com boa posição social. Eu gostaria de me casar, mas apesar de meus pais terem estabelecido um dote considerável para mim e me apresentado à sociedade na última temporada, não consegui encontrar um marido. Sabe, sou dolorosamente tímida, e por isso acabei me tornando um fracasso social.

Em todas as festas ou bailes a que compareci, fiquei encostada na parede, morrendo de medo de que alguém estivesse me observando e aterrorizada ao imaginar que algum rapaz pudesse notar minha presença. Sempre que era apresentada a alguém do sexo oposto, principalmente a algum rapaz que eu achava interessante, minha timidez me dominava. Eu gaguejava, corava, não conseguia elaborar nenhuma frase para dizer e acabava passando por uma grandessíssima tola. Nem preciso acrescentar que não causei uma boa impressão a nenhum rapaz a quem fui apresentada.

A próxima temporada londrina está prestes a começar e estou com muito medo de fracassar novamente. E se eu não conhecer ninguém? Será que vou morrer solteira e solitária? Estou escrevendo para a senhora, Lady Truelove, com a esperança de receber conselhos sobre como me destacar e ser mais atraente para os cavalheiros, superando minha timidez perante eles. A senhora pode me ajudar?

Atenciosamente,

Uma Debutante Inconsolável.

Clara compreendia a situação da autora da carta mais do que ela poderia imaginar. Com algumas pequenas mudanças, aquelas linhas poderiam muito bem ter sido escritas por ela. Seria ótimo se pudesse ajudar aquela moça, mas como? Se soubesse de algum método para superar a timidez, algo que a transformasse de uma flor murcha em um esplendoroso sucesso, ela própria já o teria usado, encontrado um marido, e já teria há muito viajado para a própria lua de mel. Com certa relutância, pôs de lado a carta da Debutante Inconsolável e pegou outra da pilha.

Querida Lady Truelove,
Estou com 25 anos e decidi que já é hora de escolher uma esposa, e como tenho exigências muito específicas, preciso de sua ajuda. Não tenho boa situação financeira, por isso ela deve ter um dote substancial. Além disso, ela tem que ser bonita, porque não me imagino me casando com uma garota comum...

Clara parou de ler a carta com um suspiro de desdém. Como ela própria já havia sido considerada uma garota comum e só mais recentemente adquirira um dote razoável, não sentiu pena alguma da condição daquele rapaz. Depois de rasgar a carta e deixá-la de lado, abriu a próxima da pilha.

Querida Lady Truelove,
Estou tão desesperado que nem sei se a senhora poderá me ajudar. Estou apaixonado por uma moça, mas ela não presta atenção em mim porque, infelizmente, não sou um homem dos mais bonitos ou eloquentes. Escrevo para solicitar sua ajuda em como posso chamar a atenção dela, iniciar uma conversa e poder cortejá-la. Serei muito grato por quaisquer sugestões que a senhora der.
Atenciosamente,
Rapaz Tímido
South Kensington

Clara fitou as linhas escritas em tinta à sua frente, que mais uma vez deixavam claro que seria uma chacota ela querer se passar pela Lady Truelove. Que tipo de conselho poderia dar àquelas pessoas? Olhando ao redor do salão vazio, lembrou-se das inúmeras vezes em que também ficava junto à parede com as outras garotas que sobravam e das vezes em que havia se esgueirado do salão de festas para que ninguém a notasse. O que ela poderia saber sobre como atrair a atenção do sexo oposto? Ou sobre como começar uma conversa, ou flertar?

Depois de afastar a pilha de cartas, Clara inclinou-se para a frente, colocando os cotovelos na mesa e apoiando a cabeça nas mãos, chateada por se sentir tão inadequada. Ela não poderia fazer aquilo, pelo menos não sozinha.

— Santo Deus — sussurrou, esperando uma ajuda divina, mesmo que pequena. — Isso está acima do meu limite e eu realmente preciso de ajuda.

— É mesmo? — Uma voz máscula e profunda soou baixinho, mas em tom de brincadeira. — Como posso ajudar?

Capítulo 2

Clara pulou na cadeira, mas quando ouviu a voz de novo, percebeu que não era o Todo-Poderoso que havia dito aquelas palavras, e sim um dos cavalheiros sentados à mesa do outro lado dos vasos de plantas. Apesar de estar virado em sua direção, não era com ela que ele estava falando, mas sim com o amigo. Além do mais, ele obviamente era um simples mortal. Mas mesmo assim, pensou ela, procurando outra fresta entre as folhas de palmeira por onde pudesse vê-lo melhor, com certeza tinha uma beleza dos deuses.

Seus cabelos, curtos e rebeldes, tinham uma tonalidade dourado-escura, com mechas mais claras que absorviam a luz que atravessava a janela da casa de chá. Os olhos, azul-claros como o mar da Grécia, estavam focados no amigo, o que permitiu a Clara observá-lo melhor sem ser notada. O rosto era perfeito, as feições pareciam ter sido esculpidas com a simetria de uma estátua, e quando ele sorriu, seu rosto inteiro se iluminou e o coração de Clara bateu mais forte.

— Fico feliz em poder ajudar — disse ele. — Espero que você não esteja precisando de dinheiro, porque não tenho nada no momento.

O outro homem respondeu alguma coisa, mas Clara não ouviu, pois mantinha toda a atenção voltada para o primeiro. E quem poderia culpá-la? Não era todo dia que Adônis se dava ao luxo de descer do Olimpo para dar o ar da graça em uma obscura e pequena casa de chá em Holborn.

O corpo dele, pelo menos a parte que ela via acima da mesa, estava vestido em um blazer fino de linho branco e cinza, bem apropriado para o período da manhã. Os ombros largos e o torso afunilado lembravam mais aos dos gladiadores do coliseu romano do que aos da civilizada Londres de 1893.

Aquele deus grego, um regalo para olhos femininos, se moveu na cadeira, encolhendo os ombros em um gesto de desdém. No mesmo instante, Clara desviou o olhar, temendo que ele a flagrasse observando-o com tanto interesse. No entanto, quando ele voltou a falar, ela não resistiu a inclinar-se um pouco mais, curiosa para ouvi-lo.

— Diga-me, Lionel, quais são os itens nos quais o homem gasta seu dinheiro? — perguntou em tom suave e descontraído. — Vinho, mulheres, música... e jogo, é óbvio.

— Principalmente mulheres, não é?

Os dois riram juntos da brincadeira, e Clara ficou decepcionada. Seu Adônis parecia ser um libertino e não o deus nobre que ela imaginara. Pelo exemplo de seu pai, ela sabia que os depravados não se emendavam nunca. Ela não teve mais oportunidade de especular sobre o caráter do Adônis, pois a voz do rapaz chamado Lionel chamou sua atenção de volta para a conversa.

— Não, meu amigo, não é de dinheiro que preciso, e sim de conselhos amorosos.

Ao ouvir aquilo, Clara se lembrou de que tinha um trabalho específico para entregar à tarde, o que significava que era melhor deixar de ouvir a conversa alheia e voltar ao dever. Mas antes mesmo de ela pegar outra carta, Adônis falou de novo:

— Pelo amor de Deus, Lionel, por que alguém me pediria conselhos amorosos?

Clara estava se perguntando a mesma coisa e ficou curiosa para ouvir a resposta de Lionel.

— Por causa de Dina, é claro — justificou ele. — Ela está dando indiretas sobre casamento e eu preciso despistar o assunto. É por isso que pensei que você talvez pudesse me ajudar. Você é bom nesse tipo de coisa.

Clara ficou chocada, mas Adônis estava se divertindo.

— E qual é o meu talento? — questionou, rindo. — Ficar longe de casamento ou aconselhar os outros a fazer o mesmo?

— Os dois.

Esse não era o tipo de problema que Lady Truelove escolheria para abordar em sua coluna, mas mesmo assim Clara ficou intrigada. Afinal ela tinha pedido ajuda, e a ajuda sempre vinha de onde menos se esperava.

Mantendo a cabeça abaixada para que o homem do outro lado não percebesse que alguém estava ouvindo, ela se inclinou um pouco mais para o lado.

— Você tem certeza de que quer despistar? Você bem sabe que sua namorada é uma bela conquista. Ela não é apenas uma viúva rica, mas também é jovem, muito bonita e uma companhia muito agradável... É um prêmio e tanto para um reles membro do Parlamento como você. Muitos o consideram um camarada de sorte.

— É verdade — concordou Lionel, soando como se considerasse a si mesmo qualquer coisa, menos sortudo. — Mas você não tem a mesma opinião, pois todo mundo sabe o que você pensa sobre o casamento.

— Nem todo mundo, infelizmente. Apesar da minha aversão a essa instituição fora de moda e desnecessária, alguns membros da minha família estão empenhados em me ver acorrentado, e por isso insistem em me rodear de debutantes desesperadas toda temporada. Mas não são muitos os homens que compartilham da minha opinião. Eu certamente não imaginava que você concordasse comigo.

— Na verdade, eu não concordo... É só que... — Lionel fez uma pausa e suspirou. — Não tenho certeza se quero me casar agora.

— Entendo... — Havia um tom de conhecimento de causa ali. — Na realidade, o que você está dizendo é que não tem certeza se quer se casar *com ela.*

— Acho que é isso mesmo — balbuciou Lionel, e Clara se solidarizou de imediato com a moça em questão. — Você sabe que ela não é o meu tipo. Eu sou um rapaz simples, e ela faz parte da alta sociedade.

— Pobre menina...

— É isso. Dina não é mais uma menina, é cinco anos mais velha que eu. E sendo viúva, conhece o caminho das pedras. Quando ela demonstrou interesse por mim, eu pensei "por que não?". Eu me senti lisonjeado. Que homem não ficaria? — Ele suspirou novamente. — Parecia tão simples e prático.

— Lionel, você está falando de uma mulher. As coisas nunca são simples e práticas com as mulheres — retrucou Adônis baixinho.

— E eu não sei? O problema é que eu nunca pensei que ela quisesse se *casar*.

— As moças sempre pensam em casamento depois que dormimos com elas — murmurou Adônis.

Clara sentiu as bochechas queimarem. Graças às explicações da irmã mais velha, ela sabia muito bem o que significava "dormir" com alguém, e o comentário só fez aumentar sua indignação em prol de Dina. Quem quer que fosse essa mulher, estava sendo usada.

— Bastante inconveniente da parte delas, eu sei — continuou Adônis. — Mas é assim que funciona. É por isso que, sempre que posso, evito as jovens respeitáveis. Invariavelmente elas esperam uma proposta de casamento.

E por que não deveriam esperar?, pensou Clara, sentindo-se ofendida. *Qual é o problema em querer se casar?*

— Dançarinas e atrizes dão muito menos trabalho — emendou ele.

Trabalho? Clara se arrepiou ao ouvir aquilo. Então quer dizer que as mulheres que almejavam um casamento honrado davam trabalho?

— Isso parece ótimo, mas dificilmente me ajudaria.

— Meu caro Lionel, o que espera que eu diga?

— Preciso que você me ajude a escapar dessa armadilha! Nem sei como fui cair nessa, para começo de conversa.

— Eu já expliquei, você caiu na armadilha quando se deitou na cama dessa mulher.

O rubor no rosto de Clara se aprofundou, espalhando calor por seu corpo inteiro. Deus do céu, quem imaginaria que uma conversa nefasta como aquela pudesse acontecer no interior de uma respeitável casa de chá?

— E estava indo tudo tão bem — lamentou Lionel.

Clara pressionou as mãos sobre as bochechas quentes.

— Mas em menos de um mês ela já estava fazendo planos de casamento.

— As mulheres podem ser muito intransigentes.

Clara precisou pôr a mão sobre a boca para evitar uma exclamação de ultraje que poderia denunciá-la.

— Pois é — Lionel concordou e riu, mas não havia alegria alguma em seu riso. — Minha família não a conhece. Nem sabem da existência dela! A família dela também não deve saber que eu existo. A combinação que tínhamos de nos manter bem discretos se desfez agora. Se a família dela descobrir, jamais aprovará. Mesmo assim, ela não parece preocupada. Está disposta a largar a família por mim. É o que ela diz... *Por mim*... Droga. E agora, meu amigo, o que eu faço?

Adônis ficou em silêncio por um instante, pensando antes de responder:

— Você não pode viajar para o exterior? Passe alguns meses em Paris ou Roma. A temporada mal começou, Dina certamente será fisgada nas rodas sociais. Acho que até posso prever que na sua volta ela terá esquecido esse assunto.

— Ou então vai me seguir. Dina não é uma florzinha frágil. Por ser muito rica, e por ser viúva, ela não precisa se preocupar nem com dinheiro, nem com damas de companhia.

— Mas por que ela se daria ao trabalho? Logo uma fila de interessados se formará. Ouso dizer que ela receberá tanta atenção que não sentirá saudade de você.

— Acho que você tem razão.

Ficou evidente para Clara que Lionel não estava muito aliviado com a ideia. *Esse não é um comportamento típico masculino?*, pensou ela, incorporando as afinidades sufragistas da irmã. *Querer ter tudo ao mesmo tempo?*

— Além do mais — continuou Lionel —, não tenho condições de ir para o exterior. Tenho minha função no Parlamento — insistiu ele enquanto o amigo assumia uma expressão de desdém. — Aliás, o Parlamento está em sessão. Não posso simplesmente sair galopando para o Continente.

— Então não tem saída, você precisa terminar com ela.

— Será mesmo? — Lionel fez uma pausa e suspirou de novo. — Por que não podemos continuar namorando mais um pouco para ver o que acontece?

— E não podem?

— Eu sugeri isso, mas ela diz que não vê muito sentido. Acha que, já que nos amamos, o casamento é o único caminho possível a seguir.

— E vocês se amam? — Adônis perguntou com tanta ênfase e firmeza que assustou Clara. Esquecendo-se de toda a cautela, ela se inclinou para a frente, levantou a cabeça e viu a expressão de desprezo de Adônis. — Você disse a ela que a amava?

As palmeiras se moveram quando Lionel encostou o cotovelo nelas, agitado como um menino culpado.

— Posso ter dito... hum... no calor do momento... Sabe como é... — balbuciou.

O amigo estalou a língua e se recostou na cadeira, levando Clara a baixar a cabeça novamente.

— Ora, por favor... Depois de vinte anos que nos conhecemos, será que nada do que eu falei para você sobre mulheres entrou nessa sua cabeça dura? Francamente, Lionel... — acrescentou ele, bastante irritado. — Você é um caso perdido.

— Ela falou que me amava e eu... Eu fui pego desprevenido... Ah, o que importa? É tarde demais para recriminações. Não posso retirar o que disse. E então, o que eu faço?

— Se você não quer romper com ela e também não quer se casar, o jeito é convencê-la de que ficar do jeito que está é a melhor solução — disse Adônis, provando que a conclusão de Clara sobre os homens quererem tudo ao mesmo tempo estava certa. — Mas você precisa fazer isso com cautela, para que ela não ache que você está sendo desrespeitoso.

Mas ele está sendo desrespeitoso!, Clara quis gritar. *E você também, por dar um conselho desses!* Se ela estava tentada a interferir na conversa, no entanto, Lionel falou antes de ela ter a chance.

— Mas como vou conseguir essa façanha? É impossível...

— Não é impossível. É algo que pode ser feito. Mas para ser franco, Lionel, não acho que você seja capaz de propor isso a ela. — Ele fez uma pausa. Mesmo sem olhar para ele, Clara podia imaginar aqueles olhos azuis desconfiados focados no amigo. — É preciso usar algumas artimanhas.

— Quais?

— Você vai fingir que quer terminar com ela.

— Eu já disse que não quero fazer isso.

— É só para insinuar, não para terminar de fato. Conhecendo Dina, se você fingir que está pensando em acabar tudo, talvez ela deixe de achar a ideia de casamento tão atraente.

— E se ela achar a ideia boa e me largar de vez?

— Por isso é importante que você faça o seu papel direito. Primeiro pegue a mão dela, olhe bem nos olhos, faça uma expressão de quem está arrasado e explique que o casamento de vocês não será possível.

— Por qual motivo?

— O fato de você não ter como sustentá-la é uma boa razão para terminar.

— É verdade. Tenho pouco dinheiro e ela sabe.

— Lembre-a disso e sugira, com toda a delicadeza, que talvez seja melhor que vocês sigam caminhos diferentes. Claro que não é isso que você quer, porque está louco por ela, não consegue fazer nada sem pensar nela e suas noites juntos foram os melhores momentos da sua vida até hoje, mas, para o bem dela, você sente que precisa deixá-la livre.

Ao ouvir tamanha afronta disfarçada de sacrifício nobre, Clara quase caiu da cadeira, mas apoiou as mãos cerradas na borda da mesa para se segurar. Encarando-os, sentiu uma vontade repentina de ser homem e chamar aqueles dois canalhas lá para fora e dar uma utilidade melhor para seus punhos. Pessoas com ideias tão ultrajantes mereciam levar uns socos.

— Não posso dizer uma coisa dessas — protestou Lionel enquanto Clara se esforçava para não denunciar sua presença. — É ridículo.

— Ridículo? Mas você a quer, não?

— Eu quero, mas...

— Você não quer terminar o namoro, certo?

— Claro que não, eu já disse.

— Então, a menos que queira entrar com Dina na igreja mais próxima daqui a algumas semanas, entregando todo seu futuro e os poucos bens que possui a uma mulher que mal conhece, é melhor você encontrar um jeito de persuadi-la a aceitar uma alternativa que não signifique um adeus.

— Mesmo que eu consiga dizer todas as coisas que você sugere, como poderei ser convincente?

— Eu sugiro que você passe um dia ou dois sem comer ou dormir antes de falar com ela, para parecer bem abatido.

— Meu Deus — Lionel engasgou-se rindo. — Você é tão inteligente!

Ao contrário de Lionel, Clara não achou graça nenhuma. Seu sangue fervia só de pensar que uma mulher estava sendo enganada e persuadida tão facilmente e por meios tão nefastos a continuar um namoro ilícito. E era inconcebível ficar de braços cruzados sabendo que havia uma mulher nutrindo esperança de se casar enquanto o homem que amava não tinha intenção nenhuma de realizar esse sonho. Se as pessoas ficassem sabendo do caso, a pobre moça seria desonrada e humilhada. E se ela engravidasse seria ainda pior, estaria arruinada para sempre, e a criança marcada com o estigma da ilegitimidade e da vergonha.

Até então, Clara não sabia que alguns homens eram capazes de ir tão longe para atingir seus objetivos, mas aquela conversa a fizera entender isso à força. Em sua opinião, a jovem em questão ganharia muito caso se afastasse de Lionel imediatamente, antes que fosse tarde demais. E quanto ao amigo dele...

Clara espiou novamente o homem que havia comparado a Adônis e descobriu que o encanto estava quebrado. Apesar de ele continuar bonito como antes, era difícil continuar a vê-lo como uma espécie de deus dourado de tirar o fôlego; aquele ali era um homem rude e insensível, que não só brincava com as mulheres como incentivava os amigos a fazer o mesmo.

Lionel falou de novo e Clara descobriu que sua indignação por causa da moça chamada Dina não era mais forte que sua curiosidade. Aproximou-se mais das folhagens para escutar.

— Mesmo que eu consiga convencê-la de que estou desolado com a ideia de terminar o namoro, não vejo que benefício isso pode trazer. Quem garante que ela não vai concordar que devemos terminar?

— É provável que isso aconteça, mas não será por vontade dela. No fundo ela não quer terminar, só espera um gesto romântico da sua parte, para demonstrar que a ama, mesmo que não esteja preparado para se casar.

Clara mordiscou o lábio, admitindo que aquele homem conhecia muito bem as mulheres.

— Que tipo de gesto? — perguntou Lionel, confuso.

— Se você quer ficar com ela, terá que jogar fora o orgulho e implorar para que ela não vá embora. É preciso mostrar que você aceita qualquer migalha que ela ofereça. É isso que ela vai querer ouvir.

— Acho que isso é uma tremenda besteira.

— Não será se você agir da maneira certa. Vou demonstrar.

Curiosa demais para ser discreta, Clara se inclinou para o lado e viu quando ele ergueu o braço para chamar a garçonete, que estava passando pela mesa deles segurando uma bandeja com uma xícara, provavelmente trazendo o chá e os biscoitos que ela havia pedido.

A garçonete parou tão abruptamente que quase derrubou tudo.

— Oh! — exclamou a moça quando Adônis se levantou e ficou diante dela.

Clara se ajeitou melhor, baixando o rosto, observando a cena de soslaio.

— Posso ajudá-lo, senhor? — perguntou a garçonete, com uma voz que traía sua ansiedade, um pouco excessiva para aquela situação.

— Ah, sim, senhorita...

— Clark, senhor. Elsie Clark.

— Senhorita Clark. — Ele abriu um sorriso.

Clara já estava imune à força daquele sorriso, mas a garçonete não. Quando ele tirou a bandeja das mãos dela, Elsie continuou estática, como se nem tivesse percebido o movimento.

— Preciso da sua ajuda sim — disse ele, virando-se para pôr a bandeja na mesa ao lado. — Meu amigo aqui não agiu de maneira decente com a namorada.

Aquilo pareceu estranho demais para a pobre garota, que franziu a testa, sem entender nada.

— Senhor...?

— A honra exige que ele termine o namoro — explicou Adônis. — Ela é boa demais para ele, e ele sabe disso. Tanto que está ciente de que a coisa certa a fazer é parar de cortejá-la, pois é um cavalheiro e tem grande consideração pela moça.

Clara soltou uma exclamação abafada, mas por sorte nenhum dos três escutou.

— Só que meu amigo não suporta a ideia de se separar dela — continuou ele. — Na verdade, está muito abalado com tudo isso e pediu minha ajuda para resolver a questão. Eu gostaria de demonstrar a ele como adiar o máximo possível o rompimento, e é aqui que a sua colaboração, srta. Clark, será de um valor inestimável.

Na opinião de Clara, um homem que se deitava com uma mulher, declarava seu amor, recusava-se a se casar e não via nada de errado em continuar indo para a cama com ela era tudo menos um cavalheiro. Ela espiou por entre as folhagens, e embora o homem do outro lado tivesse toda a aparência de um rapaz educado e decente, ela sabia que esse não era o caso. Ele era um enganador desprezível, assim como o amigo.

Clara viu-o segurar a mão da garçonete.

— E então, srta. Clark, está disposta a nos ajudar?

A julgar pela expressão maravilhada da srta. Clark, ela estava disposta a fazer qualquer coisa que ele pedisse. Quando ela assentiu, ele a puxou pela mão, encurtando a distância que os separava.

— Minha querida — começou ele —, você fala em casamento, mas como isso poderia dar certo? Sou um João Ninguém. Não tenho posses. Você é uma dama de berço, tão fina e tão adorável. — Ele fez uma pausa, aninhando a mão dela entre as dele antes de prosseguir: — Merece muito mais do que posso oferecer. Agora você pode achar que nossa diferença de posição social não importa, mas não é verdade, e sei que um dia isso ficará evidente. E quando acontecer, será o fim da nossa felicidade.

Droga, pensou Clara, com um laivo de admiração atravessando sua raiva, *esse homem pode ser um canalha, mas tem muito talento.*

Ela ousou espreitar novamente e descobriu que ele ainda estava encarando a garçonete com atenção. O encantamento visível de Elsie serviu para confirmar sua opinião sobre o caráter devasso daquele homem e o talento dele para dissimular.

— O casamento traz realidades duras que aos poucos transformam o amor em cinzas — continuou ele. — Eu jamais permitiria que a paixão intensa que sentimos seja destruída pelo tédio mundano que o casamento traz inevitavelmente. O que seria de nós?

A pobre Elsie não respondeu, provavelmente nem poderia.

— Não, minha querida. O casamento não é viável para o nosso amor. Sem dúvida você merece o casamento dos sonhos, mas sejamos honestos um com o outro, não tenho como nos sustentar e tampouco tenho uma linhagem familiar digna da sua. Isso sem falar na sua família. Eles certamente se oporiam a um casamento com um rapaz simples e sem estirpe como eu. Não quero ser responsável por um mal-estar entre você e os seus. Acha que eu sou tão insensível a ponto de não me importar com isso?

— Eu acho o senhor encantador — sussurrou Elsie.

Clara, por sua vez, se sentiu ultrajada em sua condição de mulher, em parte por causa do deslumbramento com que as palavras foram proferidas e também porque fazia menos de 15 minutos que ela própria tivera a mesma impressão equivocada sobre ele.

— Isso parte meu coração, pois sou louco por você, mas eu não suportaria conviver com o tormento de saber que arruinei a sua vida com o casamento. Se você quer mesmo um marido, então eu devo me afastar, pois não sou digno desse papel. Sendo assim, temo que tenhamos que nos separar para sempre.

Adônis fez menção de soltar a mão, mas Elsie a segurou com força, claramente porque não queria que terminasse o que parecia ser o momento mais romântico que tivera na vida.

— Não há solução para nós? — perguntou ela, com autêntico desespero na voz, enquanto continuava a apertar a mão dele.

Houve uma pausa.

— Eu só vejo uma saída, que é ficar como estamos hoje. Um dia você vai terminar comigo, eu sei, e vou ficar desolado quando isso acontecer. Mas suplico que esse dia não seja hoje! — Ele beijou fervorosamente a mão de Elsie.

A garçonete suspirou, sem se dar conta de que ele tinha invertido os papéis de quem estava tomando a iniciativa de terminar. Continuava a olhar para ele, embevecida, mas o momento de encantamento durou pouco, porque com uma destreza que Clara não pôde deixar de admirar, ele se soltou dela de repente, deixando-a com a mão pairando no ar.

— Está vendo, Lionel? — indagou Adônis em um tom casual, voltando a se sentar e forçando Clara a desviar o olhar novamente para disfarçar. — É muito fácil.

— Do jeito como você fez, parece fácil mesmo! — respondeu Lionel, rindo.

— O que você achou, Elsie? — perguntou Adônis, nitidamente tão confiante de seu poder de sedução que a chamou pelo primeiro nome, como um demônio atrevido. — O que você faria se fosse a namorada do meu amigo? Terminaria tudo ou ficaria com ele?

— Eu acho que... — Elsie fez uma pausa e tossiu de leve para se recompor. — Acho que eu ficaria — disse por fim. — Mas veja bem, não para sempre — acrescentou, para enfatizar que possuía um resquício de orgulho. — Uma moça precisa pensar no futuro, sabe.

— Está certa. — As xícaras tilintaram, e Clara olhou de lado para vê-lo levantar a bandeja e devolver para Elsie. — Obrigado por sua ajuda.

Apesar das palavras amáveis, ficou claro que ele estava dispensando Elsie, e a moça percebeu.

— Não há de quê, senhor — murmurou ela.

Em seguida pegou a bandeja, dobrou de leve os joelhos em uma reverência e se afastou.

— E então? — Adônis perguntou, voltando sua atenção ao amigo enquanto Clara voltava a dela para a garçonete, que contornou as palmeiras trazendo seu pedido. — O que achou?

— Acho que você deveria estar no teatro — respondeu Lionel, enquanto Elsie colocava a bandeja na mesa de Clara e começava a servi-la. — E acho que você resolveu o meu dilema.

— Essa estratégia vai ajudá-lo a ganhar tempo, Lionel. É isso. Faça bom uso desse tempo.

Os dois homens se levantaram. Elsie praticamente deixou cair o pote de geleia na mesa de Clara antes de se afastar apressada para acompanhar os dois até a saída.

Quando eles contornaram as palmeiras e seguiram a garçonete em direção à porta, Clara pegou uma das cartas já abertas e baixou a cabeça, fingindo não ter percebido a movimentação. Observou-os discretamente pelas costas enquanto pagavam a conta, só conseguindo pensar no truque sujo que seria aplicado a uma moça que ela não conhecia.

Alguém precisava avisar aquela moça sobre o que estava para acontecer. Clara apertou os olhos na direção do autor da farsa enquanto ele seguia o amigo para fora da casa de chá. Alguém precisava alertar a vítima de que seus sentimentos estavam prestes a ser desrespeitados de maneira abominável. Mas ela não fazia ideia de como levar a cabo essa façanha.

Clara franziu a testa, ponderando a questão.

Era certo que Dina pertencia à alta sociedade, o que abria um leque de oportunidades. Afinal, Clara era neta de um visconde e agora também era cunhada de um duque, portanto tinha fácil acesso ao círculo social da moça, mas no momento isso não ajudava muito. Ela ainda não circulava abertamente na sociedade, não conhecia muitas damas além da família do duque, e das poucas que conhecia nenhuma era uma jovem viúva chamada Dina.

Ela suspirou e se recostou na cadeira. Se ao menos soubesse qual era o sobrenome da moça... Podia perguntar para as irmãs do duque, talvez elas a conhecessem. Mas mesmo que conseguisse identificá-la, o que poderia fazer? Não podia abordar uma mulher que não conhecia e dizer que o amor secreto dela não passava de um canalha enganador. A boa ação na certa lhe renderia um tapa na cara.

Clara olhou com tristeza para a pilha de cartas à sua frente e se lembrou de que já tinha os próprios problemas.

De repente uma ideia lhe ocorreu; uma ideia incrível que poderia não apenas resolver seu problema mais urgente, como também poupar uma jovem de muito sofrimento.

Clara se endireitou na cadeira, puxou para si o bloco de papel e pegou a caneta-tinteiro. Pensou um pouco e então começou a escrever. Depois de alguns minutos, deixou a caneta de lado e colocou a folha de papel no topo das cartas à sua frente com uma forte sensação de dever cumprido.

Sua primeira coluna como Lady Truelove estava pronta. Agora só restava esperar que a tal Dina, fosse ela quem fosse, lesse o *Weekly Gazette*.

Capítulo 3

Rex não era do tipo que frequentava as festas da alta sociedade. Tendo um temperamento bastante imoral, ele achava as festas das camadas sociais mais baixas mais divertidas. Apesar de tudo, ele era o visconde Galbraith, filho único do conde de Leyland, e a posição lhe trazia algumas obrigações sociais, sendo a maior parte relacionada a sua tia-avó Petunia. Era ela a única provedora de Rex, e também dona de todo seu afeto. Então, quando ela decidiu abrir a temporada com um baile, ele soube que sua presença era *de rigeur*.

Por essa razão Rex permitiu que seu pajem o vestisse com colete, gravata branca e fraque e cobrisse sua cabeça com uma daquelas cartolas ridículas. Por conta da ocasião ele precisou sair de sua modesta casa em Half Moon Street para a luxuosa e moderna casa da tia em Park Lane, e se preparou para pelo menos duas horas com os dedos amassados dentro dos sapatos e os ouvidos ocupados pelos risinhos nervosos das debutantes.

O salão de baile ainda não estava cheio, pois sua obrigação como membro da família era ser pontual, em vez de chegar tarde como era elegante. Mas logo Rex descobriu que ainda não era suficientemente pontual para a tia.

— Já passa das onze e só agora você decidiu aparecer — repreendeu ela quando Rex apareceu na porta do salão. — Achei que iria morrer de velha esperando você chegar.

Qualquer pessoa que ouvisse aquele cumprimento iria achá-lo de incrível frieza, mas Rex sabia que não era isso, tanto que se inclinou para beijar afetuosamente o rosto enrugado dela.

— Já passa das onze mesmo? A senhora não deveria estar acordada, tia Pet. — Ele se afastou e adotou um olhar preocupado. — Talvez seja melhor tomar sua dose de óleo de fígado de bacalhau e se recolher. Na sua idade, a senhora não pode se descuidar.

— Ora, seu abusado. — Balançando a cabeça, ela gesticulou na direção das portas abertas do salão de festas, no qual as pessoas estavam ansiosas à espera das danças. — Sua recompensa pela língua afiada deveria ser abrir o baile.

— É preciso mesmo? — resmungou ele. — Será que tio Bertie não abriria? Aliás, onde aquele velho se enfiou?

— Meu sobrinho pegou um resfriado esta tarde e foi se deitar. Ele ficará bem em um dia ou dois. Minha querida Lady Seaforth — acrescentou ela, olhando para além de Rex a convidada que chegava e cutucando-o com o pé.

Lembrando-se de sua função na ausência de tio Bertie, Rex postou-se ao lado da tia para também cumprimentar Lady Seaforth e as duas filhas. Felizmente as duas eram casadas e não estavam disponíveis para alimentar o hobby favorito de Petunia. Solteira e sem filhos, a tia era muito romântica, e sua principal ambição na vida era arrumar pretendentes para os seis sobrinhos-netos e sobrinhas-netas antes de partir desta para melhor. Por ser herdeiro do condado, Rex a interessava em particular, e ela deixou isso claro assim que as Seaforth entraram no salão.

— Não se preocupe em encontrar uma parceira para a dança de abertura. Eu já escolhi alguém para você.

Ele já esperava por aquilo e não ficou surpreso, porém decidiu se fazer de desentendido.

— É Hetty? — perguntou, olhando por cima dos convidados como se estivesse procurando sua prima favorita. — Maravilha. Não me importo de abrir o baile se for para dançar com Hetty.

— Não é Henrietta — informou Petunia em tom desencorajador. — Você tem a liberdade de procurar uma parceira para o resto da vida em um círculo bem mais amplo do que apenas o das suas primas.

Rex já havia deixado claro, várias vezes, que nunca procuraria uma noiva em lugar algum, mas tais garantias não freavam a determinação de Petunia.

— Sabe, tia, não vejo razão para a senhora ser tão contra meu casamento com Hetty — declarou ele, mantendo-se sério embora estivesse brincando. — Dessa forma a senhora casa dois de nós ao mesmo tempo. E casar-se com um primo foi bom para a rainha, não foi?

Ela o fitou com os olhos semicerrados, mostrando que sabia que ele estava brincando.

— A rainha Victoria tem obrigações matrimoniais a cumprir que não se aplicam ao restante de nós.

— Essa é uma maneira de exagerar as coisas — disse ele, sorrindo de lado. — Mas não se preocupe, porque Hetty e eu nunca teremos nada. Ela morreria de rir com a menor possibilidade.

— Ainda assim, acho que você é o único que se recusa a levar o casamento a sério.

— Ao contrário — respondeu ele de supetão. — Levo muito a sério... principalmente ao evitá-lo.

— Você consegue me irritar profundamente, Galbraith. No próximo outono você fará 32 anos. Até quando pretende se esquivar da maior responsabilidade da sua posição?

— Se fosse possível, eu evitaria até depois de enterrado.

— Você não tem nenhuma consideração com o que vai acontecer com seu título e suas propriedades. Seu pai quer que você se case o quanto antes. Você não tem irmãos, e seu tio Albert, sendo filho da minha falecida irmã, não pode ser o herdeiro. Se você não se casar e tiver filhos, todo o espólio irá para o primo em terceiro grau do seu pai.

Rex estava farto de saber de tudo isso e suspirou quando a tia voltou a falar:

— Nós nunca encontramos Thomas Galbraith em toda a nossa vida. Ele é mais velho que você e não tem herdeiros. Na realidade ele nem é casado, portanto...

— Então, talvez tivesse sido bom se a senhora o tivesse convidado para o baile, não?

Petunia ignorou a pilhéria.

— Ele possui uma fábrica de botas em Petticoat Lane. Me diga se fazer botas o deixa à altura de ser o próximo conde.

— Um sapateiro como conde de Leyland? — Rex fingiu espanto. — Nossa, que ideia!

— Não estou me referindo à profissão dele, mas sim à falta de conhecimento e preparo necessários para assumir a posição. Thomas Galbraith não faz ideia de como administrar uma propriedade grande como Braebourne.

— O que é preciso saber? Dane é um mordomo eficiente, e desde que papai se mudou para Londres e alugou a casa...

— Só até você se casar.

Dessa vez Rex não conseguiu conter um suspiro, mas quando falou, esforçou-se para parecer tão gentil quanto possível.

— Não vai acontecer, tia Pet. Já repeti a mesma coisa milhões de vezes. E se vamos discutir isso de novo — ele acrescentou antes de Petunia conseguir responder —, eu preciso de um drinque.

Olhando rapidamente para o corredor principal, ele viu que alguns convidados recém-chegados ainda tiravam seus casacos no hall de entrada e demorariam a alcançar o salão. Rex pediu licença e seguiu na direção da pista de dança. Um garçom passou a seu lado com uma bandeja de taças de prata, deixando-o na dúvida se escolhia vinho tinto ou ponche de rum.

Rex amava Petunia de coração, e sabia que era correspondido, mas havia um brilho austero nos olhos dela que deixava claro que aquela noite — ou melhor, a temporada inteira — seria uma provação para ambos.

Em qualquer outra ocasião, ele poderia ter evitado a possibilidade de um mal-estar saindo para se encontrar com amigos, mas como o tio não podia fazer as honras como anfitrião, era seu dever ficar e ajudar a tia-avó a recepcionar os convidados até que o baile começasse.

Assim, quando os recém-chegados começaram a se encaminhar para o salão, ele pegou uma taça de ponche e voltou para perto dela. Mas tão logo os convidados se dispersaram, a tia retomou o assunto anterior, parecendo não se importar em criar um bate-boca.

— Ouso dizer que seus pais estão bem desapontados com o menosprezo que você demonstra pelo dever.

Rex deu uma gargalhada e tomou um gole substancial do ponche.

— Mencionar meus pais dificilmente me empurrará para o altar, tia Pet.

— Sei que o casamento dos seus pais foi... difícil, mas pelo menos eles cumpriram as obrigações principais. — Antes que Rex retrucasse, ela prosseguiu: — E a situação dos dois não é desculpa para você ignorar a sua. Acrescento que a infelicidade deles não é uma base racional para você condenar a instituição do matrimônio como um todo.

— Não tenho certeza se nossos conhecidos em geral concordarão com a senhora nesse ponto. — Ele se virou e ergueu a taça na direção das pessoas no salão. — Graças ao desprezo de meus pais um pelo outro e à total falta de discrição deles, a imprensa marrom manteve toda a sociedade *au courant* sobre o estado lastimável do casamento deles, desde o primeiro *affair* da mamãe, passando por cada escândalo e retaliação, até terminar na separação legal. Dado o sofrimento que um impingiu ao outro durante os 14 anos de convivência, acho que nossos amigos entenderão completamente o meu desprezo pelo casamento.

— Isso tudo aconteceu quando eles se separaram, há uma década. A maioria das pessoas já esqueceu o assunto.

Rex virou a cabeça e a encarou, retribuindo o olhar irritado da tia.

— Eu não esqueci.

A expressão dela se suavizou de imediato.

— Ah, meu querido... — disse ela com tal compaixão na voz que o levou a desviar o olhar e tirar o foco da conversa de si mesmo.

— Garanto que minha mãe e meu pai não esqueceram também — retrucou ele.

No segundo seguinte Rex se arrependeu de ter falado aquilo, pois Petunia perguntou sem vacilar:

— Como você saberia?

Agora que estava envolvido em uma discussão volátil que ele sempre se esforçara ao máximo para evitar, Rex sabia que tinha que ser cauteloso.

— Fui visitar papai assim que ele chegou à cidade, e ele imediatamente começou a falar sobre seu assunto favorito: a natureza infiel de minha mãe. Portanto minha visita foi curta.

— Estou surpresa que você tenha ido visitar seu pai. Você deve saber que nesses últimos tempos ele não está muito a seu favor e não pretende manter sua renda enquanto você não se casar.

— Mesmo assim continuo sendo um filho dedicado — respondeu Rex, rebatendo-a de leve.

A ironia não passou despercebida a Petunia.

— Só em alguns aspectos — disse ela, seca. — Seu pai quer que você se case tanto quanto eu.

— Ah, mas tem uma diferença. Sua maior preocupação é a minha felicidade, e a de papai é a sucessão.

— Que seja, mas eu não estava curiosa para saber a opinião do seu pai. — Sabiamente, Petunia não se incomodou em comentar com o sobrinho sobre as amizades questionáveis do pai dele. — Estou pensando na sua mãe. Você sabe como ela se sente a respeito disso?

Toda cautela era pouca. Rex fez uma careta e tomou outro gole de ponche.

— Não me diga que está se correspondendo com ela de novo! — exclamou Petunia exasperada, antes de ele decidir o que responder. — A descoberta de seu pai de que você se comunicava com sua mãe e enviava dinheiro para ela foi o motivo pelo qual ele cortou sua renda. Você tem sorte de eu poder provê-lo no lugar dele.

— Tenho sorte mesmo. A senhora é muito generosa, tia Pet.

— Por arruinar os planos do seu pai, ou por prover uma fonte de renda para você conquistar suas glórias vis de solteiro?

Rex adotou uma expressão de desgosto.

— Não tenho resposta para essa pergunta. Prefiro não dizer nada.

— Diferente de seu pai, reconheço que forçá-lo a fazer uma coisa só aumenta a sua determinação. No entanto, se ele descobrir que você está se correspondendo novamente com sua mãe, não sei o que será capaz de fazer. Talvez o deserde de vez.

— Ele é implacável o suficiente para fazer isso, admito, mas eu não escrevi para minha mãe. E se ela escrever para mim, o que a senhora acha que devo fazer?

— Informe o sr. Bainbridge. Dê as cartas a ele.

— Denunciar minha própria mãe para o advogado da família?

— Se ela se comunicar com você irá violar os termos da decisão judicial da separação.

— Mas Bainbridge contaria ao papai, que cortaria a pouca renda que mamãe recebe da propriedade. Eu sou filho dela, tia Pet. O único filho. Foi muito errado da parte do papai proibi-la de me ver ou de escrever para mim.

— Ela tem sorte por Leyland ter garantido uma renda para ela! — exclamou Petunia com voz alterada, fazendo Rex lembrar que a tia não era racional quando o assunto era sua mãe. — Ela envergonhou seu pai e a família inteira com aquele comportamento lascivo.

Antes que Rex tivesse tempo de observar que os dois haviam errado, ela acrescentou:

— E até onde eu sei, nada mudou desde então. O caso com o marquês de Auvignon terminou, e como ele não a sustenta mais, ela deve estar atrás de dinheiro. Aliás, não entendo por que ela recorreria a você. Não é como se você tivesse algum sobrando, já que gasta até o último centavo que lhe dou com meretrizes, bebida, jogo e só Deus sabe mais o quê.

— É verdade — concordou ele, conseguindo mentir sem enrubescer, já que fazia mais de um ano que ele não andava com mulheres nem participava de um jogo de um carteado.

Sua reputação de solteiro aventureiro tinha fundamento, mas naquele momento não passava de uma explicação conveniente para sua constante falta de fundos. Se tia Pet descobrisse para onde de fato ia o dinheiro que ela lhe dava, ele estaria em apuros.

— E apesar disso, meus hábitos perdulários não parecem ser um pecado tão grave quanto o de minha mãe.

— Se você se casasse, esse seu estilo de vida leviano acabaria — continuou Petunia, como se não tivesse escutado o que ele dissera.

— Seria melhor se não houvesse leviandade alguma? — A pergunta foi incisiva, e sua voz ficava mais afiada conforme ele deixava o constrangimento de lado. — Quando penso no papai, tendo a duvidar disso.

Petunia suspirou, fitando-o com uma tristeza que partiu o coração dele.

— Você é mais forte que os seus pais.

Rex não via como aquele argumento comprovava seu caráter, mas como não queria brigar com a tia, decidiu mudar de assunto.

— Imagino que a senhora já tenha escolhido com quem vou dançar primeiro. — Rex fez uma pausa, respirando fundo e se preparando para saber qual das graciosas mocinhas seria empurrada para ele. — Será que posso saber quem é?

— Eu gostaria que você abrisse o baile com a srta. Clara Deverill.

Rex não reconheceu o nome e riu com ironia.

— Ah, estou vendo que a senhora está testando novas táticas este ano.

— Não entendi o que você quis dizer.

— Eu nunca vi nem sei quem é essa tal de Clara Deverill. Sendo assim, concluo que a senhora já esgotou suas possibilidades dentre as garotas de nosso círculo e andou ampliando sua rede social.

— Pois saiba que a srta. Deverill faz parte do "nosso círculo". Ela é neta do visconde Ellesmere e tem seu próprio círculo social, já que a irmã dela se casou com o duque de Torquil no começo deste ano.

Rex não se deixou enganar pelo fato de a garota ter alguma relação com Torquil.

— Ellesmere? Não foi com ele que a senhora quase se casou em 1828, ou sei lá quando?

— Nossa, querido, não sou tão velha assim. Foi em 1835. A razão especial pela qual eu a escolhi foi por ser a primeira temporada dela, uma ocasião em que as mocinhas sempre ficam muito nervosas. Está vendo? Nem tudo é sobre você.

— Pelo visto a senhora está fazendo um favor a Ellesmere. — Rex fez uma careta. —Ainda é apaixonada por seu primeiro amor, não é?

— Ora, não seja ridículo — protestou ela, erguendo o queixo. — A viscondessa de Ellesmere está viva e bem, como você já deve saber, e foi ela que me pediu para ajudar a neta.

— Por que uma menina com conexões tão valiosas precisaria de ajuda... Ah, não! — ele acrescentou logo em seguida ao pensar em outra possibilidade. — Ela é feia, não é?

— A srta. Deverill é uma menina doce e boazinha.

A descrição reforçou a suspeita de Rex.

— Eu sabia que não deveria ter vindo — murmurou. — Eu sabia!

— A srta. Deverill não teve muitas oportunidades de aparecer na sociedade — prosseguiu Petunia, ignorando as recriminações do sobrinho. — A família do pai dela é ligada ao comércio, acho que são donos de um jornal. Naturalmente, Ellesmere foi contra o casamento da filha com aquele sujeito...

— Naturalmente — repetiu ele, pensando na lama na qual a imprensa havia jogado seus pais anos antes. — Teremos um vendedor ambulante de jornal na família? Que bela perspectiva...

— Mas ela estava determinada a se casar com ele — continuou Petunia —, por isso rompeu com os pais e com a alta sociedade. Ela já faleceu, pobre coitada, mas Ellesmere quer compensar o estrago casando bem as netas.

— Bem, elas têm um duque na família agora.

A contenda um tanto cínica não agradou Petunia, que o fulminou com os olhos.

— Não é uma grande vantagem para a menina no momento. A mãe viúva de Torquil se casou com aquele pintor italiano famoso no último verão. Olhe... foi um rebuliço e tanto. Harriet é uma tola. O rapaz é quase vinte anos mais novo que ela.

— Um homem mais novo — murmurou ele. — Que horror!

— O que eu quero dizer é que a srta. Deverill não tem saído muito ultimamente, e isso, mais o escândalo na família do duque, a doença do pai dela e o fato de ela ter sido obrigada a assumir a administração do jornal enquanto a irmã está em lua de mel, porque o irmão está na América... Bem, ela não está em uma posição social muito boa, apesar de não ter culpa nenhuma. Por isso quero proporcionar a ela uma boa estreia na temporada esta noite, para que se divirta bastante. E não pense que sua obrigação se restringe a dançar com a srta. Deverill; você deverá dançar com pelo menos outras seis moças que estejam desacompanhadas. Nada de escapar correndo pelas minhas costas para ir jogar cartas ou encontrar alguma meretriz.

Resignado com seu destino, Rex emborcou o copo de ponche para tomar o que restava, pôs a taça na mesa, ajeitou os punhos da camisa e gesticulou com o queixo na direção do salão de baile.

— E onde está essa srta. Deverill? Será que posso ao menos ter uma ideia do que me espera?

— A aparência física dela não é relevante.

— Ao contrário, tia — refutou ele, sorrindo. — É relevante sim, já que ela está prestes a ser arremessada nos meus braços. E quanto mais a senhora demorar para me mostrar quem ela é, mas eu vou imaginá-la como uma gorducha com mau hálito e verrugas no nariz.

— Que absurdo. As chances de arrumar um par para você já são poucas, eu não dificultaria ainda mais.

Petunia passou pela entrada do salão, seguida de perto por Rex, e olhou em volta.

— Ela está à direita da mesa de refrescos, perto daquele grande vaso de agapantos — disse Petunia, chamando-o mais para perto. — É aquela de cabelos castanhos e vestido branco.

Rex olhou para o lugar indicado, no qual uma moça alta e graciosa, usando um vestido branco em camadas, estava encostada na parede. À primeira vista ficou evidente a razão pela qual a avó dela considerara que ela precisava de um empurrãozinho. A garota era visivelmente tímida. Estava com as costas pressionadas contra a parede, como se desejasse que um buraco se abrisse ali e a sugasse. Tinha olhos bonitos, grandes e escuros, mas observava as pessoas com um misto de desânimo e ansiedade, atitude típica das pessoas tímidas em eventos sociais.

O cabelo estava trançado e preso no topo da cabeça, com mechas mais claras se intercalando aos fios castanhos. Ela era esguia, mas o rosto era redondo, a boca rosada um pouco grande demais, as sobrancelhas eram retas e o nariz, pequeno.

Rex sabia que muitos a considerariam um tipo comum, mas ele não iria tão longe. Se bem que em um salão cheio de beldades, ela passaria despercebida, mais ou menos como um biscoitinho amanteigado em uma travessa de docinhos franceses.

Ao observá-la com mais critério, ele teve a súbita impressão de já conhecê-la, mesmo com a certeza de nunca terem sido apresentados. Talvez tivessem se esbarrado em algum outro evento, ou ele tivesse se sentado ao lado dela em um concerto, mas era estranho que a moça fosse tão familiar, já que ela obviamente era do tipo que fazia de tudo para não ser o centro das atenções.

Rex ainda estava pensando sobre isso quando alguém no meio da multidão atraiu a atenção dela. Devia ser alguém que ela conhecia e de quem gostava, pois ela acenou e logo em seguida sorriu.

Nesse momento, a química aconteceu. Rex prendeu a respiração, surpreso, porque aquele mero curvar dos lábios transformou todo o rosto da jovem. A tensão de antes desapareceu e a fisionomia dela se iluminou, e qualquer um que a tivesse achado comum e sem atrativos teria que engolir as palavras. Devia ser para uma mulher que ela estava sorrindo, porque se tivesse endereçado aquele sorriso para algum homem, certamente este teria reagido como um cachorrinho sendo puxado pela coleira. Até mesmo Rex, em geral imune aos encantos femininos, ficou deslumbrado.

— Então — murmurou Petunia, ao lado dele. — Está feliz que eu não lhe tenha empurrado uma "gorducha de mau hálito e verrugas no nariz"?

Rex não respondeu de imediato, pois sabia que se dissesse qualquer coisa a favor da moça, Petunia a convidaria para todas as ocasiões possíveis, transformando a temporada inteira em um jogo de esconde-esconde.

— Está bem... — disse por fim, e suspirou profundamente. — Vamos acabar logo com isso.

No segundo seguinte Petunia o segurou pelo cotovelo, empurrando-o na direção da moça.

A srta. Deverill olhou na direção deles, e no momento em que o viu, o sorriso desapareceu de seu rosto e a tensão de antes voltou. A reação assustada dela o fez pensar novamente que já haviam se encontrado em algum lugar. Ainda bem que ele já havia notado a timidez da moça, pois caso contrário estaria quebrando a cabeça tentando descobrir de onde a conhecia e o que tinha feito de errado.

— Senhorita Deverill, gostaria de lhe apresentar meu sobrinho-neto, o visconde Galbraith — anunciou Petunia, parando diante dela. — Galbraith, esta é a srta. Clara Deverill.

— Senhorita Deverill. — Ele fez uma mesura. — É um prazer conhecê-la.

Clara ficou pálida como uma folha de papel, deixando explícito que não estava feliz em vê-lo. Não sorriu, não o cumprimentou com uma vênia, apenas permaneceu estática, tão imóvel que parecia nem respirar. Dava até a impressão de que ia desmaiar, e apesar de alguns homens se sentirem lisonjeados com esse tipo de reação feminina, esse não era o caso de Rex. Se ela desmaiasse seria muito embaraçoso para ele e o tornaria alvo de intermináveis chacotas entre os amigos. Pior, faria com que especulassem sobre aquela pobre moça e ele, algo que os dois podiam evitar.

— Senhorita Deverill? — Ele se sentiu no dever de tomar uma iniciativa.

Ao ouvir sua voz, o rosto pálido dela tingiu-se de vermelho.

— E-Eu... t-também... p-prazer.

Ela arregalou os olhos, remetendo-o a uma ovelhinha assustada prestes a ser abatida. O sorriso resplandecente desapareceu, não deixando nenhum vestígio. Talvez ele fosse mesmo uma espécie de lobo, mas nunca se sentira atraído por ovelhinhas indefesas.

Em desespero, ele olhou para tia Petunia, mas logo percebeu que não receberia ajuda. Em vez de intervir, ela murmurou qualquer coisa sobre a orquestra, pediu licença e se afastou, deixando Rex por sua própria conta.

Amaldiçoando a atitude ardilosa da tia, ele voltou a atenção para a garota, e ao vê-la encarando-o em uma agonia silenciosa, relembrou a si mesmo que era por causa dessas armadilhas que ele evitava as festas da alta sociedade.

Capítulo 4

ERA ELE. O DEUS GREGO da casa de chá, o libertino bem-apessoado que flertava com as mulheres com a mesma facilidade com que aconselhava os amigos a enganá-las, estava bem ali na sua frente. Não era Adônis, mas sim lorde Galbraith.

A revelação da identidade não a chocou. Não era preciso ler o jornal para saber que Rex Pierpont, visconde Galbraith, filho único do conde de Leyland, era o solteiro mais notório da alta sociedade, não apenas pelo seu estilo de vida aventureiro, mas também pelo desprezo com que considerava a instituição do matrimônio. Sabendo disso, não era nenhuma surpresa para Clara que ele tivesse ajudado outro homem a se livrar das alianças. Por outro lado, ela nunca imaginara que voltaria a ver o Adônis da casa de chá. Somente no momento em que se viu frente a frente com ele, ela se deu conta de que as roupas finas e o modo culto de falar deveriam ter servido como um aviso de que tal encontro seria bem previsível. Percebia agora que a raiva e a indignação que sentira naquele dia na casa de chá a impediram de fazer outras considerações.

Agora que as apresentações tinham sido feitas, Clara se sentia tão petrificada como se tivesse se transformado em uma coluna de sal, ou em um toco de árvore cortada, ou debilitada por algum episódio igualmente aterrorizante. Mas apesar da imobilidade do corpo, sua mente estava mais acelerada do que nunca.

Será que ele sabia quem ela era? Será que a havia reconhecido como a garota que estava espiando através das folhagens na Casa de Chá da Senhora Mott poucos dias antes? Naquela ocasião ela tivera a certeza de que sua presença não havia sido notada, porque, afinal de contas, os homens nunca prestavam atenção... Mas e se estivesse enganada?

Clara observou bem o rosto de Galbraith, procurando por algum sinal de que ele a havia reconhecido. Não havia nenhum, mas isso não era exatamente um alívio, pois ela já testemunhara o talento daquele homem para o fingimento. Se ele a tivesse reconhecido, isso só teria importância se ele também lesse a coluna de Lady Truelove, principalmente a edição daquele dia. Nesse caso, ele com certeza somaria dois mais dois, o que seria desastroso.

O fato de a identidade de Lady Truelove ser desconhecida gerava uma aura de mistério que era parte do seu sucesso. As pessoas especulavam sobre qual matrona da alta-sociedade era a verdadeira Lady Truelove. Se Galbraith soubesse a verdade e descobrisse o que ela tinha feito, era bem capaz de, só de raiva, revelar que ela era a verdadeira colunista. E se isso acontecesse, o principal atrativo do *Weekly Gazette* ficaria comprometido, talvez arruinado, e a culpa seria dela. Irene ficaria arrasada com a perda de sua criação mais famosa. Talvez ficasse decepcionada com a irmã por ter permitido que isso acontecesse.

Tal pensamento era insuportável, como uma adaga fincada em seu peito.

— Minha tia me disse que seu pai é um homem de negócios, srta. Deverill — disse Galbraith, interrompendo o devaneio de Clara e forçando-a a se concentrar no presente. — Jornais, se não me engano?

Será que ele estava brincando com ela?

— Sim — respondeu com a voz esganiçada, o que a levou a fazer uma careta.

Não parecendo satisfeito com a resposta lacônica, ele continuou a encará-la com as sobrancelhas arqueadas, como que esperando por uma elucidação.

— *Um* jornal — corrigiu Clara, esforçando-se para não parecer um ratinho assustado de novo. — O *Weekly Gazette*. O senhor... — Ela fez uma pausa e deu uma tossidela. — O senhor... hum... já leu?

— Temo que não. Não tenho o hábito de ler jornais — explicou ele, como se estivesse se desculpando.

— Ah... — Clara ficou mais calma, relaxando um pouco. — Isso é bom.

Galbraith franziu o cenho sem entender a resposta. Mas ela se apressou em emendar:

— Digo isso porque são muitos os homens que passam o tempo sentados no clube lendo jornais, não é? Isso não é muito saudável.

Enquanto falava, ela percebeu que parecia uma tola, e o sorriso formal e educado de Galbraith confirmou sua suspeita antes mesmo de ele responder:

— É verdade...

Seguiu-se um silêncio desconfortável, enquanto ele trocava o peso do corpo de uma perna para a outra e olhava ao redor. Mas em vista do que Clara sabia sobre aquele homem e do que queria esconder dele, ela não se sentiu tão pouco à vontade como costumava se sentir nesse tipo de situação. Quando teve praticamente certeza de não ter sido reconhecida, tudo o que queria era pensar em um pretexto para se afastar e voltar para perto de seus amigos. Mas antes que ela tivesse chance de fazer isso, ele falou:

— Minha tia me pediu para abrir o baile, srta. Deverill.

Os trompetes soaram na orquestra, como se anunciassem o convite, quando ele lhe estendeu a mão.

— A senhorita me daria essa honra?

Clara olhou para ele, atônita. Ele a estava convidando para dançar?

Houvera um tempo em que ela sonhava com príncipes encantados de cabelos loiros e olhos azuis brilhantes, homens tão lindos que eram capazes de tirar o fôlego de qualquer moça. Quando era pequena, Clara dançava, sozinha em seu quarto, com parceiros imaginários como ele, mas esses sonhos infantis nunca tinham se tornado realidade, e nas raras ocasiões em que tivera oportunidade de dançar com alguém, havia sido com garotos muito jovens ou com senhores bem mais velhos, ou então com os maridos de suas amigas.

Agora, em sua primeira participação de verdade na alta sociedade, os sonhos tolos da infância pareciam estar se realizando, só que com uma inesperada e irônica reviravolta: o príncipe encantado não era príncipe algum. Era um mulherengo.

A situação era tão ridícula que ela não conteve o riso.

Galbraith manteve o sorriso forçado, apesar de seus olhos ficarem sérios.

— Eu disse alguma coisa engraçada?

— Não. — Ela se engasgou e conteve o riso no mesmo instante.

— Quer dizer, sim... Obviamente... Mas eu não... Digo, eu não estava rindo do senhor — respondeu ela, já não tão confiante.

Clara desistiu. Não havia maneira de explicar. Não que Galbraith estivesse sofrendo muito por ser motivo de chacota, talvez isso só tivesse abalado um pouco o esnobismo dele, o que na opinião de Clara era mais do que merecido.

— Isso foi um sim ou um não?

A pergunta a fez lembrar que ela ainda não tinha aceitado o convite para dançar, e ele parecia não ter intenção de retirá-lo, pois continuava com a mão estendida, esperando uma resposta.

Clara não conseguia pensar em um homem na face da Terra com quem tivesse menos vontade de dançar do que Galbraith. Desesperada, tentou pensar em uma desculpa.

— Ah, eu não... Isso é... Na verdade, eu...

— Imploro que não recuse o convite — ele a interrompeu de um jeito suave —, pois eu me sentiria um tolo. — O sorriso dele se ampliou e continuava inflexível. — Repare que todos estão nos observando.

Deus do céu. Clara sentiu o rosto queimar, pois odiava ser o centro das atenções, e precisou conter a vontade de olhar ao redor. Era bem provável que Galbraith estivesse mentindo, mas apenas um par de olhos teria tido o mesmo efeito que centenas.

Infelizmente ele havia acabado de fazer um convite que na certa qualquer pessoa que estivesse observando consideraria uma honra, e como ela estava livre para aquela dança, não havia como escapar.

— Sim, obrigada — murmurou, colocando a mão sobre a dele.

Conforme seguiam para a pista de dança, Clara percebeu que mesmo que ninguém os tivesse visto antes, naquele momento chamavam a atenção de todos.

Eles pararam na extremidade do salão, esperando enquanto os outros casais também se alinhavam ao redor, preparando-se para segui-los durante a *Grand March*. Instantes depois ele olhou para ela, meneou a cabeça e começou a dançar.

Clara o acompanhou muito sem graça enquanto deslizavam pelo salão sob os olhares de mais de cem pessoas. A grande ironia era que ela passara a juventude inteira desejando debutar na sociedade, e quando o destino decidira lhe dar a chance de realizar o sonho que parecia impossível, sua maior vontade era sair correndo pela porta mais próxima.

Na primeira posição da formação para a dança, eles se viraram de frente um para o outro. Galbraith olhou para Clara e ela para a gravata branca que ele usava enquanto levantava as mãos unidas de ambos. Os outros casais que os haviam seguido foram se abaixando e passando por sob o arco formado pelos braços erguidos deles, cada qual fazendo o mesmo, homens de um lado, mulheres do outro, erguendo os braços para formar uma espécie de túnel pelo qual os outros casais passavam abaixados. Depois que todos os casais tinham passado, Galbraith virou-se e ela também, e assim eles voltaram para a outra extremidade do salão, seguidos pelos demais dançarinos em fila.

— Precisamos conversar um pouco, srta. Deverill — disse Galbraith, quebrando o silêncio entre eles.

— Precisamos? — indagou ela, arrependendo-se no instante seguinte, pois não costumava ser mal-educada. — Sinto muito. — Olhou para ele de soslaio. — Eu fui... rude. É que não sou... Não costumo... conversar muito... Não é o meu forte.

— Entendo. — Um brilho rápido passou por aqueles olhos maravilhosos, demonstrando compreensão. Ou pena.

Ela enrijeceu o corpo e desviou o olhar, odiando-se por ter sido tão franca.

— Isso só acontece com estranhos.

Os dois pararam no lugar onde tinham começado, ficando frente a frente, esperando que os outros casais se posicionassem na formação apropriada. Clara se sentiu compelida a enfatizar a falta de familiaridade entre eles.

— Eu não o conheço.

— É um fato que eu só posso lamentar.

Por conhecê-lo um pouco, Clara concordava, mas é claro que não disse nada.

— Creio que seja o contrário. — Ela forçou o riso, tentando suavizar a situação constrangedora. — Imagino que o senhor tenha me convidado para dançar a pedido de sua tia.

Qualquer homem mais gentil teria se apressado a negar, mas Galbraith não. Em vez disso, ele estudou o rosto de Clara por um instante, então baixou os olhos, seus cílios capturando a luz da sala.

Ela corou, sabendo para onde ele estava olhando e que não havia muito para ver ali. Resistindo à vontade de se virar, ela empinou o queixo, lembrando a si mesma que não dava a menor importância para a avaliação de seu rosto e corpo por um homem como ele. Mas quando Galbraith voltou a encará-la com uma expressão séria, ela prendeu a respiração.

— A senhorita esconde seus atributos, srta. Deverill.

— É mesmo? — murmurou ela, nervosa, quando Galbraith inclinou-se para a frente e segurou sua mão. — Não é à toa que nunca os encontro.

Galbraith riu, mas Clara não entendeu o motivo.

— A senhorita é espirituosa — observou ele, virando-os em um círculo, o primeiro movimento da quadrilha. — Que descoberta encantadora!

— Esquisita, eu diria — replicou ela quando trocaram de mãos e se viraram para a direção oposta. — Já que não faço ideia da graça que tem o que acabei de dizer.

Ainda sorrindo, ele ergueu as mãos unidas de ambos acima da cabeça e em seguida entrelaçou um braço no dela, enquanto sua mão livre segurava a mão livre dela firmemente entre os dois.

— Não — concordou Galbraith, olhando para Clara pelo espaço formado pelos braços erguidos de ambos. Seu sorriso esvaneceu e ele observou atentamente o rosto dela enquanto eles se viravam em um movimento circular. — Imagino que não faça ideia mesmo.

Enroscada com Galbraith daquela maneira, com aqueles olhos azuis fixos em seu rosto e o inesperado elogio pairando no ar, Clara sentiu como se estivesse presa em uma armadilha e terrivelmente vulnerável. Mesmo através das roupas, ela podia sentir os dedos dele na altura de sua cintura, gerando uma onda de pânico que lhe percorreu o corpo inteiro e a incitou a falar:

— O senhor flerta com todas as mulheres que conhece, lorde Galbraith?

Ele pareceu surpreso, embora Clara não soubesse especificar se tinha sido pela pergunta em si ou pela aspereza de seu tom de voz.

— Não, geralmente não — respondeu ele. — Não com moças jovens, pelo menos. É uma regra minha.

— Eu não imaginava que um homem como o senhor tivesse regras — murmurou ela, e no mesmo instante teve vontade de recolher as palavras, quando Galbraith franziu a testa e a encarou com ar questionador.

No entanto, os passos seguintes da dança os separaram antes que ele pudesse dizer alguma coisa e, conforme mudavam de parceiros, Clara lembrou que a melhor maneira de guardar seu segredo era ficar quieta, algo que nunca tivera problema para fazer na vida.

Infelizmente, porém, Galbraith não parecia disposto a deixá-la ficar em silêncio.

— Um homem como eu — ele repetiu as palavras em tom divertido quando os passos da dança os fizeram ficar mais uma vez frente a frente. — E que tipo de homem seria esse, exatamente? — perguntou, segurando a mão de Clara e girando junto com ela. — Sua escolha de palavras me deixa curioso.

Ah, Senhor, a curiosidade dele era a última coisa de que Clara precisava!

— Diga, srta. Deverill — insistiu ele quando ela permaneceu em silêncio. — A senhorita afirma ser uma pessoa de poucas palavras, mas apesar disso não tem dificuldade para revelar o que pensa a meu respeito. — Ele deu um sorriso malicioso enquanto eles trocavam as mãos e dançavam na direção inversa. — Me parece injusto formar uma opinião assim tão rápido. Afinal, acabamos de ser apresentados. A não ser que eu esteja enganado... — Ele fez uma pausa, e embora estivesse sorrindo, Clara percebeu a expressão alerta nos olhos azuis. — Será que já nos conhecemos?

— Claro que não — ela negou de imediato e se amaldiçoou por não soar convincente. Respirando fundo, tentou de novo: — Pelo menos, não que eu saiba. Não costumo frequentar eventos sociais, portanto eu lembraria se já tivéssemos nos encontrado antes.

— Então o que eu fiz para que a senhorita tivesse uma opinião tão ruim a meu respeito?

A melhor saída seria negar qualquer opinião sobre o caráter de Galbraith, mas algo em Clara a fez se recusar a mentir só para que ele se sentisse bem, mesmo sendo a solução mais segura.

— Sua reputação é reprovável.

— Sim, minha tia vive me lembrando disso. E as pessoas gostam de uma fofoca.

— Fofoca? — Ela ergueu uma sobrancelha em reação à tentativa dele de minimizar a importância de seu estilo de vida irresponsável. — Seu nome é mencionado com frequência nos jornais, lorde Galbraith. E posso afirmar isso com propriedade, já que minha família trabalha nessa área.

— Então foi o meio de vida da sua família que inspirou sua opinião ruim a meu respeito? Bem, a minha opinião sobre jornais também não é das melhores, então estamos quites.

O comentário a pegou desprevenida, mas ela não sabia se era pela crítica ao ganha-pão de sua família ou pelo descaso dele sobre a própria reputação.

— Muitas pessoas parecem concordar comigo.

— Eu me recuso a me preocupar com o que as outras pessoas pensam de mim.

— O senhor nem mesmo tenta melhorar sua imagem.

Ele abriu um sorriso maroto, demostrando que no fundo reconhecia que a acusação tinha fundamento.

— Para que tentar ser bom quando ser malvado traz tantas recompensas? Além do mais — acrescentou, encolhendo os ombros —, a maioria das mulheres ama os libertinos.

Aquilo era mais verdadeiro do que Clara gostaria de admitir.

— Se é assim, eu não sou como a maioria das mulheres — murmurou ela.

— Não — concordou ele, e a surpreendeu ao puxá-la para mais perto, além do permitido pelo decoro, enquanto levantava as mãos de ambos entrelaçadas acima da cabeça. — Começo a acreditar que a senhorita seja diferente mesmo.

As implicações daquele comentário lisonjeiro fizeram o coração de Clara bater mais rápido, mas ela continuou a encará-lo.

— Quer dizer que o senhor não nega o que dizem a seu respeito?

— Não estou em posição de negar. Eu apenas aproveito a vida, srta. Deverill, e não entendo por que deva ser condenado por isso.

— Ou seja, o senhor deseja que as pessoas o tenham em boa consideração enquanto faz o que quer?

Ela gostaria de tê-lo atingido com a pergunta, mas ele limitou-se a rir, balançando para trás os cabelos rebeldes, fazendo com que as mechas douradas brilhassem à luz dos candelabros no teto.

— Acho que é isso mesmo.

Clara se lembrou da situação na casa de chá, quando ele conspirava para ajudar o amigo a agir do mesmo modo à custa de uma mulher desconhecida, e não conseguiu disfarçar o escárnio na voz.

— Homens e sua mania de querer tudo ao mesmo tempo... — resmungou ela.

O passo seguinte da dança os separou de novo, e Clara resolveu que já que ele queria conversar durante a dança inteira, o melhor a fazer era falar sobre assuntos inócuos, porém, quando voltaram a se encontrar ele não deu chance de ela falar.

— Entendo... — disse ele, pegando a mão dela e o fio da meada da conversa. — A senhorita acha que todos os homens querem tudo ao mesmo tempo?

— Não *todos* os homens.

Ele deu um leve sorriso ao levantar mais uma vez as mãos de ambos acima da cabeça.

— Ora, ora — murmurou ele. — Com palavras e gestos a ovelhinha dos grandes olhos castanhos mostra que não é tão indefesa como parece a princípio.

Clara sentiu uma pontada de frustração. Ela podia ser um tipo comum, com um jeito tímido e quieto, mas estava longe de ser uma criatura indefesa e dependente.

— É isso que eu sou para o senhor? — Perguntou, conforme eles giravam em círculo, seguindo os passos da dança. — Uma ovelhinha? — Ela arqueou as sobrancelhas. — Provavelmente perdida na floresta, esperando que o senhor venha me salvar?

— Salvar? Duvido muito. — Ele baixou os olhos, detendo-se nos lábios dela. — Seria bem mais provável que eu a raptasse.

O coração de Clara retumbou com tamanha intensidade que chegou a atrapalhar sua concentração. Com isso, ela pisou no pé dele e perdeu o equilíbrio, e certamente teria caído se ele não a tivesse segurado, soltando a mão dela a fim de enlaçá-la pelas costas, ao mesmo tempo que lhe segurava a outra mão acima de suas cabeças para que terminassem na pose que a dança exigia até que ela firmasse os pés no chão.

— Cuidado! — repreendeu ele. — A senhorita corre perigo se continuar a dançar comigo.

Assim dizendo, ele soltou a mão dela e passou a dançar com a parceira seguinte.

Mudar de parceiro foi um alívio, mas conforme Clara continuava dançando, ainda sentia o braço dele como se fosse um cinto de aço ao redor de seu corpo, e as palavras dele continuavam ecoando em seus ouvidos mais alto do que a música.

Seria bem mais provável que eu a raptasse.

Nossa, nenhum homem havia expressado o desejo de *raptá-la* antes. Era uma pena, pensou, ressentida, que o primeiro a fazê-lo fosse justamente aquele que ela não gostava.

Mas seria mesmo uma pena? Ele era um homem tão bonito, e se gostasse dele, se estivesse preocupada em causar boa impressão, provavelmente teria ficado muda o tempo inteiro. Mas com Galbraith era diferente... Apesar de sua beleza, o caráter dele não era nem um pouco bonito, e como ela não se importava com o que ele pensava a seu respeito, sentia certo poder sobre a situação, algo que não sentiria em outras circunstâncias. Não era de admirar que estivesse se comportando de maneira tão atípica naquela noite. Com Galbraith ela podia dizer qualquer coisa; não faria diferença alguma.

— O senhor me avisou, lorde Galbraith — disse ela quando os dois se encontraram novamente e entrelaçaram as mãos. — Mas não consigo imaginar o porquê. É dos passos da dança que eu devo ter medo? — perguntou, audaciosa como nunca tinha sido na vida. — Ou do senhor?

Ele arqueou uma sobrancelha, surpreso. Para uma *ovelhinha* como ela, aquelas palavras eram completamente inesperadas.

— Ah, de mim, é claro — respondeu ele. — Eu sou bem mais perigoso do que uma simples quadrilha. Mas se estivéssemos dançando uma mazurca, aí seria bem diferente...

Mesmo contrariando seu modo de ser, Clara riu, desarmada pela insinuação.

— Creio que não corro perigo com o senhor.

— A senhorita está em meus braços. — Ele encurtou um pouco mais a distância que os separava. — Não se engane, minha ovelhinha. Você está em grande perigo.

Clara sentiu a boca secar enquanto rodopiava lentamente com ele pela pista de dança. Os dois se encaravam através do círculo formado pelos seus braços erguidos, e ela sentiu que a recém-descoberta sensação de poder se esvaía.

Galbraith notou a mudança e ficou sério, enquanto percorria o olhar pelo rosto delicado de Clara, deixando-a trêmula. Ela tinha consciência de que a sensação que ele lhe provocava não tinha nada a ver com o medo de ser reconhecida, e sim que se tratava de algo inteiramente diferente, algo que nunca tinha sentido antes. Pior, ela sabia exatamente o que significava.

Era a mesma coisa que Elsie Clark sentira naquela tarde na casa de chá. Era como uma mulher se sentia quando chamava a atenção de um homem incrivelmente bonito. Galbraith a estava encarando como se não houvesse mais nada ao redor, como se o passado ou o futuro não fossem tão importantes quanto ela. Aquilo era a versão de um libertino para o canto da sereia, uma coisa surreal, mas que não impedia que Clara sentisse a temperatura de seu corpo aumentar.

Ainda bem que os passos da dança os forçaram a se separar novamente. Quando voltaram a ficar frente a frente para a parte final da quadrilha, Clara já tinha recuperado a compostura.

— Pensei que o senhor tivesse como regra não flertar com mocinhas novas.

— É verdade. Mas as regras... — Galbraith fez uma pausa e esboçou um sorriso amarelo. — Bem, dizem que as regras foram feitas para serem quebradas.

— Na certa, o senhor já quebrou algumas.

Ele riu ao levantar as mãos de ambos acima da cabeça.

— Tem razão, quebrei — disse ele, estudando-a pela abertura dos braços em círculo. — Mas imagino que você não, certo?

Clara se lembrou do que havia feito com Lady Truelove.

— O senhor se surpreenderia — disse baixinho.

— É mesmo? A senhorita me intriga, srta. Deverill — retrucou ele, aproximando-a mais de seu corpo a ponto de ela sentir os dedos fortes roçando-lhe o ventre. — Podíamos quebrar algumas regras juntos, o que acha?

— O que o senhor tem em mente?

Clara fez a pergunta provocante sem pensar, mas para sua sorte a música terminou antes que ele tivesse tempo de responder, e ela ficou profundamente aliviada. Recuou, esperando que ele soltasse suas mãos e lhe estendesse o braço para escoltá-la de volta ao seu lugar, mas para sua surpresa, não foi o que aconteceu. Ele nem mesmo se moveu do lugar.

— Tenho algumas ideias, confesso — murmurou Galbraith, finalmente respondendo à pergunta e fitando os lábios dela com aqueles belos olhos. — Um beijo durante uma dança quebraria algumas regras, não?

Clara imaginou a cena, os braços dele ao redor de sua cintura e a boca sensual cobrindo a sua, mas apesar de ser apenas uma cena fantasiosa, seus joelhos amoleceram, mesmo com seu orgulho feminino se rebelando contra a ideia de que pudesse ser conquistada com tanta facilidade.

— Eu imagino que quebraríamos muitas regras — concordou ela, puxando a mão e simulando um suspiro de decepção. — Mas beijar-me durante a dança é impossível, lorde Galbraith.

— É mesmo? — Ele se moveu, chegando mais perto e inclinando ligeiramente a cabeça. — Por quê?

Ela começou a rir.

— Porque a dança acabou.

Ele piscou, como se aquilo fosse a última coisa que esperava ouvir.

— O quê?

Notando a expressão perplexa de Galbraith, Clara compreendeu que ele estava tão concentrado nela que nem havia se dado conta de que a música parara de tocar e a quadrilha terminara. Ela riu em uma explosão de alegria que superava tudo o que aquele homem a fazia sentir. Pelo visto, ela tinha seu próprio canto da sereia. Quem diria...

Ele olhou ao redor como se voltasse de muito longe ao momento presente, e Clara aproveitou a oportunidade para se afastar em direção à porta mais próxima, violando as regras de etiqueta ao não permitir ser acompanhada, mas ela não estava nem um pouco preocupada com isso. Pela primeira vez na vida, ela dissera a coisa certa na hora certa e não pretendia estragar essa vitória inesperada prolongando a conversa.

Ao olhar para trás por cima do ombro, no entanto, ela percebeu que não seria tão fácil escapar. Galbraith vinha em seu encalço. Por quê, ela não fazia ideia, mas o meio sorriso no rosto dele e a atitude determinada a fizeram apertar o passo.

Ela estava em vantagem, pois a perplexidade momentânea dele lhe possibilitara adiantar-se uns bons 5 ou 6 metros, com alguns casais no meio do caminho entre eles.

Mas assim que ela saísse do salão essas vantagens voltariam ao ponto de partida. A intenção original de Clara era se refugiar no toalete feminino, mas somente naquele instante se dava conta de que não sabia onde ficava, e não tinha tempo para procurar, pois Galbraith estava se aproximando. Nem adiantava tentar perguntar a alguém, pois o corredor estava deserto.

Amaldiçoando seu repentino e atípico impulso de flertar, Clara olhou ao redor. À sua frente ficava o corredor principal, que levava ao vestíbulo, um lugar amplo sem portas laterais e sem algum canto para se esconder. À direita e à esquerda, as paredes eram ladeadas por grandes estátuas de mármore, e ela só viu uma maneira de se esquivar de Galbraith. Virou para a direita e correu o mais rápido possível, mas tinha dado poucos passos quando ouviu a porta do salão se abrir. Desviou-se para o lado e chegou a ter um vislumbre do cabelo dele pelo canto dos olhos logo antes de se esconder entre duas estátuas. Respirou fundo e endireitou as costas, esperando ser magra o suficiente e esticando o vestido ao redor das pernas para que não aparecesse.

O som de música e o burburinho de vozes fluiu pelo corredor, e logo em seguida a porta se fechou novamente, abafando os ruídos do baile. Clara não sabia se Galbraith tinha voltado para o salão ou não, nem tinha como saber, pois não se atrevia a se mexer. Esperou, atenta, mal ousando respirar.

— Raios! — Clara o ouviu murmurar. — Como é que alguém simplesmente desaparece do nada?

Ela mordiscou o lábio, sorrindo. Realmente, como?

O relógio de pêndulo ao pé da escadaria começou a bater as doze badaladas. De repente ela ouviu um riso reverberar pelo corredor.

— Ah, é meia-noite, não é? — Ele riu de novo. — Então, Cinderela, acho que está na hora de lhe dar boa-noite...

O sorriso de Clara se alargou. Ela não gostava dele nem queria sua companhia, mas, ainda assim, era excitante viver um conto de fadas de verdade... E ser, pela primeira vez, a adorável mocinha ingênua que havia atraído a atenção do homem mais bonito do baile. Mesmo ele sendo um canalha.

A porta do salão se abriu e se fechou de novo, mas Clara continuou a esperar, contando trinta segundos antes de sair de trás das estátuas.

Felizmente, o corredor estava deserto.

Capítulo 5

REX AINDA NÃO ENTENDIA COMO era possível que a moça tivesse desaparecido em um piscar de olhos, mas sabia que ela não podia ter ido muito longe, e em qualquer outra ocasião teria se empenhado em procurar mais. Só que infelizmente ele tinha outras obrigações a cumprir, e vagar pelos corredores da casa à procura de uma garota insolente não era uma delas, algo de que ele se lembrou firmemente ao voltar para o salão.

Tia Pet o fulminou com o olhar, lembrando-o de que ainda precisava dançar com pelo menos meia dúzia de moças antes de poder se concentrar na provocante srta. Deverill. Rex olhou ao redor à procura de uma parceira adequada, e quando avistou Lady Frances Chinden ali perto, aproximou-se e a convidou para dançar a valsa.

Lady Frances era a escolha perfeita. O pai dela tinha dívidas de jogo enormes, portanto tia Petunia jamais a aprovaria como futura condessa de Galbraith. Ela era bonita, e uma companhia agradável, mas nem o charme de Lady Frances era capaz de distraí-lo e de tirar Clara Deverill de seu pensamento. A fisionomia daquela dama, iluminada pelo riso conquistado por esforço dele, permanecia nítida em sua mente mesmo enquanto ele dançava com outra mulher. O perfume de flor de laranjeira de seus cabelos ainda o embriagava, e as palavras dela ecoavam em seus ouvidos mais alto que os acordes do *Danúbio Azul* de Strauss.

Beijar-me durante a dança é impossível, lorde Galbraith... porque a dança acabou.

Rex visualizou a si mesmo como devia ter ficado quando ela disse isso: atordoado, atônito e até excitado — no meio da pista de dança, ele reconheceu contrafeito, humilhado na frente da sociedade toda. Estivera tão entretido com a perspectiva de beijá-la que nem notara que a música tinha parado e eles não estavam mais dançando. Não era à toa que ela havia achado graça.

Ainda assim, ele tinha uma desculpa. À primeira vista, ela podia não atrair a atenção de um homem, mas quando sorria, era estonteantemente linda. Quando Clara ria, seu rosto se iluminava — o salão inteiro se iluminava —, anulando a primeira impressão de que ela era uma garota sem graça. Rex suspeitava de que ela mesma não tivesse noção disso, de que possuía um encanto pessoal. Pena ele não ter tido a chance de mostrar isso a ela. Clara tinha saído feito um raio logo que a dança terminara, deixando-o ali parado como um pateta e sentindo-se um idiota completo.

Para onde ela tinha ido ainda o intrigava. Devia ter se esgueirado para o toalete das damas, embora ele não entendesse como ela tinha conseguido chegar lá a tempo. Devia ter corrido a valer.

Mas por quê? Sem falsa modéstia, Rex sabia que não era do tipo de quem as moças costumavam fugir. Por que aquele impulso de Clara de sair correndo? Será que ela estava flertando e fugira com o intuito de que ele a perseguisse?

Não fazia sentido. Ela tinha deixado bem claro que não queria dançar com ele, e apesar de algumas palavras e trejeitos faceiros aqui e ali, o comportamento dela tinha sido indiferente, frio e até desaprovador.

Quem ela pensava que era para aprová-lo ou desaprová-lo?, pensou Rex, um pouco irritado. Afinal, tinham acabado de se conhecer.

Com esse pensamento, ele teve de novo aquela estranha sensação de familiaridade. Ela negara com veemência, mas quanto mais ele tentava deixar para lá, mais forte a sensação ficava. Eles já deviam ter se encontrado em alguma ocasião, e por algum motivo ela estava negando. Mas por quê? Talvez para retribuir alguma desfeita...? Será que a tinha ofendido de alguma forma?

Rex não teve mais tempo de divagar sobre aquele assunto um tanto perturbador, pois a voz de Lady Frances se intrometeu em seus pensamentos.

— O senhor parece preocupado, lorde Galbraith.

Com esforço, Rex deixou de lado os devaneios sobre a recente parceira de dança e olhou para a moça com quem rodopiava pelo salão, rapidamente pensando em como poderia se desculpar.

— Perdão, Lady Frances. Confesso que estou mesmo preocupado. Estou substituindo meu tio como anfitrião do baile, mas não estou acostumado com essa função. Está me deixando um pouco ansioso.

— Não há necessidade de se sentir assim. O senhor está se saindo muito bem. O papel de anfitrião lhe cai com perfeição.

Como a maioria dos homens, Rex gostava de elogios, mas somente quando os merecia, e não era o caso, já que fazia menos de uma hora que estava atuando como anfitrião. Não, ele pensou, olhando para o rosto bonito de Lady Frances; aquele tipo de elogio era o que as debutantes achavam que era esperado delas. A maioria das debutantes, pelo menos.

Sua reputação é reprovável.

Rex blasfemou baixinho.

— Como?

Lady Frances o encarava fixamente, e pela segunda vez Rex se forçou a prestar atenção em sua parceira de dança. No entanto, apesar de suas boas intenções, de vez em quando ele se via perscrutando o salão à procura de uma graciosa figura de vestido branco e cabelos castanho-claros trançados no alto da cabeça. Mas não havia sinal dela.

Foi somente depois de deixar Lady Frances com os pais e se dirigir à mesa de refrescos que os esforços de Rex pareceram ser recompensados. Quando ele viu uma moça alta e esguia, vestida de branco, saindo para a varanda, ele não perdeu tempo em ir atrás. Infelizmente, ao chegar lá, viu que não era Clara Deverill, e sim a ligeiramente escandalosa Lady Hunterby, que abriu um sorriso malicioso antes de descer as escadas que levavam ao jardim.

Rex foi até a balaustrada, observando com uma ponta de inveja Lady Hunterby atravessar o gramado na direção do gazebo, em uma das extremidades do jardim. Um encontro amoroso, ele não pôde deixar de pensar, era bem mais interessante do que dançar com mulheres nas quais não estava interessado, ou do que procurar em vão por uma garota irritante que claramente não estava interessada nele.

— Eu segui o seu conselho.

Rex virou-se, feliz por ter algo com que se distrair, e viu Lionel Strange atravessando a varanda em sua direção.

— Lionel? Que surpresa agradável encontrá-lo. Eu não sabia que você viria ao baile de minha tia.

O outro homem deu de ombros, mas havia uma tensão curiosa em seu comportamento que desmentia o gesto de pouco caso.

— De vez em quando sou convidado para esses eventos. Imagino que sua tia Petunia tenha dificuldade em agrupar um número suficiente de homens solteiros para um baile dessas proporções.

Rex se surpreendeu ao perceber o passo cambaleante e a voz arrastada de Lionel. O amigo não costumava se embebedar.

— Tenho certeza de que não foi por isso que ela o convidou — disse ele, quando o outro parou à sua frente. — Provavelmente foi porque ela sabe que somos amigos e que o tenho em alta estima.

— Somos amigos? — Lionel repetiu e riu um pouco alto demais. — Será?

— Claro que sim.

— Então você tem uma noção muito estranha de amizade.

Rex franziu a testa, a surpresa se transformando em preocupação. Mesmo nas raras ocasiões em que Lionel exagerava na bebida, Rex não se lembrava de ele ter se comportado de modo hostil ou grosseiro.

— Não faço ideia do que está falando, mas de qualquer forma tenho certeza de que você não foi convidado apenas para fazer volume. Minha tia jamais convidaria alguém de quem não gostasse. Afinal, você é um membro do Parlamento, um homem de posição. Não é um joão-ninguém.

— Talvez, mas nós dois sabemos que eu não pertenço à nata da sociedade. — Havia um evidente tom de amargura na voz de Lionel.

— Pelo visto, Geraldine também sabe.

Rex vincou ainda mais a testa à menção de Dina, e sua preocupação aumentou.

— O que quer dizer com isso?

— Como eu falei, segui o seu conselho. Esta noite mesmo, para ser exato. Quer saber o resultado?

Rex não tinha certeza se queria saber, dado o estado de embriaguez do amigo e seu jeito belicoso, mas um homem não podia recuar quando um amigo estava em dificuldades.

— Quero saber, sim. Diga-me o que aconteceu.

Lionel balançou a cabeça e deu um riso forçado.

— Aconteceu exatamente o que eu previa. Ela concordou com a minha sugestão de que talvez fosse melhor terminarmos. Disse que eu tinha razão, que na verdade ela *era* boa demais para mim. E me deixou falando sozinho.

— Como assim? — Rex piscou várias vezes, chocado com aquela notícia. Afinal, Dina era, antes de mais nada, namoradeira. Não era do tipo que romperia com um homem sem deixar alguma brecha para que ele fosse atrás. — Mas você não insistiu? Fez o discurso que eu sugeri?

— Ah, sim. — A expressão de Lionel ficou ainda mais amarga. — Mas nem cheguei a falar tudo, porque ela disse que sabia que eu tentaria algo assim.

— Algo assim, como?

— Lady Truelove já a tinha avisado que isso poderia acontecer.

Rex piscou novamente, sem entender nada.

— Lady quem?

— Lady Truelove. É uma coluna de conselhos amorosos. *Querida Lady Truelove...* Por Deus, Rex, é claro que você já ouviu falar. Você não lê jornal?

— Você sabe que não.

— As pessoas escrevem para Lady Truelove contando seus problemas amorosos e pedindo conselhos, e ela sugere o que devem fazer.

Rex estudou a fisionomia perturbada de Lionel e desejou que o amigo tivesse procurado a tal Lady Truelove ao invés dele, mas claro que não disse isso em voz alta. Contudo, tentou racionalizar a situação.

— Geraldine escreveu pedindo conselhos para uma colunista de jornal? — perguntou, sabendo que aquilo era um absurdo. Dina podia ser namoradeira, mas também era discreta. Jamais faria algo do tipo.

— Ela disse que não. Mas não importa, o fato é que havia lá uma carta descrevendo uma situação tão semelhante à nossa que ela decidiu seguir o conselho que Lady Truelove deu à pessoa que escreveu. Segundo Dina, foi a Providência Divina.

— Você não pode estar falando sério.

— Ah, estou sim. A carta era de alguém cujo pseudônimo era "Perdida em Belgrávia". Dizia que o homem que a amava lhe tinha dado esperanças de casamento, mas que agora se mostrava relutante em contrair matrimônio.

— Bem, eu diria que essa é uma história comum...

— "É o que está acontecendo conosco", foi o que Dina disse. Ela sentiu como se Lady Truelove estivesse falando diretamente com ela. Depois de ler a coluna com meus próprios olhos, entendi por que ela chegou a essa conclusão.

— Ainda assim, é apenas uma coincidência.

— A moça que escreveu a carta tem um nível social bem mais alto que o do rapaz. É uma viúva aristocrata, ao passo que ele pertence à classe média. Os dois se declararam um para o outro e se encontravam em segredo, sem a família saber. Fazia um mês que estavam namorando. Coincidências demais, não acha?

— Mas qual seria a outra explicação?

— É o que me pergunto. Lady Truelove advertiu a moça de que o tal rapaz era um patife, um verdadeiro canalha que queria se aproveitar dela da pior maneira possível.

— Não me diga que você está levando isso para o lado pessoal! Ora, vamos lá, Lionel, essa mulher não está se referindo a você.

— Você acha que não?

— Como poderia, se ela nem o conhece?

— Talvez ela me conheça, mesmo que eu não saiba quem ela é.

— Antes que Rex pudesse responder a esse comentário enigmático, Lionel continuou: — Lady Truelove escreveu que o rapaz tentaria confundi-la, que faria o possível e o impossível para tentar persuadi-la a levar adiante o namoro.

— Bem, claro que qualquer homem que estivesse em uma situação cômoda como essa iria querer levá-la adiante até onde pudesse. Você certamente faria isso. Dina é discreta demais para divulgar seus problemas pessoais em uma coluna de jornal.

— Ela é discreta mesmo — concordou Lionel, e suas feições se contraíram ainda mais. — O que me traz a você.

Rex enrijeceu o corpo, subitamente desconfiado e não gostando da maneira ressentida com que o amigo o fitava.

— O que você está insinuando, Lionel?

Em vez de responder, Lionel puxou um recorte de jornal do bolso do smoking.

— Permita-me lhe mostrar a opinião de Lady Truelove sobre a situação e o conselho que ela deu a quem lhe escreveu. — Ele segurou o recorte com as mãos enluvadas e começou a ler. — "Eu tenho dúvidas de que apenas procrastinação explique a falta de atitude desse homem. Minha cara jovem, está muito claro, lamento dizer, que um casamento honrado não faz parte dos planos desse cidadão. Falando francamente, ele está usando o método mais baixo que um homem poderia utilizar. Caso a senhorita questione os motivos dele para romper o namoro, ouso dizer que ele tentará enganá-la, tornando a relutância em se casar em algo honroso, nobre até. É possível mesmo que ele alegue que não pode se casar por causa da diferença de classe social ou por não ter condições de lhe oferecer o conforto ao qual está acostumada."

— Qualquer homem se sentiria impelido a apontar uma grande diferença de posição em relação a sua amada — observou Rex. — Casar-se com uma pessoa de classe social diferente seria precipitado e imprudente.

— "Ele dirá que a senhorita merece mais do que ele pode oferecer" — prosseguiu Lionel, lendo o recorte de jornal e ignorando o comentário de Rex —, "e que a senhorita é boa demais para ele. É possível que ele faça um esforço fingido para terminar o namoro, que alegue que não quer fazer isso porque é louco pela senhorita, que não consegue comer nem dormir de tanto pensar na senhorita, que o tempo que passaram juntos foi a melhor coisa que já aconteceu na vida dele."

Ao ouvir a repetição exata de suas próprias palavras ditas dias antes, Rex deu uma gargalhada.

— Mas como...

— "Não se deixe enganar" — interrompeu Lionel, voltando a ler em voz alta: — "Esse tipo de discurso não tem a boa intenção de romper um relacionamento que só pode ser visto como insalubre. Ao contrário. Cada palavra que ele disser será para enganá-la, minha querida, para brincar com os seus sentimentos e prendê-la ainda mais a ele. Em seguida à tentativa de terminar tudo, não duvido que ele lhe implore que continuem juntos por mais algum tempo. Ele poderá até se jogar aos seus pés, expressando a disposição de se contentar com migalhas do seu afeto..."

— Mas o quê?

Rex tirou o jornal das mãos do amigo e percorreu a coluna com os olhos, de cima a baixo. À medida que lia as palavras de seu próprio discurso, uma imagem se formou em sua mente... Um cenário em uma pequena casa de chá em Holborn, um aglomerado de folhas de palmeira e um par de olhos castanhos que o fitavam com reprovação. E de repente entendeu por que Clara Deverill lhe parecia tão familiar.

— Por causa desta coluna, Dina rompeu comigo definitivamente! — lamentou Lionel, quase gritando. — Disse que era para eu deixá-la em paz e nunca mais procurá-la. E a culpa é toda sua!

Apesar da voz alterada de Lionel, Rex não prestou atenção, pois a informação que tia Petunia tinha dado sobre Clara reverberava em sua mente.

A família do pai dela é ligada ao comércio, acho que são donos de um jornal.

Ele olhou para o cabeçalho no topo do recorte que tinha nas mãos. *Weekly Gazette.*

— Mas que ousadia! — ele gritou também, cada vez mais irritado ao entender o que tinha acontecido. — Que maldita!

— Por Deus, Rex, pensei que você fosse um sujeito discreto. Pensei mesmo. Achei que pudesse confiar em você.

Ao ouvir a insinuação, Rex fitou o amigo.

— O quê? Lionel, você não acha que eu...

— Eu vi você dançando com a srta. Deverill — interrompeu Lionel, furioso. — Percebi que confiei na pessoa errada.

A raiva dominou Rex a ponto de impedi-lo de responder. *Aquela pestinha*, pensou, segurando com força o recorte de jornal, amassando-o entre os dedos. *Aquela pestinha bisbilhoteira, abelhuda e oportunista...*

Respirando fundo, ele tentou explicar o que devia ter acontecido.

— Lionel, eu não contei nada para essa moça. Está claro que ela...

— Pare! — exclamou Lionel, sem deixar Rex terminar de falar. — Nem tente se justificar. — Ele apontou para o recorte de jornal. — O pai dela é o editor, você não percebeu?

Rex contraiu o maxilar, tão nervoso quanto o amigo.

— Sim, pensei nisso...

— Sempre achei que você soubesse tudo sobre mulheres. — Lionel deu outra risada. — Mas essa fez você de bobo, não foi? Há quanto tempo ela está extraindo informações em favor da coluna? Imagino quantos outros amigos nossos também viram seus casos particulares expostos em um jornal.

— Pelo amor de Deus. Faz uma hora que conheci essa garota, e além do mais eu nunca...

— Quer dizer que quando a coluna da próxima semana publicar outra história, supostamente fictícia, relatando a situação de outro amigo nosso, será coincidência também? — Lionel balançou a cabeça e riu de novo. — Eu nunca achei que você perderia a cabeça por causa de uma mulher, mas pelo visto, parece que eu estava enganado.

— Eu nunca perdi a cabeça por causa de uma mulher na minha vida — assegurou Rex. — E seu receio pelos nossos amigos é infundado. Vou providenciar para que isso só tenha acontecido uma vez...

— Agora é um pouco tarde demais, não acha? Por sua causa e da sua falta de discrição — esbravejou Lionel —, eu perdi Dina para sempre!

Um movimento atrás de Lionel atraiu a atenção de Rex, e ele avistou lorde e Lady Flinders saindo para o terraço.

— Se o que você quer é discrição, amigo, sugiro que fale mais baixo — murmurou. — Não estamos mais sozinhos aqui fora.

Lionel olhou de modo impaciente por cima do ombro e voltou a fitar Rex.

— Que droga, rapaz — rebateu, não se esforçando nem um pouco para seguir o conselho de Rex e se acalmar. — Isso é tudo que você tem a dizer depois do que fez? Depois de ter traído a minha confiança dessa maneira?

— Lionel, escute — disse Rex baixinho, tentando apelar para a razão mediante a raiva e a embriaguez do amigo. — Eu já disse e repito, acabei de conhecer a srta. Deverill esta noite. E eu não contaria a ninguém...

— Seu cretino mentiroso!

Rápido como um raio, Lionel atingiu com o punho fechado a lateral do rosto de Rex, antes que este tivesse chance de se abaixar. A dor se espalhou por todo o lado esquerdo do rosto dele e o fez recuar um passo, mas quando viu o amigo avançando em sua direção para mais um soco, esquivou-se, empurrando o braço de Lionel para o lado. Não queria brigar, muito menos na festa da tia, mas não tinha muita escolha.

Assim, revidou com dois socos rápidos antes que Lionel o atingisse novamente. Como não queria ser atacado uma segunda vez, aproveitou a vantagem, atracando-se com o amigo. Juntos, eles cambalearam pelo terraço, fazendo com que lorde e Lady Flinders se afastassem para não serem atingidos, bem como vários outros convidados que tinham saído para ver qual o motivo daquela agitação. Infelizmente, entre as pessoas, estava tia Pet, que se deteve logo do lado de fora da porta do salão, com expressão tão horrorizada e consternada que ao vê-la Rex parou de lutar imediatamente.

O soco veio do nada. Atingiu-o com tanta força que ele só enxergou pontos reluzentes feito estrelas. Percebeu que estava caindo para trás, sentindo uma dor excruciante na cabeça, e seu único pensamento antes de tudo escurecer foi que realmente precisava parar de dar conselhos aos amigos.

<hr />

O olho roxo até que não estava tão ruim, apenas uma pequena mancha, assegurou-lhe o seu valete. A concussão, no entanto, era outra história. Na manhã seguinte ao baile, Rex descobriu que o mundo girava violentamente a seu redor toda vez que tentava se levantar e que seu corpo adquirira uma tendência deveras inconveniente de expulsar todo o conteúdo do estômago.

Foi só depois de 48 horas que ele conseguiu ficar de pé, e viu que a pequena mancha escura embaixo do olho tinha quadruplicado de tamanho.

— Deus do céu, Cartwright! — exclamou ele para o valete quando se olhou no espelho. — Estou parecendo um índio apache. Qualquer mulher que me vir chegando perto vai se assustar.

— Acho que o senhor está exagerando. — Cartwright pôs a lâmina de lado e pegou uma toalha. — A sra. Snell preparou o desjejum. Isto é, se o senhor estiver disposto.

Ele estava faminto, percebeu com certa surpresa, mas antes que pudesse responder alguém bateu na porta, e em seguida seu mordomo, Whistler, entrou no quarto.

— Com sua licença, senhor, mas Lady Petunia está lá embaixo.

— De novo? — Rex baixou o espelho que tinha na mão. — Já é a terceira vez desde o baile que ela vem aqui.

— Quarta, senhor. Lady Petunia está bem ansiosa para lhe falar.

— Querida tia Pet... — murmurou Rex, sorrindo. — Ela obviamente está preocupada comigo.

O mordomo tossiu com discrição.

— Eu creio que não seja bem isso, senhor.

Rex enrijeceu o corpo. As memórias da noite do baile ainda estavam um pouco vagas, mas uma imagem de repente ficou clara como água em sua mente: tia Pet, em pé à porta da varanda do salão de baile, olhando para ele horrorizada. O sorriso que começava a surgir em seus lábios sumiu no mesmo instante, e ele se virou para encarar Whistler.

— O que ela disse? Quero saber as palavras exatas.

— Quando expliquei que o senhor ainda não estava em condições de receber visitas por causa dos ferimentos, ela disse... — Whistler fez uma pausa e olhou para Rex como quem pede desculpas. — Disse que, na opinião dela, qualquer ferimento que o senhor tivesse não seria mais que o merecido, uma vez que o senhor ofendeu uma moça na pista de dança e...

— A moça é que saiu correndo — interrompeu Rex, indignado.
— Ela saiu do salão e desapareceu, evaporou-se! O que eu poderia fazer? Sair procurando por ela pela casa inteira?

— Ela também mencionou algo sobre o senhor ter negligenciado suas obrigações como anfitrião.

— Mas eu levei um soco e fiquei inconsciente — observou Rex, embora não fosse necessário defender-se para o próprio mordomo.

— Sim, ela também mencionou isso, senhor...

— Ah, foi mesmo?

— A descrição dela, acredito, era de que o senhor estava brigando no baile dela como se fosse um estivador de Limehouse.

Rex fez uma careta à medida que as memórias embaçadas daquela noite se tornavam nítidas conforme o mordomo falava.

— Ela me pareceu ansiosa para conversar com o senhor sobre seu comportamento recente. — A voz de Whistler interrompeu os pensamentos de Rex. — O senhor gostaria de recebê-la?

Rex sabia que deveria descer, levar a bronca que o aguardava e acabar logo com aquilo. Afinal, a briga provavelmente tinha sido o agravante maior, mesmo não tendo sido culpa *dele*. Lionel tinha dado o primeiro soco, e até mesmo tia Pet concordaria que todo homem tinha o direito de se defender. Depois que ela ouvisse as explicações...

Rex interrompeu aquela linha de raciocínio para reconsiderar. Por outro lado, não poderia explicar exatamente tudo o que havia acontecido sem comprometer a confiança de Lionel. E como a tia já estava aborrecida por causa de seu comportamento com a srta. Deverill, não podia contar a ela que havia sido sua impertinente sugestão de beijar a garota que a fizera sair do salão de baile. Além disso, olhando-se mais uma vez no espelho, ele se deu conta de que o rosto arroxeado não o ajudaria a reconquistar a boa vontade de Petunia.

Rex entregou o espelho a Cartwright e voltou-se para o mordomo:

— Você explicou a ela a gravidade dos meus ferimentos?

— Eu disse que o senhor teve uma concussão e que provavelmente ainda demoraria mais alguns dias para se recuperar.

Com isso, Rex decidiu que o melhor a fazer era deixar a poeira baixar e a braveza da tia amainar. Enquanto isso, pensaria no melhor jeito de explicar a briga com Lionel sem revelar nada sobre o caso secreto do amigo com Lady Geraldine Throckmorton. Quanto ao resto...

Ele olhou para o recorte de jornal amassado sobre a mesa conforme outras lembranças lhe vinham à mente.

— Diga a minha tia que o ferimento na minha cabeça, o *enorme* ferimento, ainda me impede de receber visitas — ordenou ele ao mordomo. — Eu a avisarei quando estiver em forma, quando estiver me sentindo melhor — emendou quando Whistler ergueu uma sobrancelha.

— Muito bem, senhor.

Whistler saiu e Rex pegou o recorte amassado de jornal. Ele visitaria a tia em um ou dois dias e daria um jeito de fazer as pazes com ela. Nesse meio-tempo, encontraria Lionel e se entenderia com o amigo também. Quanto à srta. Clara Deverill...

Rex contraiu o maxilar e alisou o pedaço de jornal com os dedos. No que dizia respeito a ela, ele não tinha intenção de fazer as pazes ou consertar coisa alguma. Ao contrário. Com ela, estava disposto a brigar.

Capítulo 6

Os jornais tinham sido a principal fonte de renda dos Deverill por muitos anos. Houve uma época em que a família possuía um vasto império no campo da imprensa, que em seus tempos áureos incluía 17 jornais e 12 revistas. O pai de Clara, contudo, nunca fora um bom homem de negócios, e sob a sua tutela o empreendimento construído ao longo de duas gerações logo se deteriorou, reduzindo-se a apenas um jornal, o *Weekly Gazette*, cujo escritório funcionava onde no passado havia sido a biblioteca da família.

Irene tinha salvado o último vestígio da coleção de jornais dos Deverill, um fato que levava Clara a frequentemente brincar com a irmã, dizendo que ela tinha tinta nas veias em vez de sangue. Por sua vez, embora gostasse de ler os periódicos, ela nunca de fato compartilhara a paixão de Irene por gerenciar um jornal.

A principal ambição da vida de Clara sempre fora muito simples: casar-se e ter filhos; no entanto, sua timidez excessiva era um obstáculo para alcançar esse objetivo. Para piorar, o mal-estar entre seu pai e a família de sua mãe lhe deixara poucas oportunidades de transitar pelos círculos sociais e conhecer pretendentes. Ela havia sido pedida em casamento uma vez, mas as circunstâncias não muito atraentes nas quais a proposta tinha sido feita a levaram a recusar, e desde então não houvera outra oportunidade.

Clara sabia que para realizar seu maior e mais acalentado sonho teria que encontrar uma maneira de não ser tão acanhada com estranhos e assumir um papel que não fosse tão passivo no futuro. Quando Irene se casou com Torquil, Clara aceitou o convite da família do duque para passar a temporada seguinte com eles, e apesar de Irene ter prolongado a viagem e da evidente deserção de Jonathan, ela não tinha a menor intenção de abandonar seus planos.

Entretanto, logo descobriu que o destino não iria facilitar sua vida. O sr. Beale estava ficando mais truculento ao final de cada dia que se passava sem que Jonathan aparecesse. Clara sabia que deveria contar a verdade, que seu irmão não viria mais, mas, com medo que ele se demitisse, continuava adiando a notícia. Fazia o possível para ignorar o azedume do sr. Beale e trabalhar junto com ele da maneira mais amigável possível, mesmo porque, naquele momento, ela tinha um problema bem mais sério do que um editor rabugento.

Clara olhou para as duas cartas à sua frente, as mesmas duas que haviam sido escritas para Lady Truelove e que ela folheara na casa de chá no outro dia. Várias outras cartas para a colunista haviam chegado desde então, mas Clara sentira uma forte empatia por aquelas duas. Sua vontade de encontrar soluções para ambas era grande, talvez por saber que, se pudesse ajudar os remetentes, estaria encontrando uma saída para si mesma.

Infelizmente, ao se sentar à mesa e estudar as cartas, ela foi forçada a admitir que nenhuma ideia brilhante tinha lhe ocorrido desde aquela tarde na Casa de Chá da Senhora Mott. E lorde Galbraith também não estava por perto para inspirá-la.

De certa forma era uma pena, pois apesar de o conselho que ele dera ao amigo ser moralmente inaceitável, fora baseado em uma consciência sólida, embora cínica, da natureza humana.

Muito a contragosto, Clara entendeu que lorde Galbraith era um conselheiro melhor que ela, já que conhecia bem as pessoas, especialmente as mulheres. E certamente sabia como conquistá-las. Que diabos, ela o conhecia como um pilantra, não gostava dele, não o respeitava, e, no entanto, como mulher, sentia a força de seu magnetismo.

Seria bem mais provável que eu a raptasse.

Clara se lembrou daquelas palavras com ressentimento. O único homem em sua vida que expressara vontade de raptá-la tinha que ser justamente um que não prestava. Que sorte a dela...

Um beijo durante uma dança quebraria algumas regras, não?

— Sim, o suficiente para arruinar a reputação de uma moça — murmurou consigo mesma e, com isso, lembrou-se de que havia trabalho a ser feito e voltou sua atenção para a tarefa que tinha em mãos.

Depois de pensar bastante, decidiu concentrar seus esforços na Debutante Inconsolável. Afinal, tinha muita coisa em comum com aquela moça. Se encontrasse um bom conselho para aquela dama, poderia usá-lo para si mesma.

Uma batida na porta interrompeu seu devaneio. No mesmo instante, ela pôs várias outras cartas em cima daquelas que estava estudando, escondendo-as.

— Pode entrar — disse.

A porta se abriu e Evie entrou.

— Aqui estão os jornais da tarde, srta. Deverill — avisou a secretária, levando-os para a mesa de Clara.

— Nossos concorrentes escreveram alguma coisa interessante? — indagou ela, mesmo sabendo que não podia se permitir nenhuma distração com as fofocas picantes dos concorrentes.

— Nada de muito sério. — Evie pôs a pilha de jornais num canto da mesa. — O *London Inquirer* agora tem uma coluna de aconselhamento, chamada Senhora Corações Solitários.

Clara retorceu os lábios em uma expressão de ironia.

— Senhora Corações Solitários? Acho que Senhora Macaca de Imitação seria mais adequado.

Evie riu.

— Está no topo da pilha, se a senhorita quiser ver.

Clara não tinha certeza se queria. Se o maior concorrente estava tentando roubar os leitores do *Gazette* com uma versão própria de Lady Truelove, isso aumentava a responsabilidade dela, exigindo que caprichasse ao máximo em seu trabalho.

— Obrigada, Evie.

A secretária meneou a cabeça e saiu, fechando a porta atrás de si. Clara abriu o *Inquirer* para dar uma olhada na última ameaça à rainha das colunas de aconselhamento, Lady Truelove. Contudo, depois de virar algumas páginas, parou, sua atenção tomada por uma manchete específica.

— Oh, céus — murmurou, um breve sorriso curvando-lhe os lábios.

Ela sabia que não era certo regozijar-se com as dificuldades dos outros, mesmo que esse outro fosse lorde Galbraith. Por outro lado, a notória reputação dele tinha sido bem merecida, e era algo que parecia ser motivo de orgulho.

Eu apenas aproveito a vida, srta. Deverill, e não entendo por que deva ser condenado por isso.

Clara olhou novamente para a manchete e seu sorriso se alargou. Ao que parecia, o visconde estava prestes a pagar um preço por sua boa vida.

Com uma ansiedade travessa, Clara decidiu que podia perder cinco minutos de trabalho para descobrir como ele havia piorado ainda mais sua reputação. Recostando-se na cadeira, começou a ler o artigo. Mal havia terminado o primeiro parágrafo quando outra batida na porta a interrompeu.

No mesmo instante ela se empertigou, ficou séria e dobrou o jornal, colocando-o de volta na pilha que Evie havia trazido.

— Entre — disse ela, pegando a caneta a fim de fingir que estava concentrada no trabalho quando Evie apareceu novamente no umbral da porta.

— Há um cavalheiro aqui que quer vê-la, srta. Deverill — anunciou Evie com uma ponta de reverência na voz, aproximando-se da mesa de Clara e estendendo-lhe um cartão. — Visconde Galbraith.

— Como? — O fato de o protagonista de seu material de leitura e de seus pensamentos daquele dia encontrar-se logo ali a fez se levantar de supetão. Consternada, pegou o cartão da mão de Evie.

— O que ele pode querer comigo? — indagou, mas sentiu que já sabia a resposta. Um nó se formou em seu estômago.

— Tem importância? — contrapôs Evie, com um sorriso maroto. — Ele é um banquete para os olhos, que importa o motivo que o trouxe aqui?

Clara respondeu franzindo a testa, e o sorriso de Evie desapareceu no mesmo instante. Depois de uma tossidela, ela reassumiu a postura de eficiência.

— Ele não disse por que veio, apenas perguntou se a senhorita poderia recebê-lo.

— Não, eu... — Clara parou de falar, repensando o que fazer enquanto sua apreensão só aumentava.

Claro que poderia se recusar a vê-lo, mas o que isso lhe traria de útil? Ele poderia a qualquer momento fazer uma visita ao duque, convidá-la para dançar no próximo baile ou acuá-la em algum canto durante uma festa qualquer da temporada. Já que ele a descobrira, era melhor enfrentar a situação no seu escritório privado do que diante de olhares bisbilhoteiros. E se ele não tivesse contado a ninguém sobre a identidade de Lady Truelove, ela poderia tentar persuadi-lo a continuar guardando segredo.

— Mande-o entrar — disse por fim, jogando o cartão na mesa.

Evie saiu e Clara procurou conter a inquietação enquanto juntava as cartas sobre a mesa. Talvez estivesse enganada e Galbraith estivesse ali por algum outro motivo que não tivesse nada a ver com Lady Truelove.

Seria bem mais provável que eu a raptasse.

Ela respirou fundo, a lembrança das palavras dele em nada contribuindo para acalmar seus nervos abalados. Enfiou as cartas à Lady Truelove dentro de uma gaveta e tentou assumir a mesma altivez que havia conseguido mostrar na noite do baile, mas todo o esforço falhou no instante em que Galbraith entrou.

O inconfundível brilho de raiva nos belos olhos azuis e o semblante severo confirmaram os piores temores de Clara, deixando evidente que seria inútil tentar racionalizar ou persuadi-lo de qualquer coisa. A postura tensa dele ao parar diante da mesa indicava que ele estava ali para brigar. O olho roxo e o corte na testa enfatizavam essa intenção.

Clara engoliu em seco, olhando para além dele.

— Obrigada, Evie — disse, com uma aparente calma que estava longe de refletir seu estado de espírito. — Pode ir e, por favor, feche a porta.

A secretária ergueu as sobrancelhas, surpresa com aquela ordem incomum, mas obedeceu com um sorrisinho irônico e uma piscadela antes de fechar a porta.

— Lorde Galbraith. — Clara o cumprimentou, dobrando os joelhos em uma vênia.

— Senhorita Deverill. — Ele retribuiu com uma mesura. — Ou aqui, dentro das paredes de seu local de trabalho, você prefere ser chamada por seu pseudônimo?

O pior temor de Clara estava confirmado além de qualquer sombra de dúvida, mas ela se esforçou para não demonstrar nenhuma emoção.

— Não sei do que o senhor está falando.

Galbraith inclinou ligeiramente a cabeça para o lado, estudando-a. Então, de repente, soltou uma gargalhada na qual, Clara percebeu, não havia o menor traço de humor.

— As aparências enganam — murmurou ele. — Você parece ser a criaturinha mais doce e frágil do mundo, com esses grandes olhos castanhos, e, no entanto, é uma das pessoas mais mentirosas que já conheci na vida. Tão fria que duvido que um pedaço de manteiga se derreta em sua boca.

Clara empertigou-se ao ouvir aquela acusação, não só por não estar em posição de negar, mas também por considerar que era um caso concreto do roto falando do esfarrapado.

— Aonde o senhor quer chegar?

Ele arqueou uma sobrancelha, mas não respondeu diretamente.

— Quando nos conhecemos, eu tive a impressão de que sua fisionomia me era familiar — disse ele, inesperadamente. — Achei que já a tinha visto em algum lugar antes, mas não conseguia identificar onde. Como você insistiu que não, concluí que havia me enganado. Porém, mais tarde naquela noite — emendou, enfiando a mão no bolso do paletó e tirando um recorte de jornal —, quando meu amigo Lionel veio tirar satisfações comigo, brandindo este recorte de jornal com a coluna de Lady Truelove, percebi que não estava enganado.

O coração de Clara se apertou ao observá-lo abrindo o pedaço de jornal. Agora não só ele, mas também o amigo conhecia seu segredo. Mesmo que conseguisse de alguma maneira convencer Galbraith a ser discreto, nada garantiria que o amigo também seria. A identidade de Lady Truelove logo seria conhecida pelo mundo todo, a magia seria totalmente desfeita, a coluna estaria condenada e os concorrentes da Deverill Publishing iram se refestelar de alegria. E a culpa seria inteiramente dela. O que diria a Irene? Como conseguiria encarar a irmã com a notícia de que Lady Truelove estava arruinada por sua causa?

— Ao aconselhar a correspondente, sua colunista citou todas as características do comportamento e dos motivos do cavalheiro em questão. — Ele olhou para o pedaço de jornal que tinha em mãos. — Os comentários são tão específicos que Lionel e eu reconhecemos inclusive algumas palavras. Ele chegou a suspeitar que eu fosse essa tal Lady Truelove, mas quando nos viu dançando juntos, pensou em uma teoria alternativa.

— Ah... é? — Clara engoliu em seco, tentando ganhar tempo enquanto procurava desesperadamente uma maneira de sair daquela enrascada. — E que teoria é essa?

— Que eu fiz papel de bobo. — Os olhos de Galbraith reluziam como o mar. — Ele chegou à conclusão de que nós dois nos conhecíamos, aliás, que nos conhecíamos tão bem a ponto de eu ter traído a confiança dele contando a você as confidências que ouvi. E que você, no seu papel de editora da Lady Truelove, repassou essas confidências à colunista, as quais ela usou como inspiração.

Clara agarrou-se àquela história com uma ponta de alívio. Se conseguisse persuadi-lo de que o amigo tinha razão, de que ela apenas escutara a conversa e passara as informações adiante, talvez o assunto tivesse um ponto final ali mesmo e a identidade de Lady Truelove permanecesse preservada.

— Lionel não gostou nada, pois acredita que eu traí a confiança dele — continuou Galbraith, antes que ela tivesse tempo de dizer qualquer coisa. Então gesticulou, mostrando o próprio rosto. — Pela minha aparência, você pode ver como ele ficou furioso.

Apesar da situação constrangedora, os lábios de Clara se curvaram em um leve sorriso.

— Foi o seu amigo que fez isso no seu rosto?

— Exatamente. — Galbraith guardou o recorte de jornal de volta no bolso do paletó. — Fico feliz que ache isso divertido.

Clara ficou imediatamente séria.

— Lorde Galbraith — ela começou a falar, mas ele a interrompeu.

— Eu sabia que Lionel estava indo longe demais em suas suposições, claro, mesmo porque eu não havia lhe contado nada, e foi então que descobri por que o seu rosto me era tão familiar. Você estava na casa de chá em Holborn naquele dia, na mesa ao lado da nossa. Estava bisbilhotando nossa conversa, nosso assunto *particular*, e usou o que ouviu como matéria de jornal. Foi isso ou não foi? — exigiu ele, quando Clara não respondeu.

— Adianta negar? — indagou ela, levantando as mãos em sinal de rendição. — Duvido que o senhor se convença de qualquer coisa que eu diga a meu favor.

— Verdade seja dita, eu não leio jornais com frequência. Não vejo utilidade alguma neles, mas hoje, conversando com alguns amigos, descobri que a identidade de Lady Truelove é um segredo guardado a sete chaves. Soube também que isso gera especulações, e esse é um dos principais motivos do sucesso da coluna. O que acha que aconteceria se as pessoas descobrissem quem é Lady Truelove de fato?

Clara sentiu o coração apertado, mas procurou não demonstrar.

— O senhor não sabe quem é Lady Truelove. Não sabe para quem passei as informações que inadvertidamente escutei.

— Ledo engano, sei exatamente quem é. Você não precisou passar informação alguma para Lady Truelove, porque Lady Truelove é você mesma.

Ela deu uma risada forçada.

— Baseado em quê o senhor chegou a essa conclusão absurda?

Galbraith sorriu com sarcasmo.

— Seus olhos, srta. Deverill. Seus grandes e expressivos olhos castanhos.

Clara não sabia o que esperava ouvir, mas certamente não era aquilo. Então o encarou, sem entender.

— O que meus olhos têm a ver com isso?

— Você comentou na noite do baile que eu tenho uma reputação notória. Como acha que adquiri essa reputação? — Galbraith se inclinou sobre a mesa, aproximando-se tanto que Clara viu as pontas claras dos cílios dele e o arco azul-escuro em volta das íris daqueles olhos incríveis, além de sentir o perfume de sândalo da loção pós-barba. — Eu tenho essa fama porque conheço muito bem as mulheres.

— É óbvio — retrucou ela de pronto, a tensão começando a transparecer. — Mas não vejo como...

— Quando dançamos, descobri que você já conhecia minha reputação da pior maneira possível, pois ficou claro que não a impressionei. Não foram apenas as suas palavras, mas a expressão desaprovadora em seus olhos quando eu disse que não me importava com o que as pessoas dizem a meu respeito. Não levei sua crítica a sério... Na verdade, achei deveras estimulante. A maioria das mulheres negligencia meus pequenos pecados e me perdoa.

— Um fato repugnante para o meu sexo — sentenciou Clara. — Por isso fico feliz que tenha me achado diferente.

Ele ignorou o comentário sarcástico.

— Quando Lionel estava expondo sua teoria sobre como minhas palavras foram aparecer no seu jornal, uma imagem se formou em minha mente. Vi os mesmos olhos contraídos, o mesmo olhar desaprovador da dama com quem eu tinha acabado de dançar, só que em outro cenário. Na minha mente, vislumbrei um par de olhos me fulminando através de umas folhagens e então compreendi por que você me parecia tão familiar.

— Ainda não entendo como o senhor pode concluir que...

— Naquela noite do baile você não só me desaprovou, não foi? Foi mais do que isso, você estava furiosa. A conversa que você escutou na casa de chá a ofendeu. Você se sentiu ultrajada.

— É verdade, eu fiquei furiosa. Qualquer mulher ficaria assim ao descobrir com que consideração dois homens, supostamente cavalheiros, são capazes de tratar uma dama. Para um cavalheiro, seu código moral é bem flexível.

Por alguma razão aquela descrição o fez sorrir, embora fosse um sorriso que não alcançava os olhos.

— Você se surpreenderia se soubesse o grande número de pessoas que acham que a moral é um conceito flexível.

Clara não queria pensar em até que ponto aquela afirmação podia ser verdadeira.

— Bem, no meu conceito não é.

— Posso ver que não. E foi o ultraje moral que a instigou a escrever o artigo?

— Eu já disse que...

— Você fez isso por puro rancor — interrompeu Galbraith. — Para nos pagar com a mesma moeda. Queria se vingar pelo que interpretou como falta de consideração com as mulheres...

— Eu não fiz por rancor nem por vingança! — exclamou ela, exasperada além do limite da cautela. — Escrevi para avisar uma mulher inocente de que um vigarista ludibriador estava tirando proveito dela da pior maneira possível.

Quando se deu conta de que havia se entregado, Clara quis morder a língua, principalmente ao notar o brilho de satisfação nos olhos dele.

— Ah! — ofegou ela, a frustração se transformando em fúria, com ele por tê-la encurralado, e consigo mesma por ter caído na armadilha. — Você é um demônio.

— Sim, as moças moralmente ofendidas costumam me rotular dessa forma. — Ele fez uma pausa, assumindo uma expressão de culpa ao levar a mão ao peito. — Mas só até eu convencê-las da verdadeira bondade da minha alma.

— Não há bondade alguma no senhor. O senhor não presta, assim como seu amigo, por tentar brincar com tamanha falta de consideração com os sentimentos de uma jovem. Isso é deplorável. Horrível!

— E por isso você resolveu se intrometer em um assunto que não era da sua conta.

— Quando vejo que outra pessoa está em perigo sinto que devo avisá-la. É uma peculiaridade minha.

Ele retorceu os lábios e murmurou algo em tom de desdém.

— E qual das partes você achava que estava em perigo?

— Ela, é lógico! — Clara o encarou com as sobrancelhas arqueadas.

— Não lhe ocorreu, por acaso, que quem realmente corria risco era o meu amigo?

— Que absurdo...

— Dina estava começando a se sentir culpada com o relacionamento deles, essa é a questão. Os valores morais que ela aprendeu durante a vida toda estavam fazendo sua consciência começar a pesar. Foi por isso que ela falou em casamento. É o que as pessoas esperam dela, que ela queira se casar. Mas será que o sentimento de culpa justifica um matrimônio precipitado?

— As pessoas não querem se casar apenas para fazer as pazes com a consciência!

— Muitas fazem isso, sim. Os ditames hipócritas e ridículos da sociedade sobre amor e casamento influenciam a cabeça das pessoas, fazendo com que se sintam culpadas por sentirem desejos físicos... Desejos que são naturais e justos, e na maioria das vezes passageiros.

Clara desviou o olhar, constrangida com a menção a desejos físicos.

— Esse assunto não é apropriado para uma conversa.

— E por causa dessa culpa — continuou ele, como se ela não tivesse falado nada —, as pessoas se sentem compelidas a se ligarem a outras pessoas para o resto da vida, mal se conhecendo e sem saber se serão felizes vivendo juntas.

— Mal se conhecendo? — repetiu ela. — As duas pessoas de quem estamos falando se conhecem bem demais, se conhecem intimamente.

No instante em que as palavras saíram de sua boca Clara se arrependeu, pois sabia que estava dando munição a Galbraith.

— Muito intimamente — concordou ele com voz grave, os cantos da boca se curvando em um leve sorriso. — Mas apenas no sentido bíblico.

Clara começou a rir, não porque tivesse achado engraçado, mas por espanto e vergonha. Sentindo o rosto queimar, cobriu-o com as mãos, mal conseguindo acreditar que estava discutindo aquele tipo de coisa com um homem, por mais que se tratasse daquele homem em particular, cujo comportamento não era exemplar e nem deveria surpreendê-la.

— O senhor fala como se a intimidade fosse uma coisa trivial.

— Não é trivial, mas não é razão suficiente para se casar. Faz um mês que Lionel e Dina se conhecem. Um mês — repetiu ele, como que para enfatizar a situação. — Você acha que é tempo suficiente para se comprometerem para o resto da vida?

— Eles estão dormindo juntos!

Galbraith soltou uma risada ruidosa.

— Minha nossa, espero que não seja só isso... Seria terrível se estivessem se encontrando apenas para dormir!

Clara cruzou os braços, encarando-o.

— Isso não tem graça nenhuma. Apesar dessa sua descrição do que está acontecendo com eles, como se fosse um entretenimento inofensivo, estar bem de acordo com o seu caráter. Assim como a sua tentativa de ter algum mérito nisso tudo.

— Mas eu tenho mérito. Fui eu que os apresentei.

— E mesmo assim o senhor não se sente nem um pouco responsável por encorajar seu amigo a ter uma atitude tão desprezível?

— Não estamos falando de uma menininha inocente. Dina sabia muito bem no que estava se metendo quando começou esse caso com Lionel... E sim, foi ela que começou o relacionamento. Falando às claras, ela queria levá-lo para a cama e conseguiu.

— Então ela é mais tola ainda por querer algo a mais?

— Não é isso que estou dizendo. Acho que ambos são culpados; portanto, descrever a atitude do meu amigo como desprezível é um julgamento um pouco severo demais, não acha? De qualquer forma — ele prosseguiu sem deixá-la responder —, eles não estão namorando. Namoro implica em comprometimento e, como eu disse, nenhum dos dois está pronto para dar um passo importante como se casar. Talvez nunca estejam.

— Pelo que eu sei, ela está mais do que pronta. Está apaixonada pelo seu amigo, embora eu não consiga conceber como isso é possível. E ele disse a ela que a ama...

— Sim, claro, os dois estão apaixonados. Estão pelo menos encantados um com o outro, e querem acreditar que o que sentem é amor. Por que casar e arruinar essa situação tão bem-aventurada?

Clara balançou a cabeça, imaginando se um dia deixaria de se espantar com o modo depravado de ser e pensar daquele homem.

— Arruinar?

— Sim, claro. Repito, eles se conhecem há um mês. Acha que é tempo suficiente para duas pessoas decidirem se querem passar o resto da vida juntas?

— Não importa o que eu acho, já que a decisão não é minha e sim deles.

Galbraith riu.

86

— Veja só quem fala... a garota que não hesitou em interferir no romance dos dois, o que resultou no fim do relacionamento, causando um sofrimento desnecessário a ambos.

Clara mudou o peso de uma perna para a outra, contrariada por admitir que ele talvez tivesse razão e que seu julgamento podia ter sido influenciado pela raiva.

— Se eles realmente estão sofrendo, eu sinto muito — disse ela depois de um momento. — Mas embora um mês seja pouco tempo, eu lhe garanto que para muitas pessoas é suficiente. Fazia três semanas que minha irmã e o duque de Torquil se conheciam quando ficaram noivos, e estão muitos felizes casados.

— Não é à toa que esse período se chama "lua de mel" — comentou Galbraith, seco. — Quando o duque e sua irmã completarem dez ou 12 anos de casados, se ainda forem abençoados com essa felicidade, talvez eu os considere uma exceção à regra. De qualquer forma, estamos falando agora de Dina e Lionel, duas pessoas que conheço relativamente bem, e posso afirmar sem sombra de dúvida que não estão prontos para se casar, apesar de qualquer culpa que Dina esteja sentindo neste momento.

— Talvez sua opinião desfavorável ao casamento esteja afetando seu discernimento.

— Senhorita Deverill, eu não sou contra o casamento a ponto de achar que ninguém deva casar-se. Se os meus amigos, depois de muito refletir, decidirem se casar, eu vestirei meu melhor fraque, colocarei um cravo na lapela e, como padrinho, farei o melhor discurso de felicitações na cerimônia, expressando minha crença no amor verdadeiro e em um futuro feliz. Ouso dizer, inclusive, que serei capaz de parecer convincente. Mas tenho sempre a esperança de que eles aproveitem mais algum tempo antes disso e confirmem que estão preparados para passar o resto da vida juntos.

— E enquanto isso, o amor livre é uma opção aceitável?

Galbraith encolheu os ombros.

— Pelo menos enquanto o matrimônio for uma instituição indissolúvel, eu diria que sim. Por que não? Não há mal algum nisso.

— Claro que há. Posso listar vários riscos.

— Pode começar... Estou curioso para saber o que você define como risco nesse caso.

Clara poderia de fato fazer uma lista. Poderia apontar o fardo que carrega uma criança bastarda, fruto de uma união livre; poderia falar da inevitável degradação de uma sociedade que não tivesse como sustentação o alicerce do matrimônio; poderia mencionar o conforto e o amparo emocional que uma vida juntos pode proporcionar a um casal. Mas não tinha tempo para isso. Havia um problema mais importante, que não seria solucionado por meio de uma discussão com Galbraith.

Tendo inadvertidamente confirmado que era Lady Truelove, ela agora precisava encontrar uma maneira de persuadi-lo a permanecer em silêncio. Não que ela pudesse contar com a lealdade ou o cavalheirismo daquele homem, mas não tinha nenhuma outra carta na manga.

— Lorde Galbraith, é óbvio que não compartilhamos da mesma opinião sobre esse assunto. Assim, é melhor deixarmos isso de lado e falarmos do motivo pelo qual o senhor veio até aqui. O senhor descobriu meu segredo. O que pretende fazer com essa informação?

— Humm... — Ele fez uma pausa, como se estivesse ponderando. — Essa é a questão, não é?

Clara se empenhou em recuperar sua dignidade.

— Se o senhor de fato tem um bom coração, como diz, então espero que esteja disposto a provar isso não revelando a identidade de Lady Truelove.

— Acho que esse ponto é questionável, pois, nesse caso, poderia ser uma demonstração de bondade avisar as pessoas. Afinal, isso é algo que você gosta de fazer, não é mesmo?

— Avisar as pessoas? Em nome dos céus, avisar o quê?

— Ora, avisar que a dama que distribui conselhos versados sobre romance é, na verdade, a filha do editor do jornal. Que ela é inescrupulosa a ponto de escutar as conversas dos outros e se intrometer...

— São os meus escrúpulos que me impelem a interferir.

— ... em assuntos que não lhe dizem respeito e oferecer conselho até mesmo para aqueles que não pediram. — Ele terminou a frase como se ela não tivesse dito nada.

— O senhor não tem provas de que sou Lady Truelove.

— Posso não transitar na sociedade respeitável, srta. Deverill, mas tenho amigos influentes nesses círculos e, com exceção de Lionel há dois dias, nunca ninguém questionou a minha palavra. Se eu contar que Clara Deverill é Lady Truelove, as pessoas vão acreditar em mim. Se eu os prevenir contra você e contar que costuma usar conversas particulares em matérias para o jornal, a história vai se espalhar.

— E se esses mesmos amigos perguntarem como conseguiu essas informações, o senhor terá que revelar a sua participação no que aconteceu, bem como trazer à tona o relacionamento ilícito de Lionel. Ele é membro do Parlamento, e esse tipo de notícia não causa uma boa impressão. Ele é seu amigo. O senhor chegaria ao ponto de sujeitá-lo a uma exposição como essa?

— Não preciso revelar a fonte das minhas informações. Tenho apenas que assegurar a meus amigos de que a fonte é fidedigna. Você pode ser cunhada de um duque, mas Torquil e a família não estão sendo vistos com bons olhos nesta temporada, então sua ligação com eles não a ajudará muito. E você pode ser neta de um visconde por parte de mãe, mas seu pai vem de uma linhagem de vendedores ambulantes de jornal. Como se não bastasse, você está no comando das operações do jornal. Tudo isso servirá para arruiná-la caso você seja desmascarada. Sou filho de um conde, e meus amigos me conhecem pela minha discrição e lealdade. Se eu os avisar sobre você, minha palavra será aceita sem que se questione a fonte da informação. E quando isso acontecer, seu *debut* na sociedade terá um final abrupto e humilhante.

Clara o fulminou com os olhos, odiando ter que admitir que ele tinha razão.

— Com isso, podemos esquecer qualquer vestígio de bondade na sua alma.

O tiro atingiu o alvo, pois os olhos azuis reluziram com a mesma raiva de antes e a fisionomia dele se endureceu.

— Meus amigos estão arrasados emocionalmente por sua causa. Não vejo razão para não contar a todo o meu círculo de amizades a verdade sobre você.

Clara sentiu uma pontada de desespero. A ideia de tentar chegar a um acordo com aquele homem a enervava, mas ela não tinha escolha.

— A coluna de Lady Truelove é o esteio do *Weekly Gazette*. É o maior atrativo do jornal e a seção que mais impulsiona as vendas. O senhor se sentiria gratificado em tirar o meio de sustento de uma família?

Ele estalou a língua como se estivesse zombando dela.

— Não me faça de vilão nessa história. Acho que tenho motivos suficientes para avisar os outros sobre sua coluna de aconselhamento. E como o seu cunhado é um duque, duvido que você e seu pai tenham que ir para debaixo de uma ponte se a sua identidade for revelada.

— A questão não é essa...

— Um dos meus melhores amigos, que me conhece desde os tempos de escola, questionou minha discrição, acusou-me de ter traído sua confiança e me deu um soco no rosto. Isso me deixou com o olho roxo e inconsciente por causa de uma concussão. Como se não bastasse, minha tia-avó está chocada e mal pode esperar para me passar um sermão.

— A vontade de sua tia de lhe passar um sermão deve ser constante.

— Isso não vem ao caso, srta. Deverill. Não estou conseguindo me preocupar com como a sua decisão de se intrometer pode influenciar na sua vida.

— O senhor também se intrometeu.

— É diferente, meu amigo me pediu um conselho e eu dei. Você não tem justificativa. Como Lady Truelove, imagino que adore oferecer conselhos para todo mundo, mas neste caso específico o seu aconselhamento foi uma catástrofe para todos os envolvidos.

Clara fez uma careta, temendo que aquele episódio pudesse ser uma metáfora do seu futuro como uma famosa colunista de conselhos amorosos. A menos que...

— Lorde Galbraith, os seus amigos sempre lhe pedem conselhos? — perguntou ela abruptamente.

Ele piscou diante da pergunta repentina.

— Sim, acho que sim.

— Por quê?

Ele deu uma breve risada, como se estivesse achando graça de fato.

— Será que é porque sou bom ouvinte? Ou talvez seja porque tenho um talento especial para encontrar soluções para problemas? Para ser sincero, não sei.

Ele podia não saber, mas Clara sabia. E subitamente ela descobriu como poderia persuadi-lo a não revelar a identidade secreta de Lady Truelove. A ideia era louca, mas era interessante notar que ela estava desenvolvendo um talento para ter ideias malucas.

Clara olhou para a pilha de jornais sobre a mesa. Não que não tivesse motivação...

— Senhorita Deverill?

A voz de Galbraith a trouxe de volta ao presente, e ela gesticulou, como que se rendendo.

— O senhor descobriu meu segredo, mas eu ainda não sei ao certo o que espera de mim.

— O que a leva a pensar que espero alguma coisa?

Apesar da tentativa de despistá-la, Clara sabia que ele estava ali para fazer algum tipo de barganha, e isso vinha a calhar para favorecer seu plano maluco.

— O senhor não teria vindo até aqui se não tivesse algo em mente — respondeu. — Se a sua intenção fosse revelar ao mundo a identidade de Lady Truelove, o senhor já teria feito isso. Vir apenas me advertir de que está pensando em fazê-lo não faz muito sentido. Só posso concluir que o senhor quer algo em troca para guardar segredo.

— Parabéns pela sua perspicácia, srta. Deverill.

Clara indicou a cadeira do outro lado da mesa.

— Não seria melhor nos sentarmos para conversar? — convidou ela.

Galbraith franziu a testa, parecendo desconfiado daquela súbita demonstração de amabilidade da parte dela, mas quando Clara se sentou ele fez o mesmo.

— Não há muito o que se discutir. Eu só quero que faça o que vou pedir.

— E o que seria?

— Lionel não fala mais comigo por sua causa. Quando fui visitá-lo esta manhã, ele se recusou a me receber. Quero que você o procure e conte a verdade. Explique quem você realmente é, o que fez e por que fez, e deixe claro que em nenhum momento eu traí a confiança dele.

Já era bem desconfortável que as circunstâncias obrigassem Clara a confiar seu segredo a Galbraith, e ela sabia que não podia confiar na discrição do amigo dele. Mesmo assim, fingiu considerar o pedido.

— Se eu contar a verdade ao seu amigo — disse, enquanto arrumava a pilha de jornais sobre a mesa, a mente fervilhando ao considerar as consequências de sua ideia —, ele não vai se convencer.

— É possível que se convença, sim, se você enfatizar que está compartilhando uma informação que, se vier a público, poderá prejudicar o sucesso da coluna. Acredite, Lionel é bem suscetível a damas em apuros, principalmente as que têm olhos grandes e castanhos, e é provável que amoleça o suficiente para voltar a falar comigo.

— Se eu contar a verdade, não tenho nenhuma garantia de que ele guardará segredo.

— É verdade, mas se você não contar, garanto a você que quem não guardará segredo serei eu. O que Lionel vai fazer com a informação eu não sei, nem me importo. O que eu sei é que você tem uma chance remota de manter em segredo a identidade da sua colunista, ou chance nenhuma. É preciso decidir qual delas você prefere.

Clara parou de mexer nos jornais, tomando uma decisão.

— Não posso fazer o que me pede, lorde Galbraith. Não conheço seu amigo e não posso confiar na discrição dele. Mas... — Ela fez uma pausa e respirou fundo, afastando todas as apreensões pelo que estava prestes a fazer. — Mas eu gostaria de lhe apresentar uma proposta alternativa.

Capítulo 7

Rex não acreditou no que estava ouvindo. Ele a tinha deixado em um beco sem saída e ela ainda queria negociar? Clara era uma mulher de muita iniciativa.

— Uma proposta alternativa? Só pode ser brincadeira...

— De jeito nenhum. O senhor já conhece o meu segredo. — Ela fez uma pausa, fitando-o fixamente, um olhar que ele começava a conhecer bem. — E só descobriu porque me pressionou.

Com um ar de falsa modéstia, ele afastou uma sujeirinha imaginária do ombro, sorrindo de leve.

— Sim, ouso dizer que foi um truque perfeito.

Clara poderia ter se sentido ofendida, mas não deixou transparecer nada.

— De um jeito ou de outro — continuou, recostando-se na cadeira —, não quero correr o risco de dividir meu segredo com mais ninguém.

— É uma pena. — O sorriso de Rex desapareceu e ele a encarou com uma expressão grave no rosto. — Não se pode dizer que você não tenha tido escolha.

— Minha única chance é convencer o senhor a não cumprir a ameaça de me expor — prosseguiu ela, ignorando o que ouvira.

Na realidade, Rex não tinha intenção alguma de cumprir a ameaça, mas claro que ele não revelaria nada por enquanto.

— Nada do que disser poderá me convencer.

— Acho que poderá, sim. Veja bem, estou preparada para oferecer algo para o senhor que vai fazer o seu silêncio valer a pena.

O intuito de Clara não era que suas palavras fossem sugestivas, mas Rex foi logo pensando em algumas possibilidades bem mais provocantes. Assim, começou a examinar o pescoço alongado, descendo para as curvas discretas que os seios formavam sob o vestido, detendo o olhar na cintura fina. A mesa o impedia de continuar com aquela expedição sensual, mas ele já havia tido uma impressão daquele corpo delicado na noite em que tinham dançado juntos. Agora vislumbrava os quadris arredondados e as pernas longilíneas, apesar de cobertas pelo vestido, e lembrou que roçara o braço na pequena abertura nas costas do vestido dela enquanto dançavam. No mesmo instante, imaginou vários outros métodos de persuasão bem mais pecaminosos que ela poderia usar. Só de pensar, sentiu a temperatura do corpo subir.

Quando voltou a olhar para o rosto delicado, notou que Clara estava ligeiramente corada, o que significava que havia subentendido o que ele estava pensando — pelo menos até onde uma ovelhinha inocente poderia imaginar —, mas a cena sensual que havia se formado em sua mente não teria a menor chance de se tornar realidade. E apesar da opinião de Clara sobre seu caráter, ele era — infelizmente — um cavalheiro, o que significava que caso ela se oferecesse de alguma forma, ele não poderia corresponder. Jovens inocentes não pertenciam ao seu campo de atuação.

— O que exatamente você está propondo? — perguntou, afastando da mente as imagens proibitivas.

— Um emprego, lorde Galbraith. Estou lhe oferecendo um emprego.

A resposta foi tão inesperada, tão absurda e tão diferente de qualquer coisa que ele pudesse imaginar que o levou a rir.

— Não me diga! Em qual função?

Clara deu de ombros, mas a tensão era visível, e ele sabia que ela não estava tão indiferente como gostaria de estar.

— Quero contratá-lo para escrever a coluna de Lady Truelove para mim.

A história estava passando do absurdo para uma farsa. Ele riu de novo, confuso.

— Agora sei que você está brincando...

A reação a deixou constrangida, e ela franziu a testa.

— Estou falando de uma proposta séria. Não entendo por que não acredita.

Rex olhou novamente para o corpo esguio e suspirou de pesar.

— Digamos que minha imaginação estava indo para uma direção completamente diferente.

O rubor no rosto corado de Clara se intensificou.

— Estou fazendo uma oferta de emprego de boa-fé. É um trabalho temporário, só até minha irmã voltar de férias. Esperamos que ela esteja de volta daqui a dois meses.

— Se não me falha a memória, ela se casou em março, não foi? Quatro meses de lua de mel é bastante.

— O senhor não faz ideia — concordou Clara, suspirando. — Quando ela voltar deve procurar uma pessoa para ocupar a posição, mas nesse ínterim eu gostaria de contratá-lo.

Clara estava falando a sério mesmo. Rex se recostou na cadeira e passou a mão no rosto, pensativo.

— A verdade é que não preciso trabalhar para sobreviver, graças a Deus, mas fora isso, por que quer contratar alguém para escrever a coluna? E o mais desconcertante de tudo: por que me escolheu, dentre tantas pessoas?

Ela fez uma careta, erguendo um dos lados da boca e torcendo o nariz.

— O senhor acha esquisito, é isso?

— Esquisito? Claro que não. Mas não entendo. Além de não gostar de jornais e não conseguir me imaginar trabalhando para um, sei que você me considera uma pessoa deplorável, um devasso. Por que me contrataria como conselheiro para os apaixonados? — ele quis saber, movido pela curiosidade.

— Porque não sou boa para escrever.

Ele riu da afirmação absurda, mas antes que tivesse tempo de comentar ou de lembrá-la de seu sucesso garantido, Clara se apressou em falar primeiro:

— O senhor tem boa percepção, digamos, em assuntos românticos. Posso pagar por esse seu discernimento — disse, enquanto Rex erguia uma sobrancelha.

— E acha que eu me interessaria pela oferta? Eu sou um cavalheiro, srta. Deverill...

Rex foi interrompido por uma tossidela sarcástica que o fez entender o ponto de vista de Clara sobre a observação.

— *Cavalheiros* — continuou ele, enfatizando a palavra — não trabalham.

— O senhor ficaria surpreso, lorde Galbraith, se soubesse a quantidade de cavalheiros que trabalham para os jornais. Conheço no mínimo cinco que escrevem para a concorrência usando pseudônimos. E pelo menos uma dúzia que recebe uma compensação para endossar vários produtos anunciados em nossos jornais, recomendando desde loção de barbear até remédios.

— Talvez seja melhor contratar um desses bons cavalheiros.

— Por que razão eu faria isso se tenho o senhor?

— Você não me "tem", como diz. — Mesmo tendo razão, ele viu quando Clara ergueu as sobrancelhas, assumindo uma postura competitiva, e ao fitar aqueles olhos escuros sentiu um ligeiro desconforto. — Está esquecendo que a vantagem aqui é minha, srta. Deverill — concluiu, com a certeza de que tinha feito bem em lembrá-la daquele importante detalhe.

— É mesmo? — Ela endireitou o corpo na cadeira, e com esse movimento abrupto alguma coisa mudou entre eles, algo que só aumentou o desconforto de Rex.

— Minha vantagem deixaria de existir se eu aceitasse sua oferta — prosseguiu ele, sem dar importância à observação dela. — Se eu assumir a personagem de Lady Truelove, eu não poderia revelar quem você é na realidade.

— Tem razão — concordou ela, mostrando-se estranhamente feliz. — Exato.

— Então, a razão da oferta de trabalho é comprar meu silêncio? Por que acha que eu concordaria com isso?

— Seria uma solução em que nós dois ganharíamos. Estou preparada para pagar um salário generoso, sabendo que sua falta de dinheiro é notória. O senhor seria obrigado a guardar meu segredo, como já fez até agora, e eu me livro do compromisso de escrever uma coluna de conselhos para a qual obviamente não tenho o menor talento...

— Por que obviamente? — Ele a interrompeu, mudando de assunto. Era a segunda vez que Clara menosprezava seu talento como colunista famosa, um fato que o intrigava. — Pelo que sei, você é boa no que faz. A coluna é muito popular.

Clara voltou a se remexer na cadeira, deixando-o ainda mais intrigado.

— Por que se deprecia dessa forma? — indagou ele. — Seu sucesso fala por si...

— Atualmente estou muito ocupada para conseguir escrever a coluna como deveria — justificou ela, interrompendo-o. — Agora que a temporada começou, eu gostaria de circular mais na sociedade, e com todas as outras responsabilidades que requerem minha atenção enquanto minha irmã está fora, seria bom se eu pudesse delegar a tarefa de escrever a coluna de Lady Truelove para outra pessoa.

— Talvez sim, mas não foi o que ouvi antes. Você disse que não é boa para escrever.

— Tem razão. O senhor é um bom ouvinte.

Rex não respondeu, limitando-se a assentir com um suspiro.

— Minha irmã escrevia a coluna. Ela preparou um número suficiente de material para o período em que estaria fora, mas então ela e Torquil decidiram prolongar a lua de mel, e ela me enviou um telegrama pedindo que eu cuidasse disso até ela voltar.

— Além de administrar o jornal? É muita coisa para se pedir.

— Desde que minha mãe faleceu, minha irmã sempre me protegeu e cuidou de mim. Estou disposta a retribuir fazendo o que posso por ela em todas as circunstâncias. Mas no caso de Lady Truelove... — Clara parou de falar e ergueu as mãos com as palmas para cima em um gesto de incapacidade, deixando-as cair sobre a mesa em seguida. — Estou completamente perdida — acrescentou com um sorriso tímido. — Dar conselhos para os apaixonados não é o meu forte.

Rex estudou o semblante frágil por um instante, notando que ela não possuía uma beleza tradicional. Os lábios não eram carnudos, o nariz não tinha o contorno aristocrático dos gregos e as sobrancelhas não eram delicadas e arqueadas da maneira convencional. Mas era um rosto agradável de se olhar, com um charme único, embora ele duvidasse que os rapazes que passavam por ela a tivessem observado mais demoradamente para poder enxergar aquela beleza singular. Não se tratava de uma beleza que atraía a atenção dos homens, conforme ele mesmo havia constatado quando a vira pela primeira vez.

— Entendo — disse ele, gentil. — O que o seu pai acha de outra pessoa assumir a coluna de Lady Truelove?

— Meu pai? — Ela enrijeceu o corpo, franzindo o cenho e demonstrando irritação. — O que meu pai tem a ver com isso?

— Ele não é o editor-chefe?

— Na verdade, não. Ele era, mas os problemas de saúde dele o impediram de se envolver com os assuntos relativos ao *Weekly Gazette*. Hoje em dia o jornal pertence à minha irmã e ao meu irmão, Jonathan. Ele deveria ter voltado da América para assumir o comando, mas circunstâncias adversas o impediram, e sendo assim, fui obrigada a me responsabilizar pelo jornal até minha irmã voltar. Isso prova que tenho alçada para oferecer a posição ao senhor. Além disso, tenho muitas obrigações e ficarei aliviada se puder delegar Lady Truelove para alguém. A situação também será vantajosa para o senhor porque, como eu disse, estou preparada para oferecer uma boa quantia. Digamos... cem libras por coluna, o que acha?

Rex ficou espantado com a quantia. Cem libras por semana totalizavam mais do que o rendimento trimestral que lhe cabia das propriedades da família — isso quando seu pai estava disposto a lhe pagar. Sem contar que a quantia era quase o dobro do que Petunia generosamente lhe provia quando o pai não cedia. Rex não fazia ideia de quanto os jornalistas ganhavam para escrever bobagens, claro, mas pelo jeito a quantia devia ser alta. A oferta generosa também mostrava o desespero de Clara para manter o segredo.

Entretanto, ele não tinha vontade nenhuma de ser conselheiro amoroso, nem tinha por que concordar com aquilo.

— É uma quantia bem generosa — admitiu —, mas qualquer que fosse o salário, não seria um incentivo, já que, apesar dos meus hábitos irresponsáveis e perdulários, não preciso de outra fonte de renda. Minha tia tem sido muito gentil e tem me ajudado bastante.

— Sim, bem, sobre isso... — Clara fez uma pausa, tossindo discretamente e aumentando o desconforto de Rex de novo. — Está claro que o que o senhor disse na outra noite é verdade. — Ela pegou o exemplar de jornal que estava no topo da pilha em sua mesa. — O senhor não lê jornais mesmo, não é?

Rex franziu o cenho com a súbita mudança de assunto.

— O que a minha falta de interesse por jornais tem a ver com isso?

Em vez de responder, Clara abriu o jornal e começou a folheá-lo à procura de uma página em particular. Quando encontrou, dobrou a folha e mostrou para ele.

— Acho que com isto o senhor vai reconsiderar sua aversão a se atualizar com as notícias do dia.

Ao pegar o jornal da mão de Clara, a manchete no topo da página chamou sua atenção:

MESADA DE LORDE GALBRAITH SUSPENSA PELA TIA-AVÓ CONTRARIADA!

Ele leu a frase três vezes e ainda estava difícil absorver seu significado. E as palavras seguintes, enquanto ele mergulhava nelas, pareciam pouco mais do que insinuações de algum jornalista sobre seus modos perdulários, uma referência precisa sobre sua aversão ao casamento e um relato cansativo sobre a vida infeliz de seus pais. No parágrafo seguinte havia uma denúncia sincera de sua tia por causa do seu "recente comportamento indisciplinado e estilo de vida desenfreado", e uma declaração dela de que, até que ele se casasse, se estabilizasse e se tornasse responsável, um orgulho para o nome da família, não receberia mais nem uma libra. Além disso, ela se recusava a assumir a responsabilidade por qualquer uma das dívidas atuais, passadas ou futuras do sobrinho.

Ah, tia Pet, pensou ele consternado, *o que a senhora foi fazer?*

Ao se questionar, ele lembrou que a tia tinha ido visitá-lo e que o mordomo dissera: "Ela me pareceu ansiosa para conversar com o senhor sobre seu comportamento recente." Com uma careta, Rex perguntou-se por que algumas lembranças indesejáveis eram tão claras e óbvias. Deveria ter conversado com a tia naquela manhã em vez de deixá-la esperando. Decerto o fato de não ter sido recebida a deixara ofendida a ponto de dar uma declaração como aquela para o jornal. Rex se arrependeu de não ter enfrentado a tia e a bronca subsequente; devia ter pedido desculpas, declarado que a honra o impedia de dar explicações sobre o ocorrido e assumido total responsabilidade pelo que aconteceu no baile. Se tivesse agido dessa forma desde o princípio, teria evitado a decisão tão drástica dela de levar a história a público.

Enquanto passava mais uma vez os olhos pelo artigo, no entanto, ele pensou que nenhuma expressão de penitência ou explicação teria mudado coisa alguma. Aquelas linhas deixavam claro que tia Pet usaria a conduta dele durante o baile como um pretexto para convencê-lo a se casar, e qualquer coisa que ele tivesse dito naquela manhã provavelmente teria sido inútil.

Se ele poderia ou não ter evitado a publicação atendendo a tia naquela manhã era uma incógnita. Ao olhar por cima do jornal para a jovem sentada do outro lado da mesa, Rex teve a certeza de que não tinha deixado Clara Deverill em posição desfavorável em nenhum momento.

Respirando fundo, ele pôs o jornal sobre a mesa. Se estivessem em uma mesa de pôquer, aquele seria o momento em que Clara pagaria para ver as cartas de seu adversário e descobrir o blefe, mas ele não mostraria seu jogo nem morto.

— Obrigado pela oferta, srta. Deverill. Apesar do que está escrito no jornal, não tenho nem vontade, nem necessidade de aceitar o emprego.

A expressão de Clara permaneceu impassível, mas ele não se deixou enganar, principalmente depois de ter notado o desalento naqueles olhos expressivos.

— Então não há mais nada para ser dito. — Ela engoliu em seco e baixou o olhar para a mesa. — Vou aguardar as notícias sobre a identidade de Lady Truelove aparecerem na seção de fofocas dos jornais concorrentes em um dia ou dois. — Ela se levantou e Rex fez o mesmo. Em seguida ela olhou para ele e endireitou a postura. — Imagino que as matérias vão ser divertidas.

Rex notou o queixo erguido de Clara, sentindo uma repentina e inconveniente pontinha de culpa, porém lembrou que ela havia começado tudo aquilo e procurou ignorar a desolação visível naqueles olhos castanhos expressivos e os sussurros de sua consciência. Dane-se. Por causa daquela moça ele estava em uma encrenca razoável que levaria um bom tempo para resolver. Azar o dela por ter dançado ao vento um pouco, agora passaria os dias seguintes folheando ansiosamente os jornais antes de perceber a verdade.

— Boa tarde, srta. Deverill. — Ele se curvou em uma reverência e se virou para sair.

Ao chegar à porta, pôs a mão na maçaneta, suspirou e disse por sobre o ombro:

— Apesar do que a senhorita pensa de mim, não sou do tipo de homem que chantageia uma mulher para saber seus segredos, ou por qualquer outro motivo. Eu não tinha intenção de contar a ninguém sobre Lady Truelove e nunca tive.

Clara o encarou atônita, entreabrindo os lábios.

— O senhor estava blefando?

— Sim, mas parece que foi inútil. — Ele se virou e abriu a porta.
— O que vou dizer à minha tia e ao meu amigo... não faço a menor
ideia.

E com isso ele se foi.

<hr />

Depois de sair do escritório de Clara Deverill, Rex instruiu o cocheiro a levá-lo à casa de sua tia Petunia em Park Lane. Enquanto a carruagem atravessava a cidade, ele planejou como faria para cair nas graças da tia novamente. Antes de tudo, teria de se desculpar pelo seu comportamento inadequado, algo que já pretendia fazer de qualquer maneira. Apesar de não acreditar que a tia chegaria ao ponto de reter o dinheiro para forçá-lo a se casar, ele sabia que teria que, no mínimo, colocar-se à disposição dela pelo resto da temporada, aceitando participar dos eventos sociais sempre que ela julgasse conveniente, para ser apresentado às moçoilas casadoiras.

Quando chegou à casa da tia, Rex já tinha se conformado em passar três meses indo a bailes e jantares e tendo infindáveis conversas com jovens debutantes, mas nem teve oportunidade de propor esse sacrifício, pois o mordomo da casa informou-o que Petunia não estava recebendo ninguém.

Rex teve medo do que aquele comportamento podia significar.

— Ela não está recebendo nenhuma visita, Bledsoe? — perguntou com uma piscadela e um sorriso maroto, com um pé já na soleira.
— Ou apenas sobrinhos malcomportados?

Bledsoe era do tipo de mordomo antiquado e conservador que não dizia nada além do necessário. Ainda bem que Rex não dependia da boa vontade do mordomo em compartilhar informações, pois sabia onde a tia estaria naquela tarde. Percebendo que teria que se sujeitar à lista de exigências dela, entregou seu cartão de visitas a Bledsoe e foi para casa para trocar a roupa por um traje de noite.

Mal entrara em casa, contudo, quando seu valete apareceu, apresentando um problema mais sério do que tudo que enfrentara até então.

— A condessa de Leyland veio visitá-lo, senhor.

Horrorizado, Rex parou no meio do ato de tirar o chapéu e encarou o valete.

— Minha mãe está aqui?

— Sim, senhor. Na sua saleta de estar.

— Santo Deus! — Ele entregou o chapéu ao valete. — Minha mãe na minha sala...

— Sim, senhor, ela disse que precisava falar com o senhor com urgência. O sr. Whistler a conduziu até a saleta para esperar seu retorno.

— Whistler é um tolo — murmurou ele, afrouxando a gravata e ajeitando o colete. — O sujeito sempre teve uma queda pela minha mãe. Mas também... todos os homens têm — acrescentou, passando pelo valete e dirigindo-se para a escada.

Enquanto subia para o primeiro andar, Rex pensou que precisava reforçar para todos os empregados quem podia e quem não podia entrar pela porta da frente de sua casa, enfatizando que sua mãe pertencia ao segundo grupo. Passando os dedos pelos cabelos, ele entrou na saleta.

— Mamãe, o que a senhora está fazendo aqui?

A condessa de Leyland se aproximou do filho com os braços abertos.

— Rex, meu querido — ela começou a falar e parou de repente, horrorizada, deixando os braços penderem ao lado do corpo. — Meu Deus, o que aconteceu com seu olho?

— Não foi nada.

— Um olho roxo não é nada? — Ela estreitou mais a distância que os separava e deu um gritinho de horror ao ver o corte profundo e vermelho na têmpora dele. — Meu menino querido, o que houve com você?

— Não é tão ruim quanto parece. — Impaciente, Rex fez um gesto de pouco-caso. — Por que está aqui, mamãe? Se bem me lembro, na última vez que a senhora veio eu disse com todas as letras que era para não voltar nunca mais.

— Eu sei, eu sei. Mas não tive alternativa, já que você não responde às minhas cartas.

— Não posso me corresponder com a senhora, e isso não é novidade.

— Exatamente. — Ela fez um gesto de desdém. — O que significa que se eu quiser ver meu filho, não há outro jeito senão vir aqui pessoalmente.

Rex deu uma risada aborrecida que a fez recuar.

— Por que será que tenho a impressão de que todo esse carinho por mim não é o verdadeiro motivo da sua visita? Talvez porque na última vez que a senhora veio, papai cortou meus rendimentos.

— Sinto muito por isso. Eu sabia que ele ficaria bravo se descobrisse que estávamos nos encontrando às escondidas, mas nunca imaginei que ele tiraria seu provento. Pensando melhor, suponho que eu deveria saber do que seu pai é capaz. Essa atitude amarga e vingativa é algo típico dele mesmo. Ele...

— Pare! — exclamou Rex impetuosamente. — Pare com isso. E me poupe desse carinho maternal que supostamente a trouxe até aqui. Se a senhora tivesse o mínimo de consideração por mim, teria ficado bem longe.

— Eu já disse que não tive opção... — A condessa cedeu ao olhar severo do filho e suspirou. — Ah, Rex, eu te amo de verdade, acredite se quiser.

O pior era que ele acreditava no amor da mãe, e como se não bastasse, por mais estranho que pudesse parecer, também a amava. E isso o fazia se sentir um tolo.

— Por maior que fosse a sua urgência em entrar em contato comigo, a senhora não podia ter mandado um criado em seu lugar?

— Não. — Encabulada, ela olhou para baixo, fingindo um interesse súbito no estado de suas luvas. — Receio que não. Vim sozinha.

— Nem mesmo com uma criada para acompanhá-la?

— Vou ficar só dois meses, achei que não seria necessário. — A condessa deixou de examinar as luvas e levantou os olhos. — Estou em um hotel.

Essa notícia em particular não o surpreendeu muito, mas ele não estava curioso a ponto de fazer mais perguntas. Depois da separação do marido, a condessa passava a maior parte de seu tempo em Paris, onde tinha muitos amigos de cuja hospitalidade podia abusar. Em Londres, no entanto, a situação era diferente. Os franceses adoravam ter amigos escandalosos, já os ingleses nem tanto.

— O que a senhora quer, mamãe?

A condessa sorriu e Rex prendeu a respiração. O sorriso da mãe era muito similar ao seu e nunca deixava de lhe provocar uma desconfortável sensação de angústia. Não havia uma pessoa no círculo de amizades dele que fosse mais charmosa, sedutora, e que explorasse a beleza tanto quanto sua mãe, e às vezes ele temia que a semelhança física não fosse a única característica que herdara dela.

— Receio que o de sempre — disse ela.

— Mas já? — Gastar sem pensar era da natureza dela, tanto que Rex não deveria se surpreender, mas foi o que aconteceu. — Eu dei para a senhora setecentas libras há menos de um mês. Tem certeza de que gastou tudo? Onde foi parar o dinheiro?

A condessa acenou distraidamente com a mão.

— Ah, querido, hoje em dia está tudo tão caro! São roupas, cosméticos, lazer... — A voz dela foi se esvaindo, enquanto as sobrancelhas se arqueavam como se ela fosse inocente de fato. — Sinceramente, não sei para onde vai o dinheiro, mas voa da minha mão em uma velocidade incrível.

— Não é mesmo? — A pergunta soou displicente e não refletia o que Rex estava sentindo. — Acontece o mesmo comigo, principalmente quando a senhora vem me visitar. Da última vez que esteve aqui, a senhora não só pegou todos os meus ovos de ouro como também matou a galinha que os botava. E agora não tenho nenhum xelim para lhe dar.

— Pensei que... Quero dizer, fiquei sabendo... — Ela fez uma pausa suave. — Soube que você está recebendo dinheiro de novo, apesar das relações cortadas com seu pai.

— Ah, então a notícia da generosidade de tia Pet chegou a Paris, não foi? E a senhora veio na esperança de tirar um pouco desse quinhão. Claro que sim — ele continuou antes que a condessa pensasse em responder. — Minha tia foi generosa o suficiente para me prover com uma certa quantia até que eu restabeleça minha relação com papai, mas não estamos muito bem no momento.

Ao ouvir a notícia a condessa empalideceu, acentuando-lhe a maquiagem do rosto.

— Você não pode, digamos, fazer um empréstimo?

Rex franziu o cenho com a franqueza dela. Parecia que a condessa estava mais do que consternada. Ela parecia estar com medo, na verdade. Mas demonstrar qualquer sentimento apenas a estimularia a continuar com aquele joguinho.

— Não, mamãe, não posso. A senhora terá que procurar em outro lugar.

O corpo dela oscilou. Apesar de ter certeza de estar sendo manipulado, Rex reagiu no mesmo instante e, estreitando a distância entre eles, segurou o braço da mãe para evitar a queda.

— Aguente firme, mamãe — disse, conduzindo-a até o sofá mais próximo. — Sente-se.

A condessa obedeceu e ele afundou nas almofadas ao lado dela.

— O que foi? — perguntou com um olhar severo. — O que a senhora está escondendo de mim?

— Não tem importância... A não ser que você tenha o dinheiro para me dar.

— Partindo da certeza de que a senhora espera receber dinheiro de mim no futuro, tem muita importância, sim. A senhora precisa ser sincera comigo dizendo a razão dessa necessidade tão premente.

— Está bem. — Ela suspirou e o fitou, desolada. — Eu não tenho gastado o dinheiro que você me dá com despesas do dia a dia, roupas e coisas assim.

— Então para onde está indo a quantia toda?

— Você sabe que tive um... humm... um probleminha há alguns anos, não é? — A condessa se remexeu no sofá.

— A senhora quer dizer dívidas de jogo. — Rex não estava disposto a se levar por eufemismos.

— Nossa, Rex, você precisa ser tão rude a ponto de relembrar os erros do meu passado? — Ela franziu a testa.

Sem se deixar impressionar, Rex cruzou os braços e se recostou no sofá, preparando-se para ouvir o óbvio.

— Quer dizer que a senhora está jogando de novo. É para isso que está indo seu dinheiro?

— Não, não! — gritou ela. — Não é mesmo.

Ele ergueu uma sobrancelha, demonstrando que não acreditava no que ouvia.

— Não é isso, Rex. Juro que não jogo mais. Não joguei nenhuma vez. É compreensível que não acredite em mim — acrescentou ao ouvir o riso zombeteiro dele. — Mas é a verdade.

Em se tratando da condessa, a verdade era sempre maleável, mas não havia razão para discutir.

— Se não foi em jogo, em que a senhora está gastando o dinheiro?

— Você se lembra de como paguei minhas dívidas de jogo?

— Sim, a senhora vendeu suas joias.

— Aí é que está. Eu não vendi.

— Foi outra mentira? — indagou ele, enrijecendo a postura. — Por que será que isso não me surpreende?

— Não pude vender as joias. Cheguei a levá-las, mas o joalheiro me disse que eram falsas.

— O quê? Como?

— Seu pai, claro! Quem mais poderia ter feito uma coisa dessas? — perguntou ela quando ele soltou a respiração ruidosamente à menção do pai. — Em algum momento antes da nossa separação oficial, ele deve ter trocado as joias verdadeiras por réplicas.

As chances de ela mesma ter feito a troca e estar mentindo sem pudor eram grandes também. Qualquer um dos cenários era possível.

— Então como a senhora pagou o salão de jogos?

— Peguei dinheiro emprestado de agiotas. — Ela suspirou. — Usei as setecentas libras que você me deu para pagar os juros da minha dívida.

— Juros? Você perdeu tudo? Tem certeza?

— Sim, tudo. Você sabe como as taxas são altas.

— Altas? São exorbitantes! Seu débito era de quanto? Umas quinhentas libras?

— Não tive muita escolha, Rex. Dadas as minhas circunstâncias, o único agiota que me concederia um empréstimo era... um tanto desagradável.

Rex pensou em como a mãe estava momentos antes, pálida e fraca, e endireitou os ombros em pânico pelo que ouvira.

— Desagradável em que sentido?

— O suficiente para mandar um de seus capangas ameaçar minha criada. Ela ficou tão apavorada que pediu as contas.

— Nossa Senhora, mãe!

— Eu sei, eu sei, mas o que mais eu podia fazer? Enfim, achei que o dinheiro que você tinha me dado daria para pagar o valor principal que eu devia e os juros, mas me disseram que como não paguei no dia certo, teria que pagar juros adicionais e uma multa, ou seja, ainda estou devendo mais dinheiro.

Que maldito ganancioso! Rex pressionou a língua contra os dentes, tentando conter a raiva.

— De quanto mais a senhora precisa?

— O total é de mil libras. Se eu não pagar até sábado, sobe para mil e quatrocentas libras.

— Mas se pusermos mil libras na mão desse sujeito até sábado, a dívida estará quitada?

— Me disseram que sim. Mas que diferença faz, se você não tem o dinheiro...

A porta se abriu e o mordomo entrou, interrompendo a conversa.

— Milorde, seu pai está aqui.

Rex resmungou. O dia não podia ficar pior.

— Ele insiste em falar com o senhor agora — prosseguiu Whistler.

— Imagino que queira mesmo — murmurou Rex, pensando no artigo de jornal que Clara Deverill havia mostrado. — Ele deve ter ouvido falar que tia Pet cortou minha mesada e viu uma brecha para explorar.

— Isso faz bem o gênero do seu pai — a condessa comentou, levando Rex a se virar se supetão.

— Quietinha, mamãe — ordenou ele. — Sua moral não está muito alta comigo.

A condessa teve a decência de se mostrar envergonhada, enquanto Rex voltou a atenção para o mordomo.

— Por acaso o conde está com um jornal na mão?

— Sim, milorde.

— Era isso que eu temia. — Rex suspirou.

— O senhor vai recebê-lo?

— Aqui? — Rex ficou em pé em um salto, assustado com a ideia. — Minha mãe e meu pai juntos na mesma sala? Você está louco?

Whistler se aprumou como se tivesse se ofendido com a pergunta.

— Eu havia pensado em levar lorde Leyland ao estúdio — Whistler se defendeu com dignidade.

— Essa não é uma boa ideia. Se você não o trouxer até aqui ele vai começar a especular o motivo, e eu nunca mais voltarei a receber minha renda trimestral se ele seguir essa linha. Diga que não estou recebendo ninguém. Diga que entrei em uma briga, que estou com um traumatismo na cabeça, algo assim.

— Não — a condessa intercedeu antes que o mordomo se mexesse para sair. — Receba-o. Ele é a sua única esperança de receber alguma renda, especialmente se Petunia estiver relutante. É melhor não contrariar nenhum dos dois. — Ela se levantou. — Vou embora pela escada dos empregados para não ser vista.

— Não precisa, mamãe, não tenho intenção alguma de recebê-lo. — Rex dispensou Whistler com um gesto de mão para que cumprisse a ordem. — Não depois do dia que tive hoje.

— Mas você precisa cair nas graças de seu pai de novo para voltar a receber a renda da propriedade e assim quitarmos a dívida com o agiota... — Ela parou de falar e teve a decência de corar ante seu egoísmo.

— Fico feliz em saber que a senhora se preocupa tanto com meu bem-estar, mamãe — disse Rex secamente. — Mas fique tranquila, tenho certeza de que tia Pet e eu vamos resolver nossas diferenças e vai dar tudo certo. E nesse meio-tempo vou achar ótimo se papai quiser restabelecer nossas relações, mas ainda não tenho vontade de engolir esse sapo ou de ouvi-lo insultar a senhora pela segunda vez nesta semana.

Nem mesmo a mãe dele ousou prolongar o assunto.

— E o agiota? Se eu não pagar... — ela perguntou em um sussurro, levando a mão ao pescoço como se fosse incapaz de continuar.

— Vou cuidar disso — disse ele, ríspido, sabendo bem que estava fazendo uma promessa que não poderia cumprir.

— Isso significa que você vai pedir um empréstimo?

Depois do que havia sido publicado no jornal, Rex duvidava de que conseguisse levantar um empréstimo a uma taxa razoável, mas preferiu não dizer nada.

— Eu já disse que vou cuidar disso — reafirmou, conduzindo-a até a escrivaninha junto à janela e colocando uma caneta na mão dela. — Escreva o nome desse agiota e onde exatamente podemos encontrá-lo em Paris.

— Para onde você vai? — quis saber ela quando Rex se virou, dirigindo-se para a porta.

— Quero me certificar de que meu pai foi mesmo embora e não está à espreita em algum lugar da casa. Deus me livre! Se ele vir a senhora aqui, acho que nem ele, nem tia Pet voltariam a falar comigo, muito menos restabeleceriam minha renda. Não permitirei que isso aconteça.

Só depois de se certificar de que Whistler tinha visto seu pai entrar na carruagem e afastar-se de Half Moon Street, virando na Picadilly, foi que Rex voltou para a sala de estar, onde a condessa lhe estendeu uma folha de papel dobrado.

— O salafrário mora em um beco sem saída perto de Montmartre — explicou. — Você não terá dificuldade em encontrá-lo.

— Eu? Ir a Paris? — Rex balançou a cabeça. — Não posso, preciso fazer as pazes com tia Pet, e se por acaso ela souber que fui a

Paris, vai pensar que fui visitar a senhora. A história pode chegar nos ouvidos do papai também e a situação pioraria mais ainda. Vou pedir para meu valete ir até lá, ele é confiável e responsável. Pode ter certeza de que o débito será pago até sábado.

— Obrigada, Rex, fico-lhe muito grata.

— Será mesmo? — Ele respirou fundo, encarou-a nos olhos e tratou de proteger o coração com mais uma armadura, além das que já tinha. — Se for verdade, espero que a senhora demonstre sua gratidão ficando bem longe de mim.

Apesar dos esforços, Rex notou a mágoa nos olhos da mãe e sentiu como se tivesse levado uma punhalada no peito; talvez uma armadura a mais não tivesse sido suficiente.

— Agora vá — ordenou —, antes que eu me dê conta de como sou tolo.

Assim dizendo, Rex virou-se e foi até a escrivaninha sem olhar para trás. Sentou-se e fez uma movimentação com papéis, envelopes e selos sobre a mesa para mostrar que já não estava mais pensando no assunto. Na verdade, era mais para fazer pose, porque só conseguiu respirar normalmente quando ouviu a porta da sala abrir e fechar.

Depois de mais alguns minutos, ele olhou de relance por cima do ombro para se certificar de que a condessa tinha ido embora de fato. Só então suspirou aliviado.

A tranquilidade, no entanto, durou pouco, pois conforme havia dito para a mãe minutos antes, ele tinha que fazer as pazes com tia Pet. Sem contar que precisava arrumar mil libras para levar a Paris no sábado seguinte.

De repente lembrou-se de que tais problemas podiam ser todos resolvidos ao mesmo tempo, com apenas uma atitude. Considerando qual a melhor maneira de proceder, puxou uma folha de papel, tirou a caneta do suporte e abriu o tinteiro. Depois de compor mentalmente o que pretendia escrever, molhou a pena da caneta no tinteiro e deslizou-a pela folha.

Capítulo 8

Apesar de Clara sempre ter vivido em Londres, só tinha entrado uma única vez no Royal Opera House, em Covent Garden, e a visão que havia tido de um assento na plateia geral não se comparava com a que tinha naquele momento.

O salão de teto abobadado em dourado e branco, as poltronas estofadas, as cortinas de veludo vermelho e a iluminação resplandecente tornavam o lugar ainda mais deslumbrante, principalmente para quem estava sentado em um camarote três andares acima do palco.

— Preciso dizer mais uma vez o quanto fiquei feliz por ter aceitado meu convite, srta. Deverill.

Clara desviou o olhar da visão magnífica logo abaixo para a senhora de idade sentada a seu lado.

— Fiquei contente por ter sido convidada, Lady Petunia.

— Ouso dizer que ficou surpresa também. — Lady Petunia sorriu, acentuando os vincos nas laterais dos olhos verde-pálidos. — Foi uma decisão de última hora.

Clara tinha ficado surpresa, mas não foi com a espontaneidade do convite. Ela mal conhecia Lady Petunia Pierpont, e também não sabia explicar como fora escolhida por alguém da estirpe dela, não uma, mas duas vezes, especialmente depois que a família do duque havia sido abalada por um escândalo e passado a ser mal recebida na sociedade durante aquela temporada.

Se tudo aquilo já não fosse razão suficiente para tornar o convite de Lady Petunia para a ópera surpreendente, havia também algo que tinha acontecido naquela tarde. Sem dúvida o sobrinho-neto de Lady Petunia iria preferir que Clara estivesse no fundo do mar e não ao lado da tia dele. Mesmo sabendo que a relação entre Galbraith e a tia não estava boa naquele momento, para a sociedade, um membro da família era sempre mais importante do que uma pessoa de fora. Certamente o visconde tinha visitado a tia depois de sair do escritório de Clara, com a intenção de fazer as pazes e assim recuperar sua mesada. Clara concluiu que a presença de Lady Petunia ali naquela noite significava que ou Galbraith não sabia que a tia a tinha incluído no programa, ou eles ainda não tinham feito as pazes.

— Eu não tinha grandes planos para esta noite, a não ser jantar em casa com minhas cunhadas e me deitar cedo — respondeu ela. — O convite pode ter sido feito de última hora, mas como já disse, foi bom ter aceitado e agradeço, senhora, por ter pensado em mim.

— Você é bem-vinda, minha querida, mas por mais que eu quisesse, o crédito desse convite não é meu. A ideia foi do meu sobrinho-neto, lorde Galbraith.

Clara fitou Lady Petunia, perplexa.

— Lorde Galbraith sugeriu que a senhora me convidasse?

— Isso mesmo, e eu fiquei encantada em conceder à vontade dele.

A raiva de Galbraith naquela tarde tinha sido quase palpável, a recusa à proposta tinha ficado evidente. Depois de sair do jornal algumas horas antes, parecia que, pelo menos na visão dela, havia um desentendimento.

— Não imagino por que ele teria tido essa ideia — disse, sincera.

— Não mesmo, querida?

A insinuação sutil no tom de voz de Lady Petunia não apenas estava equivocada como também era absurda, e a ideia de que ela pudesse imaginar que Galbraith estivesse atraído por Clara a deixou apavorada. A jovem dama se viu incapaz de encontrar uma explicação plausível, e além disso não fazia sentido pensar a respeito, então desviou o olhar, fingindo grande interesse nos camarotes do lado oposto do teatro.

— Não quero deixá-la sem graça — disse Lady Petunia, interrompendo o silêncio. — Mas o que quer que Galbraith tenha dito no outro dia que a ofendeu tanto, espero que possa ser perdoado.

Clara não fazia ideia do que Lady Petunia estava falando, nem de qual teria sido a ofensa, nem mesmo de como Lady Petunia sabia que ela tinha se ofendido com alguma coisa, mas antes que pudesse investigar, elas foram interrompidas pelo personagem principal da conversa.

— Posso resolver meus problemas sozinho, tia Pet. Não preciso que faça isso por mim.

Clara virou-se para ver Galbraith em pé atrás de sua poltrona. Com o traje de gala e as taças de champanhe que trazia nas mãos, ele estava maravilhoso, de tirar o fôlego, exatamente como o Adônis da Grécia Antiga com quem ela se encantara na primeira vez que o vira, tanto que seu coração acelerou, o que a deixou bastante contrafeita.

— E é com esse propósito — ele continuou a falar, erguendo os cálices cheios —, que faço uma oferta de paz à srta. Deverill.

Aquela estava sendo, definitivamente, uma noite de surpresas, e o champanhe era a melhor de todas, pois Clara nunca tinha provado daquela bebida antes. Entretanto, ela não aceitou a taça de imediato, temendo parecer impressionável e demonstrar como era fácil de ser desarmada, especialmente depois do que havia acontecido mais cedo.

— Champanhe é uma bebida pouco ortodoxa para se fazerem as pazes, não?

— Eles não tinham ramos de oliveira no cardápio — retrucou Rex com uma careta.

Clara começou a rir natural e espontaneamente. Galbraith podia ser um grande patife, mas não deixava de ter seu charme, que, aliado a sua beleza estonteante, podia ser um perigo se o destino o colocasse no caminho de mocinhas desavisadas. A conversa que ela escutara na casa de chá a deixara prevenida.

— Imagino que não — disse ela, aceitando o cálice que ele lhe estendia. Em seguida levou-o aos lábios e tomou um gole.

O sabor era glorioso, extraordinário, e ela sorriu, sentindo-se como se tivesse acabado de sorver um néctar dos deuses. Porém, ao erguer a taça mais uma vez para um segundo gole mais sôfrego, percebeu que Galbraith a observava com um leve sorriso, e a ideia de que sua falta de sofisticação fosse notada causou uma sensação insuportável. Ela baixou a taça, policiando-se para manter a fisionomia neutra.

— Champanhe é bem mais adequado para uma proposta de paz do que um ramo de oliveira bolorento. Obrigada.

— Quem bom que chegou finalmente, Galbraith — disse tia Petunia antes que ele pudesse responder. — Eu tinha acabado de comentar com a srta. Deverill que a ideia de convidá-la partiu de você, mas já estava pensando se tinha feito bem, já que você não aparecia. Chegar atrasado não causa boa impressão a quem ainda não se conhece direito, meu querido.

— Mas eu não estou atrasado, estou? — ele contrapôs, inclinando-se para beijar o rosto da tia.

— Chegar apenas trinta minutos antes do espetáculo também não é o que eu chamaria de pontualidade, principalmente tendo-se convidados no camarote — disse ela, e se virou para Clara. — Meu sobrinho-neto é sempre o último membro da família a chegar para um evento. Ainda não decidi se ele faz isso porque possui um relógio não muito bom, ou se é porque gosta de fazer uma entrada triunfal.

Apesar da reprimenda e da discussão recente, o carinho de Petunia por Galbraith era óbvio, tanto que Clara não se deixou enganar pelo tom de voz desaprovador. E ficou evidente que Galbraith também não tinha levado a tia a sério.

— Estou acostumado a ser o último apenas porque minha família acredita que chegar meia hora antes é o auge da pontualidade. Mas — ele acrescentou antes que a tia retrucasse —, nesse caso, tia, creio que a senhora ficará feliz em saber que não fui o último a chegar, e sim o primeiro, na verdade.

— Onde esteve, então? Nós chegamos há horas.

— Quando cheguei não encontrei a senhora nem ninguém conhecido, então tratei de ir lá atrás pedir as bebidas. — Ele estendeu a outra taça para ela. — A senhora aceita champanhe?

Ela acenou com a mão, rejeitando.

— Não, obrigada. Tomei dois cálices de vinho no jantar. Se eu tomar champanhe vou ficar zonza.

— Bem que eu gostaria de ver isso — murmurou Rex, recebendo um olhar de reprovação.

— Agora que está aqui, Galbraith, deixarei a srta. Deverill aos seus cuidados e irei cumprimentar os outros convidados. Por favor, tente não a ofender de novo. Senhorita Deverill, se ele for impertinente, tem a minha permissão para dar as costas e ir embora, do jeito que fez no meu baile.

Ela então se afastou para conversar com outros convidados, e Galbraith foi para perto de Clara, na primeira fileira da frisa.

— Sua tia não sabe de nada, não é? — perguntou Clara preocupada, olhando para trás para se certificar de que Petunia não estava escutando.

— Sobre o quê?

Clara virou-se para Rex, porém não o encarou. Seu olhar fixou-se na gravata dele, mas ela sabia, pelo calor em seu rosto, que estava do mesmo tom intenso de rosa que o vestido que usava.

— O que você disse — sussurrou ela, mais encabulada agora com a insinuação dele de beijá-la do que havia ficado na ocasião do baile.

Rex se limitou a rir.

— Deus do céu, não. Se ela soubesse que fiz uma sugestão tão maldosa para uma moça, ela não teria só cortado minha mesada como teria me esfolado vivo. Não, esse segredo fica entre nós, se não se importar.

Aliviada, Clara ergueu os olhos para o rosto dele, e de repente, ao deparar com aqueles olhos brilhantes, teve curiosidade de saber a razão daquela sugestão. Mas preferiria morrer antes de abrir a boca para perguntar.

— Estou feliz por você ter vindo — disse ele, interrompendo o silêncio. — Eu não tinha certeza se aceitaria o convite.

— Você queria mesmo que eu tivesse vindo?

— Você parece cética.

— E não era para estar? Você saiu do meu escritório esta tarde pisando duro, furioso.

— Isso é verdade — concordou Rex, encostando o quadril no peitoril da frisa. — Mas se me conhecesse melhor saberia que não costumo guardar rancor. Eu... — Ele fez uma pausa, girando o cálice na mão. — Guardar rancor não é muito bom, srta. Deverill. Vi pessoas guardarem mágoas muitas vezes na minha vida e sei que isso não resolve nada. Sendo assim, procuro me policiar para não fazer o mesmo. — Depois de uma pausa, ele olhou para ela de novo e ergueu a taça. — Trégua?

— Trégua — concordou ela, encostando o cálice no dele. — Eu também não sou do tipo de guardar rancor.

Os cantos dos olhos dele se estreitaram de leve quando ele sorriu.

— Ótimo, porque temo que a razão de eu querer fazer as pazes com você tenha um motivo oculto. Gostaria de saber se a oferta de emprego ainda está de pé.

Clara ficou imóvel, com o cálice parado próximo aos lábios, sentindo uma pontinha de esperança de resolver seu problema, pois as inúmeras tentativas de redigir uma resposta para a Debutante Inconsolável depois que ele saíra de seu escritório haviam sido inúteis.

— Por que pergunta? Mudou de ideia?

— Depende... — disse ele, em uma resposta ambígua que fez Clara se lembrar de que ter esperanças em relação a um homem como aquele era bobagem. Mesmo assim ela cruzou os dedos em pensamento.

— Minha oferta continua de pé.

— Antes que diga mais alguma coisa, preciso que saiba que tenho algumas condições para aceitar o emprego. Uma delas é que preciso receber 125 libras por coluna.

— Combinado — concordou ela, aliviada por não precisar barganhar, já que o jornal podia pagar aquela quantia a mais sem grandes problemas.

— Ah, e preciso receber o pagamento inteiro adiantado.

— Tudo?

— Sim, tudo. E essa condição é inegociável — acrescentou Rex antes que ela pudesse argumentar.

— Em geral os pagamentos são feitos após a entrega do trabalho — ela se viu compelida a ressaltar.

— Eu sei, mas qualquer valor inferior a mil libras pago imediatamente não será suficiente para arcar com minha falta de fundos. — Ele não se alongou na explicação. Ao contrário, dado o silêncio, ergueu uma das sobrancelhas de um jeito zombeteiro. — Alguma coisa errada? Você acha que vou desaparecer com o dinheiro antes de cumprir minha tarefa?

— Digamos que não tenho certeza de que você levará a sério a responsabilidade do trabalho. Rir só aumenta a minha preocupação — comentou ela quando ele abriu um sorriso. — Escrever a coluna de Lady Truelove não é fácil, lorde Galbraith; é um trabalho sério, que requer esforço e deliberação.

— Criar problemas para correspondentes fictícios e dar conselhos parece brincadeira para mim, mas não vamos discutir sobre o assunto.

Clara poderia ter dito que as pessoas que pediam conselhos para Lady Truelove não eram fictícias, mas resolveu deixar para mais tarde as explicações sobre o trabalho. Se ele estava mesmo disposto a aceitar o cargo, era melhor não assustá-lo.

— Posso pagar adiantado. Estamos combinados?

Em vez de responder de imediato, Rex virou-se para a frente, olhando na direção dos camarotes do lado oposto.

— Tenho outra condição.

Clara franziu o cenho, sentindo-se tensa.

— Você gosta de brincar com a sorte, não?

Rex soltou uma risadinha.

— Ah, você nem imagina o quanto isso é verdadeiro — murmurou ele sem desviar o olhar dos camarotes em frente.

— Qual seria a terceira exigência? — Clara indagou, já que ele não entrou em detalhes.

— Não é uma exigência, mas um pedido, um aviso, depende de como você vai encarar.

— Aviso?

— Sim. — Ele se virou para fitá-la. — Pretendo lhe fazer a corte, srta. Deverill.

— Corte... — A voz de Clara foi se esvaindo enquanto ela o encarava, atônita demais para responder. A tia dele havia mencionado algo a respeito, mas ela não dera muita atenção, achando ridículo naquele momento e muito mais agora. — Acho que não entendi direito — disse ela por fim.

— Gostaria que me concedesse o privilégio de flertar com você.

— Como? — Ela teve um ataque de riso, reação típica sempre que alguém a surpreendia. — Mas nós nem ao menos simpatizamos um com o outro.

Rex esboçou um sorriso.

— Ou seja, você não gosta de mim.

Clara fez uma careta desconfiada, sem se deixar enganar pelo comentário.

— Você deve gostar de mim, porque gosta de mulheres.

— Isso é verdade.

— E por acaso eu sou mulher.

Rex percorreu lentamente o corpo curvilíneo com os olhos, como se o estivesse acariciando.

— É mesmo...

Percebendo aonde ele queria chegar, o coração de Clara bateu forte, como se fosse saltar do peito. Ela contraiu os dedos dos pés dentro das sapatilhas de cetim e sentiu uma onda de calor percorrer-lhe o corpo inteiro, aumentando de intensidade a cada instante.

A jovem tratou de tomar um gole refrescante de champanhe para tentar conter as reações traiçoeiras de seu corpo e pensar com clareza.

— Se você gostasse pelo menos um pouco de mim, não teria se comportado como hoje à tarde.

— Não, mas eu estava furioso com você. E como já conversamos sobre isso, eu já superei.

— Ah, que alívio. Agora posso dormir sossegada.

Rex riu.

— Viu só? Essa é uma das suas características de que gosto, essa incrível capacidade de me colocar no meu lugar. A maioria das mulheres não consegue.

Clara sabia que não estava falando nada além da verdade.

— Que seja... A simples ideia de haver qualquer romantismo entre nós é ridícula. O que de fato quer me pedir?

— Acredite se quiser, até mesmo eu posso ser romântico de vez em quando. Mas já que insiste em só enxergar o que há de pior em mim, vou pôr as cartas na mesa e dizer a verdade nua e crua. Com certeza você ficará aliviada em saber que não serei romântico.

Como Clara não tinha muita experiência em romances, também não sabia se ficaria aliviada ou não, principalmente ao olhar para aquele rosto másculo e lindo.

— Entendo...

— Como filho e herdeiro do conde de Leyland, tenho direito a um rendimento proveniente da propriedade da família, mas esse benefício é concedido a critério exclusivo do meu pai. Faz algum tempo que ele cortou esse pagamento na tentativa de controlar meu comportamento.

— Eu sei, ouvi comentários a esse respeito... Algo sobre viver de maneira extravagante — disse ela sem se conter.

Rex deu uma risadinha mesmo sem ter achado graça.

— Isso tudo é fofoca, claro. E agora, como você já sabe — disse ele, evitando que ela o questionasse mais —, minha tia suspendeu a mesada que generosamente me oferecia.

— Mas em que isso está relacionado a você... você... fazer a corte... — Ela fez uma pausa, com uma sensação estranha no peito.

Respirando fundo, reformulou a pergunta. — O que isso tudo tem a ver comigo?

Rex reagiu ao olhar inquiridor de Clara com uma postura resoluta.

— Se eu começar a cortejar uma mulher, volto a receber minha mesada.

Apesar de conhecer o temperamento de Galbraith, Clara ficou desapontada, mas já estava acostumada a se sentir assim... Era como se sentir invisível quando um homem bonito vinha em sua direção e convidava a amiga mais bonita para dançar, ou quando se sentava a seu lado à mesa e conversava com a moça do outro lado. Nesse caso, Clara estava ciente de que o sentimento não era apenas irracional, mas tolo. No entanto, ardia como sal nas feridas de todas as suas inseguranças. O mais importante, porém, era não demonstrar nada disso, pelo menos não com o futuro de Lady Truelove em jogo. Não que o desejasse, tampouco, e estava precavida o suficiente para não se deixar enganar. Mesmo assim foi difícil evitar o comentário sarcástico:

— Estou lisonjeada, lorde Galbraith. E como poderia não estar, em vista de tantas atenções a mim dispensadas?

— Você preferiria que os meus motivos fossem os mais comuns? — Ele baixou um pouco as pálpebras. — Ou que talvez tivessem nascido de uma paixão profunda?

— Deus me livre, não! — gritou ela, assustada com aquela possibilidade, mesmo que remota, mas sem dúvida desconcertante.

— Bem, aqui estamos... — Ele deu de ombros.

O descaso foi mais uma alfinetada no orgulho de Clara, que preferiu ignorar.

— O que o faz pensar que sua tia cederá se você cortejar uma mulher?

— Não estou preocupado com minha tia, mas respondendo à sua pergunta, nenhum homem pode cortejar uma mulher se não tiver dinheiro para sustentá-la. Se eu começar a lhe fazer a corte, minha tia-avó informará meu pai, e se ele acreditar que estou, no mínimo, com intenções de encontrar uma esposa, acabará me concedendo o rendimento da propriedade.

— Ou ele pode achar que é boato.

— Ele não pode nem desconfiar. Leyland precisa que eu me case para assegurar a sucessão do condado para o próprio filho. Meu pai é orgulhoso, não suportaria a ideia de seu título e suas propriedades passarem para um primo distante que ganha a vida fabricando botas. Por outro lado, ele sabe que sua ambição não será realizada se eu não tiver renda, pois nenhuma mulher levará a corte de um homem a sério se ele não puder sustentá-la. Se eu cortejar você, meu pai terá que ceder.

Clara respirou fundo e deixou de lado qualquer decepção tola que pudesse ter sentido.

— Por que me escolheu? Tenho certeza de que existem muitas mulheres que gostariam de ser cortejadas por você. Por que direcionar todas as suas atenções a mim?

— Independente do que pensa de mim, não tenho intenção de encorajar expectativas de uma desconhecida.

— E eu não poderia ter tais expectativas?

— Em relação a mim? — Ele fez uma careta. — Seja honesta, srta. Deverill. Sabemos que você não se casaria comigo nem se eu fosse o último homem na face da Terra.

O último homem na face da Terra, uma vozinha se insinuou na mente de Clara, *talvez seja exagerado demais*. Ela desviou os olhos daquele rosto maravilhoso e silenciou a voz interior. Ao passar os olhos pelas pessoas ali, ela pensou racionalmente em quais seriam as consequências do que Galbraith sugeria. Do ponto de vista dele, sabia que chegava até a fazer sentido, mas para ela era insustentável.

— É verdade, eu nem sonharia em me casar com você — disse por fim, virando-se para ele. — Mas isso leva a outro fato, algo que, mesmo que eu considere verdade tudo o que me disse, inviabiliza o que está me pedindo.

— E o que seria?

— Ao contrário de você, eu quero me casar. Essa é uma das principais razões pelas quais estou participando dos eventos da temporada, para encontrar um rapaz adequado.

— Ah... — A exclamação indicava que ele aprovava o que ouvira, mas quando respondeu, demonstrou o contrário: — Que ótimo, então, para nós dois. Qual é o problema?

Clara franziu a testa, intrigada pela pergunta.

— Como assim?

Ele deu de ombros.

— Se encontrar alguém com quem se casar é seu objetivo, não posso pensar em nada melhor para atingi-lo que concordar com o meu plano.

Clara começou a achar que ele estava enlouquecendo.

— Os outros rapazes perceberão se você estiver me cortejando abertamente.

— Sim. — Ele meneou a cabeça. — Exatamente.

— Eles irão assumir que eu... nós... que eu gosto... — Ela parou de falar e respirou fundo. — Outros homens nos verão juntos — completou depois de um tempo, falando com bastante atenção para não continuar a gaguejar. — Eles irão concluir que meus sentimentos estão comprometidos. Não tenho dúvida que isso os afastará de mim.

— Não, minha doce ovelhinha, acontecerá exatamente o contrário.

— Não sei de onde você tirou isso.

— Homens são muito competitivos, e mesmo assim, temos medo mortal da rejeição. Se você não estiver dançando, por exemplo, a maioria dos homens concluirá que é porque não tem vontade e não irão se aproximar. Sendo assim, se você concordar em participar do meu plano, outros homens irão vê-la dançando comigo e se sentirão encorajados a se aproximar de você.

— Será? — Clara fez uma careta. — Não foi o que aconteceu quando dançamos no último baile. Passei o resto da noite no meu lugar de costume, junto com as outras moças que não foram tiradas para dançar. Nossa dança não mudou nada.

— Isso aconteceu porque você me esnobou e saiu andando sozinha depois que a música terminou, evitando que eu agisse da forma correta, acompanhando-a até o seu lugar. Minha tia achou que sua atitude foi devido a alguma coisa que eu teria lhe dito e que a ofendeu, mas a maior parte dos homens não chegaria à mesma conclusão. Qualquer um que estivesse nos observando acharia que foi você quem me esnobou.

— E consequentemente concluíram que eu agiria da mesma forma com eles?

— Isso mesmo. O oposto também é verdadeiro. Se você chamou minha atenção, despertou a dos outros rapazes também. Pode acreditar no que digo.

— Confiar em você é pedir demais.

Ele fez uma careta.

— Tenho certeza. Mas veja sob uma perspectiva diferente. Você quer que eu assuma o papel de Lady Truelove e aconselhe as pessoas. Qual a razão da oferta se você mesma não aceita meus conselhos?

— Não sei por quê, mas parece mais fácil ouvir você dar conselhos para o resto do mundo do que para mim — confessou ela. — Se estiver errado, bem, você será minha única companhia masculina nos próximos dois meses.

— Um destino pior que a morte — disse ele seriamente.

— Você não faz ideia — murmurou ela. — Mesmo que esteja certo, o que está me pedindo é para enganar sua família deliberadamente.

— Não, estou pedindo apenas que você não me despreze se eu lhe fizer a corte. Dance comigo nos bailes, aceite meus convites para jantar, faça um dueto comigo no piano, converse por mais de dois minutos em uma festa e pareça estar feliz em me ver... — Ele interrompeu o que dizia para abrir um sorriso. — Clara, por favor, não faça essa expressão como se eu estivesse sugerindo que você chupasse um limão azedo.

— Bem — ela começou a falar, mas ele a interrompeu antes que ela aplaudisse a precisão da comparação.

— Sua opinião a meu respeito está clara como água. Não precisa ficar pisoteando meu orgulho masculino, certo?

— Na minha opinião, creio que lhe serviria bem ser pisoteado um pouco mais. Mas quanto tempo você quer que essa farsa dure? — ela se apressou a perguntar, antes de algum outro comentário. Mesmo assim, mal podia acreditar que estava levando aquela ideia maluca em consideração.

Ideias malucas se tornaram seu dom especial, lembrou uma vozinha em sua consciência.

— Pode ser durante os dois meses que irei trabalhar para você. Não tenho dúvida de que até lá meu pai terá voltado a me pagar o rendimento.

— E depois?

— Eu peço sua mão em casamento e você recusa. Ficarei arrasado, incapaz de pensar em cortejar outra mulher durante pelo menos um ano, depois parto para um chalé no campo para me recuperar. Enquanto isso, você aproveita o restante da temporada, rodeada por rapazes apaixonados e felizes por eu ter saído de cena.

— Pelo visto você pensou em todos os detalhes do plano. E se durante essa suposta corte sua tia me perguntar o que eu sinto por você? E daí? Terei que mentir?

— Percebi de imediato que uma das suas habilidades é a de se esquivar quando necessário — respondeu ele, ríspido. — Mas não se preocupe, minha tia nunca nem sonhará em questionar seus sentimentos por mim. Seria uma imensa invasão de privacidade. No máximo ela ficará observando meu interesse em você de dedos cruzados na esperança de que seus esforços em me arrumar uma noiva tenham finalmente valido a pena.

— Você pode distorcer isso o quanto quiser, mas ainda está tentando enganar sua tia e seu pai.

— Durante os próximos dois meses e em todas oportunidades possíveis eu negarei com veemência qualquer interesse romântico em você.

— Isso só servirá para reforçar a ideia do contrário na cabeça deles.

Ele deu de ombros.

— Não posso fazer nada se as pessoas não acreditam no que digo.

Clara riu, balançando a cabeça e se impressionando mais uma vez com a habilidade de Rex de dizer para as pessoas algo totalmente diferente da realidade sem mentir de forma direta.

— Você é mesmo um salafrário.

— Estou ciente de que é o que parece.

— Não imagino outro tipo de interpretação possível.

Ele a estudou com critério antes de responder.

— Deve ser ótimo contar com o luxo de ter ideais tão fortes e inabaláveis — murmurou ele. — Ser capaz de discernir tão nitidamente o certo do errado.

Clara se mexeu na cadeira, com a estranha sensação de precisar se defender.

— Em alguns casos o certo e o errado são óbvios.

— É mesmo? Muitos diriam que a honestidade é uma virtude. Ainda assim, ser honesto não me ajudou muito, já que sempre tive a convicção de nunca me casar, mas minha família se recusa a aceitar isso. A honestidade absoluta, srta. Deverill, não me levou a lugar algum.

— Eles não acreditam que a sua vontade é sincera?

— Eu diria que não querem acreditar. A motivação do meu pai vem da necessidade de preservar o condado e garantir a sucessão. Já minha tia, que me ama profundamente, se convenceu de que o casamento seria bom para mim, de que eu me estabilizaria e seria uma pessoa responsável.

— E você acha que não?

Os lábios dele se curvaram em um sorriso torto.

— Você parece me conhecer o suficiente para julgar. O que acha?

Clara se lembrou de Elsie Clark fazendo de tudo para agradá-lo, enquanto ela própria achava que só uma mulher com coração de pedra, ou uma que não se preocupasse em se preservar, concordaria em se casar com ele.

— Vamos dizer que há muito tempo parei de confundir desejos com realidades.

Ele achou graça.

— Como eu já disse, você tem uma visão bem objetiva do mundo. Já as opiniões das damas que conheço são diferentes, pelo menos no que se refere à minha pessoa.

— Você podia dizer a todas elas para esperarem sentadas. Sua relutância em não tomar essa atitude me diz que você só quer o dinheiro que sua família lhe provê, e quer ter a liberdade para fazer o que bem entende.

— Confesso que gosto da minha liberdade — disse ele suavemente, deixando claro que estava brincando.

— Por que o dinheiro é tão importante? — perguntou ela, recusando-se a mudar de assunto.

— Uma coisa é certa, é muito difícil pagar aluguel e comprar comida sem dinheiro.

— Da mesma forma que fica mais complicado aproveitar as coisas mais superficiais da vida, tais como... Como foi que você falou lá na casa de chá? Vinho, mulheres e música.

Clara percebeu que Galbraith não tinha gostado da resposta, mas não ficou evidente se tinha sido pela referência a seu estilo de vida ou pelas consequências daquela conversa com o amigo.

Quando ele falou, porém, seu tom de voz foi leve e despreocupado:

— Creio que as mulheres ficam com a maior parte.

Ele deu um sorriso que não alcançou os olhos. A provocação que brilhava naqueles olhos azuis lembrava a turbulência de um mar revolto, indicando que qualquer desaprovação por parte dela poderia levar a consequências desastrosas.

— A experiência me ensinou que as mulheres são muito mais caras.

Aquelas palavras confirmaram tudo o que Clara sabia e tinha escutado sobre ele, mesmo assim, pareceram estranhamente vazias. Ao estudar o rosto dele, sentiu uma pontada repentina e inexplicável de dúvida sobre a maneira como o tinha julgado. Será que ele era tão libertino quanto ela achava?

Enquanto se questionava, Clara imaginou quantas outras mulheres antes dela teriam se perguntado exatamente o mesmo. Quantas teriam desejado, mesmo sabendo que era inútil, que Galbraith fosse um homem melhor do que sua reputação e suas atitudes demonstravam? Quantas haviam confundido desejos com a realidade? Ela poderia apostar que tinham sido dúzias. Por fim, Clara decidiu que era melhor voltar ao assunto principal.

— Você acredita mesmo que vou ajudá-lo a manipular sua família?

— Alguns membros da minha família querem me manipular para fazer algo que já deixei claro que não quero. Será que é tão errado assim usar um pouco de manipulação a meu favor? — Ele encolheu os ombros e acrescentou, antes que ela pudesse responder: — Se manipular for necessário, sou eu quem vai fazer isso. Você, minha ovelhinha, só precisa fazer uma coisa.

— O que seria?

— Ser boazinha comigo. — Ele se mexeu e ficou sério, inclinando-se ligeiramente para mais perto e com o olhar fixo nos lábios dela. — Será que isso é muito difícil, Clara?

Ela sentiu a garganta seca ao ouvir seu nome sussurrado daquela forma; entreabriu os lábios, mas não disse nada. Aquele olhar insinuante a deixou umas dez vezes mais apavorada do que quando a timidez a fazia gaguejar, como se um peso lhe pressionasse o peito.

— Não é pior do que arrancar um dente — conseguiu responder por fim, mas o sarcasmo em suas palavras foi corrompido pela sofreguidão da voz.

— É justo — disse ele, rindo e encarando-a. — Eu me contentarei antes de chegar ao limite de sua tolerância. Você me permitirá?

— Eu su... sup... suponho que posso conviver com isso — respondeu ela. — Eu... não... gostaria de s... ser rude com ninguém, nem mesmo com você.

— Estamos combinados, então?

Clara desviou o olhar, analisando o grupo reunido ali perto. A ideia de ajudar Galbraith a construir uma imagem falsa para a família não a agradava, e ela também não tinha certeza de que o flerte entre eles serviria de incentivo para outros rapazes e não para desencorajá-los. Mas qual outra saída teria? Irene contava com ela, assim como Lady Truelove, e lhe doía saber que era uma substituta inadequada para a irmã. E apesar de a ameaça de Galbraith de revelar a identidade de Lady Truelove ter sido um blefe, ela não estava totalmente convencida de que podia confiar nele quanto a isso.

— Muito bem — disse ela, antes de se convencer a não participar de nada daquilo. — Estamos combinados. A primeira coisa que farei amanhã cedo será pedir para um mensageiro entregar o último pacote de cartas que chegaram para Lady Truelove, junto com uma ordem de pagamento bancária de mil libras.

— Cartas? — Galbraith riu, fitando-a sem acreditar. — Você está falando de cartas de pessoas reais?

— Ora, mas é claro. Você achou que as inventávamos?

— Eu achava que sim — confessou ele, preocupado, embora demonstrasse estar gostando da realidade da tarefa que acabara de assumir.

— Lamento se estava pensando que passaria os próximos dois meses escrevendo ficção — disse ela, em vez de saborear o desgosto dele. — Assumir a coluna de Lady Truelove é ajudar pessoas reais a resolverem problemas verdadeiros. Como eu já disse, mandarei entregar as últimas cartas a você pela manhã. Dessas cartas você escolhe uma, escreve uma resposta apropriada para publicação e entrega para mim às duas da tarde de amanhã.

— Às duas? É um pouco apertado, não?

— Lamento pelo prazo curto, mas não há o que fazer. Você terá mais tempo para as cartas seguintes, mas a próxima edição vai para a gráfica no sábado à noite.

— Mas hoje ainda é quinta-feira.

— Preciso de tempo para entrar em contato com a correspondente escolhida para obter permissão formal para publicar a carta, e também para me certificar de que a sua resposta é adequada.

— Eu me atrevo a dizer que consigo ser apropriado quando a ocasião requer — disse ele com voz grave.

— Não seja tão confiante. As pessoas que escrevem para Lady Truelove esperam se guiar por seus conselhos. Quero ter certeza de que você não desapontará ninguém nem direcionará alguém para o lado imoral. Espero que leve esse trabalho a sério.

— Farei o possível para atingir os seus padrões, mas ainda não disse o que espero de você.

— O que quer dizer com isso?

— Você deixou claro o que espera de mim, mas eu ainda não disse quais são as minhas expectativas.

O coração de Clara disparou dentro do peito, retardando bastante sua resposta.

— Você me disse sim, esqueceu? — falou por fim, conseguindo fingir um tom doce. — Você pretende me cortejar. — Ela abriu um sorriso largo. — Tenho apenas que tolerar você.

Galbraith riu, mas antes que pudesse responder, os sinos tocaram, indicando que o espetáculo estava prestes a começar. Clara virou-se, mas só descobriu que a conversa não tinha terminado quando Galbraith se sentou na poltrona de trás e, inclinando-se para a frente, passou a falar em seu ouvido.

— Entendo que farei todo o trabalho — murmurou ele em voz baixa para que aqueles que buscavam seus lugares não ouvissem. — Ainda assim... — Ele fez uma pausa enquanto sua respiração quente fazia Clara estremecer. — Acho que fiquei com a melhor parte do acordo, Clara.

De repente parecia que todas as células do corpo dela estavam em alerta. Com a proximidade, Clara sentiu a fragrância de sândalo da loção pós-barba e quase pôde ouvir o retumbar de seu coração.

Ainda bem que as luzes diminuíram. Galbraith endireitou a postura para se apropriar do assento de trás. Mesmo não vendo o efeito que a proximidade e as palavras haviam surtido em Clara, ela temia que ele tivesse consciência dos sentimentos que suscitara. E ele era, para o desespero da jovem dama, esse tipo de homem.

A orquestra deu início à abertura da ópera de Verdi, *Aida*, mas apesar da música, as palavras dele daquela tarde ainda ecoavam nos ouvidos dela.

Conheço muito bem as mulheres.

Era a pura verdade. E embora talvez ele tivesse que se encarregar da maior parte do trabalho, para Clara também não seria como passear no parque. Ao contrário, pois bastaram algumas palavras mais sugestivas dele para que ela mal conseguisse respirar.

Clara passou a mão no espartilho, que apertava suas costelas, e fez uma careta. O falso flerte ainda não tinha nem começado, e ela temia que já tivesse dominado seus pensamentos.

Capítulo 9

Rex não tinha nenhuma ilusão a respeito de seu caráter. Gostava de mulheres, aos 15 anos tinha descoberto os prazeres que elas podiam oferecer, e nunca sentira nenhum peso na consciência pelo fato de, entre todas as coisas boas da vida, preferir os prazeres carnais.

Apesar de ter certas regras estritas em relação a sua conduta com mulheres, Rex nunca deixara de ter pensamentos devassos, especialmente naquele momento no qual não podia pagar por nada mais que isso. Ao se sentar atrás de Clara, a imagem do sorriso dela e o perfume de flor de laranjeira de seus cabelos trançados provocaram faíscas eróticas em sua imaginação. E vê-la por trás surtiu um efeito semelhante ao ato de jogar mais lenha na fogueira. As costas recobertas pela seda cor-de-rosa do vestido, o cabelo trançado ao redor da cabeça no penteado de sempre, o pescoço longilíneo... Ele parou ali, bem onde a nuca se encontrava com o tecido do vestido de gala. Na penumbra do teatro, a pele alva parecia brilhar como alabastro, e ele apostava que fosse macia como veludo. Bastaria inclinar-se para a frente e beijá-la ali para ter certeza.

Rex fechou os olhos, imaginando a textura da pele dela contra os seus lábios, e um desejo profundo percorreu todo o seu corpo. Ele ficou ofegante ao inalar o perfume de flor de laranjeira. Uma silhueta se formou em sua mente, uma imagem de Clara com os cabelos castanhos sem as tranças e caindo em cascata sobre os seios pequenos e redondos, ao redor dos mamilos rosados.

Ele se remexeu na cadeira, desconfortavelmente excitado, e fez uma careta, sabendo que tais pensamentos tinham suas desvantagens. Incapaz de buscar alívio, logo ele estaria muito incomodado. E como jamais poderia resolver esse assunto com ela, seguir por esse caminho não seria prudente. Clara Deverill não era uma dançarina do teatro de revista ou uma mulher da cidade. Era uma moça pura, inocente e definitivamente criada para se casar.

A opinião de Clara sobre o caráter dele o deixava pouco acima — ou talvez um pouco abaixo — da camada fina de lodo que revestia o fundo dos lagos. Ela podia parecer uma ovelhinha, mas surpreendentemente possuía um coração de aço e um sólido senso de moralidade. Quando nervosa, podia até gaguejar, mas sua língua afiada podia atingi-lo sempre que necessário. Rex se mexeu na cadeira de novo.

— Pelo amor de Deus, Rex — a prima Henrietta cochichou ao lado dele —, o que há de errado com você? Você está se mexendo igual a um garoto impaciente na missa de domingo.

Rex soltou uma risada cáustica.

— Você não faz ideia de como essa analogia é inapropriada agora, Hetty — ele murmurou e abriu os olhos.

— É mesmo? — disse Henrietta com a voz rouca. — Ouso imaginar quem seja o assunto desses pensamentos irreverentes? Conte-me.

Rex olhou de lado para a prima e viu o semblante divertido dela.

— Não tenho nada a dizer — disse ele e desviou o olhar, fingindo um interesse repentino na performance no palco. — Mesmo que fosse alguma coisa — acrescentou, esforçando-se para parecer casual —, não teria importância. Como cavalheiro, sou obrigado a ficar calado.

— A discrição é edificante, claro, mas não acho necessária. Mas então... — Ela fez uma pausa, relanceando o olhar para o assento logo em frente ao dele. — Talvez não estejamos falando de uma garota do teatro de revista.

Havia uma pergunta subentendida ali e aquela seria a oportunidade perfeita para ele começar a atuar como pretendia, mas antes de confirmar as especulações de Henrietta, lembrou uma frase que Clara havia dito pouco antes.

O que você está me pedindo é para enganar a sua família deliberadamente.

Ele se mexeu na cadeira de novo, frustrado por alguma coisa além do mero desconforto físico. A culpa era um sentimento que não o incomodava e ao qual ele não podia se entregar. Ele não respondeu à pergunta da prima, limitando-se a sorrir. Por sorte Hetty não insistiu e voltou a prestar atenção no palco.

Rex tentou fazer o mesmo, mas não demorou muito para que seu olhar fosse direcionado para a mulher sentada à sua frente, e a imaginação dele voltou ao trabalho. Enquanto se visualizava desabotoando os botões revestidos de seda nas costas do vestido dela e beijando a pele macia, conseguiu não se sentir culpado por isso, mas o pensamento prazeroso fez com que sua luxúria florescesse ainda mais forte do que antes. Foi então que ele entendeu que tinha outro problema, algo bem mais inconveniente do que os sussurros de sua consciência, algo com implicações nas quais não tinha pensado até aquele momento.

Clara não era uma mulher que ele pudesse levar para a cama, e apesar de sua imaginação libidinosa ter sido instigada apenas por diversão, caso isso se tornasse um hábito a vida dele se transformaria em uma imensa frustração. O desejo não correspondido era uma coisa diabólica.

O primeiro ato terminou e Rex sabia que tinha cerca de três quartos de hora antes do intervalo para recuperar o controle do corpo e da mente. Na maioria das vezes, seria tempo mais do que suficiente para se distrair de qualquer outra mulher em particular, mas ao observar as costas retas e delgadas de Clara e a longa e delicada linha de seu pescoço, ficou óbvio que ele precisaria de cada minuto dos 45 de que dispunha.

<hr />

Para Clara, ir à opera havia sido uma oportunidade de conversar com outras pessoas, e ela só tinha a agradecer por isso e pela extraordinária proposta de Galbraith, que a deixara completamente confusa. Pensando no assunto na manhã seguinte, ela tinha a impressão de ter vivido um sonho.

Lembrando-se de que o sonho se originava em um flerte simulado, Clara lutou para se ater às suas prioridades. Conforme o prometido, enviou a correspondência de Lady Truelove para Galbraith logo pela manhã e, seguindo um impulso de momento, pôs junto um bilhete pessoal sugerindo que ele considerasse estrear sua participação na coluna com a carta da Debutante Inconsolável. Tentou manter um tom profissional no bilhete, ressaltando que a carta da Debutante chamaria mais a atenção dos leitores, esperando que ele não percebesse que sua sugestão vinha de uma motivação mais profunda.

Depois de despachar o pacote de cartas para a residência dele em Half Moon Street, ela passou a analisar os artigos que o sr. Beale havia selecionado para a edição daquela semana e os respectivos layouts, porém não conseguia se concentrar por mais de cinco minutos por vez. Apesar de tentar pensar em outra coisa, Galbraith e a proposta ultrajante dele não lhe saíam da cabeça.

Gostaria que me concedesse o privilégio de flertar com você.

Claro que havia homens fazendo filas de dobrar o quarteirão para expressar os sentimentos por algumas garotas, mas para ela aquele tipo de coisa era raro.

Mesmo depois de 18 horas, as palavras de Galbraith ainda provocavam a mesma sensação de expectativa inegável da noite anterior. Seus lábios tremiam só de pensar no olhar sensual dele.

Pela maneira como ele havia olhado para a sua boca na noite anterior, era óbvio que estava pensando em beijá-la. Clara não tinha experiência nenhuma em beijar, mas reconheceu o desejo evidente naqueles olhos azuis. Galbraith a tinha encarado do mesmo jeito na pista de dança, na noite do baile na casa da tia.

Um beijo no final da dança quebraria algumas regras, não?

A sensação de ansiedade e expectativa se intensificou e Clara fitou os papéis sobre a mesa, irritada. Um beijo para Galbraith talvez não fosse nada, simples como uma piscadela e igualmente fácil de esquecer. Já a corte não passava de uma farsa com propósitos moralmente questionáveis para enganar a família dele, e quando ela pensava em Lady Petunia, *Sir* Albert e nos vários primos que conhecera na noite anterior, não conseguia deixar de pôr em dúvida o seu bom-senso em ter concordado com uma proposta tão ultrajante.

Mas agora o acordo já havia sido feito, o pacto, estabelecido, e ela procurou olhar o lado bom de tudo isso. Quem sabe Galbraith não tinha razão ao observar que a atenção que ela estava recebendo poderia atrair outros pretendentes, rapazes que flertariam com ela e desejariam beijá-la de verdade. Para Clara, essa não era uma perspectiva muito excitante, por isso ela jogou o lápis sobre a mesa e suspirou, aborrecida.

Uma batida na porta a interrompeu e ela pegou o lápis rapidamente.

— Entre — murmurou, debruçando-se sobre os layouts e esforçando-se para parecer que estava trabalhando arduamente quando a porta se abriu.

— Senhorita Deverill.

Ela olhou para cima e teve vontade de suspirar de novo, mas por um motivo completamente diferente.

— Senhor Beale. — ela cumprimentou o editor sem muito entusiasmo. — Posso ajudar em alguma coisa? Se quiser saber sobre os layouts, eu ainda não terminei, mas levo para o senhor assim que terminar...

— A coluna de Lady Truelove ainda não chegou — ele a cortou com a falta de paciência de costume. — Pelo menos foi o que a srta. Huish me disse agora, pouco antes de sair para almoçar. É verdade?

— A srta. Huish só saiu para o almoço agora? — Clara olhou de relance para o relógio de broche preso na lapela. — Mas são quase 14 horas.

— Eu pedi que ela pusesse a correspondência da tarde, que chegou atrasada, em ordem antes de sair.

Clara franziu a testa.

— Não é certo segurar uma pessoa por tanto tempo antes do intervalo do almoço.

— Eu também não almocei ainda, srta. Deverill — respondeu ele de mau humor. — Não que eu espere que você se preocupe com isso.

Decidindo que seria melhor provar que ele estava errado, Clara mudou a fisionomia de desaprovação para outra mais apreensiva, na esperança de se livrar logo daquele ranzinza.

— Ah, mas eu me *preocupo* sim, sr. Beale. Acho deplorável mantê-lo aqui por tanto tempo sem almoço! Nossa, o senhor pode desmaiar de desnutrição — disse ela, procurando parecer chocada, e não feliz com aquela ideia. — O senhor precisa ir almoçar imediatamente.

Ela gesticulou na direção da porta, mas para seu desalento, ele não se mexeu.

— Onde está a coluna de Lady Truelove?

— O prazo é até as cinco da tarde, e como ainda são 14 horas, acho a ansiedade desnecessária...

— A coluna dela sempre chegou com a correspondência da tarde de quinta-feira, mas pela segunda vez seguida não veio no tempo esperado. Então, onde está o maldito material? Não me diga que ela está atrasada de novo.

— Eu soube que a carta será entregue pessoalmente — respondeu Clara, cruzando os dedos debaixo da mesa, onde ele não podia ver, e rezando para que Galbraith não a decepcionasse. — Um... hmm... amigo vai trazer a qualquer momento.

— Amigo dela ou seu? Ah, não importa — acrescentou ele antes que ela respondesse. — Não estou convencido, srta. Deverill.

Clara conteve a vontade de dizer que convencê-lo não era uma de suas prioridades, sabendo que precisava preservar pelo menos a aparência de que estava tudo bem até Irene chegar. Dali em diante o sr. Beale passaria a ser uma pedra no sapato de sua irmã e não mais no dela.

— É uma pena — murmurou ela educadamente e se recostou na cadeira. — Da minha parte, estou confiante que a coluna chegará aqui bem antes do prazo, por isso...

— Providencie para que chegue mesmo — ele a interrompeu de novo, encarando-a. — A senhorita supervisiona o trabalho dela, sendo assim, se a coluna chegar tarde, sei a quem culpar.

— Não precisa culpar ninguém — uma voz masculina interveio.

Clara respirou aliviada ao reconhecer a voz. Olhou por cima dos ombros do sr. Beale na direção da porta, onde Galbraith estava com um envelope em riste e um sorriso nos lábios.

— As sábias palavras de Lady Truelove chegaram prontas para serem compartilhadas com seus ávidos leitores.

Apesar da bem-vinda notícia e do tom casual da voz de Galbraith, havia uma tensão curiosa pesando naqueles ombros largos, e o sorriso dele parecia frágil. Clara o fitou, confusa, quando o sr. Beale se virou na direção da porta.

— Já não era sem tempo — disse o editor, parando ao lado de Galbraith e estendendo a mão.

O visconde, no entanto, ignorou-o, tirou o chapéu e se curvou para Clara, depois moveu-se para o lado, abrindo caminho para o sr. Beale passar.

Estalando a língua com impaciência, o homem mais velho se inclinou como se fosse tirar o envelope da mão de Galbraith, mas este se esquivou, levando o braço para trás sem deixar de sorrir e mantendo a displicência inicial.

— O senhor pode me dar a coluna de Lady Truelove — disse o sr. Beale, estendendo mais a mão, esperando que o visconde obedecesse.

Clara abriu a boca para dar uma contraordem, pedindo que a carta fosse entregue a ela, mas viu o sorriso de Galbraith se esvair e entendeu que não precisaria intervir.

Galbraith olhou de relance para o outro homem, mas não disse nada, limitando-se apenas a erguer uma das sobrancelhas, um pequeno gesto que de alguma forma demonstrou educadamente seu desinteresse e desprezo ao mesmo tempo.

Da posição em que estava, Clara podia ter apenas um vislumbre do rosto do sr. Beale, o suficiente para notar o quanto ele estava vermelho. A visão daquele homem frustrado era tão prazerosa que ela quase gargalhou.

Mesmo tendo óbvia consciência do desprezo que havia recebido, o sr. Beale fingiu não entender a indireta.

— Sou o editor do *Weekly Gazette* — disse ele, mantendo o braço estendido em vez de se retirar com dignidade.

— Que edificante.

Assim dizendo, Galbraith passou por ele e seguiu na direção da mesa de Clara. A atitude foi uma dispensa evidente, e embora olhasse com cara feia para as costas do visconde, o sr. Beale finalmente decidiu encerrar a discussão e saiu da sala com uma postura arrogante sem dizer mais nada, mas deixando sua raiva evidente ao bater a porta depois de passar.

— Acho que ofendi alguém — disse Galbraith, rindo ligeiramente ao parar diante da mesa, não parecendo nem um pouco preocupado com os sentimentos do sr. Beale.

— Tratando-se desse homem, não é um feito raro — garantiu Clara. — Você se importaria de abrir a porta de novo? A última coisa que preciso é de algum funcionário comentando por aí que estou sozinha com você em uma sala fechada.

— Não sei por que está preocupada. — Galbraith pôs o chapéu de lado e foi abrir a porta. — Não acha que isso serviria ao nosso propósito?

— Acho que não — respondeu ela, reservada, enquanto ele voltava para a mesa. — A única razão para um casal ficar em uma situação mais íntima é quando o homem pretende pedir a moça em casamento — acrescentou, olhando de relance para a porta. — Não é o nosso caso. Você ainda tem que escrever algumas colunas.

— Tem razão — concordou ele e, inclinando-se para mais perto, acrescentou a *sotto voce*: — Não precisamos sussurrar sobre Lady Truelove, Clara. Não há uma alma viva aqui por perto.

— Devem estar todos almoçando então, inclusive o sr. Beale. Graças a Deus ele saiu. Acho que não nos damos muito bem.

— Por que você não o demite?

Clara suspirou, olhando para ele com pesar e indicando a cadeira do outro lado da mesa.

— Não é tão simples assim.

— Não sei por que não. — Ele se sentou. — Você não está no comando?

— Apenas temporariamente. O posto pertence à minha irmã, estou na direção apenas enquanto ela está em lua de mel. Foi ela que contratou o sr. Beale. Não cabe a mim despedi-lo.

— Você não deveria tolerar trabalhar com gente horrenda.

Clara não conseguiu segurar o riso.

— Diz aquele que nunca ficou muito tempo em um trabalho.

Ele fez uma careta.

— Desculpe. Isso que eu disse soou muito pernóstico, não? Mas ele foi terrivelmente grosseiro com você.

— Já estou acostumada. — Clara fez um gesto de pouco-caso. — Não faz mal.

Ela estendeu a mão para pegar o envelope, mas Galbraith não o entregou. Em vez disso, franziu a testa e inclinou a cabeça para o lado, fitando-a de soslaio.

— Você não acredita nisso de verdade, não é?

Ela o encarou também, sem saber a que ele se referia.

— Acredito em quê?

— Que não se importa com a maneira como os outros tratam você.

Clara o viu franzir mais a testa enquanto falava, chegando até a fazer uma careta.

— Você está bravo — murmurou, surpresa.

— E não é para ficar? Ver você ser repreendida sem merecer e depois ouvi-la confessar que está acostumada com esse tipo de tratamento e que não liga... Não é para ficar bravo?

Clara o encarou, notando o brilho nos olhos reluzentes e a linha perfeita do maxilar anguloso. Ela já o vira irritado antes, mas ela percebeu que dessa vez era diferente. Dessa vez era por causa dela, por ela. E ter a consciência disso fez com que sentisse um peso no peito, dificultando sua respiração e até seu raciocínio. Clara chegou a entreabrir os lábios, mas não havia nada que valesse a pena dizer, e antes que percebesse, seus lábios se curvaram em um sorriso.

O sorriso pareceu deixar Galbraith constrangido, pois ele se mexeu inquieto na cadeira e desviou o olhar.

— Suponho que qualquer homem ficaria bravo — murmurou. — Foi difícil me conter para não segurá-lo pelo colarinho e atirá-lo no meio da rua.

A alegria dela só aumentou, desabrochando no peito como uma flor ao sol, porque por mais que ele não acreditasse, um homem jogando o outro no meio da rua por causa dela até então era algo impossível.

Quando Galbraith a fitou de novo, Clara pressionou os lábios, pois percebeu que o havia deixado sem graça e não queria piorar a situação.

— Por mais que eu aprecie a sua vontade de atirar o sr. Beale na rua, prefiro que não o faça. Seria muito gratificante em um primeiro momento, mas admito que depois dificultaria ainda mais a minha vida. Quanto ao resto — acrescentou quando Galbraith abriu a boca para contra-argumentar —, quando eu disse que estava acostumada e que não me importava, o que eu quis dizer foi que ele deixa claro a toda hora o que pensa a meu respeito, mas como não levo muito a sério as opiniões dele, não me importo.

— Qual é a opinião dele?

— Ele acha que eu não passo de uma garota tola, ingênua demais e imatura para estar envolvida nos negócios.

— Então o tolo é ele.

— Pode ser, mas para ser justa, ele tem razão quando diz que não tenho experiência para o cargo. Fui secretária da Irene por algum tempo, mas foi só isso. E o sr. Beale achava que ia trabalhar sob a supervisão do meu irmão, Jonathan. Com o casamento da minha irmã, era para o meu irmão ter vindo da América, entrado na sociedade com ela e assumido a administração do jornal. O sr. Beale se encarregou do posto de editor sob esses termos. Mas Jonathan vive postergando sua volta e agora decidiu ficar na América mais algum tempo, por isso o sr. Beale e eu temos que nos aguentar mutuamente até minha irmã retornar.

— Nada disso é culpa sua. Esse senhor deveria aceitar as coisas como estão com mais cordialidade.

Clara fez uma careta.

— Ele ainda não sabe que meu irmão decidiu ficar na América. Estou adiando a hora de contar, porque quando ele souber disso vai pedir demissão, com certeza. Por outro lado, acho que não é justo não dizer nada...

Galbraith fez um som de escárnio, interrompendo-a.

— Eu não me preocuparia com isso. Não com um sujeito como esse. O que não é justo é sua irmã e seu irmão deixarem você aqui sozinha para contornar o problema.

— Você está certo quanto ao meu irmão, mas quanto a minha irmã, não. Irene sempre tomou conta de mim e de nosso pai. Quando não tínhamos dinheiro e estávamos prestes a perder nossa casa, foi ela quem nos salvou. Ela fundou este jornal e ganhou dinheiro suficiente para nos sustentar, e eu estou feliz de ter a oportunidade de poder retribuir. Mas quando Irene voltar, vou ficar contente em devolver o jornal a ela, junto com o sr. Beale.

— Nesse ponto, pode ser que ele perceba que ainda está trabalhando para uma mulher e peça demissão de qualquer maneira.

— É possível, mas a essa altura Irene poderá contratar outra pessoa. Quanto ao sr. Beale, não sei se a contrariedade dele é propriamente por trabalhar para uma mulher ou se é porque não gosta de trabalhar para mim. Acho que minha irmã é bem mais capacitada que eu para o cargo de editora.

— Bobagem. Não tenho dúvida de que você está se saindo muito bem no lugar de sua irmã. Você tem bom-senso para contratar funcionários excelentes — ele acrescentou com um sorriso de lado, apontando para si mesmo —, e esse é provavelmente o maior talento necessário para quem está no comando de uma empresa.

Ela deu um sorriso torto.

— Obrigada pelo voto de confiança, mas não consigo me imaginar tendo mais discernimento do que minha irmã na hora de contratar alguém, por exemplo. Irene é uma excelente avaliadora de caráter. Além disso, ela também é sufragista, e se Beale tivesse algum ressentimento contra mulheres independentes, imagino que ela teria percebido quando o entrevistou.

Galbraith deu de ombros.

— Nem todo mundo prova ser tão valioso no dia a dia de trabalho quanto pode parecer em uma entrevista inicial. Qualquer mordomo ou governanta pode confirmar isso. E sua irmã estava prestes a se casar, não estava? Talvez estivesse envolvida demais com os planos do casamento para perceber os defeitos dele.

— Pode ser. — Clara estava em dúvida. — Irene não costuma errar, distraída ou não.

— Todo mundo erra.

— Minha irmã não. — Clara riu quando Rex franziu a testa, cético. — É óbvio que você não a conhece.

— Eu gostaria de ter o privilégio de conhecê-la — murmurou ele com uma ruga entre as sobrancelhas. — Nunca conheci um modelo de perfeição.

— Não chega a tanto, mas está perto — garantiu Clara, feliz por ostentar os vários talentos de Irene. — Ela é bem-sucedida em tudo o que faz, além de ser brilhante, confiante, bem-resolvida, inteligente, e como se não bastasse, é linda também. E tem uma intuição aguçada para os negócios.

— É mesmo? — A ruga na testa de Rex se acentuou, e um músculo saltou em seu maxilar. — Verdade?

A voz dele estava tensa, a pergunta fora feita de forma abrupta, e Clara o fitou, perplexa.

— O que foi? Você me parece contrariado.

— Pareço? — A ruga na testa dele desapareceu. — Acho que foi por causa do sr. Beale. Fiquei chateado de ver o jeito como ele trata você e como você se controla para não responder à altura.

— Mas por que isso o aborrece? — Clara piscou, surpresa. — Não é como se...

A sensação de expectativa voltou a oprimir o coração dela, só que dessa vez com uma intensidade maior... uma doçura maior. Galbraith falava como se estivesse realmente preocupado com seu bem-estar, apesar de mal se conhecerem.

Ela engoliu em seco, lembrando-se de que para Galbraith era natural fazer uma mulher se sentir especial e única, mesmo que fosse uma desconhecida. Aquilo não significava nada para ele, não necessariamente. Ela deu uma tossidela para clarear a garganta e tentou falar com um tom de indiferença:

— Não entendo por que você se importa.

— Bem, para começar, comigo você não se controla para dizer o que pensa — resmungou ele. — Por que é que você reage com tanta educação a esse sujeito, e a mim não? Isso magoa, Clara...

Ela sorriu, percebendo que ele a estava provocando.

— O motivo é claro. Beale pode pedir demissão e me deixar em apuros. Você não.

— Obrigado por me lembrar. Estou me sentindo bem melhor agora.

— Falando sério, apesar da antipatia dele por mim, o sr. Beale é um editor excelente. — Mesmo antes de terminar a frase, ela sentiu uma ponta de dúvida. — Isto é, eu imagino que seja...

Ela franziu a testa, reprimindo aquela sensação traiçoeira antes que tomasse vulto.

— Claro — concordou Galbraith, com uma voz tão agradável e branda que ela se viu na obrigação de se justificar.

— Na verdade não é da minha competência julgar as qualificações de um editor. Além disso, essa função é crucial na equipe, e se o sr. Beale pedisse demissão eu ficaria perdida. Eu me sinto na obrigação de tornar a convivência a melhor possível, você entende isso?

— Entendo, sim. Exatamente por isso a situação se transforma em um inferno. — Apesar das palavras, a voz dele continuava suave. — O que você quer dizer na verdade é que tem dúvidas quanto à capacidade dele, mas como foi sua irmã quem o contratou, e você confia no discernimento dela, você fica repetindo para si mesma que Beale deve ser bom, e que a sua intuição é que deve estar errada, e não a dela. Em outras palavras, Clara, você confia mais em sua irmã do que em si mesma.

A jovem respirou fundo, surpresa com a acuidade daquelas conclusões, embora soubesse que não deveria se surpreender. Galbraith era um bom observador do comportamento humano, e por isso as pessoas o procuravam para pedir conselhos, e justamente por ter essa percepção é que o julgara qualificado para escrever a coluna de Lady Truelove.

— Você é muito perceptivo, mas não está aqui para falar sobre mim — disse de supetão. — Sua tarefa é resolver os problemas dos outros e não os meus, lembra?

— Nesse caso é quase a mesma coisa, não? — perguntou ele, gentilmente.

Clara entendeu na mesma hora o que ele quis dizer e desviou o olhar, sentindo o rosto arder. Ao recomendar que ele começasse respondendo a carta da Debutante Inconsolável, deveria ter desconfiado de que seus verdadeiros motivos logo seriam notados. Como poderia ser diferente?

Olhando para ele de novo, ela forçou um sorriso.

— Eu pensei que estava sendo sutil.

Ele ergueu o envelope, sorrindo.

— Quer saber que conselhos eu dei para a Debutante Inconsolável?

Apesar de estar morrendo de curiosidade, Clara tentou se mostrar desinteressada.

— Bem, alguma hora ficarei sabendo, já que tenho que aprovar o que você escreveu.

— Tem razão — Rex concordou, rindo, mas quando Clara estendeu a mão para pegar o envelope, ele não o entregou.

Ainda sorrindo, apoiou os cotovelos na mesa, quebrou o selo do envelope e tirou as folhas de dentro.

— "Querida Debutante — começou, colocando o envelope de lado —, "circular pela temporada social pode parecer uma tarefa assustadora, principalmente para as pessoas tímidas, mas tenha coragem. Há um segredo para atrair as pessoas, inclusive as do sexo oposto, e se a senhorita conseguir implementá-lo, garanto que uma temporada divertida e uma vida gratificante a aguardam. Esse segredo, minha cara, é simplesmente *relaxar*."

— Relaxar? — Confusa, Clara fez uma careta. — É esse o seu conselho?

— Isso mesmo — respondeu ele com firmeza. — Se você permitir, ficarei feliz em poder elucidar melhor.

Clara se recostou na cadeira e fez um gesto com a mão para ele continuar.

— "Para tanto, a fim de conquistar esse jeito mais calmo que atrairá as pessoas até a senhorita, aconselho que comece com as mudanças mais simples: em relação a sua aparência..."

— Não acho que a aparência de alguém esteja relacionada a esse problema — interrompeu ela de novo, um pouco intolerante.

Galbraith suspirou e olhou para ela por cima das folhas, fingindo estar bravo.

— Você nunca vai entender se continuar me interrompendo.

— Desculpe — murmurou ela. — Continue.

— "Diga-se de passagem que os cavalheiros são criaturas visuais, o que não significa que se preocupem com moda. Esqueça os espartilhos apertados e os sapatos de salto alto, pois estes não ajudam nenhuma jovem a se sentir confortável e relaxada. Se você tem olhos bonitos, evite chapéus de aba larga, a menos que seja para proteger o rosto do sol, porque embora esse tipo de acessório esteja na moda, isso dificulta que os rapazes vejam seus olhos, e os olhos são as janelas da alma. Se você tem um belo sorriso, não hesite em mostrá-lo sempre que puder, já que isso atrairá os outros e a deixará mais à vontade, atraente e confiante. Encontre uma modista que faça vestidos que valorizem aspectos favoráveis da sua silhueta. Acredite quando digo que se uma moça tem sonhos de se casar, um vestido de baile um pouco mais decotado pode ser uma boa opção."

Clara fez um som zombeteiro que o fez parar a leitura de novo, mas ela logo descobriu que a interrupção não foi para repreendê-la.

— Imagino que você não concorde — disse ele.

— Duvido que as chances de as moçoilas casadoiras de realizarem seu sonho aumentem junto com seu decote. Isso me parece lamentavelmente superficial, se quer saber.

— É mesmo? — O olhar de Galbraith desceu do rosto dela para a base do pescoço, fazendo-a enrubescer e dando a ela motivo para se arrepender de não ter ficado de boca fechada. Depois de alguns segundos ele voltou a olhá-la nos olhos. — Como homem, Clara, devo dizer que você subestima o poder de um vestido de baile bem cortado.

Ela balançou na cadeira, constrangida.

— Será que é ao menos tão importante quanto sugerir à menina maneiras de iniciar uma conversa?

Ele riu.

— Sendo bem sucinto, não.

Sem achar graça, Clara cruzou os braços e o fulminou com os olhos.

— Ah, está bem — disse dele depois de um suspiro. — Já que você é tão insistente...

Ele ergueu as folhas de papel e recomeçou a leitura:

— "A senhorita deve estar se perguntando o que deve dizer depois de ter atraído o tal jovem maravilhoso que agora está parado bem na sua frente. Se não conseguir pensar em nada para falar sobre si mesma, procure um assunto que o estimule a falar. Ser bom ouvinte é sempre melhor e mais charmoso do que ter boa prosa. Seja qual for o assunto, procure deixar a outra pessoa à vontade, e logo a senhorita descobrirá que não é essencial dar respostas inteligentes. Se nada disso der certo, não há problemas em confessar a sua timidez. Em geral a reação será de alívio e muito possivelmente uma confissão similar, e então vocês terão um assunto em comum para conversar. E não se esqueça, se disser alguma bobagem ou cometer um erro, reconheça no mesmo instante, assim vocês poderão rir juntos."

— Isso é fácil de aconselhar — objetou Clara, levando-o a levantar os olhos. — Mas não tão fácil de fazer.

— Não é fácil mesmo — concordou Rex. — Mas é uma informação útil.

— É por isso que você age assim?

Galbraith sorriu e baixou os olhos para as folhas em sua mão.

— "A autodepreciação não é necessariamente um atributo ruim, cara Debutante. Se a senhorita aprender a usá-la da maneira certa, logo descobrirá os benefícios que pode lhe trazer. Conseguir rir de nós mesmos e de nossos erros é inacreditavelmente libertador, pois nos livra do peso da preocupação de dizer ou fazer coisas erradas. Com isso, volto ao meu primeiro conselho, algo que nunca será demais repetir. As pessoas tímidas se preocupam em excesso."

Clara esboçou uma expressão de desgosto, pois aquela era uma constatação que não poderia refutar, pelo menos não no que se referia a si própria.

— "Os tímidos nunca relaxam porque estão sempre convencidos de que todos os olhares da sala estão voltados para eles e tudo o que fazem é julgado desfavoravelmente" — prosseguiu Rex. — "Essas preocupações não têm fundamento, porque as outras pessoas estão centradas demais em seus interesses particulares para se preocuparem com os outros, mas os tímidos, ah, esses nunca acreditam nisso, pois estão sempre fazendo previsões catastróficas de sua atuação na sociedade, com isso privando-se de alcançar aquele estado de serenidade tão necessário para atrair e prender a atenção dos outros. Por consequência, as pessoas tímidas, quando estão em um evento social, passam a maior parte do tempo desejando estar em outro lugar. Este comportamento, embora não seja o motivo principal, infelizmente é evidente para os outros, que reagem procurando companhias mais entusiasmadas. Assim, os temores exagerados da pessoa tímida acabam se tornando uma profecia que se realizará de fato, e ela acaba não se divertindo com os passatempos da sociedade."

Clara mordiscou o lábio, percebendo que ele tinha simplesmente verbalizado o padrão de toda a sua experiência social.

— "Não se engane dessa forma, cara Debutante. A qualidade da sua temporada não depende de um baile ou de uma conversa, e a sua qualidade de vida não depende de uma simples temporada. Tente afastar seus temores. Diminua as expectativas, esqueça as ambições de seus pais e deixe de lado o objetivo de procurar alguém para se casar. Procure apenas se divertir, com quem quer que esteja a seu lado. Sorria, dê risada e saboreie cada momento de sua vida, e um dia você encontrará alguém ansioso para compartilhar essa vida com você."

Rex ergueu os olhos, abaixando as folhas de papel, e de repente Clara sentiu que era de vital importância arrumar a escrivaninha. Alisou o mata-borrão e afastou o tinteiro um pouco mais para a esquerda, com o ar de indiferença de quem está tratando de negócios.

— E então? — indagou Rex depois de um longo silêncio. — Não faça mistério. Meu primeiro trabalho como Lady Truelove está satisfatório?

Satisfatório? Ela segurou com firmeza uma pilha de papéis. Era uma palavra branda demais para descrever o tipo de insight que ela procurava ter desde que completara 13 anos de idade, penteara o cabelo no alto da cabeça e fora para uma festa na qual haveria rapazes. Sempre fora consciente de sua timidez, mas nunca imaginara que isso pudesse inibir os outros.

— Está... — Ela fez uma pausa, pôs a pilha de papéis de lado e então olhou para Galbraith. — Está muito bom. Está excelente, na verdade.

— Obrigado, mas... — Ele sorriu — A sua expressão carregada não está combinando com suas palavras elogiosas.

Ela riu inesperadamente, e o semblante de Rex se iluminou.

— Ah, agora sim! — exclamou ele. — Sorria desse jeito no próximo baile, Clara, e você terá todos os homens da sala se jogando aos seus pés.

Clara voltou a ficar séria e engoliu em seco. Galbraith estava exagerando, claro, mas ela não disse nada e estendeu a mão para pegar as folhas que ele segurava.

— Vou pedir à srta. Huish para datilografar isto — disse, forçando-se a parecer rápida e eficiente quando pegou a coluna —, e entregar para o sr. Beale com a instrução de não editar uma palavra sequer. Apesar... — Ela fez uma pausa e bateu de leve com o dedo sobre uma linha do texto que lhe chamou a atenção. — Esta parte sobre um bom ouvinte ser mais charmoso do que ter uma boa prosa...

— Sim, qual é o problema?

— Você é assim, não é? — perguntou Clara, encarando-o e pensando em Elsie Clark, já sabendo a resposta. — Você não é tímido, mas você faz isso com as pessoas, não faz? Ouve mais do que fala. É para que as pessoas gostem de você ou é um talento natural?

— Acredito que as duas coisas. — Ele fez uma careta. — Temo que você tenha descoberto meu maior segredo, Clara. Tenho um desejo compulsivo de ser querido pelas pessoas. Foi assim durante minha vida inteira e não tenho dúvida de que isso provém do fato de meus pais serem egocêntricos e inacessíveis. Os dois passaram a maior parte da minha infância e juventude tão ocupados em destruir um ao outro que se esqueceram da minha existência. Isso me magoou muito. — Ele fez uma pausa e respirou fundo. — Ainda magoa, para ser sincero.

Clara observou o rosto de Galbraith, enxergando além das feições simétricas e perfeitas, do nariz aristocrático, do queixo anguloso e dos olhos azuis, vendo ali o menino que ele havia sido um dia e os pais que acabara de descrever. Só de imaginar ela também se sentiu triste e não pôde deixar de pensar se sua primeira impressão dele, de um homem sem escrúpulos e sem coração, tinha sido equivocada.

Antes que qualquer um dos dois falasse, alguém tossiu, e Clara olhou por cima do ombro de Rex para ver Annie parada na soleira.

— Desculpe-me, srta. Clara, mas... — Annie fez uma pausa, olhando para Clara com uma expressão de advertência para deixá-la de sobreaviso. — Seu pai me mandou vir aqui.

— Mas que interrupção providencial — murmurou Galbraith, com um tom de voz descontraído. — Continuamos a conversar em uma outra hora, Clara, e só Deus sabe que outras confissões você teria conseguido tirar de mim.

Ele se virou na direção da porta, e Clara viu os olhos de Annie se arregalarem numa expressão de agradável surpresa. Era o tipo de reação que Rex parecia causar em qualquer moça que pusesse os olhos nele, e que trouxe Clara de volta à realidade em um repente.

— Sim, Annie? — indagou ela. — O que meu pai quer?

Annie pareceu fazer um grande esforço para desviar o olhar do visconde.

— Ele quer saber sobre o chá, srta. Clara.

— Chá? — Clara a encarou, desanimada.

— Sim, senhorita. — Annie olhou para Clara como se estivesse se desculpando. — Ele quer convidar o visconde para tomar chá na sala de estar.

Diante daquela perspectiva inconcebível, o desânimo de Clara se transformou em pavor. Ela amava o pai, mas tomar chá com ele era sempre uma tarefa difícil, e com a presença de um estranho seria insuportável.

— Como é que meu pai ficou sabendo da presença de lorde Galbraith aqui? — murmurou ela, passando os dedos na testa.

— Creio que posso explicar — o visconde intercedeu. — Cheguei até a porta da frente da casa sem perceber que havia uma entrada lateral para o escritório. A senhora que abriu a porta se ofereceu para me acompanhar por dentro da casa, e eu disse a ela que não se preocupasse, que eu daria a volta por fora. Mas obviamente deixei meu cartão de visita.

— Deve ter sido a sra. Brandt, milorde — Annie arriscou informar. — É a governanta. Se o senhor aceitar o convite, ela vai lhe perguntar se o senhor prefere chá chinês ou indiano.

— Mas ainda são duas e meia — disse Clara com aspereza antes que o visconde pudesse responder, e o tom da própria voz a fez franzir o cenho. Ela não podia evitar, pois estava desesperada para evitar uma calamidade. — Está cedo demais para...

— Eu adoraria tomar chá — disse Galbraith.

Clara sentiu como se estivessem puxando o tapete sob seus pés e quase gemeu alto.

— Diga ao sr. Deverill que ficarei encantado em aceitar o convite, Annie, obrigado. E por favor, diga à sra. Brandt que tomarei qualquer chá que seja o favorito da srta. Clara.

Annie deu uma risadinha, mas quando viu a expressão de Clara parou na mesma hora e deu uma tossidela.

— Então será um chá indiano, milorde — murmurou. — Darjeeling.

— Excelente. — Galbraith meneou a cabeça e Annie saiu, lançando um olhar de compaixão para Clara antes de sumir de vista.

A solidariedade da criada só aumentou o desalento de Clara, que olhou para Galbraith com uma ruga na testa.

— Essa foi uma atitude muito prepotente da sua parte.

— Foi? — perguntou ele, surpreso. — O convite foi feito para mim e eu aceitei. Aliás, falando em convites, tenho um a fazer. — Ele começou a procurar nos bolsos do paletó, mas parou quando percebeu a expressão de Clara. — Peço desculpas — disse, deixando os braços penderem ao lado do corpo. — Não imaginei que você não quisesse que eu ficasse para o chá.

— Não é isso — protestou ela. — Eu não ligo... Quer dizer, não é nada disso. É só que... — Ela se calou, pois a verdade era humilhante demais para ser dita, mas também não conseguia pensar em uma maneira de explicar sua relutância.

— Você se esqueceu de que devo lhe fazer a corte? — ele a lembrou gentilmente, o que só fez piorar tudo. — Em algum momento eu precisaria encontrar seu pai, Clara.

Ele tinha razão, claro.

— Muito bem — ela disse baixinho e se levantou de queixo erguido, procurando ignorar a vergonha que já a inundava. — Vamos tomar chá. Mas não espere uma festa.

Capítulo 10

Rex nunca tinha se considerado um ignorante. Na verdade, orgulhava-se de sua capacidade de apreciar os meandros das situações sociais e seus motivos. Nesse caso, entretanto, tinha de admitir que estava confuso.

Clara não queria que ele conhecesse seu pai, isso era óbvio. A postura dela estava rígida, o queixo erguido, a fisionomia impassível. Quando atravessaram o vestíbulo, o perfil dela lembrava aqueles rostos entalhados na proa dos navios em alto-mar no auge de uma tempestade. Os passos rápidos evidenciavam que ela queria que a tempestade terminasse o quanto antes.

Ela o conduziu pelas escadas para o primeiro andar e ao longo de um corredor sem dizer uma palavra ou oferecer uma explicação, mas assim que entraram na sala e ela o apresentou ao pai, Rex compreendeu tudo.

O homem estava caindo de bêbado.

Já acostumado com homens naquele estado de embriaguez, Rex não deixou transparecer nada e, agindo com a civilidade exigida de um cavalheiro, curvou-se em uma reverência, mas ao endireitar o corpo olhou de soslaio para Clara e sua postura educada quase se desfez.

A fisionomia dela exibia uma frieza plácida, mas seus olhos a denunciavam, escuros, vazios e cheios de vergonha. Olhá-los era como estar na beira de um abismo.

— Perdoe-me por não me levantar para recebê-lo, lorde Galbraith — disse Deverill com a voz embargada, e um forte hálito de conhaque que tomou conta do ambiente. — A gota não me permite.

Rex voltou a atenção para o sr. Deverill, observando a cadeira de rodas na qual estava sentado, os pés apoiados pesadamente sobre um banquinho estofado logo à frente, e pensou se a bebida tinha causado a gota, ou vice-versa.

—Não precisa se desculpar, senhor. Sei que essa doença causa muita dor.

— É verdade, dói muito...

Deverill pegou a xícara de chá de uma mesinha lateral e tremeu ao levá-la até os lábios, derramando o líquido cor de âmbar por todos os lados, e mais uma vez Rex sentiu o cheiro de álcool.

Clara também devia ter sentido, pois se afastou do pai e foi se sentar em um sofá elegante do outro lado da sala.

— Sente-se, por favor, lorde Galbraith — convidou ela, com uma falta de entusiasmo dolorosa, sentando-se em uma extremidade do sofá e gesticulando para que ele se sentasse na outra.

Rex chegou a pensar se deveria inventar uma desculpa qualquer e ir embora. Por outro lado, sair assim apressado devia ser o comportamento usual dos convidados que se viam na mesma situação, e se ele saísse acintosamente apenas deixaria Clara mais envergonhada do que já estava. Além do mais, ainda levava com o convite de tia Pet no bolso.

— Sim, obrigado. — Ele aceitou, colocou o chapéu em uma mesinha lateral e se sentou no local que ela havia indicado no sofá, agindo como se não houvesse nada de errado.

— Estou muito contente que tenha vindo tomar chá conosco, milorde, e por finalmente Clara ter um pretendente.

— Papai! — protestou ela, lançando a Rex um olhar angustiado, que foi ignorado.

Como era justamente por pretendente de Clara que ele tinha intenção de se passar, não iria contradizer o pai dela, nem com palavras nem com atitudes.

— Ora, Clara, não tem por que ficar envergonhada — disse Deverill, sem se importar com o protesto da filha. — Não faz muito tempo que você começou a sair. A irmã de Clara, lorde Galbraith, casou-se com o duque de Torquil há pouco. — A frase foi dita apenas para o conde se gabar, impressionando o outro com suas conexões.

Clara sabia do exibicionismo do pai também, tanto que quando Rex olhou de relance para o lado, viu que ela fazia uma careta ao alcançar o bule de chá.

— Aceita uma xícara de chá, lorde Galbraith? — perguntou ela, em um tom de voz mais agudo do que o normal enquanto pegava o bule.

— Sim, obrigado. Puro — acrescentou Rex quando ela pegou os cubinhos de açúcar. — Sem açúcar, nem leite.

Clara virou-se para ele com a xícara e o pires, mas sem erguer o olhar.

— Observe que ela não ofereceu chá para o pai — disse Deverill, levantando sua xícara, balançando-a ligeiramente para a frente e para trás e sorrindo ao lançar a Rex um olhar significativo. — Ela sabe que não é necessário, já fui servido.

Rex sentiu um laivo de pena.

— Sim — concordou suavemente. — É o que parece.

Certamente aquela resposta deixou transparecerem seus sentimentos, mas Deverill estava indiferente e não notou. Ao contrário da filha.

— Gostaria de um sanduíche? — perguntou ela sem muito ânimo na voz. — Ou prefere uma rosquinha com creme e geleia?

Rex olhou para Clara e tratou de desfazer qualquer sinal de pena que pudesse estar transmitindo, pois já havia notado que ela não gostava disso.

— Uma rosquinha seria ótimo, obrigado.

— O senhor conhece o duque? — insistiu Deverill.

— Creio que não muito bem. — Rex pegou o pratinho que Clara estendeu e o apoiou no colo, voltando a atenção para o homem mais velho. — Claro que já nos encontramos em uma ou outra ocasião.

— Ele e Irene estão em lua de mel na Itália. Aproveitando bastante, até prolongando o tempo da viagem — acrescentou, rindo.

— O casamento parece ter feito bem a ela. Você imaginou que seria assim, Clara?

— Nem em cem anos, papai. Minha irmã — ela falou para Rex — sempre declarou com determinação que jamais se casaria.

Deverill soltou uma gargalhada.

— Engraçado isso... Minha filha que jurava que nunca iria se casar acabou encontrando um ótimo partido e está em lua de mel, ao passo que a outra que sempre sonhou em ter um marido e filhos ainda está esperando sua vez. Agora você tem conexões, Clara, é melhor fazer uso delas. — Deverill lançou de novo um olhar eloquente para Rex enquanto falava: — Você não vai querer que o brilho de sua irmã apague o seu, não é?

Rex desviou o olhar para a moça a seu lado, notando que o rubor no rosto dela havia se intensificado, e decidiu que era hora de fazer o convite de tia Pet e ir embora. Terminou de comer a rosquinha, mas antes que tomasse o último gole do chá a porta se abriu e um homem entrou.

— Com licença, senhor — disse ele ao sr. Deverill —, o dr. Munro está aqui para sua consulta semanal.

— Esses médicos... — disse Deverill com ar de indignação, deixando evidente a sua opinião sobre a profissão médica. — Mande-o embora.

— Papai, é sério, o senhor precisa se consultar com o médico de vez em quando — aconselhou Clara antes que o mordomo se virasse para sair. — Nunca se sabe. Ele pode ter algum tratamento novo para oferecer.

— Duvido. Munro é um escocês austero. A ideia dele de prolongar a existências das pessoas é proibindo tudo o que faz a vida valer a pena.

— Então, se não for pelo senhor, faça isso por mim — pediu ela, chamando o criado de volta à sala.

— Ah, está bem — grunhiu Deverill enquanto o mordomo atravessava a sala em sua direção. — Mas é tão desnecessário. Tudo o que Munro quer é olhar para mim daquele jeito desaprovador e me dizer para não beber.

— Sendo assim, a consulta vai ser curta — ressaltou Clara, com a determinação de uma babá lidando com uma criança rebelde.

— Duvido... — retrucou ele quando o mordomo se postou atrás da cadeira de rodas e soltou o freio. — A lista de coisas que não posso comer ou beber aumenta dia a dia. Queijo forte não pode, gordura animal também não, nenhuma bebida alcoólica, nem açúcar, nem leite... nem mesmo chá... Eu lhe pergunto, Clara, o que sobra no prato de um homem depois que lhe tiram tudo?

Clara não respondeu, mas quando o mordomo passou com a cadeira de rodas pelo sofá, ela se levantou para detê-lo.

Rex também se levantou, observando enquanto ela se inclinava para beijar o pai no rosto, um gesto carinhoso que, pelo menos na opinião dele, o outro homem não merecia.

— Nos vemos amanhã, papai — disse ela, voltando a se sentar. — Enquanto isso, tente obedecer ao médico, está bem?

Ainda resmungando, Deverill foi empurrado para fora da sala, porém, antes de sair, sinalizou para o mordomo fechar a porta, lançando uma piscadela conspiratória para a filha por cima do ombro.

Clara ficou vermelha e deixou escapar um suspiro que soou mais como um gemido.

— Sinto muito por isso — murmurou, abaixando a cabeça entre as mãos para esconder o rosto corado. — Os pais às vezes nos envergonham... — acrescentou com uma risada sufocada.

Apesar do riso, era óbvio que ela não achava nenhuma graça naquela situação..

— Eu é que deveria me desculpar — respondeu Rex de imediato. — Me perdoe, se eu soubesse...

— Está tudo bem — ela o interrompeu, poupando os dois da autorrecriminação dele. — Como você lembrou, em algum momento teria de conhecê-lo.

— Sim, mas poderíamos ter marcado para um dia em que ele estivesse... em que fosse ele mesmo.

— Duvido. Meu pai nunca mais foi ele mesmo desde que eu tinha 11 anos. — Assim que falou, Clara fez uma careta e pressionou a palma da mão na testa. — Céus, não sei o que me fez dizer isso. Na maioria das vezes as pessoas precisam arrancar as palavras de mim.

— Ela se empertigou no sofá. — Mas disso você já sabe — acrescentou em voz baixa.

— Sim, se bem que... — Rex fez uma pausa, fingindo-se de bravo — Ainda não vi muito dessa reticência, Clara. Não me parece que você seja capaz de segurar a língua comigo.

— Ah, tem razão, não mesmo... — concordou ela, rindo. O sorriso logo se esvaiu depois que ela pensou melhor. — Isso deve ser mérito seu, espero, e não meu. Você é muito bom em... fazer as pessoas se abrirem.

— Pode-se dizer que somos iguais, pois é muito raro eu falar sobre os meus pais, principalmente sobre como era a minha vida com eles antes de se separarem. Eu não converso sobre isso com ninguém de fora da família. Bem — acrescentou em um tom de voz mais suave —, hoje foi o dia de compartilhar confidências, não foi? Considerando a maneira como começamos, quem diria que você e eu chegaríamos a esse ponto?

— Nenhum dos dois, isso é certo. Será que... — Ela fez uma pausa, adotando uma expressão de surpresa enquanto se virava para ele. — Você acha que estamos nos tornando amigos?

Atrás de Clara, a luminosidade do dia atravessou a janela e inundou o aposento, fazendo Rex piscar. Inclinando-se um pouco para o lado a fim de proteger os olhos da luz, observou-a, sentada como estava na extremidade do sofá.

O raio de sol que incidia sobre a jovem criava uma bruma atrás da trança de cabelo castanho que formava uma grinalda no alto de sua cabeça, conferindo-lhe uma aura angelical. Ao baixar os olhos, ele se deu conta de que o sol também realçava a silhueta esguia dela através da blusa branca.

O desejo o acometeu na mesma hora, provando que seu corpo, pelo menos, não queria ser apenas amigo dela. Entretanto, não havia outra possibilidade de relacionamento para uma moça como Clara e um homem como ele, por isso, com profundo pesar, foi melhor desviar o olhar da silhueta sombreada dela.

— Talvez sim — disse ele depois do breve silêncio, tomando um gole de chá, desejando que fosse conhaque, pois um drinque viria a calhar naquele momento.

Fora isso, a conversa parecia ser a única distração para o rumo perigoso que seus pensamentos estavam tomando.

— O que aconteceu quando você tinha 11 anos? — indagou ele, devolvendo o prato vazio e se recostando novamente sobre o braço do sofá com a xícara de chá conforme o sol voltava a se esconder atrás de uma nuvem. — Desculpe-me se estou bisbilhotando — falou em seguida, com esperança que ela contasse mesmo assim.

— Minha mãe faleceu. Meu pai era terrível na juventude, mas quando se casou com minha mãe prometeu que se emendaria. Infelizmente ele só cumpriu a promessa até a morte dela. Depois disso voltou a beber. Acredito que com a morte da minha mãe ele não viu razão para manter o prometido.

— Não viu razão? E você e sua irmã?

— Até este ano, conseguimos controlá-lo um pouco. Mas agora, com Irene casada e eu morando com a família do duque durante a temporada, ele piorou bastante. Não tem ninguém para vigiá-lo. Parece que toda vez que venho visitá-lo ele está sempre... — Ela fez uma pausa e gesticulou na direção da porta. — Bem, você viu como ele é.

— E seu irmão não poderia fazer alguma coisa?

— Meu pai jamais ouviria Jonathan. Faz anos que eles estão brigados. Papai o expulsou de casa e meu irmão foi para a América para cuidar da vida do jeito que quisesse. Desde então eles não se falam, pois meu pai se recusa a responder às cartas de Jonathan ou fazer as pazes. Ou seja, mesmo que meu irmão estivesse aqui, dificilmente teria alguma influência. Na verdade, se ele passasse por nossa porta, duvido que tivesse sequer a chance de chamar a atenção do meu pai por causa da bebida. A casa pegaria fogo antes que pudesse dizer uma palavra.

Rex sorriu, compreensivo.

— Entendo o que você quer dizer. Tremo só de pensar o que poderia acontecer se meu pai e minha mãe se encontrassem em um mesmo recinto de novo. Não tenho dúvida de que um deles terminaria morto. Acho que com seu pai e seu irmão aconteceria algo parecido. Foi o hábito de beber de seu pai que causou o conflito?

— Em parte. Meu pai ficou muito instável e imprudente, tomando decisões tolas no trabalho e gastando dinheiro como se fosse água, e estou certa de que a bebida afetou o bom-senso dele. Quando Jonathan chamou a atenção sobre isso, meu pai o expulsou de casa. — Ela fez uma pausa e tomou um gole de chá. — Sabe de uma coisa, quando vejo meu pai assim, fico pensando se não deveria desistir do restante da temporada. Talvez seja melhor voltar para casa antes que as coisas piorem.

— Duvido que adiantaria alguma coisa.

— É, você tem razão. Irene e eu vasculhávamos a casa, jogando fora todas as garrafas de conhaque que encontrávamos, mas ele sempre dava um jeito de conseguir mais. Acredito que o mordomo o ajudava. Bem, peço que você não leve em consideração as coisas que ele disse, em especial a maneira deselegante de querer me arrumar um pretendente — completou ela com uma careta.

— Minha tia-avó age da mesma forma. Parece que temos mais uma coisa em comum. — Rex sorriu na esperança de não deixá-la tão constrangida. — É horrível quando eles ficam tão óbvios agindo como casamenteiros, não é? Mas enfim, por mais atrapalhado que seja o jeito seu pai, não se pode culpá-lo por tentar ajudar você a atingir seus objetivos.

— Eu não o culpo — respondeu ela de imediato. — Reconheço que ele está motivado por uma preocupação real comigo. Acho que ele sabe — Clara parou e uma sombra de dor passou pelo seu rosto

— que vai se matar um dia de tanto beber e gostaria de me ver bem estabelecida antes que esse dia chegue.

— Ele tem essa consciência e mesmo assim não para de beber?

O semblante delicado de Clara assumiu uma expressão de tanto cinismo que Rex sentiu-se atingido de certa forma.

— Acha possível um homem com hábitos desregrados se regenerar? — perguntou ela.

Rex respirou fundo, sentindo que o assunto não era mais o pai de Clara, mas o que poderia dizer em defesa própria? Ele se entregava às tendências libertinas em qualquer ocasião, quando podia pagar. Naquela altura vivia mais como um monge do que como um farrista, mas ninguém sabia disso. Além do mais, provavelmente voltaria ao comportamento devasso do passado na primeira oportunidade, porque... por que não?

— Não — admitiu, sentindo um gosto amargo na boca. — Suponho que não seja possível, ou pelo menos que seja muito raro que isso aconteça. Mas vamos falar de um assunto mais agradável. Você, por exemplo.

— Eu?

— É um assunto mais interessante do que o gosto do seu pai pelo conhaque.

— Bem, é menos vergonhoso, no mínimo — disse ela com bom humor. — O que gostaria de saber?

Rex pensou um pouco antes de perguntar:

— Por que você quer tanto se casar?

— Imagino que seja o que todas as moças desejam.

— Essa é uma resposta que se esquiva da questão, mas ainda estou curioso para saber a razão.

Clara se mostrou um pouco surpresa, como se a resposta fosse óbvia.

— A mulher não tem um propósito real no mundo enquanto não se casa. Ah, sim, ela pode se dedicar a eventos beneficentes e ajudar o vigário nas atividades paroquiais e aperfeiçoar seus trabalhos com agulha. Se tiver sorte, pode entrar para a sociedade, mas a não ser que queira ser como minha irmã e desafiar todas as convenções, acaba ficando presa em uma vida um tanto monótona, até se casar.

Rex não evitou o riso.

— Conheço muitas mulheres casadas e posso lhe garantir que a maioria está extremamente entediada.

— Pode ser, mas pela vontade de Deus uma mulher casada tem pelo menos uma vantagem que é negada à solteira. Ela tem filhos para cuidar.

— Nem todas as mulheres encaram isso como uma bênção. Como sabe como será para você?

Ela riu.

— Sei desde os meus 13 anos. Nossa prima Susan ficou doente no verão e fui para Surrey ajudar a cuidar dela. Ela e o marido têm oito filhos e uma casa grande no campo, e como meu pai tinha começado a beber de novo, Irene achou que seria bom que eu saísse um pouco daqui. Descobri em Surrey que adoro crianças e que tenho jeito para lidar com elas. — Clara parou de falar e, mesmo não sorrindo, seu rosto se iluminou de repente, como se o sol tivesse acabado de ressurgir e ela estivesse olhando através de Rex e para o futuro. — Eu nunca ficaria entediada se tivesse filhos.

O lado cáustico de Rex o impeliu a relembrá-la da realidade.

— Ficaria sim.

— Bem, talvez algumas vezes — disse ela, sorrindo inesperadamente. — Mas juro que não seria o tempo inteiro, porque assim como minha prima Susan, pretendo ter pelo menos oito filhos. Qual a probabilidade de uma pessoa em uma família de dez se entediar? O que foi? — O sorriso dela foi substituído por uma expressão de espanto quando Rex riu.

— Dez filhos, meu anjo, não é uma família. É um vilarejo.

— Ah, quero isso também — garantiu ela. — Um vilarejo.

— Menina gananciosa.

— Sim, confesso que sou. Quero uma casa grande no campo e um vilarejo por perto, com chalés de telhado de palha e uma igrejinha.

Sem falar nos cavalos, cachorros, um pomar de macieiras e um marido que me ame loucamente.

— E todos viverão felizes para sempre — disse ele em tom solene. Clara fez uma careta.

— Pode caçoar, mas é essa a vida que eu desejo.

— É mesmo? — perguntou ele, sem pensar. — Ou será que você apenas quer fugir da vida que teve?

O sorriso desapareceu do rosto de Clara e Rex quis morder a língua. Mas a verdade era que aquele cenário cor-de-rosa era o mesmo que pedir para a vida decepcioná-la. Pior, era quase certo de que ela não fizesse ideia de como um homem podia tirar vantagem dessa visão idealista. Ele até já podia imaginar um oportunista com boa lábia e de olho em relações sociais vantajosas sussurrando no ouvido dela sobre a vida no campo e um monte de filhos, tentando ludibriá-la, e Clara cairia direitinho no colo dele, como um pêssego maduro. Deverill não seria capaz de protegê-la contra um homem desse naipe.

No entanto, as escolhas que Clara fazia não eram da conta dele.

— Sinto muito — murmurou. — Foi um comentário grosseiro.

— Sim, foi mesmo — concordou ela, inclemente.

— Não se importe com o que digo, Clara. Qualquer pessoa que me conheça bem dirá que sou um sujeito cínico.

Por mais estranho que pudesse parecer, a expressão severa do rosto dela deu lugar a um sorriso tímido.

— Estou bem ciente de que realmente não conheço você direito. Ele riu.

— É justo. Só espero não ter arruinado nossa amizade antes mesmo de ter começado. Porque se for assim — ele completou antes que ela respondesse, tirando o convite do bolso —, você não aceitará este convite e minha tia-avó vai ficar furiosa, uma cena que prefiro fazer o possível para evitar.

— Do que se trata? — indagou Clara, pegando o envelope das mãos dele.

— Petunia e alguns de seus amigos organizaram um piquenique no Hyde Park para a próxima quarta-feira. Conversamos hoje cedo e quando disse que meu próximo compromisso seria visitar você, ela me pediu para entregar esse convite, que inclui a família do duque também.

— Obrigada. Sua tia foi muito gentil em me convidar e em incluí-los no convite. Não posso dizer se estarão livres nesse dia antes de verificar a agenda deles.

— Claro. O evento será bem em frente à casa dos Galbraith, então vá pelo lado de Stanhope Gate. Pelo que sei um grande gazebo será montado, então você não terá dificuldade para nos localizar.

Clara acenou com a cabeça e pôs o envelope na bandeja de chá a seu lado, antes de voltar a atenção para a conversa.

— Sobre o que você disse agora há pouco...

— Sim? — inquiriu ele de pronto.

— Não nego que tenho esperanças de trocar a vida que conheço por uma que acredito que me fará mais feliz. Você acha que é uma tentativa de fugir dos problemas de bebida do meu pai?

— Não é?

Clara pensou um pouco e balançou a cabeça.

— Não, acho que não. Por maior que seja meu desejo de fugir, como você diz, eu jamais me casaria por outro motivo que não fosse um profundo amor de ambas as partes.

— Amor? — Rex suspirou. — Minha querida menina, por que você se casaria por amor? Você não quer ser feliz?

— Falou aquele que me pede para não levar a sério o que diz.

— Neste caso você deveria, porque estou sendo sincero, Clara. Se você espera ser feliz no casamento, o amor não é um parâmetro confiável.

— Não? — Ela reagiu erguendo uma sobrancelha enquanto levava a xícara de chá aos lábios. — Devo supor que a sua experiência de homem solteiro serviu para que você tivesse também uma ampla experiência da vida de casado?

Rex se mexeu, assumindo uma postura de defesa.

— Eu nunca me casei, é verdade... Nem mesmo me apaixonei, mas...

— Como? — interrompeu ela, encarando-o como se não pudesse acreditar no que acabara de ouvir. — Você nunca se apaixonou?

— Não.

— Nunca? — Clara endireitou o corpo no sofá, desviou o olhar, pôs a xícara de chá de lado e o fitou de novo, ainda perplexa com a informação. — Nenhuma vez?

— Não.

Ela balançou a cabeça, rindo timidamente.

— E eu que pensei que, de nós dois, eu fosse a menos experiente em assuntos românticos — murmurou. — Céus, até eu já me apaixonei um dia.

Rex a encarou, surpreso demais para explicar que era perfeitamente possível viver um romance sem se apaixonar.

— Verdade?

— Claro! O nome dele era Samuel Harlow e era o homem mais bonito que eu já conheci... bem, com exceção de você, lógico. Ele...

— Só um segundo... — Rex levantou a mão, pois precisava de um momento para assimilar o que acabara de ouvir. — Você me acha bonito? — Ele parou de falar e riu, incrédulo. — *Você* acha mesmo?

— Ora, pare de barganhar mais elogios. Você sabe que é um homem bonito e não precisa da minha confirmação.

Bem, sim, ele supunha que sabia, mas mesmo assim, o elogio vindo de Clara soava como uma poderosa revelação.

— Ao contrário — murmurou. — Nesse caso acho que preciso de um elogio, sim, ou até mais de um. Além disso, nós agora somos amigos e um amigo deve elogiar o outro. Mas já percebi que você não tem intenção nenhuma de me adular ainda mais por hoje — acrescentou, simulando uma expressão triste quando Clara não reagiu. — Mas continue. Quem era esse Harlow?

— O sr. Harlow chegou à nossa paróquia no verão em que completei 17 anos, e eu me apaixonei no instante em que o vi. Nós nos encontrávamos com frequência, pois ele morava a apenas duas quadras daqui. Eu também o via na igreja, claro, e às vezes o convidávamos para almoçar ou tomar chá... Meu pai não estava tão mal quanto hoje. Naquela época, ele tinha o costume de começar a beber bem depois da hora do chá. Sempre que o sr. Harlow vinha à nossa casa, eu era o alvo principal das atenções dele. Eu — disse ela, como se aquilo fosse surpresa, pressionando a mão no peito —, não Irene.

Rex se sentiu frustrado vendo-a se autodepreciar comparando-se com a irmã. Lembrou-se da cena de minutos antes, quando o sol revelara sua silhueta esguia através da roupa, e se sentiu dolorosamente tentado a puxá-la para perto dele no sofá e mostrar por que um homem se sentiria impelido a prestar atenção nela. Foi com grande esforço que refreou esse desejo.

— Você se surpreendeu com as atenções desse cavalheiro?

— Bem, isso nunca tinha acontecido comigo antes. Os rapazes geralmente se encantavam com minha irmã, a ponto de nem notarem a minha presença. — Ela fez uma pausa e riu. — Mas então Irene começava a falar do seu objetivo de conseguir que as mulheres pudessem votar e o rapaz desaparecia, e nós nunca mais ouvíamos falar dele! — O riso deu lugar a uma expressão pensativa. — Às vezes acho que Irene dizia essas coisas de propósito, para afastá-los, porque eles dispensavam mais atenção a ela do que a mim, como se tivesse receio de que eu ficasse magoada com isso.

Rex não queria falar sobre a irmã quase perfeita de Clara.

— Então você se apaixonou por esse rapaz — disse ele. — E o que aconteceu depois?

— Certa vez ficamos sozinhos na sacristia, depois de uma reunião na igreja para falar sobre um bazar beneficente.

— Ora, ora, que menina travessa... — brincou Rex, arqueando uma sobrancelha.

Ela franziu o nariz, com ar melancólico.

— Não foi minha intenção ser travessa, mas mesmo que tivesse sido, não me teria feito bem algum. Lá estávamos nós, sozinhos. Era uma oportunidade perfeita, mas ele nem sequer me beijou.

No mesmo instante Rex olhou para os lábios rosados de Clara.

— Ele devia estar tentando se comportar — disse, tentando com todas as forças pensar nos motivos pelos quais deveria fazer o mesmo. — Qualquer atitude contrária não seria digna de um cavalheiro.

Enquanto falava, ele sentia o desejo se intensificar, deixando claro que seu corpo não estava nem um pouco sintonizado com a mente e com o cuidado para ter uma conduta digna de um cavalheiro.

— Foi isso que pensei também, a princípio — disse Clara. — Afinal de contas, estávamos dentro de uma igreja.

Rex estudou com atenção o rosto dela, pensando em todos os recantos escuros da igreja da paróquia onde morava que seriam perfeitos para encurralar Clara e roubar um beijo... ou mais de um.

— Não sei se o fato de estar dentro de uma igreja seria impedimento para um homem determinado — ponderou ele, sentindo o próprio controle enfraquecer.

— Acho que teria que ser, ainda mais quando esse homem é o vigário.

A declaração foi tão surpreendente que distraiu Rex de suas fantasias.

— Você se apaixonou por um vigário?

— Não fui só eu. Quase todas as moças da paróquia se apaixonaram por ele em algum momento. Como eu já disse, ele era muito bonito. A igreja nunca ficou tão cheia como depois que ele se tornou o pároco. E você não acreditaria na quantidade de luvas de tricô e de toalhinhas de chá bordadas que ele ganhava no Natal.

Rex sorriu, imaginando a cena. Clara era uma boa contadora de histórias.

— Posso imaginar.

— Então, aquela tarde na sacristia foi meio decepcionante para mim, mas depois ele continuou a me dedicar muita atenção. Ele nunca demonstrou interesse em qualquer outra moça da paróquia, nem mesmo nas mais ousadas, que se atiravam para cima dele. Então eu pensei... Tive esperança... — Clara parou de falar e deu de ombros. — Fui uma tola.

— O que aconteceu? — Rex quis saber quando ela parou de falar. — Ele pediu outra moça em casamento?

— Ah, não — respondeu ela de imediato. — Ele fez o pedido para mim. Mas eu recusei.

— Como? — Rex retesou o corpo no sofá, encarando-a enquanto ela se servia displicentemente de mais chá. — Você disse que estava apaixonada...

— E estava, perdidamente apaixonada, porém, quando ele fez o pedido, percebi que não podia me casar. Foi por causa das palavras que ele usou... Ele disse que sentia um profundo apreço por mim. — Clara parou com a xícara no ar e fez uma careta. — Um profundo apreço — repetiu em tom de indignação. — Não é exatamente o sentimento que faz o coração de uma garota palpitar, concorda?

— Imagino que não, mas será que ele não estava sendo respeitoso, levando em consideração a sua inocência e falta de experiência?

— Ah, sim, tenho certeza de que sim. Ele era respeitoso até demais. Disse que eu era tão doce e pura que seria a esposa perfeita para um vigário. Segundo ele, nós teríamos um casamento verdadeiramente celestial.

Rex franziu o cenho, sem entender.

— Que tipo de casamento é esse?

Clara pôs a xícara no pires com um tilintar.

— Então, é o que eu gostaria de saber! Fui obrigada a perguntar sem cerimônia se ele estava dizendo que não queria ter filhos. — Ela enrubesceu quando Rex riu, atônito. — Afinal, eu sei que não é a cegonha que traz os bebês! Céus, não sou tão inocente assim.

Ela era inocente, sim, era muito inocente, pensou Rex, mesmo que conhecesse os princípios básicos da biologia humana. Mas não fazia sentido iniciar uma preleção sobre a intimidade de um casal, pois seria uma tortura para ele.

— Às vezes você me confunde com as coisas que sabe ou deixa de saber, Clara — murmurou. — Mas e o vigário, o que respondeu?

170

— Ele disse que ter filhos estava fora de cogitação. Enfatizou que a nossa união seria superior às relações carnais.

Rex baixou os olhos, imaginando como é que um homem, mesmo sendo um sacerdote reprimido, podia pensar em conviver com uma mulher como Clara sem levá-la para a cama e não perceber que isso seria um tormento inconcebível.

— Esse sujeito só pode ser desequilibrado — disse. — E mais radical do que a doutrina da própria igreja. Mas existem mulheres que achariam interessante um casamento assim.

— Bem, não é o meu caso. Eu não sou um ser celestial e não quero um casamento do gênero. Quero ter filhos e disse isso a ele.

— E ele?

O rosto de Clara ficou mais vermelho.

— Disse que se eu fizesse muita questão ele concordaria, mas que... o... o ato... a relação... seria repugnante para ele. — Ela fez uma pausa e engoliu em seco. — Foi o que ouvi. *Repugnante*. Que tipo de homem pensa uma coisa dessas?

Rex se remexeu no sofá.

— Bem, não eu — disse ele baixinho, sentindo isso na pele naquele exato momento.

— Ah, pelo amor de Deus, não somos da seita dos Shakers, que levam uma vida celibatária — prosseguiu ela, perplexa, aparentemente não ouvindo a resposta murmurada por Rex. — Por que ele iria querer um casamento assim?

Rex só conseguia pensar em duas explicações possíveis: repressão sexual ou homossexualidade, ou talvez ambas as coisas.

— Você disse que depois que ele a conheceu melhor, não prestou mais atenção nas outras moças da paróquia?

— Atenção nenhuma. Na verdade, ele parecia preferir a companhia dos rapazes.

Para Rex, o assunto estava mais do que explicado.

— É apenas uma suposição, mas eu diria que o reverendo sugeriu esse acordo porque estava prestes a ser preso.

Clara franziu a testa, surpresa.

— De fato, ele deixou a igreja logo depois, mas achei que tinha sido por eu ter me recusado a me casar. Por que um vigário teria medo de ser preso?

Rex não estava em um estado de espírito propício para explicar sobre homens que se sentiam atraídos por outros homens, e que esses desejos eram ilegais, e que se tornar pastor e se casar eram maneiras usuais de não levantar suspeitas sobre suas preferências e evitar a prisão.

— Deixe para lá — apressou-se a dizer antes que Clara quisesse se aprofundar no assunto. — Você chegou a perguntar quais eram os motivos dele?

— Não. Fiquei ocupada demais imaginando por que ele acreditava que eu aceitaria um casamento nesses termos. — De repente o rostinho redondo dela se contorceu. — Será que ele achou que eu estava tão desesperada para me casar que renunciaria ao amor físico? Ou será que não me achava atraente o suficiente para se deitar comigo?

As perguntas, e a inexperiência dela ao proferi-las, ameaçavam o autocontrole de Rex, exercido a duras penas. Ele fechou as mãos em punhos, respirou fundo e empregou todos os esforços para permanecer no seu lado do sofá.

— Bem, ele estava enganado. — Ela engoliu em seco. — Posso ser uma moça comum e não ter uma porção de homens tropeçando uns nos outros para me pedir em casamento, mas mesmo assim, prefiro nunca me casar a aceitar uma proposta dessas. Prefiro não ter marido do que ter um que me acha tão indesejável que uma união verdadeira comigo seria repugnante.

O autocontrole de Rex se rompeu como se fossem comportas de uma represa acima do nível, inundando-o, e antes que se desse conta ele estava ao lado de Clara.

— Você é uma mulher atraente — disse com a voz enrouquecida pelo desejo. — Pelo amor de Deus, Clara, ainda que você não leve em consideração mais nada do que eu diga, preste atenção pelo menos nisto. Você é um doce, é uma moça desejável, e qualquer homem que não enxergue que fazer amor com você seria como estar no paraíso é um idiota, um tonto, ou então não sente atração física por mulheres. Eu não me encaixo em nenhuma dessas opções, tanto que durante o tempo todo em que estivemos sentados aqui, tomando chá como pessoas civilizadas, minha mente esteve repleta de pensamentos profanos que deixariam o coitado do seu vigário de cabelo em pé.

Clara o encarou, perplexa, o rosto profundamente corado.

— É sério?

— Sim. Entenda isso de uma vez por todas. E já que estamos falando do assunto... — acrescentou ele, compreendendo tarde demais que ter confessado seus pensamentos eróticos só servira para alimentá-los ainda mais —, você não é nem um pouco comum, portanto livre-se dessa noção também, por favor.

Clara franziu o cenho, com expressão cética.

— Você não precisa massagear meu ego. Eu sei que não sou nenhuma beldade, já aceitei isso há muito tempo.

— A beleza, minha ovelhinha sedutora, está nos olhos de quem vê. — Rex se inclinou para mais perto, cada vez mais atraído. — Você quer saber o que eu vejo quando olho para você?

— Eu... — Ela cruzou os braços, como se pusesse um escudo entre eles, uma atitude sábia depois da confissão de minutos antes. Aprofundou o vinco entre as sobrancelhas e completou: — Não tenho muita... certeza.

— Vou dizer assim mesmo, pois é óbvio que você precisa de opiniões diferentes sobre o assunto. A primeira vez que a vi naquele salão de baile, comparei você a um biscoito amanteigado em uma bandeja de docinhos franceses.

Clara fez uma careta.

— Ou seja, você me achou comum e sem graça.

— Pois saiba que eu gosto muito de biscoitos amanteigados, e não sou o único.

— Biscoito amanteigado... sei. — Ela estalou a língua, com ironia. — E o que mais? Não vai falar do meu jeito doce de ser?

Apesar da tensão que se espalhava por seu corpo, Rex não pôde deixar de rir.

— Dificilmente eu poderia fazer isso, uma vez que ainda não presenciei essa sua qualidade, Clara. Comigo, você é espinhosa como um ouriço.

Ela suspirou e empinou ligeiramente o queixo.

— Bem, nesse aspecto, também fui provocada.

Rex não tinha intenção nenhuma de se desviar do assunto.

— Vou dizer exatamente o que penso de você, está bem? — Ele respirou fundo, embora titubeante, sabendo que estava prestes a dizer algo de extrema importância e que ao mesmo tempo teria que controlar a excitação, caso contrário não conseguiria falar sem fazê-la sentar-se em seu colo e beijá-la até que ela perdesse a noção de tudo. — Vou começar pelos olhos, porque se você bem se recorda, eu já lhe disse como são expressivos, e é verdade. A não ser quando você está envergonhada, a sua fisionomia não revela nenhuma emoção, portanto, se eu quiser saber o que você está pensando, me concentro nos seus olhos.

Clara baixou os olhos, desconfortável com a ideia de que ele conseguisse saber o que ela pensava. Rex, por sua vez, não se deixaria desencorajar por isso, mas se a tocasse de alguma forma naquele momento seria o mesmo que riscar um fósforo em um depósito de barris de pólvora. Por isso, em vez de levantar o queixo dela, ele preferiu inclinar a cabeça para baixo até que ela não tivesse alternativa senão encará-lo.

— Olhos como os seus são perigosos, Clara. Eles podem destruir um homem como uma flecha no coração — acrescentou, sorrindo de lado. — Sei disso porque já precisei arrancar várias flechas do peito desde que nos conhecemos.

— Pare com isso — ordenou ela, em um tom de voz baixo, porém veemente, levantando o rosto e olhando para ele com uma ruga na testa. — Não me provoque.

Ele não estava provocando, nem um pouco, mas decidiu não insistir no assunto. Seria mais seguro se ela não tivesse noção do poder que exercia sobre ele.

— A sua pele é adorável — continuou ele, e como de repente pareceu impossível não tocá-la, ele ergueu a mão e se permitiu a tortura de deslizar a ponta dos dedos pelo rosto dela. Era como tocar em seda. — Você também tem sardas charmosas, eu notei isso desde o primeiro dia.

— S... Sardas não são ch... charmosas. Isso é um absurdo.

— Já não tínhamos combinado que a sua opinião neste caso não é relevante? Onde é que estávamos mesmo? Ah, sim — prosseguiu Rex, pressionando a ponta do indicador no vinco que havia se formado entre as sobrancelhas dela à menção das sardas. — Bem, chegamos ao nariz agora.

— O que tem o meu nariz? — Clara elevou a voz, revelando que aquele era um ponto vulnerável, e Rex decidiu que a franqueza era o melhor caminho a seguir.

— Bem, seu nariz é pequeno, Clara. — Ele escorregou o dedo bem devagar por ali. — É o nariz mais delicado que eu já vi.

Ela suspirou.

— Eu sei que o meu nariz é ridículo — sussurrou. — Eu tinha mania de beliscá-lo e puxá-lo quando era pequena, na esperança de moldá-lo como o dos gregos, mas não deu certo.

— Ainda bem, porque ele é adorável do jeito que é. — Ele afastou a mão um pouco para beijar a pontinha arrebitada.

Clara prendeu a respiração, assustada com o gesto inesperado; ela descruzou os braços, pressionando as palmas das mãos no peito dele para afastá-lo, o que fez com que ele se sentisse impelido a continuar falando.

— E finalmente, a boca.

Ele foi empurrado com mais força.

— É a minha parte favorita do seu rosto. — Rex segurou o rosto pequeno com as mãos em concha, acariciando os lábios com o polegar, rendendo-se ao inevitável. — E isso é por causa do seu sorriso. Quando escrevi à Debutante Inconsolável e dei exemplos de como ela poderia atrair a atenção dos rapazes, era em você que eu estava pensando.

— Em mim? — perguntou Clara, com a voz aguda de surpresa.

— Sim, em você. — Rex continuou movendo o polegar, deslizando-o para um lado e para o outro sobre os lábios macios. — Acho que você sabe o motivo...

— Na verdade, não — confessou ela com um suspiro estrangulado.

Rex sentiu a respiração dela acelerar conforme continuava com a carícia e soube que deveria parar, pois o que estava fazendo passava dos limites do bom comportamento e sem dúvida ia bem além da experiência de Clara. Na realidade, aquela era provavelmente a primeira vez na vida que ela se encontrava em uma situação mais íntima com um homem.

Se Rex tinha alguma esperança, por mais remota que fosse, de que lembrar a si mesmo da inocência de Clara o faria parar com a investida, ele não demorou a descobrir que era exatamente o oposto. A inocência dela parecia inflamar seus desejos mais primitivos, levando-o a desejá-la intensamente. Ele já não tinha certeza de quanto tempo mais seria capaz de se controlar, e apesar disso, não conseguia recuar.

— Você pode achar que estou dizendo isso para ajudá-la a superar a timidez e alcançar seu objetivo de encontrar um marido — continuou —, mas não é por isso.

— Ah, não?

— Não. Meus motivos são egoístas. Você tem um sorriso lindo, estonteante, e eu gostaria muito de ter a oportunidade de vê-lo com mais frequência. Na maior parte do tempo você está séria, mas quando sorri... — Ele fez uma pausa, com o dedo ainda sobre os lábios entreabertos dela. — Ah, Clara, o seu sorriso ilumina o ambiente! Você sabe disso, não sabe?

Ela apertou os olhos e balançou a cabeça, como se quisesse negar ou dizer que não acreditava.

— Não é assim que se faz a corte — disse, roçando os lábios no dedo dele enquanto falava e fechando as mãos em punhos sobre o paletó cinza que Rex usava. — Você não precisa me elogiar.

Era claro que ele precisava elogiá-la, uma vez que era evidente que ela não estava habituada a receber louvores, mas ele não iria discutir sobre isso naquele momento.

— O que não significa que eu não esteja sendo sincero.

— Não sei se posso confiar na sua sinceridade em qualquer assunto que seja — murmurou ela, ainda roçando os lábios no dedo dele.

— E se eu parar de usar palavras para me expressar? — Ele deslizou o dedo para o queixo de Clara, erguendo-lhe o rosto. — De qualquer forma, palavras não são necessárias.

— Não são? — sussurrou ela.

— Não para o que eu quero dizer.

Com isso, ele inclinou a cabeça e a beijou.

Capítulo 11

Assim que a boca de Rex tocou a dela, Clara experimentou um prazer tão agudo que quase se assemelhava à dor, tão intenso que chegava a ser quase insuportável. A pressão dos lábios dele nos dela era suave, e, no entanto, o efeito se espalhou por todo o corpo. Da ponta de cada dedo dos pés até a cabeça, parecia que cada célula e terminação nervosa do corpo dela estavam despertando àquela nova experiência.

Era o seu primeiro beijo, pensou ela fechando os olhos, um movimento que despertou outros sentidos. Foi quando o perfume másculo a envolveu, um misto de sândalo e sabão de Castela com um toque mais profundo e terroso. Seu coração parecia bater mais alto do que o relógio sobre a cornija da lareira enquanto ela sentia o calor das mãos de Rex em seu rosto, a ponta dos dedos acariciando sua nuca, o antebraço encostado em seu seio.

Em algum canto de sua mente, Clara sabia que aquilo tudo era extremamente inapropriado e que deveria impedi-lo de continuar, mas não conseguia se mover. Naquele momento, tudo o que conseguia fazer era sentir, conforme uma imensa doçura a envolvia, tornando-se mais intensa a cada movimento do ponteiro do relógio. Quando os lábios dele se moveram sobre os seus e a língua tocou a linha entre os lábios fechados, ela estremeceu, sufocando um gemido.

Rex recuou ligeiramente, roçando os lábios nos dela em uma carícia provocante. Ele levantou a outra mão e passou o braço sobre os ombros delicados, percorrendo os dedos pelas costas dela, e qualquer intenção de interromper o que estava acontecendo desapareceu, evaporando-se no espaço. Quando ele a puxou novamente para mais perto, Clara se deixou abraçar, retribuindo com alegria, enlaçando o pescoço dele com os braços e deixando escapar um gemido tímido conforme Rex mais uma vez capturava seus lábios com a boca.

Dessa vez o beijo foi mais ávido, mais exigente, os lábios grossos exigindo que Clara entreabrisse os dela. Quando ela cedeu, a língua de Rex invadiu sua boca, provocando uma reação de perplexidade ao mesmo tempo estranhamente prazerosa, que aumentava a sensação de calor. A doçura do primeiro beijo deu lugar a uma nova sensação, algo voraz e selvagem.

Rex retraiu a língua e, por instinto, Clara foi buscá-la. No momento em que passou a explorar o interior quente da boca dele, um desejo inusitado foi crescendo, e o fogo antes ameno agora a consumia totalmente. Aquele beijo era a carícia mais íntima que ela já tinha experimentado, mas, por mais contraditório que parecesse, não era íntimo o suficiente. Clara pressionou cada vez mais o seu o corpo contra o dele, estreitando os braços ao redor do pescoço másculo, até que foi se inclinando mais para a frente, forçando-o para trás até caírem juntos no sofá. O júbilo que a tomou de súbito foi algo que ela jamais havia sentido.

Rex se moveu sob Clara, murmurando alguma coisa contra os lábios dela, como se estivesse surpreso, mas quem poderia culpá-lo? As mulheres não deveriam ser tão despudoradas, mas de repente isso já não parecia tão importante quando ele afastou a boca para que ambos pudessem respirar por um segundo antes de voltarem a se unir em mais um beijo sôfrego, as línguas bailando juntas em pleno arrebatamento enquanto ele a estreitava entre seus braços fortes.

O momento era esplendoroso. Rex abraçava Clara com firmeza, enquanto ela enterrava os dedos nos cabelos macios e encaracolados dele. Ela podia sentir o sabor de chá e geleia de morango. Entregue ao abraço daquele homem, capturada pelo beijo, inebriada por aquele contato, o resto do mundo deixou de existir por alguns instantes para Clara.

O calor do corpo másculo atravessava todas as camadas de roupas, inundando-a. Ele era esbelto e rígido, principalmente no ponto onde os quadris se encostavam nos dela em uma chocante intimidade sensual. Ela se moveu de leve sobre o membro ereto de Rex, e o prazer que sentiu foi tão agudo, tão intenso, que ela afastou os lábios dos dele com um suspiro atônito.

Por um instante os dois se olharam e em seguida o abraço se afrouxou. Rex deslizou os braços sob os dela e ergueu a mão para segurar o rosto delicado.

— É melhor pararmos por aqui — disse com voz rouca, quebrando o silêncio que pairava na sala. — Aliás, precisamos parar imediatamente, senão que Deus nos ajude.

Com um beijo rápido na boca bem delineada, ele a segurou pelos ombros e empurrou para trás, ajudando-a a se sentar, e deslizando em seguida para a outra extremidade do sofá.

Clara virou-se para olhar o relógio sobre a cornija da lareira enquanto recuperava o equilíbrio. Não era fácil. Estava ofegante como se tivesse corrido quilômetros, e por causa do espartilho não conseguia respirar direito, o que a fez sentir-se um pouco zonza. Seu corpo parecia estar em chamas, ardendo em todos os pontos, tanto naqueles nos quais Rex a tinha tocado como também onde não tinha. Por várias vezes tentara imaginar como seria beijar um homem, mas suas fantasias nunca chegaram nem perto da realidade.

Seria assim com todos os homens?, perguntou-se, olhando para ele de soslaio.

Rex estava com o olhar fixo no chão, os braços apoiados nos joelhos afastados, e com a respiração ofegante. A resposta que ela procurava estava naquela posição, que denotava que ambos sentiam a mesma coisa, e a consciência desse fato a fez sorrir de alegria. Pela primeira vez na vida, Clara soube o que era se sentir bonita.

Em algum lugar da casa uma porta bateu. Apesar do som abafado pela porta fechada e da distância da sala de estar, Rex também ouviu e levantou a cabeça. Clara logo desviou o olhar, a felicidade esmaecendo um pouco ao se dar conta da sorte que haviam tido. Se alguém os tivesse flagrado...

— Perdoe-me — disse ele, interrompendo a especulação alarmante. — Preciso ir.

A voz de Rex foi uma distração bem-vinda do rumo que os pensamentos dela tinham tomado, levando-a a se levantar apressadamente.

— Claro — respondeu, virando-se para ele e se valendo de toda a educação e civilidade que possuía para falar com naturalidade, como se a experiência mais extraordinária de sua vida não tivesse acabado de acontecer. — Por favor, agradeça à sua tia por mim pelo gentil convite e diga que responderei assim que conversar com minhas cunhadas.

Rex assentiu com a cabeça, fez uma reverência e seguiu na direção da porta, pegando no caminho a cartola que havia deixado sobre a mesa. Mas então parou com o chapéu na mão e olhou para Clara por cima do ombro com a fisionomia muito séria, os olhos azuis tão brilhantes que quase doía fitá-los.

— Você nunca tinha sido beijada, não é?

Ele falou com tanta displicência que não parecia uma pergunta de fato, e sim uma constatação. No mesmo instante, Clara sentiu o rosto corar, imaginando como ele podia ter tanta certeza.

— Não — admitiu. — Você foi... você foi o primeiro.

Rex não pareceu feliz em saber. Comprimiu os lábios, inclinou ligeiramente a cabeça em um gesto de assentimento e se virou para abrir a porta, deixando-a sem nenhuma ideia de como ele havia percebido. Talvez ela tivesse feito algo errado, cometido algum gesto desastroso.

Era uma possibilidade arrasadora e humilhante, mas mesmo assim ela se recusou a deixar que aquilo roubasse sua alegria. O sentimento a inundava de tal maneira que parecia não caber dentro dela. Era como um raio de sol aprisionado dentro de uma caixa, mesmo depois que Rex já tinha ido embora.

Droga, droga, droga.

As palavras reverberavam na mente de Rex como se fossem uma sequência de tiros, condenando-o a cada degrau que ele descia da escada e enquanto atravessava o saguão para sair da casa de Clara Deverill.

Passou direto pelo cocheiro, que havia saltado da boleia e o aguardava ao lado da carruagem, segurando a porta e com um guarda--chuva aberto na outra mão.

— Pode ir, Hart — ordenou Rex por cima do ombro, sem diminuir o passo. — Vou andar um pouco, depois pego um táxi para casa.

— Mas está chovendo, senhor.

— É mesmo? — Rex apressou o passo, o corpo ainda quente pelo turbilhão da luxúria não saciada, e a mente grata pela garoa fria que já molhava seu chapéu e paletó.

— Mas o senhor vai se resfriar...

Ele acenou com a mão em um gesto displicente, sem dar muita atenção ao tempo inclemente da primavera e suas possíveis consequências, e continuou a andar. Um resfriado, pensou, seria mais que merecido por ter quebrado sua regra básica de comportamento com mulheres.

Mantenha distância de mocinhas inocentes.

As moças inocentes, invariavelmente, esperavam se casar, e quem poderia culpá-las por isso? Para uma menina de boa família, o casamento era a única opção de vida socialmente aceitável, a única maneira de realizar os desejos físicos, de garantir um futuro estável e de ter filhos. Sua conversa com Clara durante o chá servira apenas para reforçar seu motivo para ter estabelecido essa regra básica, antes de mais nada.

Já para os homens, inclusive seus amigos, o casamento não era uma necessidade, fato pelo qual Rex agradecia todos os dias. Ele passara a vida inteira vendo os pais se destruírem, não só um ao outro, mas também a paixão que um dia os levara a se casar. Ele não conseguia imaginar nada pior do que amar alguém e depois vir a odiar essa pessoa. Devia ser como viver no inferno. E embora não se lembrasse do momento exato em que tomara a decisão de nunca se casar, em nenhuma ocasião desde então ele tivera motivo para se arrepender dessa escolha, ou para ter alguma dúvida a respeito.

E continuava não tendo. E isso tornava o que acabara de fazer ainda mais reprovável.

Para Clara, o matrimônio não era uma simples necessidade de vida. Romance, casamento, filhos e amor eterno eram sonhos a serem alcançados, sonhos que ela queria e merecia realizar, mas algo que ele jamais poderia oferecer de boa vontade a uma mulher.

Uma rajada de vento frio soprou de repente e levou sua cartola para longe. Rex ficou observando, indiferente, enquanto a cartola rodopiava no ar, caindo desajeitadamente em uma poça d'água no meio-fio. Ele pisou em cima e continuou andando.

No caminho, passou pela Casa de Chá da Senhora Mott e lançou um olhar ressentido para o interior do estabelecimento, desejando nunca ter marcado o encontro com Lionel ali. De todas as benditas casas de chá em Londres, por que justamente aquela? E por que Clara, dentre todas mulheres? Era engraçado, ridículo até, e também exasperador que se sentisse atraído por uma moça que não podia ter, uma moça que almejava da vida tudo o que ele evitava como se fosse uma praga.

A chuva ficou mais forte, e as pessoas na rua, pegas pelo dilúvio, se encolhiam sob seus guarda-chuvas, que pouco serviam como proteção por causa do vento. As que não tinham guarda-chuva corriam para as entradas dos estabelecimentos e procuravam abrigo sob os toldos. Mas Rex não.

Ele continuou caminhando.

A chuva que caía sobre sua cabeça desprotegida e encharcava o paletó cinza e a calça azul-escura era bem-vinda, assim como o vento que levara seu chapéu e agora levantava as abas de seu paletó. Aquilo era tudo de que Rex precisava, pois o sabor doce dos lábios de Clara ainda permanecia em sua boca, o perfume dos cabelos dela ainda o inebriava, e a sensação do corpo frágil junto ao seu permanecia, como se ainda estivessem abraçados.

Além de tudo isso, a inocência dela, por si só, provocava sua excitação. A avidez do beijo inexperiente, a paixão que a levara a abandonar as restrições de moça solteira e empurrá-lo sobre o sofá, a consciência de que ele se encontrava em um território ainda não explorado por homem algum, tudo isso exercia o efeito de parafina jogada às chamas, iluminando os recantos mais secretos e eróticos de sua imaginação com muito mais intensidade do que a piscadela maliciosa de uma vedete ou o sorriso capcioso de uma cortesã.

E o pior é que ele sabia, soubera instintivamente, quando se sentara atrás dela em Covent Garden, que era muito provável que estivesse se envolvendo com algo que acharia difícil administrar. Mal havia combinado de vê-la novamente quando seu jeito libertino de ser voltou a atormentá-lo. Mesmo se permitindo ter pensamentos eróticos sobre ela, só agora Rex percebia a força do fogo com o qual estava brincando. Seu corpo tinha enviado sinais e ele não dera atenção. Agora, esse fogo quase havia fugido ao controle. Se não tivesse parado no momento certo, era muito possível que tivesse acabado tirando a virtude de Clara, bem ali no sofá da sala de estar do pai dela.

Rex se sentia como um cachorro de rua. Viu que as pessoas lançavam olhares curiosos em sua direção sob a borda de seus guarda-chuvas ao se cruzarem e imaginou se essa curiosidade seria por ele estar andando sem capa e chapéu debaixo da chuva torrencial ou se era porque emanava luxúria por todos os poros. Indiferente à opinião alheia, ficar encharcado era tudo de que ele precisava e merecia.

Rex estava pingando quando pegou um táxi no Holborn Hotel, mas por sorte todo aquele ardor havia esfriado e seu corpo estava sob controle. Moças inocentes com grandes olhos escuros, ideais românticos, paixão reprimida e ambições maritais estavam novamente relegadas ao mesmo lugar em sua mente no qual costumava colocar ostras, chás da tarde e cantatas noturnas, coisas que não eram para ele.

— E não há nada errado com o mundo — murmurou ele, mas quando o táxi o levou para West End, a certeza já não era tanta.

Clara Deverill havia mostrado como a inocência podia ser erótica, e se ele não conseguisse manter à margem aquela nova descoberta, a virtude dela, os sonhos com o futuro e a doce ideia de se casar por amor estariam em perigo.

Rex não gostaria que isso acontecesse. Não queria acabar com os sonhos dela, ou macular seus ideais românticos. Afinal, também devia ter tido ideais românticos um dia, mesmo que não se lembrasse mais.

O silêncio não costumava ser comum em uma carruagem com quatro mulheres, principalmente quando estavam a caminho de um piquenique em uma tarde ensolarada. No entanto, quando a carruagem aberta do duque de Torquil fez o percurso pela Park Lane, vindo da casa do duque em Upper Brook Street até o Stanhope Gate do Hyde Park, as quatro ocupantes estavam quietas.

Carlotta, sempre a primeira a levantar os pontos negativos de qualquer situação, estava de bom humor, feliz em apreciar a bela tarde e ansiosa pelo evento por vir. Casada com o irmão do duque, ela era a acompanhante de Clara enquanto Irene estava fora, mas a tarefa estava sendo tediosa até Lady Ellesmere e Lady Petunia convidarem Clara para sair. A decisão tinha beneficiado toda a família do duque, e Carlotta estava bem satisfeita com a ascensão social para reclamar de alguma coisa.

O silêncio de Sarah também não era de se surpreender. A mais jovem das três cunhadas de Clara, Sarah era quieta por natureza. Já a irmã, Angela, era do tipo vivaz e falante, mas conforme a carruagem passava pela Park Lane, até Angela estava em um silêncio incomum.

Por sua vez, Clara percebeu uma certa tensão entre as cunhadas, mas naquele momento não estava com paciência suficiente para especular a causa, pois tinha as próprias preocupações, que dominavam seus pensamentos, excluindo todo o resto.

Faltavam poucos minutos para rever Rex depois de uma semana daquele beijo extraordinário. Apesar de ter se encontrado com a tia-avó dele em vários eventos sociais nos últimos sete dias, não o tinha visto nem de relance. Contudo, a expectativa de rever aquele que tão recentemente a beijara não a deixava feliz. Na verdade, a sensação beirava o desespero.

Aliás, a alegria vivenciada durante aqueles minutos extraordinários na sala de estar da casa do pai fora se dissipando durante os últimos sete dias, dando lugar ao bom-senso. A embriaguez dela foi aos poucos, inexoravelmente, transformando-se em sobriedade e consciência da dura realidade.

Uma coisa era certa, Clara tinha agido como uma tola. Galbraith não era o tipo de homem em quem uma moça podia confiar, pelo menos não para se casar, e ela não queria outra coisa além disso. E mesmo assim tinha dado a liberdade de ser beijada, sabendo que ele não tinha interesse em cortejá-la com intenção de matrimônio. O que isso significava para seu respeito próprio?

Mesmo sabendo que tinha sido muito errado permitir o beijo, ela ainda não compreendia o que tinha se passado em sua cabeça. Como conseguira ignorar seus escrúpulos, deixar de lado o cuidado costumeiro e ir contra a própria natureza? Procurou frisar em sua mente que não era uma pessoa intempestiva, mas sim calma e firme. Ela era comum. E tímida.

A imagem de ter empurrado Galbraith no sofá lhe passou pela cabeça, trazendo consigo toda a glória e agonia do momento. Naquela tarde, não agira com moderação e timidez. Ao contrário, tinha sido indiscreta e ousada como uma libertina.

Se tudo o que acontecera não tinha sido suficiente para uma séria reflexão, bastava lembrar que havia posto sua reputação em risco. Se tivessem sido pegos, se o médico ou seu pai tivessem entrado, ou se — que Deus a perdoasse — um dos conhecidos do pai que tivesse vindo visitar fosse levado para a sala de estar, teria tido um choque ao entrar.

Clara imaginou a cena com os olhos de uma testemunha: uma moça deitada sem nenhum pudor sobre o corpo de um homem, as mãos entremeadas nos cabelos encaracolados dele, beijando-o com extrema paixão.

Era uma visão devastadora.

Se alguém os tivesse flagrado, o resultado para ela teria sido vergonha, desgraça e possivelmente ruína. Entregar-se daquela maneira tinha sido um erro de proporções épicas, e era urgente que deixasse isso claro para Galbraith na primeira oportunidade, para que ele não assumisse que o comportamento ousado que ela tivera tenha representado uma permissão para que tomasse liberdades no futuro.

Mesmo tão resoluta, a memória do corpo dele sob o seu e a sensação de estar naqueles braços musculosos ainda faziam seu coração disparar, gerando um calor que lhe percorria os membros. Apesar de ter se repreendido, achando-se uma tola, sua alma ansiava pela repetição daquelas sensações abrasadoras, pelo menos para prolongar os minutos em que se sentira linda e sedutora.

Céus, ela estava tão confusa, como poderia encará-lo? Como se sentaria à sua frente em uma toalha de piquenique naquela tarde sem pensar nos dois naquele sofá, perdidos em um beijo apaixonado? Seria difícil ficar na presença da família e agir como se Rex não lhe tivesse proporcionado a melhor experiência de sua vida. A tentação de recusar o convite tinha sido grande, mas não tivera coragem de fazer isso com as cunhadas, que tinham recebido poucos preciosos convites naquele ano. Seria uma atitude egoísta e covarde, sem falar que seria inútil no fim das contas, já que mais cedo ou mais tarde teria que enfrentá-lo.

Um trato tinha sido feito e ela não podia recuar.

Quando a carruagem desceu a Park Lane, Clara sabia que tinha alguns minutos para se recompor. A menos que encontrasse um jeito de superar a tarde na companhia dele, sem demonstrar ao mundo como havia se sentido naquele momento glorioso, passaria o restante da temporada sendo cortejada apenas por Rex... um homem que podia oferecer apenas um flerte dissimulado. A não ser que quisesse ficar conhecida como fútil quando recusasse o flerte dali a dois meses, portanto era muito importante recuperar a postura calma e educada que resolvera assumir. E pensar que dez dias antes tinha sido tão fácil demonstrar tolerância e educação, sendo que agora era praticamente impossível.

— Não aguento mais esperar! — exclamou Angela, quebrando o silêncio da carruagem. — Não sei quanto a vocês, mas não suporto esse suspense por mais nenhum minuto. — E virando-se para Clara, curiosa e com os olhos cheios de expectativa, perguntou: — O que está acontecendo?

O pânico atingiu Clara como se fosse um soco. As cunhadas não podiam saber de jeito nenhum o que ocorrera entre ela e Galbraith, mas claro que haviam percebido alguma coisa no ar. Era hora de Clara vestir a máscara de indiferença que já deveria estar usando.

— Creio não saber o que você quer dizer, Angie — disse, virando-se para o lado, fingindo estar interessada nas altas árvores nas laterais da estrada.

O desinteresse deixou Angela mais irritada.

— Jura, Clara? Você consegue ser uma esfinge quando quer. Já se passaram dias a fio sem que você explicasse alguma coisa. Quando pretende nos contar?

Clara resistiu à tentação de olhar para baixo para ver se não tinha uma letra A escarlate adornando a frente de seu vestido azul e branco de passeio. *Não há chance de elas terem adivinhado*, disse para si mesma, e na esperança de não estar se iludindo, virou-se para a mulher a seu lado.

— O que você espera que eu conte?

— Tudo sobre *ele*, claro! Ele é mesmo charmoso como dizem?

Clara corou na mesma hora, e todas notaram.

— Uh lá lá — brincou Sarah, rindo. — Está vendo como ela está vermelha, Angie, e você nem mencionou o nome dele.

— Será que devo dizer o nome dele para vê-la corar ainda mais? Estamos falando de lorde Galbraith, Clara, sua ostra! Visconde Galbraith, o demônio mais bonito de toda a sociedade. — Angie encostou o joelho no de Clara de brincadeira. — Você pretende nos deixar curiosas ou vai contar o que está havendo entre vocês?

— E nem tente dizer que não há nada — Sarah objetou quando Clara abriu a boca para dizer justamente aquilo. — Está claro como água que você atraiu a atenção dele.

— É mesmo? — Clara entoou a pergunta com uma surpresa inocente, sem saber se daria certo.

Angela estalou a língua em sinal de impaciência.

— Ah, você sabe que existe algo entre vocês. Primeiro ele a escolhe para abrir o baile de Lady Petunia, depois ela a convida para se sentar no camarote dos Leyland em Covent Garden. E agora estamos indo passar o dia com eles.

— É apenas um piquenique... — Clara começou a falar, mas Angela cortou sua tentativa de minimizar a importância do fato.

— Foi um convite de uma família que não conhecemos muito bem. A verdade é uma só, tudo isso é por sua casa. Como Sarah disse, o interesse de Galbraith é evidente, e ainda sim, pelo que você fala, é como se ele não existisse.

— Agora chega, meninas. — Carlotta encerrou a conversa, censurando-as a fim de lembrá-las que a cunhada do duque assumira o papel de dama de companhia de suas colegas solteiras. — Apesar do escândalo entre lorde Leyland e a esposa, a tia dele é muito bem relacionada na sociedade, e se ela quer nos ajudar a impulsionar nossa posição social depois da fuga infeliz da própria mãe, não vou objetar. E o mais importante, se Clara não quiser se confidenciar conosco, ou pedir conselhos — acrescentou, suspirando magoada, deixando evidente quem deveria aconselhar —, vocês não devem pressioná-la.

— Não é nada disso! — Clara gritou, deixando a máscara da impassividade escorregar.

Bem que ela gostaria de ter confidenciado os sentimentos que a estavam martirizando desde aquela tarde extraordinária, uma vez que eram devastadores e totalmente desconhecidos, e que ela havia passado a maior parte da semana dividida entre rir de alegria e morrer de humilhação. Claro que gostaria muito de ter podido ouvir outras opiniões femininas sobre o acontecido, mas não podia se permitir esse luxo.

Se tivesse contado às cunhadas que Galbraith a havia beijado, elas certamente assumiriam que havia um compromisso, e quando descobrissem que não houvera nenhuma proposta honrada, ficariam enfurecidas por ela.

Sabendo que não se podia esperar atitude do pai de Clara, Carlotta teria procurado o marido, irmão do duque, e pela honra, lorde David se encontraria com Galbraith para exigir que ele assumisse um compromisso, algo terrível e humilhante, que Clara não conseguiria suportar.

Decerto ela seria obrigada a arcar com a responsabilidade por parte do que havia ocorrido e confessar que também tivera sua parcela de culpa. E como poderia dizer uma coisa dessas a alguém? Como poderia se humilhar ao admitir ter cedido liberdades imperdoáveis a um homem com quem não tinha compromisso algum? Mais do que só admitir, confessar que tinha gostado e que perdera a vergonha quando o derrubara no sofá, exigindo mais. Ela preferiria se transformar em um sapo do que confessar tais comportamentos.

Clara engoliu em seco e se obrigou a dizer alguma coisa:

— Acontece que não há nada para contar. Eu mal conheço esse homem. Sim, dancei com ele no baile de Lady Petunia, como vocês mesmas viram. E repito o que disse na época, eu não pensei muito nele.

— Um sentimento que obviamente *não* é mútuo — murmurou Sarah, dando uma piscadela para a irmã, sentada à sua frente. O risinho de Angela só aumentou o desalento de Clara.

— A tia-avó dele é amiga da minha avó. Como eu já tinha dito antes do baile, Lady Ellesmere pediu para Lady Petunia ajudar a apresentar Clara à sociedade. Tenho certeza de que a razão dos convites é essa.

— Isso explica a atenção de Lady Petunia — disse Carlotta secamente. — Mas não é justificativa para a de Galbraith.

Clara se mexeu no assento com os lábios formigando, remetendo às atitudes impróprias daquela tarde e tornando-as mais vívidas.

— Não acho que ele tenha sido tão atencioso assim — disse, esperando que não morresse na hora por ter contado uma mentira tão deslavada.

— Não mesmo, minha querida?

Desesperada para desviar o assunto, Clara olhou para a janela, além das mulheres, na direção da carruagem que vinha atrás.

— Acho que lorde James terá muito trabalho hoje. Os meninos estão mais animados do que de costume. Colin está escalando pela carruagem e Owen está sentado na parte de trás do banco. Seu marido não parece muito feliz indo com eles, Carlotta. Eu disse a lorde David que iria em seu lugar para que vocês viajassem juntos, mas ele recusou.

— Garanto que meu marido sabe lidar com os próprios sobrinhos — Carlotta respondeu sem olhar para trás. Se os filhos de Jamie são levados, a culpa é dele. Não seria apropriado você ter vindo em outra carruagem — acrescentou, fazendo Clara resmungar —, você está sob os meus cuidados durante a temporada, querida, por isso sou obrigada a dizer que as intenções de Galbraith em relação a você ficaram claras em Covent Garden. Um homem solteiro que não estivesse interessado em você nunca conversaria *tête-à-tête* na frisa do camarote do pai, na frente de toda a sociedade.

— Não foi nada *tête-à-tête* — Clara objetou. — Lady Petunia estava a menos de 3 metros de nós.

— Mas eu soube que a conversa foi íntima.

A confirmação de que a fofoca sobre o interesse de Galbraith já circulava reforçava a necessidade de que ela permanecesse educadamente impassível, de acordo com o que havia combinado com o visconde. Sendo assim, Clara esboçou um sorriso indiferente e se preparou mentalmente para continuar a mentir:

— A conversa não foi tão importante, não falamos nada de muito íntimo. Além do mais, todos sabem que Galbraith nunca consideraria cortejar seriamente qualquer moça.

— Então, isso seria razão suficiente para que ele fizesse o possível para evitar especulações — disse Carlotta, inclinando-se para trás ainda sorrindo. — E talvez a opinião dele sobre fazer a corte a uma mulher tenha mudado. Pelo menos desde que dançou com certa moça que conhecemos — opinou Sarah, dando uma piscadela.

— Isso é um absurdo! — gritou Clara, mesmo lembrando a si mesma que esse tipo de coisa era exatamente do que o acordo com Galbraith tratava. — Mesmo que o que diz seja verdade, Sarah, minha opinião sobre ele continua a mesma.

No entanto, seu corpo a traiu, provando que mentia, não apenas para si mesma como para as outras senhoras na carruagem. Todas as três soltaram risinhos, inclusive Carlotta. Clara mexeu o queixo, virando a cabeça para o lado a fim de observar a vista do Hyde Park enquanto se esforçava para recuperar a compostura.

— Qualquer moça seria uma tola se aceitasse o flerte de Galbraith — disse ela por entre os dentes cerrados, e suas próprias palavras a fizeram fechar a cara, porque ela sabia bem como havia correspondido aos galanteios dele tão desavergonhadamente.

E então, pensando no beijo, em todo aquele calor, a vergonha e exultação que sentira naquela tarde retornaram com a mesma voracidade, provando que ela não tinha Galbraith em tão baixa estima como previra anteriormente. Ou isso, ou ele havia despertado sua verdadeira natureza promíscua.

Clara não sabia qual possibilidade era pior, mas quando a carruagem virou para entrar no parque, pelo menos uma coisa era certa. Aquela seria uma tarde longa e estranha.

Capítulo 12

Apesar da previsão do cocheiro, Rex não se resfriou depois da caminhada na chuva, e mesmo que tivesse, o sacrifício teria valido a pena. Ensopar-se naquela chuva servira ao propósito, pois quando chegou o dia do piquenique que a tia havia organizado, ele já havia relegado os pensamentos eróticos sobre Clara a um canto escuro de sua imaginação. E era bom que permanecessem ali.

Agora que tinha conseguido deixar submissos os dragões da luxúria, Rex ainda precisava limpar os rastros que tinham ficado para trás. Não havia nenhuma desculpa plausível para o que havia feito, e precisava se desculpar com Clara por sua conduta. Não obstante, era bem provável que agora Clara estivesse esperando mais do que ele podia oferecer. Era compreensível que a maioria das moças esperasse uma proposta de casamento depois que um homem tivesse tomado liberdades como um beijo daqueles, por exemplo, e se Clara não fosse diferente, se a paixão compartilhada naquele momento a tivesse levado a criar expectativas, era melhor que ele as extinguisse o quanto antes.

Rex havia planejado sua fala com detalhes para quando Clara chegasse, mas ao ver as carruagens do duque de Torquil entrarem no Stanhope Gate, teve vontade de abandonar os discursos, as desculpas e os planos e se atirar sobre os trilhos de um trem, sendo que essa última atitude parecia bem mais fácil do que a primeira.

Não obstante, conforme as carruagens do duque se aproximavam, Rex se desculpou com alguns convidados com quem conversava e atravessou o campo, enquanto os cocheiros do duque ajudavam os passageiros a desembarcar. Os gêmeos de James St. Claire não precisaram de ajuda, pois ambos pularam pela lateral da carruagem antes mesmo que a porta fosse aberta. Munidos com suas pipas, passaram em disparada por Rex, seguidos pelo pai, que o cumprimentou com um breve aceno de mão.

Lorde David Cavanaugh veio na direção dele em um passo mais comedido do que o do cunhado com os sobrinhos, acompanhando as senhoras.

— Cavanaugh — Rex cumprimentou o irmão mais novo do duque, acenando com a cabeça quando os dois se aproximaram.

— Galbraith. — Em seguida, ele gesticulou para a moça ruiva de verde a seu lado. — Suponho que já conheça minha esposa.

— Sim, de fato. — Galbraith tirou a cartola com uma reverência.

— Lady David, é um prazer vê-la novamente.

— O senhor também. Confesso que não o vejo circular pela sociedade com tanta frequência. Como sua tia-avó conseguiu tirá-lo de casa? Não me lembro de ela ter tido muito sucesso antes.

— Até eu sou conhecido por apreciar os prazeres fornecidos pelos eventos sociais, madame.

— É verdade — murmurou ela, confirmando com um sorriso tímido. — Mas me parece que o senhor tem circulado mais nesta temporada do que de costume.

A observação ocasionou risinhos das moças de cabelos escuros ao lado dela. Rex decidiu que até saber quais eram as expectativas de Clara, a melhor atitude era não lhe dar muita atenção e permanecer calado. No entanto, quando desviou o olhar para Clara, ela não demonstrava nada do que poderia estar pensando ou sentindo. De cabeça baixa, abotoava um botão de pérola de uma das luvas brancas; a aba do chapéu, uma enorme mistura de palha, penas brancas e laços azuis, evitava que seus olhos fossem vistos. A pele do rosto parecia lisa como mármore polido, sem nenhum vinco que denunciasse qualquer sentimento, levando-o a imaginar se ela teria decidido relevar os eventos da semana anterior.

Mesmo que esse fosse o caso, o comportamento de Clara não o libertava das suas obrigações de cavalheiro, por isso era preciso encontrar uma maneira de conversarem a sós.

— Sarah, Angela — Lady David chamou, gesticulando para as duas moças risonhas —, posso apresentar o visconde de Galbraith a vocês? Lorde Galbraith, estas são as irmãs do duque, Lady Angela Cavanaugh e Lady Sarah Cavanaugh. O senhor já conhece a srta. Deverill, imagino — acrescentou, enquanto Rex fazia uma reverência para as moças.

— Conheço, de fato.

Ele se virou para Clara.

— É um prazer revê-la, srta. Deverill.

Como Rex se dirigia a ela diretamente, Clara foi forçada a deixar de abotoar a luva. E quando ergueu a cabeça e seus olhares se cruzaram, todos os esforços de Rex de apagar o beijo da memória desapareceram. Os olhos escuros de Clara eram como espelhos que refletiam todo o desejo que ele sentira e se esforçara tanto para suprimir. O golpe momentâneo o fez se desequilibrar, como se o mundo tivesse se inclinado um pouco de lado. De súbito, qualquer desculpa que fosse dada pela sua conduta teria parecido mentira, simplesmente porque ele não estava arrependido, e querer garantir que ela estaria segura de avanços impróprios da parte dele seria risível e absurdo.

— Lorde Galbraith.

Apesar do que Rex viu naqueles olhos escuros, a voz que ouviu era calma, educada e distante, forçando-o a se lembrar do acordo inicial e do comportamento civilizado que deveria ter naquele momento.

A voz de Clara teve o mesmo efeito que a chuva de primavera da semana anterior, um banho de água fria, e ainda bem que com isso o mundo voltou ao prumo novamente.

Galbraith acenou com a cartola para um gazebo atrás deles.

— Minha tia-avó e meu tio Albert estão ali — disse ele a Lady David, oferecendo o braço. — Posso acompanhá-la até lá?

Lady David aceitou o convite, colocando a mão sobre o braço dele e caminhando a seu lado, enquanto o marido ficou para trás para escoltar as outras moças.

A tia-avó e o tio de Galbraith estavam sob o toldo, e quando vieram cumprimentar os recém-chegados, Rex se afastou.

— Lady David, estou encantada em revê-la — disse Petunia enquanto Rex postou-se ao lado de Clara atrás do grupo. — E suas cunhadas também. Venham para a sombra, o sol está bem quente.

Enquanto o grupo obedecia, Galbraith aproveitou a oportunidade para se inclinar na direção de Clara.

— Posso lhe rogar a bondade de uma palavra em particular? — murmurou ao ouvido dela, e no mesmo instante sentiu a necessidade de se explicar, antes que ficasse algum mal-entendido. — Quero falar em particular apenas para que não nos ouçam. Estaremos à vista de todos o tempo inteiro. — Ele apontou para duas cadeiras de jardim vazias no gramado a uns 10 metros dali. — Podemos nos sentar ali?

Clara consentiu com um sinal de cabeça.

— Preciso cumprimentar Lady Petunia e *Sir* Albert primeiro.

— Claro, eu a encontro em alguns minutos, então.

Assim dizendo, ele fez uma reverência e se afastou.

A fim de acalmar a inquietude e o temor pelo que tinha a dizer, Rex decidiu se distrair, passeando pelo gramado. Parou para ouvir o quarteto de cordas e conversar um pouco com alguns conhecidos, mas conforme os minutos foram passando sem que Clara não fizesse algum movimento para sair de onde estava, sua apreensão aumentou.

Rex nunca havia se colocado em uma posição arriscada e vulnerável a ponto de precisar se desculpar para uma jovem por seus avanços. E quando a viu pedir licença para a família anfitriã e dirigir-se para o lugar de encontro, Rex se sentiu pisando em carvão em brasa.

Clara estava em pé ao lado das cadeiras quando Rex chegou. O fato de ela ter preferido não se sentar o deixou ainda mais nervoso, mas ele parou diante dela, respirou fundo e começou a falar:

— Clara, sobre o outro dia, não pense que... Eu não pretendia fazer nada impróprio, minha intenção... Quero dizer, fui inconveniente, claro, mas... — Ele parou de falar, percebendo que o que dizia não era o que havia preparado, mas sim um amontoado de palavras sem sentido que não levariam ao ponto principal da conversa. Assim, tomou fôlego e recomeçou: — O que quero dizer é que não pensei sobre decência, ou nas possíveis consequências, ou nada disso quando a beijei. Fiquei ouvindo você contar sobre o medo de não ser uma mulher desejável e me senti frustrado demais porque acho exatamente o contrário. Na verdade, eu apenas queria que você soubesse e...

Rex parou de novo, pois falar em desejo o estava levando por um caminho perigoso. Além do mais, a ideia era ser o mais honesto possível, e suas intenções, quando a beijara, tinham sido bem menos nobres do que ele queria fazer parecer naquele momento. Sabendo que não conseguiria expressar nem uma coisa nem outra, respirou fundo outra vez e foi direto ao assunto:

— O que aconteceu na semana passada foi um erro.

Rex fez uma careta ao ouvir o que acabara de dizer, impressionado por ter sido rude e até mesmo cruel. Clara entreabriu os lábios, e apesar de não saber o que esperar em resposta, quando a viu engolindo em seco e colocando a mão no peito, encarando-o com aqueles grandes olhos castanhos, sentiu-se como o devasso que ela achara que ele era desde o início. Assim, cruzou os braços, esperando uma reprimenda severa ou um mar de lágrimas femininas.

— Ah, graças a Deus — disse ela, rindo.

Foi uma reação totalmente inesperada, diferente do que ele temia. Clara parecia... aliviada.

— Estou feliz que tenha dito primeiro!

Ele piscou várias vezes, surpreso.

— Como?

— Passei a semana inteira nervosa, temendo este encontro, achando que seria obrigada a censurá-lo pelo que havia ocorrido, e eu realmente não queria fazer isso.

— Não? Mas eu merecia.

— Seria muita hipocrisia da minha parte, não? — sussurrou ela, baixando o olhar para os lábios dele. — Depois que eu...

A voz dela foi sumindo, mas Rex sabia que ela estava pensando em suas próprias atitudes — na própria reação ardente ao beijo. Aquela percepção permeou a mente dele e seu corpo reagiu na mesma hora, porém antes que a sua imaginação começasse a percorrer aquele caminho prazeroso e agonizante, Clara tratou de trazê-lo de volta para a realidade.

— Não estou dizendo que o que fizemos foi certo. — Ela olhou ao redor, certificando-se de que ninguém estava passando por ali para que pudesse ouvi-los. — Se alguém tivesse entrado...

Clara parou de falar, incapaz de verbalizar a possibilidade impensável, e Rex aproveitou a chance.

— Sem dúvida estaríamos em maus lençóis e a culpa teria sido toda minha. Minhas atitudes foram escandalosas.

— Não foi isso que eu disse.

Ela levou a mão enluvada ao pescoço, e o gesto feminino de emoção o impulsionou a se explicar:

— Imploro que não me entenda mal. Não estou dizendo que o beijo não foi maravilhoso, porque foi.

— Sim — ela admitiu delicadamente e suspirou. — Foi mesmo.

— Foi mais do que maravilhoso. Para dizer a verdade, foi como se a terra tivesse tremido. — Enquanto falava, Rex ficou confuso, sem compreender por que estava sendo tão sincero. Descrever como o beijo tinha sido maravilhoso não reforçava em nada o arrependimento e a desculpa que pretendia dar. — Mas — continuou com toda a convicção que pôde —, ainda sustento que foi um erro.

— Concordo. — Ela deixou o braço pender ao lado do corpo, mais à vontade. — Nós não deveríamos ter nos beijado.

— Você quer dizer que eu não deveria — ele a corrigiu. — Por favor, Clara, não continue dizendo "nós". Você não teve culpa do que aconteceu. A culpa foi toda minha, e peço que aceite minhas sinceras desculpas. E se... — Rex fez uma pausa e respirou fundo novamente, mas sabia que tinha que continuar. — Eu não poderia culpá-la se minha atitude gerou expectativas, mas creia-me que se a induzi a pensar em alguma coisa mais séria foi inadvertidamente.

— Me induziu? — Clara franziu a testa, encarando-o surpresa. E quando percebeu o que ele queria dizer, arregalou os olhos. — Você achou que eu esperaria um pedido de casamento? De *você?*

Rex fez uma careta com a ênfase dada à última palavra. Clara começou a rir com gosto, deixando-o sentir-se como um completo idiota.

— Parece que eu não deveria ter me preocupado com isso — murmurou ele, observando-a.

— Oh, céus, não! — Percebendo que Rex não se divertia como ela, Clara parou de rir e deu uma tossidela. — Esteja certo, lorde Galbraith, que essa possibilidade que o assusta nunca passou pela minha cabeça, e se tivesse passado eu a teria chutado para bem longe. Nós dois sabemos que você não é do tipo que quer se casar.

— É verdade.

Apesar de tudo, Rex se desequilibrou de novo e, diga-se de passagem, irritou-se também. Clara era de fato a moça mais enigmática de todas.

— Já eu sou definitivamente o tipo de mulher para se casar.

— Sim, definitivamente — ele se apressou em concordar, meneando a cabeça para enfatizar a importância daquilo.

Houve um silêncio. Ao que parecia, os dois estavam de pleno acordo no assunto, mas ainda assim Rex não estava satisfeito. Era como se ainda faltasse algo por dizer, embora ele não tivesse a menor ideia do que falar em seguida.

— Espero que nossa trégua ainda esteja valendo — disse por fim.

— Claro. — Ela suspirou profundamente ao fitá-lo. — Ah, estou tão feliz que tivemos essa conversa... — E começou a rir de novo.

— Estou me sentindo muito melhor agora. Se bem que... — Houve uma pausa, o sorriso se esvaiu e uma pequena ruga surgiu entre as sobrancelhas dela, o que o deixou preocupado. — De certa forma você estava certo ao dizer que me fez criar expectativas, mas não eram as que você temia.

Rex já ficou de sobreaviso, embora não estivesse muito certo quanto ao motivo.

— É mesmo?

— Você trouxe champanhe na última vez que negociou a paz comigo. — Ela espalmou as mãos enluvadas no ar, querendo demonstrar a falha imperdoável, e o encarou com um pesar jocoso. — Você estabeleceu um padrão muito alto para si mesmo, lorde Galbraith, e agora sinto que terá que conviver com as consequências. Não tenho certeza se devo aceitar suas desculpas se não tiver champanhe para acompanhar.

Rex riu, e com isso a tensão e a culpa com que vinha se martirizando durante toda a semana saíram voando com a brisa quente da primavera.

— Bem, essa é uma expectativa fácil de se resolver — disse ele, ao conduzi-la até a cadeira mais próxima. — Mas só se você parar de se referir a mim usando o meu título e começar a me chamar pelo meu nome. Aliás, é Rex — acrescentou, olhando por cima do ombro enquanto se dirigia até um dos lacaios, que servia champanhe, xerez e limonada. Ele pegou duas taças de champanhe e voltou para o lado de Clara.

— Aqui está — disse, estendendo uma das taças, antes de se acomodar em uma cadeira na frente dela. — Acho que poderei cair nas suas graças novamente depois de uma bebida dessa qualidade.

— Hum — ela murmurou de prazer ao engolir o líquido espumante. — Está uma delícia, mas não sei se minha opinião vale, já que não sei diferenciar a qualidade de um champanhe para outro. Na verdade, a primeira vez que tomei champanhe foi naquela noite no Covent Garden.

— Sim — disse ele, recordando-se da felicidade dela ao descobrir a magia da bebida borbulhante. — Eu desconfiei, mas não consigo imaginar por que você demorou tanto tempo para experimentar.

— Irene achou, e eu concordei, que não beberíamos nada em casa para não encorajar papai a fazer o mesmo. Então, agradeço muito por ter me oferecido meu primeiro champanhe — disse ela, erguendo a taça.

Entre outras coisas.

Ainda bem que ele optou por não proferir em voz alta aquele pensamento pecaminoso.

— É compreensível que você e sua irmã tenham escolhido não beber em casa, mas não sei como você ainda não havia tomado champanhe na casa do duque, já que eles não são abstêmios. Na realidade, estou vendo Lady David tomar um gole de champanhe enquanto falamos.

— Lady David é casada, além de ser uma dama de companhia muito rígida e cuidadosa. Bebo apenas o que é permitido para Sarah e Angela, ou seja, um golinho de vinho durante o jantar, e nenhum champanhe foi servido na casa. Infelizmente.

— Então, já que não está acostumada, é melhor ir devagar — aconselhou ele, rindo, enquanto a via apreciar mais um gole. — Me parece que Lady David está mais liberal hoje — continuou, virando a cabeça para olhar para a mulher que conversava com tia Pet. — Ela está olhando na nossa direção e não parece nem um pouco brava por você estar tomando uma taça inteira de champanhe no meio do dia.

— Sim, bem... Carlotta está amigável hoje.

Rex ficou ressabiado, pois era sabido que a esposa de lorde David Cavanaugh não era das criaturas mais simpáticas, especialmente com sua família maculada.

— É mesmo?

— Você não deveria ficar tão surpreso — disse Clara, rindo. — Carlotta pode ser simpática... algumas vezes.

Rex achou graça na pausa marota que Clara pusera no final da fala.

— E por que ela estaria assim nesta tarde em particular?

— Porque estamos aqui. A família do duque não recebeu muitos convites nesta temporada.

— Ah, sim, o casamento escandaloso da condessa-viúva afetou muito a posição social deles, não foi? — Rex se lembrou do que a tia havia dito sobre a família.

— Foi sim. Os convites de sua tia-avó, para o baile e agora para este piquenique, foram recebidos com muita alegria por todos eles, inclusive Carlotta.

— Bem, se existe uma família que sabe pelo que eles estão passando, é a minha. Meus pais foram os alvos favoritos de escândalos e assuntos picantes de todos os jornais de fofocas londrinos durante anos. — A amargura na voz dele era inconfundível, até para os próprios ouvidos. — Desculpe, não queria ofender o ganha-pão da sua família, Clara.

— Não precisa se desculpar. Você tem todo o direito de se sentir assim. Se servir de consolo, minha família não publicava jornais de fofoca até minha irmã inventar um. Durante algum tempo, o *Weekly Gazette* foi um jornal de fofoca chamado *Society Snippets*, e a única razão pela qual Irene tomou essa atitude foi porque escândalos sociais são muito rentáveis e precisávamos muito de dinheiro na época.

— Outra coisa que entendo perfeitamente — garantiu ele. — Imagino que a bebida tenha transformado seu pai em um empresário pobre.

Ela assentiu com a cabeça.

— Foi meu avô que transformou o Deverill Publishing em um império, mas meu pai conseguiu destruí-lo em menos de uma década. Irene nos tirou da rua da amargura com o *Society Snippets*, mas quando se apaixonou por Torquill, mudou para um jornal comum porque não queria publicar fofoca sobre a família dele. Depois de saber de sua história, entendo que não goste de jornais.

— Cansei de ver os casos amorosos de minha mãe e especulações sobre minha paternidade estampados nas manchetes.

Clara fez uma careta.

— Eu gostava dessas colunas, admito, mas quando vi o que as fofocas causavam às pessoas, e à família do duque em particular, passei a ter aversão. Acho que nunca publicamos nada sobre sua família no *Society Snippets* e... — Ela fez uma pausa e sorriu. — Fico feliz com isso.

— Eu também, se isso faz você sorrir assim. — O sorriso desapareceu no mesmo instante, para desapontamento de Rex. — Não posso guardar tanto rancor dos jornais, não é? — indagou, sentindo que precisava continuar falando. — Falando em Lady Truelove, você recebeu minha coluna ontem? Mandei um mensageiro entregar.

— Recebi sim, e está tão boa quanto a da semana passada. Você tem um talento nato para dar conselhos, mesmo que de vez em quando eu questione a moralidade deles.

O elogio seco o fez reagir com seu olhar mais inocente.

— Meu conselho para o "Sem Palavras em South Kensington" foi imoral?

— Você sabe que me refiro ao que você disse para Lionel. E já que estamos falando desse assunto, não acho que aconselhar um rapaz a arranjar um suposto encontro acidental com seu flerte, caminhando com o cachorrinho mais adorável que encontrar, seja muito honesto.

— Não vejo por que não. O coitado está desesperadamente apaixonado, e a moça mal sabe de sua existência. Ele quer chamar a atenção e começar uma conversa, e um cachorrinho é uma maneira eficaz de conseguir as duas coisas. Seria melhor se fosse um bebê, mas não consigo imaginar um rapaz que queira passear na rua, na frente da moça desejada, empurrando um carrinho. Então, optei pelo cãozinho.

Clara riu.

— Sábia decisão. Mas você sabe que, em uma semana, os apaixonados da cidade inteira estarão passeando por aí com cachorrinhos adoráveis, não é?

— Bem, se eles ficarem com os filhotes, Londres terá menos cachorros de rua e mais jovens casais apaixonados. Não vejo nenhum ponto negativo, a não ser o fato de que todos esperam se casar, coitados. Falando em pessoas que querem se casar — acrescentou, olhando para a tenda. — Vejo que Lady Geraldine Throckmorton está aqui hoje. Dina para os amigos — explicou ele depois do olhar confuso de Clara. — É aquela de cabelo escuro e vestido verde, andando com um poodle branco na coleira.

— Ela é bem elegante, não é? — comentou Clara, parecendo surpresa.

— Muito... Além de ser sofisticada e de estar sempre na moda — ele concordou, quando Clara virou para fitá-lo de novo. — Acho que foi isso que a aproximou de Lionel. Os opostos se atraem. — Rex fez uma pausa e a encarou, apreciando aquela verdade sobre a natureza humana mais do que nunca. — As pessoas costumam ser irracionais nesse aspecto.

— Eu não. — Ela empinou o nariz minúsculo e cheio de sardas, fazendo uma careta. — Eu me apaixonei loucamente por um pastor.

— É verdade — disse ele com um risinho. — Parece que seu gosto mudou desde então.

Rex se arrependeu do comentário na mesma hora. A intenção era ter sido espirituoso se autodepreciando, mas não foi assim que soou, e ele se apressou em explicar:

— Não quis dizer que acho que você esteja se apaixonando por mim. Não faço o seu tipo. Deus sabe como isso já ficou claro para mim... — Ele parou, sentindo-se muito sem graça, algo a que não estava acostumado, e não gostava da sensação. — Como consegue fazer isso, Clara Deverill? Você é a única mulher que conheci que me faz sentir como se eu fosse um menino de escola.

— É certo que hoje estou fazendo você gaguejar. Eu até que gosto.

— Gosta?

— Sim. — Ela abriu aquele lindo sorriso largo só dela. — Geralmente quem gagueja sou eu.

Aquele sorriso não só travava a língua de Rex como também fazia o mundo se inclinar para o lado de novo. Para disfarçar, ele desviou o olhar, imaginando em desespero se aquele estado de torpor iria continua indefinidamente, algo que o impulsionou a terminar o champanhe. Fortalecido, pôs a taça vazia sobre a mesa e prosseguiu com o assunto bem mais seguro de antes:

— Diferentemente de Dina, Lionel não é nem um pouco elegante. Aliás, é bem parecido com Fitz, o cachorro dele — acrescentou, enquanto Clara o encarava, perplexa. — Fitz é um sheepdog e Lionel é como ele, é amigo, anda trotando, é leal... Dina por sua vez é parecida com seu poodle, elegante, esperta e tem um penteado perfeito. As pessoas se parecem com os cachorros que escolhem, não é?

— É mesmo? — Clara inclinou a cabeça, estudando-o. — De que raça você seria?

— Lobo — respondeu ele prontamente, sem perceber que a estava lembrando de sua natureza.

Ela fez uma careta.

— Eu queria saber que raça de cão você seria.

— Um perdigueiro, mais especificamente, mas os de casa não são meus. São do meu pai e são usados apenas para caçar raposas. Em Braebourne, não criamos cães terrier ou labradores, ou qualquer raça mais prática.

Ela riu bastante e ficou séria logo em seguida.

— Como vai seu amigo Lionel? Ele está bem? Ou ainda está sofrendo de amor?

— Na verdade, eu não sei — confessou Rex num tom de voz casual. — Passei para visitá-lo, mas os criados me disseram nas duas vezes que ele não estava recebendo visitas. Não o tenho visto no White quando vou lá. Acho que só restam duas possibilidades, ou o procuro pelos corredores do Parlamento, ou espero ele se acalmar.

— Quer dizer que ele ainda acha que você o traiu?

— Parece que sim. Tenho a impressão de que essa suspeita está se solidificando cada dia mais na mente do meu amigo.

— Mas por que agora?

Rex a fitou antes de responder:

— Já começaram a correr boatos de que me interessei por você. Tenho certeza de que isso reforça a ideia de que fui indiscreto.

Ela mordiscou o lábio.

— Lamento que você tenha se desentendido com seu amigo por minha causa. Talvez eu tenha errado ao interferir, mas o flerte dele, se é que podia ser chamado assim, não era honesto, e de coração, não sinto que Lady Throckmorton tenha terminado o namoro por causa do que escrevi. Inclusive ainda acho que seu conselho foi muito errado.

— Minha esperança era que eles passassem mais tempo juntos para decidir o que sentiam de verdade um pelo outro.

—Você fez tudo para que ele evitasse o horror do casamento.

— Não é verdade. Por favor, Clara, seja justa e lembre exatamente o que eu disse. Primeiro sugeri que Lionel terminasse, já que não tinha certeza se queria se casar, mas quando ele se mostrou relutante, dei outro conselho.

— Um conselho moralmente questionável.

— Mas era melhor do que terminar para sempre, acredito. E bem melhor, muito melhor do que se casar às pressas e se arrepender depois.

— Não sei... O que eles estavam fazendo podia ter gerado sérias consequências, para ela principalmente.

— Imagino que você esteja falando de uma possível gravidez.

— Isso também, mas se eles tivessem sido pegos, ela cairia em desgraça, ruína e vergonha, com ou sem filho.

— Lionel assumiria, faria o que é certo se qualquer coisa assim tivesse acontecido.

— Você parece ter tanta certeza.

— Tenho certeza. Conheço Lionel desde os tempos de colégio. Trata-se de um homem honrado, mesmo que você pense o contrário — disse Rex quando ela ergueu uma sobrancelha, desconfiada.

— Então, não entendo por que ele não pode ter um namoro recatado com Lady Throckmorton, ainda mais agora que sabe que ela quer se casar.

— Depois que duas pessoas atingem um certo grau de intimidade como Lionel e Dina... — Enquanto falava, Rex imaginou se aquelas palavras eram em defesa do amigo ou um lembrete a si mesmo —, caminhadas supervisionadas e um beijo ou dois roubados atrás de cercas vivas não satisfazem mais.

— Ou então poderiam ter o efeito contrário, o suspense poderia servir para aumentar a expectativa.

— Pode ser... — Irresistivelmente atraído, Rex fixou o olhar nos lábios dela e procurou entender por que estava se torturando. — Pelo menos até o pobre coitado se jogar de uma ponte... — murmurou, encostando-se na cadeira. Desesperado para se distrair, desviou o olhar e ficou feliz ao ver lorde James St. Clair vindo na direção deles.

— St. Clair, nossa, você está péssimo.

— Pode acreditar — o outro homem concordou, enquanto se sentava ofegante e desgrenhado entre as cadeiras, caindo de costas na grama. Em seguida virou a cabeça de lado e perguntou: — Por que mesmo não trouxemos a babá, Clara?

— Porque é dia de folga dela — respondeu ela, e depois riu. — Galbraith tem razão. Pelo visto os meninos acabaram com você.

— Isso mesmo, e não me envergonho de admitir. William está com os dois agora, mas se continuar assim, o coitado é capaz de se demitir. Se Torquil voltar e descobrir que perdemos nosso primeiro lacaio ficará furioso.

Rex fez menção de se levantar.

— Posso mandar um mensageiro buscar a babá se ela estiver na casa de Torquil.

— Tudo bem — disse Clara, levantando-se. Rex fez o mesmo imediatamente, forçando St. Clair a ficar de pé. — Deixe a babá ter seu dia de folga, ela merece. Não será trabalho cuidar dos meninos um pouco. — Ela olhou de soslaio para Rex. — Se vocês me derem licença...

— Claro — Rex fez uma reverência.

— Você é uma rocha, Clara! — St. Clair gritou depois que a viu atravessando o gramado na direção dos gêmeos e do pobre lacaio que se esforçava a ajudá-los a empinar as pipas.

— Seu lacaio merece uma boa gorjeta por ajudá-lo a tomar conta dos meninos hoje — disse Rex, virando-se para St. Clair.

— Pode estar certo de que ele será bem recompensado. Com licença, Galbraith, preciso aproveitar essa chance divina e me servir de alguns sanduíches enquanto posso, gostaria de me acompanhar?

— Não, obrigado. — Galbraith balançou a cabeça. — Pretendo comer mais tarde.

Despedindo-se com um aceno de cabeça, St. Clair saiu na direção da tenda na qual os refrescos estavam sendo servidos. Ele mal tinha saído quando Rex recebeu nova companhia. Dessa vez era Hetty, trazendo duas taças de champanhe.

— Tome — disse ela, estendendo uma taça. — Vi que a sua está vazia.

— Você é um anjo, prima.

— Anjo? — Hetty riu, sentando-se no assento no qual Clara estava. — Acredito que essa é a primeira vez que alguém me chama assim.

— E por uma boa razão. — Ele voltou a se sentar e degustou um gole de champanhe. — Por essa demonstração inusitada de preocupação comigo, imagino que tenha algo mais sério em mente — completou, recostando-se na cadeira.

Hetty sorriu sob a aba do chapéu de palha amarelo, enquanto arrumava um cacho de cabelo castanho que tinha se desprendido do penteado.

— Estou curiosa sobre a srta. Deverill — explicou depois de um olhar inquiridor de Rex.

— Ah — disse ele, fingindo que só havia pensado em Clara naquele momento. — Mas por que a curiosidade? Você a conheceu na ópera.

— Uma apresentação rápida antes que você a tirasse da roda. Depois a ópera começou.

Havia um brilho malicioso e sagaz nos olhos verdes de Hetty que o remeteu ao incômodo sentimento que o acometera na noite em questão.

— Não serei muito útil em ajudá-la a saciar sua curiosidade, prima, já que conheci a srta. Deverill pouco antes de você. É melhor perguntar à tia Pet, se quiser saber mais.

— Foi tia Pet quem me mandou aqui. — Hetty fez uma pausa e tomou um gole de champanhe. — Ela acha que você está interessado na moça.

— A esperança é a última que morre.

— A titia é terrível, eu sei. Se isso faz você se sentir melhor, ela age do mesmo jeito comigo, minhas irmãs e meus irmãos, empurrando pretendentes em potencial sempre que pode.

— Não faz. E quanto à srta. Deverill, posso garantir a titia, e a você também, já que também cruza os dedos na esperança de um milagre, que aquela dama não está nem um pouco atraída por mim. — Enquanto falava, a lembrança de estar com Clara naquele sofá voltou a atormentá-lo.

— Céus! Existe uma mulher que resiste a você?

A falta de resistência de Clara uma semana antes seria o grande tormento dele no futuro próximo.

— Por Deus, Hetty, você fala como se todas as moças bonitas de Londres estivessem caindo aos meus pés.

— Você a acha bonita? — indagou ela, arregalando os olhos. — Eu ainda não formei uma opinião, mas parece que você sim.

Rex lançou a ela um olhar contrariado, mas claro que, sendo Hetty, ela o ignorou. Endireitando-se na cadeira, ela se virou e estudou a moça que estava no gramado, segurando um carretel de linha de pipa e conversando com os gêmeos.

— Ela tem uma silhueta adorável — disse Hetty depois de um momento, e suspirou. — Tão delicada... Eu morreria para ter uma cintura fina dessas e essas pernas longas.

Rex contraiu o maxilar, resistindo bravamente à deliciosa contemplação do corpo de Clara se movendo na tentativa de empinar a pipa. Os esforços não deram certo e a pipa caiu quase que imediatamente atrás de uma moita, enquanto ela e os dois meninos caíam na gargalhada.

Eu nunca ficaria entediada se tivesse filhos.

— Ela parece ser um amor.

— Você está sendo maliciosa? — Rex perguntou, tenso.

Sua irritação devia ter ficado evidente, pois até a prima impertinente se encolheu na cadeira.

— Não, Rex. Foi essa a impressão que tive quando a conheci e ainda acho o mesmo.

Ele relaxou com o comentário.

— Só falei porque... mocinhas doces não costumam fazer o seu tipo, só isso.

Atração dos opostos.

— A srta. Deverill e eu somos apenas amigos — ele se apressou em dizer.

— Amigos? — Hetty ergueu uma das sobrancelhas escuras. — Amigos? Você e uma moça... amigos?

O ceticismo de Hetty o deixou na defensiva.

— É tão difícil assim de imaginar?

Ela começou a rir.

— Francamente? Sim! Na realidade, você é muito amigo de um certo tipo de mulher, para desgosto de tia Petunia. Mas duvido que qualquer mulher de reputação suspeita possa ser considerada sua amiga. E você também costuma ser amigo de mulheres que considera fora do alcance, como as casadas, as apaixonadas por outros etc. Sabemos muito bem que você tem como regra não prestar atenção nenhuma em moças solteiras, o que lhe cai muito bem, seu devasso. Então, me conte, como essa garota em especial se tornou sua amiga?

Porque Deus tem um senso de humor irônico.

— Essas coisas acontecem. — Rex deu de ombros.

— Com você, não. — Hetty ficou mais séria. — Cuidado, Rex. Não a magoe...

Rex ficou inquieto, ciente do dano que um homem como ele poderia causar com uma garota como Clara se o desejo que sentia por ela não fosse controlado.

— Eu já disse, a srta. Deverill não tem sonhos ou qualquer outra intenção romântica a meu respeito. Ela sabe bem quem eu sou.

— É disso que eu tenho medo. — Depois de fazer esse comentário enigmático, Hetty se levantou e saiu, deixando Rex observando Clara e lutando contra os dragões da luxúria.

Capítulo 13

Durante o restante do piquenique e na quinzena seguinte, Clara continuou a agir como havia planejado. Toda vez que encontrava com Rex em algum evento social, tratava-o educadamente e com toda a tolerância que havia prometido a si mesma, mas nada além disso. Já Rex se tornou um perfeito pretendente, gentil, interessado, mas sem exageros.

Os textos da coluna do jornal das duas semanas seguintes foram enviados pelo correio. Em uma das raras ocasiões em que conseguiram conversar em particular, ele explicou que se fosse ao escritório toda quinta-feira para entregar as cartas de Lady Truelove, os funcionários começariam a suspeitar da verdade. E apesar de visitá-la de vez em quando na casa do duque, com Carlotta atenta como toda acompanhante adequada, seria impossível até passar um bilhete de qualquer tipo para ela.

A certa altura, o interesse de Rex por Clara foi notado pela sociedade, bem como a indiferença dela, e isso passou a ser assunto para os colunistas de fofoca, que se divertiam às custas dele. Ao mesmo tempo, conforme Rex previra, Clara começou a atrair a atenção de outros rapazes.

A dama, que não tinha acreditado que aquilo era possível, agora estava surpresa com a quantidade de rapazes e membros da família que passaram a lhe fazer convites. Despreparada, foi difícil para ela administrar as novas atenções, mas ela resistiu bravamente à urgência em voltar a se esconder na concha de sua timidez.

Clara fez o melhor que podia para aplicar o conselho que Rex dera à Debutante Inconsolável e ficou pasma ao descobrir que, apesar de não ser tão bonita quanto a irmã, possuía seus próprios atrativos. Vez ou outra voltava a gaguejar durante algumas conversas; no entanto, logo aprendeu a arte de fazer graça com isso. Em todas as ocasiões, procurava deixar de lado a timidez e se esforçava para fazer com que as pessoas ficassem à vontade em sua companhia. Aos poucos foi se sentindo mais confortável com a nova rotina, relaxou e adquiriu uma confiança que nunca tivera antes. Pela primeira vez desde que entrara para a sociedade, começou a se divertir.

No início de junho, no segundo baile da temporada, Clara percebeu como a visão que a sociedade tinha dela havia mudado. Mal conseguiu cumprimentar os anfitriões e pôr os pés no salão quando um dos rapazes, que havia visto algumas vezes nas duas últimas semanas, aproximou-se e pediu para incluir seu nome no cartão de danças dela. Saía um, outro se aproximava, e em 15 minutos seu cartão estava quase todo preenchido.

— Nossa, Clara — comentou Sarah, rindo. — Você é a bela do baile esta noite.

Deliciosamente surpresa e se divertindo, Clara olhou para os nomes no cartão preso em seu pulso.

— Deve ser o vestido — disse, fazendo as amigas rirem, embora soubesse que em parte era verdade.

— Se fosse o vestido, então eu também mereceria algum crédito — disse Angela.

— Você? — indagou Sarah em tom de zombaria. — Fui eu que a aconselhei a escolher a seda cor-de-rosa na *Vivienne* porque o tom lhe cai muito bem.

— Sim, mas fui eu que sugeri que acentuasse o decote — revidou Angela no mesmo instante.

— Só porque lemos isso na coluna de Lady Truelove.

Enquanto as cunhadas discutiam a questão, Clara olhou incerta para seu vestido. Independente do tamanho do decote, duvidava que seu busto inexpressivo fosse razão para seu recente sucesso social. E quando ergueu os olhos, soube que não era nada disso mesmo, pois o verdadeiro motivo de tudo estava a poucos metros dali.

Rex a estava observando com expressão séria, as mãos nos bolsos do fraque e um dos ombros encostado em uma coluna de mármore. Era como se um Adônis moderno e devasso tivesse sido trazido à Terra pelo vento.

Clara prendeu a respiração por um instante. Ao perceber que sua presença havia sido notada, Rex endireitou o corpo e veio na direção dela.

— Boa noite, senhoritas. — Ele as cumprimentou com uma mesura. — Eu teria me aproximado antes, mas esperei a multidão se dispersar com receio de ser atropelado.

A declaração causou risinhos abafados nas mocinhas e, de repente, Angela e Sarah desapareceram, deixando Clara sozinha com Rex.

— Espero não ter demorado demais para pedir que pusesse meu nome no seu cartão de dança. Você está rodeada de gente desde que chegou, escrevendo nome atrás de nome.

— É verdade, não é? — Ela riu. — Impressionante!

— Muito — concordou ele, curvando um dos cantos da boca para cima. — Quem podia ter previsto uma coisa assim?

— Você estava certo — ela admitiu com uma careta. — E agora veio até aqui para se vangloriar?

— De jeito nenhum. Eu já falei por que estou aqui. — Rex inclinou a cabeça na direção do cartão que balançava no pulso dela. — A menos que eu tenha chegado tarde demais.

— Ainda tenho algumas danças livres. — Clara olhou de relance para o cartão. —Tenho duas quadrilhas, uma Roger de Coverly, mazurca...

— Não, mazurca não... Essa é perigosa.

A insinuação fez com que Clara se lembrasse da conversa que tinham tido na primeira vez que haviam dançado juntos, e sorriu. Quando olhou para cima, viu que ele também sorria.

— Você está com más intenções? — perguntou, franzindo a testa e fingindo desaprovação.

— Sempre. — Foi uma resposta perversa, descuidada, impensada, que, por alguma razão, chegou a ferir.

Clara estudou o cartão de dança de novo.

— Tenho também uma valsa, se... — Clara parou de falar, sua voz sumindo ao pensar que estaria naqueles braços fortes novamente. Era apenas uma dança, à vista de todos, e não um beijo íntimo. Mas para ela não fazia diferença, pois ao relembrar o beijo uma onda de calor a invadiu, derrubando a pose recém-adquirida. Com a mão enluvada, ela apertou o cartão, e a antiga timidez oprimiu seu peito, mas ela se forçou a concluir o que tinha a dizer. — Tenho uma valsa... ainda... se... você quiser.

Rex não respondeu, mas quando ela o encarou o sorriso havia desaparecido, e os olhos dele estavam tão azuis quanto o mar no verão.

— Eu quero, Clara.

Ela respirou fundo, enquanto seu coração retumbava com plena força, e virou para outro lado. Recuperou-se logo e pegou o pequeno lápis amarrado ao pulso, mas quando olhou para o cartão, procurando uma linha para escrever o nome dele, surpreendeu-se de novo com a escassez de espaços em branco.

— Pelo menos para mim, é impressionante, sabe — confessou, fitando os nomes escritos a lápis. — Nunca tive um cartão de dança. — Em seguida riu e olhou para cima. — Nunca precisei.

Rex não riu.

— Isso tudo é mérito seu — ela falou sem pensar, mexendo com o cartão. — Tudo isso...

— Não é não — disse ele, apertando os lábios e balançando a cabeça. — Todo botão de rosa desabrocha em algum momento, Clara. Eu apenas estava a seu lado quando isso aconteceu. — Rex continuou a falar sem deixá-la responder. — É melhor pôr logo o meu nome no cartão antes que alguém roube minha vez e eu tenha que chamar o cavalheiro para um duelo ao pôr do sol.

Rex fez uma reverência e se afastou. Clara ficou ali observando a figura de ombros largos se misturar à multidão, pensando no quanto ele estava errado e consciente de que, se estava desabrochando, era por causa dele, por causa do que havia visto naqueles olhos azuis quando eles se olhavam, na voz grave ao pronunciar seu nome e na sensação gloriosa de quando havia sido beijada. Rex tinha despertado emoções que ela nunca havia sentido na vida, emoções que nem sabia que existiam. Se ela era a rosa, ele era o sol, a chuva de verão que a havia feito desabrochar depois de um longo inverno.

Com isso, ela concluiu que talvez os libertinos existissem para esse propósito.

No caso de Clara, um beijo de um rapaz devasso podia tê-la ajudado a desabrochar, mas apenas uma hora depois ela descobriu que não era isso que acontecia com as outras rosas.

Enquanto ajustava as saias no compartimento individual do toalete, duas outras moças entraram no banheiro, uma delas desarvorada.

— Não acredito que ele esteja aqui! — exclamou, soluçando. — Oh, Nan, foi horrível...

— Calma, calma, vai dar tudo certo. Sente-se um pouco e respire... — Houve uma pausa quando a porta foi fechada. — Deve ter sido um choque terrível vê-lo.

— Foi mesmo! Não o vejo desde que terminei o namoro. Achei que tivesse sido atropelada por uma diligência.

Clara mordiscou o lábio, ciente de que era a segunda vez em um mês que ouvia uma conversa alheia e confidencial. Decidiu que era melhor sair e se fazer presente o quanto antes e terminou de se arrumar, mas enquanto abria a porta, a outra moça, Nan, falou novamente, levando-a a mudar de ideia.

— Mas o que Lionel está fazendo aqui?

Clara ficou paralisada com a mão na maçaneta.

— Não sei. Como ele não fez nenhum esforço para falar comigo, eu deveria ignorá-lo, mas não é isso que sinto... — disse a primeira, entre soluços.

— Oh, Dina, minha querida... — A moça chamada Nan tentou contemporizar.

Ao ouvir aquele nome, Clara soltou a maçaneta e ficou onde estava, ouvindo tudo.

— Estamos em um baile beneficente — disse Dina, indignada. — Lionel nunca comparece a bailes públicos. Como ousou vir aqui?

— Ele é um grosso. Quer um lenço?

— Obrigada. — Dina fungou. — Deve ser uma daquelas peças cruéis que o destino prega na gente.

— Talvez Lionel não soubesse da sua presença. Como você mesma disse, ele nunca comparece a eventos de caridade, e você faz parte do grupo de benfeitores.

— Será que ele veio para fazer as pazes?

A voz de Dina estava tão esperançosa que o coração de Clara se confrangeu de compaixão.

— É possível. Se bem que também pode ter sido apenas uma mera coincidência. Nem todo mundo se dá ao trabalho de ler a lista dos patronos antes de comprar os convites. Além do mais... — Nan hesitou, mas acabou perguntando: — Não me leve a mal, querida, se eu questionar, mas você quer mesmo voltar com ele? Quero dizer, foi você quem terminou o namoro...

— Ah, ele mereceu! Quando ouvi aquele discurso ridículo, tão igual ao que Lady Truelove tinha escrito, foi muito estranho.

Nem tanto, pensou Clara fazendo uma careta.

— Achei que Lady Truelove estivesse se dirigindo a mim — prosseguiu Dina —, e não àquela outra pobre garota. Sei direitinho o que Lionel estava tentando fazer, aquele patife.

— Você fez bem em desmascará-lo.

— Será? — Dina soluçou. — Depois que o vi hoje, já não tenho mais tanta certeza.

— Ah, minha querida...

Silêncio. As duas amigas provavelmente tinham se abraçado.

— Eu sabia que estava me expondo bastante quando disse que o amava. Eu não deveria ter confessado primeiro.

— Uma mulher nunca deve ser a primeira a se abrir dessa forma. Tome, pegue outro lenço...

— Falei sem pensar. E quando ele disse que me amava também, claro que imaginei que estava tudo resolvido e que nos casaríamos. Não é isso o que acontece quando duas pessoas se amam?

Dina está começando a se sentir culpada.

As palavras de Rex naquela tarde no escritório do jornal reverberaram na cabeça de Clara, que imaginou o quanto a culpa teria influenciado nas decisões e ações de Dina. Talvez mais do que isso, ela fora forçada a ceder mais do que imaginara.

Eles se conhecem há apenas um mês. Você acha que é tempo suficiente para se comprometerem para o resto da vida?

— Bem, sim — disse Nan, tirando Clara da lembrança da conversa que tivera com Rex semanas antes. — Geralmente o casamento é a escolha mais comum, mas não que seja necessário para vocês dois. Você é viúva, e se for discreta, se tomar as precauções necessárias, não há por que não retomar do ponto onde pararam, não é? Claro que há riscos, mas você já os conhece...

— O problema é esse — interrompeu Dina. — Não quero voltar ao que era antes. Ah, no começo não havia problema, era muito excitante e divertido, mas agora é diferente. Eu o amo.

— Então você quer mesmo se casar com ele?

— Eu não sei! Tenho certeza de que Lionel estava sendo sincero quando disse que me amava, mas depois daquele discurso ridículo, como posso acreditar que ouvi a verdade? Depois que ele tentou me enganar, como posso confiar nele de novo? Se eu não tivesse lido a coluna de Lady Truelove naquela tarde, teria caído na conversa direitinho! Ela estava certa ao dizer que "quando um homem se declara a uma mulher, ele deve demonstrar cortejando-a de maneira honrada". Oh, Nan, isso não é pedir muito, não é?

Claro que não, Clara respondeu mentalmente, aumentando a empatia por Dina. Com certeza alguma coisa podia ser feita para instigar Lionel a se portar como um homem íntegro.

— No entanto, duvido que adiante — disse Dina, suspirando. — Está claro que ele não está disposto a tomar a atitude correta.

— Você quer ir embora? — perguntou Nan. — Devo pedir que tragam a carruagem?

— Fugir como um coelhinho? Nunca. Estou melhor agora. Não tenho intenção alguma de sair só porque ele está aqui. Vamos voltar ao salão... Não, espere. Eu pareço assustada?

— Não tanto, mas... Tome. Passe um pouco do meu pó de arroz no rosto. Isto faz maravilhas. Um pouquinho disso e não vai parecer que você estava chorando.

O pó devia ter resolvido a questão, pois pouco tempo depois Dina suspirou e disse:

— Ah, bem melhor. Estou me sentindo eu mesma de novo.

— O que vai dizer se Lionel se dirigir a você?

— Se ele não estiver disposto a ter um namoro recatado, não há nada o que dizer.

A observação contundente foi finalizada com uma batida da porta. Clara esperou um pouco mais e quando não ouviu mais nada, saiu. Não havia mais ninguém ali, além de uma criada.

Clara parou diante de uma das pias de mármore, pensando no que acabara de acontecer enquanto lavava as mãos. Pelo que ouvira da conversa das amigas, ficou evidente que Dina ainda estava apaixonada por Lionel e que queria provas para poder voltar a confiar a ele seu coração e seu futuro, antes de decidir se queria mesmo se casar. Rex sabia que Lionel amava Dina, mas não tinha certeza de que eles haviam convivido tempo suficiente para se casarem. Se esse ainda fosse o caso, talvez alguma coisa pudesse ser feita para unir aqueles dois. Rex e ela teriam que tomar uma atitude, já que os dois eram orgulhosos e estavam magoados demais para isso. Sem mencionar que eles haviam sido os responsáveis por separar o casal.

Pouco tempo depois, entretanto, enquanto dançavam a valsa, Rex se mostrou desfavorável àquela ideia.

— Escutar conversas dos outros é um costume seu? — indagou ele, enquanto rodopiavam pela pista de dança. — Ou apenas as conversas dos meus amigos?

— Estou falando sério. Dina está arrasada, Rex.

— Pode ser, ou então ela está vendo que Lionel está circulando de novo, divertindo-se, e se arrependeu de tê-lo deixado de lado.

— E ela seria uma desmancha-prazeres, mas não acho que seja isso. Dina está magoada e confusa por ele não querer agir corretamente.

— Talvez. Mas o que nós temos a ver com isso?

— Nós causamos essa situação. Isso mesmo, nós — enfatizou ela, quando ele ergueu uma das sobrancelhas com um ar irônico. — Será que não podemos fazer nada?

— Acho que fizemos o suficiente, você não acha?

— Nós os separamos. Não podemos uni-los de novo?

— Com qual finalidade? — Rex encolheu os ombros.

— Ora, para que ele a corteje formalmente. E a peça em casamento — acrescentou ela com firmeza quando Rex resmungou.

— Essa não é uma aspiração de um homem em sã consciência. E Lionel, posso garantir, é muito lúcido. Você se esqueceu de que ele me pediu conselho para evitar o casamento?

— Você poderia persuadi-lo.

— E mandar um homem para o inferno antes de ter morrido? Por que eu faria isso?

— Você disse que não é contra o casamento para todos.

— Eu apoio meus amigos só quando eles têm certeza de que é isso que querem, e um mês não é tempo suficiente para ninguém estar certo de nada.

— Agora já faz dois meses.

— Segundo a conversa que você ouviu entre Dina e a amiga, eles não têm se visto. Além do mais — ele continuou antes que ela respondesse —, mesmo que eu quisesse ajudá-los a ficarem juntos, não teria oportunidade. Conforme você mesma deve ter notado, Lionel ainda não está falando comigo.

— Mais um motivo para fazermos alguma coisa. Tentar reuni--lo com a mulher amada não seria uma maneira excelente de se reaproximar?

Rex blasfemou e suspirou em seguida.

— Imagino que você já tenha um plano para conseguir esse milagre.

— Você já tinha um plano, lembra? Seu amigo é discreto? Se eu fizer o que você tinha me pedido, explicando para ele o que realmente aconteceu, será que ele manteria meu segredo?

— A razão principal de ele ter ficado tão bravo comigo foi por causa da minha suposta falta de discrição, sendo que ele próprio não é do tipo de repetir o que ouve. Se você contar sobre Lady Truelove e pedir segredo, Lionel não dirá uma palavra a ninguém. Mas a essa altura, ele nunca acreditará no que disser. É sabido que estou cortejando você, e tenho certeza de que Lionel está mais convencido do que nunca de que fiz intriga e você usou o assunto na coluna. Como ele poderia pensar diferente?

— Pelo fato de que você nunca teria me cortejado se eu o tivesse usado de maneira tão desprezível?

— Pode ser que sim, suponho. Mas você terá que ser muito convincente quando explicar o que aconteceu de fato.

— Não é difícil ser convincente quando se diz a verdade.

— Não será totalmente verdade. Imagino que você não vai contar que estou escrevendo a coluna agora.

— Claro que não. Isso só confirmaria as suspeitas dele. Vou deixar que pensem que ainda sou Lady Truelove. O que acha? — ela quis saber quando Rex não se manifestou. — Você vai ajudar?

— Ficarei muito feliz por ele saber o que ocorreu de verdade e mais feliz ainda se isso me ajudar a fazer as pazes com meu amigo. Mas quanto ao resto, não tenho certeza se é certo interferir.

— Bem, esse é um dos problemas de aconselhar uma pessoa. Você acaba sendo responsável pelas consequências.

— Essa é boa, vindo de você — disse ele com indiferença.

Clara o fitou com ironia.

— Qual você acha que foi a razão principal de eu não querer ser Lady Truelove? Tentar que eles tenham um namoro recatado é o mais certo a se fazer.

— Essa é a sua perspectiva, mas não é só isso. Como já falei no piquenique, eles já atingiram um certo grau de intimidade. Seria muito difícil suportar um namoro recatado cheio de restrições. Nenhum dos dois toleraria uma situação assim agora, pelo menos não por muito tempo. Se os ajudarmos a voltar às boas, não dou 15 dias para que se rendam às regras da sociedade e apressem o casamento, tudo o que eu queria que não acontecesse; ou então a paixão vai acabar e eles voltarão aos encontros furtivos em hotéis londrinos modestos, situação que você consideraria imoral e indecorosa.

— Ela está inconsolável, Rex, e achou que Lionel voltaria depois que o namoro terminou e tomaria a atitude mais acertada. Dina tem o direito de esperar um namoro às claras de um homem que se diz apaixonado, não?

— Ah, meu Deus... — Ele suspirou, inclinando a cabeça para trás e olhando para o alto como se estivesse falando com Deus. — Mulheres são o diabo em pessoa. — E encarando-a de novo, continuou: — Se eu concordar com isso, quero que fique claro que a decisão final é deles e não será mais da nossa conta. Caso eles decidam retomar o namoro às escondidas, não quero ouvir uma palavra sua de que Lionel está sendo desonesto.

Clara consentiu com um sinal de cabeça e, levantando a mão do ombro dele, fez o sinal da cruz sobre o coração.

— Juro que não direi uma só palavra. Mas — ela não se conteve em acrescentar — se eles decidirem se casar, você terá que vestir seu melhor fraque, ir ao casamento, discursar sobre o amor verdadeiro e uma união feliz. Você disse que faria, se fosse o caso.

— Nem me lembre disso...

Clara ignorou o comentário.

— A questão agora é: como faremos Lionel ouvir tudo o que tenho a dizer?

— Esse é o primeiro obstáculo, concordo.

Rex fez uma pausa e durante várias voltas pelo salão, os dois ficaram em silêncio.

— Acho que há um jeito... — disse ele por fim. — Sei que você está muito sociável esta noite, mas ainda há espaço no seu cartão de dança?

— Acho que tenho a dança logo depois desta. — Clara soltou a mão dele e balançou o cartão preso em seu pulso esquerdo. — Por quê?

— Lionel vai pedir para dançar com você.

A previsão surpreendente ficou suspensa no ar quando a valsa terminou. Os dois se separaram, fizeram as devidas reverências, mas conforme Rex a escoltava de volta, Clara apontou uma falha óbvia naquela ideia.

— Seu amigo não me conhece, não fomos sequer apresentados!

— Esteja certa de que esse é o menor dos nossos problemas.

— Ele nunca me convidará para dançar — disse ela, quando pararam ao lado de Angela e Sarah. — Por que o faria?

— Diz a garota que está com o cartão de danças cheio.

— Você sabe o que quero dizer. Tenho certeza de que ele me culpa pelo que aconteceu, independentemente do meu sucesso de hoje. Que razão teria para me convidar para dançar?

— Para me deixar enciumado, claro. — Rex se curvou sobre a mão dela e, ao se levantar, ela reconheceu aquele brilho maroto nos olhos expressivos dele que fazia seu coração bater em total descompasso. — Se ele fizer você sorrir, Lionel terá atingido o objetivo.

— Bem, fiz o que você pediu. — Hetty balançou a cabeça em sinal de perplexidade ao se aproximar de Rex na extremidade da pista de dança. — Confesso que não entendi por que me pediu para apresentar Clara a Lionel Strange. Olhe o que aconteceu. — Ela acenou a mão na direção do salão. — Ele a convidou para dançar.

— É mesmo?

— Algo que não me parece ser surpresa para você — Hetty murmurou, encarando-o. — Você queria que ele a convidasse? Por quê? — perguntou, quando ele assentiu com a cabeça. — Por que você faria isso?

— Sei o que estou fazendo — garantiu Rex, mas o destino estava disposto a testá-lo, pois assim que Clara sorriu para Lionel, ele sentiu em seu peito um instinto primitivo de rosnar, da mesma forma como havia se sentido quando os rapazes londrinos a cercaram, convidando-a para dançar.

Se não quisesse ser masoquista, Rex teria fugido para a sala de jogos de cartas, mas nesse caso era obrigado a observá-la dançando com outro homem e, apesar de não negar os ciúmes, preferiu não se questionar muito, pois não podia fazer nada a respeito. Ainda assim, não pôde evitar ficar tranquilo em saber que o coração de Lionel pertencia a outra mulher.

— Sabe mesmo, Rex? — Hetty questionou, trazendo-o de volta à conversa. — Você sabe o que está fazendo? Lionel Strange é um dos solteiros mais cobiçados de Londres. Não que tenha muito dinheiro, mas sendo um parlamentar, ele tem uma renda. E pelo que sei, está em ascensão no Partido Trabalhista. Ele pode vir a ser Secretário de Estado um dia. Sem falar que é um homem muito bonito, e assim como o pai da srta. Deverill, vem da classe média. Na realidade, muita gente consideraria que Lionel e srta. Deverill formam um casal perfeito.

Rex não respondeu.

— Ah, eu não entendo você mesmo! — gritou Hetty. — Achei que você gostasse dessa moça.

— Eu gosto. — Os dragões da luxúria soltavam fogo dentro de Rex, lembrando-o do quanto aquilo era verdadeiro. — Mas somos apenas...

— ...bons amigos. Você já disse isso. Mas desde que vocês dois conversam em todos os bailes e você aceita todos os convites para eventos nos quais ela estará, a sociedade deve achar que há bastante entusiasmo no ar. — Hetty olhou para a pista de dança e para ele de novo. — Se bem que tenho observado que o interesse dela não é tão grande quanto o seu.

Rex pensou naquela tarde no sofá e na maneira apaixonada como Clara correspondera ao beijo. Primeiro veio a culpa, mas ela foi logo substituída pelo desejo. Ele se agitou e desviou o olhar.

— Uh lá lá — murmurou Hetty, observando-o com atenção. — Talvez a situação tenha se invertido, finalmente.

Rex contraiu o maxilar, tentando recuperar a dignidade, tarefa difícil quando seu corpo ardia com a lembrança do beijo de Clara.

— Isso é absurdo.

— Será? Talvez Lionel esteja dançando com ela para roubá-la de você.

Apesar do turbilhão que ele sentia, a suspeita quase o fez rir.

— Você não soube o que aconteceu no baile de tia Pet? Lionel me deixou inconsciente.

— Ah, mas vocês são amigos há muito tempo. Qualquer que tenha sido o motivo da briga, a esta altura é óbvio que vocês já fizeram as pazes. Só pode ser, porque caso contrário você não teria empurrado a srta. Deverill, uma moça por quem você está visivelmente apaixonado, para os braços de um homem que combina tão bem com ela.

Rex não respondeu, e depois de alguns minutos Hetty suspirou, irritada.

— Ah, está bem, já que está claro que você não está disposto a me dar nenhum detalhe, vou me retirar para jantar.

Hetty se afastou, e Rex voltou a prestar atenção na pista de dança, afastando as lembranças daquela tarde no sofá com Clara, mesmo enquanto a procurava entre os pares. Quando a viu, percebeu que Lionel estava prestando atenção no que Clara dizia, o que era um bom sinal.

Quando a dança terminou, Lionel a acompanhou para fora da pista e meneou a cabeça para Rex. Um sinal bem encorajador, mas só quando Clara também acenou com a cabeça a caminho do jantar ele começou a acreditar que eram grandes a chances de Lionel perdoá--lo e de que o plano talvez tivesse dado certo mesmo.

Não que ele tivesse a mesma visão romântica de Clara sobre um final feliz, mas acabou decidindo que aquela seria uma batalha para um outro dia.

Capítulo 14

DEPOIS DO BAILE BENEFICENTE DE lorde e Lady Montcrieffe, a temporada de Clara deu uma reviravolta. No dia seguinte os convites começaram a chegar sem parar e nas semanas seguintes ela se viu ocupada com compromissos desde o desjejum às primeiras horas da madrugada. Almoços, piqueniques, eventos beneficentes, chás e festas ao ar livre preenchiam seus dias; à noite, jantares, teatro, ópera, coquetéis no Savoy e bailes. O ritmo ficou tão intenso que se ela pensasse apenas em si mesma, talvez tivesse que recusar alguns convites para poder descansar.

No entanto, a família do duque se beneficiava bastante de sua ascensão social, já que quase todos os convites os incluíam também, e ela não tinha coragem de recusar qualquer oportunidade de ajudá-los.

Quanto a Rex, continuava a tratá-lo da mesma maneira indiferente de antes, enquanto ele continuava a fazer o papel de pretendente interessado. No entanto, para Clara, a farsa ficou mais difícil de ser mantida depois do baile. Volta e meia a imagem de Rex com um dos ombros encostado na pilastra de mármore e com a fisionomia séria sempre lhe vinha à mente, gerando uma dorzinha doce que atingia seu peito.

De vez em quando ela o flagrava fitando-a da mesma maneira daquela noite — um olhar que atravessava uma sala de estar, ou uma mesa de jantar — e a voz dele, grave e intensa, reverberava nos ouvidos dela.

Eu quero, Clara.

Em algumas noites, Rex invadia seus sonhos — os lábios carnudos sobre sua boca, o abraço apertado, o corpo rígido sobre o seu —, e quando acordava de repente, ela sentia os lábios formigando e o corpo dolorido como se estivesse com febre. Deveria ter sido mais fácil relegar a segundo plano aquela tarde proibida com o passar dos dias, mas o tempo só fazia a memória criar raízes mais profundas.

Quanto aos esforços de ambos para que Dina e Lionel reatassem, Rex contou que o amigo e ele tinham dado uma trégua, mas que não sabia se o namoro do casal estava progredindo. Rex continuava a mandar a coluna de aconselhamento de Lady Truelove para o jornal pelo correio, e Clara nunca vira necessidade de mudar uma palavra sequer do que estava escrito. Os conselhos para os apaixonados londrinos eram sempre precisos e moralmente aceitáveis, se bem que ela não saberia dizer se era por causa da própria influência ou não.

Clara tentava ficar no jornal pelo menos uma ou duas horas por dia, mas nem sempre conseguia. Certa manhã, 15 dias depois do baile dos Montcrieffe, olhando para o calendário, ela viu que fazia quatro dias desde sua última visita a Belford Row. Pior, era sexta-feira, o que significava que ainda não tinha lido a coluna de Rex e que não tinha revisado o layout do jornal da semana. O sr. Beale devia tê-lo montado no dia anterior e provavelmente estava sobre sua mesa, aguardando aprovação. Podia ter sido isso, ou o sr. Beale tinha usado a ausência dela como uma desculpa para abusar da própria autoridade e aprovado ele mesmo. Quem sabe até não teria lido a coluna de Lady Truelove daquela semana e editado sozinho. Pensando nisso, Clara sabia que precisava ir a Belford Row.

Verdade seja dita, seria um alívio se afastar um pouco dos almoços e festas e desfrutar de um momento de paz e tranquilidade em seu pequeno escritório. Depois de cancelar todos os compromissos da tarde, ela pegou um táxi e foi para o jornal.

Mas assim que chegou ao escritório, percebeu que paz e tranquilidade seriam as últimas coisas que teria. Mal havia aberto uma fresta da porta quando a voz enraivecida do sr. Beale a alcançou.

— Este é o pior artigo que já li na minha vida, srta. Trent! A senhorita chama isso de jornalismo? Isto é um lixo, é superficial e previsível.

— Superficial e previsível? — uma voz feminina contestou. — Não seria redundância demais, senhor?

A resposta arrogante provocou risinhos nas funcionárias, mas quando Clara abriu a porta totalmente, viu que o sr. Beale não estava achando graça nenhuma. Ao contrário, estava furioso com a pequena Elsa Trent, e a fisionomia amarga de sempre tinha sido tomada por uma indignação inconfundível.

— O que está acontecendo aqui, sr. Beale? — inquiriu Clara ao pôr os pés no escritório.

As outras moças olharam para ela, mas o sr. Beale a ignorou solenemente, nem sequer olhou em sua direção.

— Eu me recuso a aceitar isto, senhorita — disse ele a Elsa, chacoalhando um maço de folhas no rosto da moça. — Ler isto foi difícil, editar é impossível. Jogue fora e recomece.

— Mas não sei o que há de tão errado. Se ao menos o senhor pudesse me dizer...

— Faça de novo — ele a interrompeu —, e se eu ouvir mais uma reclamação a senhorita pode procurar outro emprego.

Dito isso, ele jogou as folhas no rosto de Elsa.

Clara sentiu uma raiva imensa entrar em ebulição dentro de si e, sem pensar, bateu a porta e atravessou a sala, postando-se entre Elsa e o sr. Beale, em meio às páginas do artigo que flutuavam pelo ar ao redor deles.

— Já chega! Sr. Beale, pare com essa agressão descabida à srta. Trent imediatamente.

— Agressão? — Ele parou de repreender Elsa e olhou de cara feia para Clara. — Eu é que estou sendo agredido, srta. Deverill, quando tenho que editar histórias tontas de mulheres fúteis que não sabem escrever e ainda sofro insolências quando peço mudanças no texto. Mas o mais irritante de tudo — acrescentou, antes que Clara abrisse a boca para contestar —, é que tenho que me reportar para uma pirralha com a metade da minha idade e nenhuma fração da minha larga experiência. — Ele a mediu dos pés à cabeça com um olhar de desdém e continuou: — E ainda por cima ser repreendido por alguém que não merece o meu respeito quando tento exercer minha autoridade de direito. Isso é inaceitável. É...

— O senhor tem razão — Clara o interrompeu, sabendo que expressava toda a sua raiva no tom de voz e cortando a empáfia dele no mesmo instante. — É inaceitável mesmo, tanto que, na verdade, não consigo pensar em nenhuma razão para que eu tenha de tolerar o senhor por nem um minuto a mais.

A escolha de palavras de Clara foi certeira. O sr. Beale contraiu o maxilar e arregalou os olhos, e ela teria achado a expressão do rosto dele cômica se a raiva não estivesse congelando o sangue em suas veias.

— Sr. Beale, faz três meses que relevo seu jeito belicoso, sua arrogância e falta de consideração com as outras pessoas que trabalham aqui — disse, saboreando cada palavra. — Passei tempo demais me esforçando para entender seu ponto de vista e para ignorar seus comentários depreciativos. Mas ao repreender uma de nossas funcionárias — prosseguiu, quando o sr. Beale tentou contestar — de maneira cruel, o senhor passou dos limites. — Antes de continuar ela respirou fundo e soltou o ar, chegando a ficar tonta. — Sr. Beale, o senhor está demitido.

— A senhorita não tem autoridade para me despedir.

— Ah, não? — Ela riu, refestelando-se mais do que deveria com o momento, considerando os problemas que a atitude causaria, mas sabendo que nunca se arrependeria, independentemente do que viesse a acontecer. — Quem vai me impedir? — Ela o mediu da cabeça aos pés com desprezo. — O senhor?

— Como já falamos várias vezes, não trabalho para a senhorita. Fui contratado com o acordo de trabalhar para o seu irmão...

— Mas meu irmão não está aqui — ela o interrompeu, abrindo os braços para mostrar os arredores. — Eu estou. Como sou a única Deverill por aqui e tenho autoridade para agir, estou rescindindo seu contrato a partir de agora. — E quando ele tentou intervir, ela foi categórica: — O assunto não está aberto a discussão.

— Eu me recuso a aceitar. Vou procurar o seu pai.

— Faça isso. — Clara começou a rir de novo, dessa vez mais alto, porque sua alegria chegava ao júbilo, levando-a a imaginar por que sempre tentara ficar em paz com aquele homem, trabalhar com ele ou mesmo tolerá-lo. Com isso em mente, ela fez um sinal com a mão na direção da escada. — Fique à vontade. Ele está lá em cima na sala de visitas. Tenho certeza de que ele será solidário, dizendo que fui injusta e como as mulheres podem ser difíceis e não cooperativas. É capaz até de ele oferecer uma bebida ao senhor, mas não espere que ele mude minha decisão. Meu pai não tem autoridade legal para tanto e, sejamos francos, nem sequer tem vontade.

— Ele é dono desta casa...

— Mas não tem o controle e nem é dono do jornal. Sem falar que ele não é meu dono e nem me controla também. Agora saia daqui imediatamente. Seus itens pessoais e todos os pagamentos que lhe são devidos serão enviados para sua casa até o final do dia. Não espere por carta de recomendação, porque não haverá nenhuma. E não me obrigue a chamar a polícia — ameaçou, quando ele deu um passo à frente com os punhos cerrados.

O sr. Beale ficou ali parado por um momento, fulminando-a com os olhos, movimentando o maxilar com os dentes cerrados. Clara o encarou com a mesma intensidade, sem piscar. Depois de alguns minutos ele se virou, praguejou e saiu pisando duro, parando apenas para pegar sua capa e sair batendo a porta.

O som reverberou como se tivesse sido um tiro disparado na sala silenciosa, mas ninguém se moveu. As outras três moças fitaram Clara com os olhos arregalados, atônitas, aparentemente sem saber o que dizer.

Clara respirou fundo, ainda abalada depois da façanha, e olhou ao redor.

— Por acaso o sr. Beale tem sido abusivo assim sempre que estou fora?

As moças se entreolharam e não disseram uma só palavra, mas a reação foi eloquente para Clara.

— Sinto muito e peço desculpas. Embora eu saiba que não há perdão por ter negligenciado meu dever com vocês e com o jornal. Nunca nenhuma de vocês deveria ter de suportar um comportamento constrangedor desse tipo, seja de um homem ou de uma mulher. Se isso voltar a acontecer, vocês precisam me notificar imediatamente. Prometo que não haverá problema algum e que nunca sofrerão retaliação por isso. Da minha parte, farei o melhor que puder para não negligenciar a equipe de novo. — E virando-se para a secretária: — Evie, ligue para a Agência de Emprego Merrick e informe a srta. Merrick que precisamos de um novo editor para o jornal. Deixe evidente que deve ser alguém que, além de ter conhecimento e experiência, deve aceitar bem trabalhar sob a autoridade de uma mulher e, quando necessário, supervisionar uma equipe feminina. Como a srta. Merrick é dona da empresa, acho que ela, melhor que qualquer outra pessoa, vai entender a razão dessas exigências.

As três moças presentes começaram a rir, desfazendo o clima de tensão.

— Hazel, como você já vestiu o casaco, imagino que esteja de saída para o almoço, não é? — Clara se dirigiu à jovem loira, ao lado da srta. Huish. — Os anúncios já estão prontos para a diagramação?

— Sim, srta. Deverill.

— Sendo assim, na volta você pode montar um anúncio de oferta de emprego para um novo editor para o jornal.

— Sim, senhorita. Posso até trabalhar durante meu horário de almoço.

Clara sorriu.

— Agradeço o sacrifício, mas acho que podemos esperar uma meia hora. Depois de montar o anúncio, traga-o para eu revisar. Depois de aprovado, Evie tratará da publicação nos jornais adequados.

— A senhorita acha que os concorrentes irão publicar nosso anúncio? — perguntou Evie.

— Alguns não, mas outros sim, especialmente os grandes jornais do Norte. Tente falar com o *Manchester Daily Mail* e o *Leeds Gazette* para começar. Depois tente todos os jornais de lorde Marlowe; é provável que até os jornais londrinos dele aceitem um anúncio desses. Marlowe nunca precisou ter medo de perder seus funcionários para a concorrência. Além disso — ela acrescentou, voltando a atenção para Hazel —, monte também um anúncio de um quarto de página na edição dessa semana do *Gazette*, convidando candidatos qualificados para participarem do processo de seleção.

— Como faremos com o layout? — indagou Hazel. — O sr. Beale já tinha montado e não há espaço para outro anúncio, principalmente desse tamanho.

— Vou refazer o layout. Hazel, você monta o anúncio e eu dou um jeito de encaixá-lo. Um quarto de página completo.

— Sim, senhorita. Vou só comprar um sanduíche e uma maçã e volto em seguida.

Hazel saiu e Clara se virou para Elsa, cujo último artigo tinha sido o catalisador daquele confronto, pois ainda não havia tido oportunidade de instruí-la.

— Sinto muito, srta. Deverill — Elsa se antecipou. — Minha intenção não foi ser insolente com o sr. Beale. De verdade. E agora estamos sem editor. Sei que a culpa dessa confusão toda é minha...

— Elsa, por favor, não se desculpe. O que aconteceu não foi culpa sua. Aquele homem é impossível e achei que você reagiu da maneira adequada, dadas as circunstâncias. Sei que o aguentei por tempo demais, mas garanto que não perdemos muito com a partida dele. Mas se você acha que alguma crítica durante aquela falação toda foi útil, tente ser bem sincera consigo mesma quanto a isso, peço que a incorpore ao seu artigo. Quanto ao resto do que aquele homem horrível falou, deixe de lado, está bem? Assim que tiver terminado de rever o trabalho, datilografe uma prova final e deixe sobre a minha mesa — acrescentou, enquanto Elsa concordava meneando a cabeça.

— Então a senhorita será nossa nova editora até que outra pessoa seja contratada?

— Terei que ser.

Elsa sorriu, aliviada com a notícia. Mas Clara não estava tão feliz assim, sabendo que o cargo de editora era árduo e difícil mesmo para uma pessoa com experiência, e ela não tinha tanta confiança de que conseguiria desempenhar a função a contento. Conforme havia dito a Rex, um editor bom era como uma commodity rara, e provavelmente ela levaria um bom tempo para encontrar a pessoa certa, o que talvez significasse que sua primeira temporada na sociedade tivesse chegado ao fim.

Por outro lado, quando se lembrava da expressão chocada do sr. Beale, sabia que perder o restante da temporada era um preço pequeno a pagar. E mais importante que isso, sabia também que não importava quantos erros cometesse em seu novo cargo, nunca mais cometeria o pior de todos. Nunca mais confiaria no julgamento de outra pessoa mais do que no dela mesma, incluindo o de sua amada irmã.

⊸☙⊷

Rex nunca fora do tipo de ficar se torturando, mas depois do baile dos Montcrieffe percebeu que isso tinha virado um hábito, pelo menos no que dizia respeito a Clara.

Nas duas semanas seguintes ao baile, passara a maior parte do tempo procurando-a no meio da multidão em todos os eventos em que ambos estivessem participando. Sempre que a via por acaso, ela estava conversando com outro homem. Havia uma regra de etiqueta que evitava que eles se sentassem lado a lado em um jantar, e apesar de ela reservar uma música para dançarem juntos todas as vezes, nem sempre era uma valsa, para azar dele. Como consequência, desde o baile dos Montcrieffe, Rex passara a maior parte de seu tempo calcando o ciúme, ou a luxúria, embora soubesse que não tinha esse direito, e depois de duas semanas ele estava em um estado de extrema frustração, com vontade de jogar tudo para o alto e procurar um emprego mais relaxante para o corpo e a mente dele — pugilista, quem sabe, ou domador de leões.

Depois de uma quinzena dessa frustração houve um certo alívio, mas o humor dele tinha piorado muito. Clara havia sumido dos eventos sociais e depois de não tê-la visto durante uma semana, decidiu averiguar o que estava acontecendo. Durante o intervalo de uma ópera, perguntou a Lady David sobre Clara e soube que ela estava bem, mas que havia sido obrigada a voltar para casa por motivos inesperados e por tempo indeterminado. Não adiantou fazer pressão para obter mais detalhes, e sem saber se ficava preocupado ou desesperado, Rex resolveu procurar Clara e ouvir dela mesma quais tinham sido as razões inesperadas que a fizeram sumir.

Desconfiando de que podia ter alguma culpa naquele afastamento, ele comprou uma garrafa de champanhe, saiu de Covent Garden e tomou um táxi para Belford Row.

Ao chegar à propriedade, viu pelas janelas que o escritório da frente estava escuro e vazio, mas havia luz no escritório de Clara no final do corredor, e concluiu que ela devia estar trabalhando até mais tarde.

A porta estava destrancada e Rex entrou, mas quando a chamou não houve resposta. Mesmo assim, decidiu apagar a lamparina antes de se anunciar à porta, pois uma lamparina acesa em um cômodo vazio representava risco de incêndio. Enquanto atravessava o escritório da frente, pensou em passar um sermão em Clara por deixar lamparinas acesas e portas destrancadas, mas quando entrou no escritório e a encontrou debruçada sobre a mesa, dormindo profundamente com a cabeça deitada sobre uma das mãos, segurando o lápis com a outra, a repreensão morreu em seus lábios.

Rex tirou a cartola, deu um passo à frente e parou, perguntando-se se deveria acordá-la ou não, mas deixá-la dormindo de mau jeito, curvada sobre a mesa, não parecia uma boa ideia.

Antes que ele decidisse o que fazer, Clara acordou de supetão, talvez por instinto. A cadeira de rodinhas foi para trás com o movimento brusco, que também fez com que um cacho de cabelo se desprendesse e caísse sobre o rosto delicado dela.

— Rex? — Clara afastou o cacho e piscou, ainda sonolenta. — O que você está fazendo aqui?

— Um namoro, mesmo que simulado, requer a participação de duas pessoas, não é?

Ela suspirou e puxou a cadeira para mais perto da mesa.

— Sinto muito, mas tenho andado muito ocupada com o jornal.

— Ah... — Ele olhou ao redor e percebeu como a sala estava bagunçada, diferente das vezes que estivera ali antes. Havia pilhas de jornais, arquivos e outros papéis por toda parte, em cima das cadeiras, nos gabinetes, no chão e sobre a mesa dela. Ali havia também papel de desenho, lápis carvão e outros apetrechos. — Estou vendo...

Ao estudá-la um pouco mais, notou que o cabelo dela não estava penteado no estilo austero de sempre; os cachos emaranhavam-se em um coque casual e descuidado no alto da cabeça, prestes a cair com a menor provocação. Aquele era um pensamento perigoso, mas mesmo se contendo, ele não segurou o comentário:

— Você mudou o cabelo.

— Não tenho dama de companhia aqui e tenho estado muito ocupada para me preocupar com isso — respondeu ela, corando e colocando as mãos no coque na tentativa de ajeitá-lo.

— Deixe assim — ordenou ele. — Está muito atraente desse jeito.

Assim que as palavras saíram de sua boca, Rex teve vontade de bater na própria cabeça.

— É mesmo? — Ela mexeu no coque com autocrítica, olhando para ele desconfiada. — Mas está tão desarrumado...

Rex não tinha intenção alguma de revelar que o penteado tinha um certo charme, mas para sorte dele Clara falou primeiro, evitando que precisasse inventar alguma explicação absurda.

— Ah, você trouxe champanhe.

— Trouxe, sim. — Afastando a imagem de Clara com os cabelos caindo em cascata pela pele alva de seus ombros nus, ele pôs a garrafa diante dela. — Sua falta está sendo sentida nas reuniões sociais desta semana. Lady David me garantiu que você não estava doente, mas ela foi tão reticente que achei que eu poderia ser o culpado pela sua ausência e por isso decidir vir descobrir o que estava acontecendo. Espero não ter feito nada que a tenha ofendido.

— Ah, não, não tem nada a ver com você. Carlotta odeia explicar para os outros que tenho um trabalho, sobretudo um tão típico da classe média quanto dirigir um jornal. Deve ter sido por isso que ela não disse nada. Ela tem vergonha por eu estar envolvida com o trabalho, por mais que seja temporário.

— Entendo, mas o que aconteceu por aqui? — perguntou ele, gesticulando com a cartola para a bagunça.

— Eu despedi o sr. Beale.

— É mesmo? — Ele riu, colocando o chapéu de lado enquanto se sentava na cadeira giratória diante da mesa. — Que notícia maravilhosa.

Clara fez uma careta e pôs o lápis atrás da orelha.

— Sim, bem, estou pagando por isso desde então. Primeiro o tipógrafo se demitiu, dizendo que não se sentia à vontade em ser o único homem em uma empresa de mulheres. Hazel e eu tivemos que fazer a tipografia da edição da semana passada. E então a máquina de impressão parou de funcionar... Agradeço que tenha acontecido depois que todos os exemplares já haviam sido impressos. Precisei correr feito louca para encontrar uma empresa qualificada para fazer a tipografia e a impressão da edição desta semana. Depois de tudo isso, a tia de Hazel ficou de cama com gripe e ela precisou ir para casa em Surrey. Pensei em avisá-lo sobre essa situação, Rex, mas... eu simplesmente esqueci. — Clara deu um risinho balançando a cabeça, e com isso o cacho teimoso voltou a cair de novo. — Fui muito rude, não fui?

— De jeito nenhum. É perfeitamente compreensível. — Rex se inclinou para a frente e franziu o cenho ao notar as marcas de cansaço no rosto dela. — Você me parece exausta, minha ovelhinha.

— Estou um pouco cansada, sim — admitiu Clara, e tentou afastar o cacho que se recusava a ficar no lugar, mas ela estava exausta demais para insistir em arrumá-lo.

Rex tomou a iniciativa e prendeu o cacho atrás da orelha dela, e resistindo à tentação de tocar a pele macia, afastou a mão.

— Não só um pouco — comentou ele gentilmente, recostando-se na cadeira.

— Não estou cansada apenas com o trabalho daqui. A temporada se transformou em uma maratona de festas.

— Costuma ser assim mesmo.

— Até que foi bom mudar, apesar de o ritmo não ter diminuído. — Ela riu. — O mais estranho de tudo é que estou me divertindo aqui. Nunca pensei que isso fosse acontecer.

— Mesmo assim, ouso dizer que você precisa descansar. Talvez seja melhor subir para o quarto e ir para a cama.

— Não posso. — Clara gesticulou para as folhas espalhadas sobre a mesa e no aparador atrás dela. — Preciso terminar isso primeiro.

— Mas o que há de tão importante que não possa esperar até amanhã de manhã?

— Sem Hazel aqui, preciso ser a editora e a responsável pela arte comercial. Tenho uma reunião com Ebenezer Shaw logo cedo, na qual terei de mostrar ideias de anúncios para a campanha de lançamento do novo produto da empresa dele. Hazel deixou algumas ideias conceituais, mas não teve tempo de preparar os esboços antes de sair, então terei de fazer os desenhos. Tenho tentado, mas... — Clara baixou os ombros desanimada ao olhar para o que tinha feito. — Acho que não tenho talento nenhum para desenhar.

Rex olhou de relance para o que ela tinha feito e foi forçado a concordar.

— Estão horríveis, eu sei — disse Clara, como se tivesse lido os pensamentos dele. — Mas não posso cancelar a reunião. O sr. Shaw é tão avarento que é capaz de cancelar a campanha inteira se eu não estiver preparada. Se isso acontecer podemos perder mais de mil libras de receita de propaganda. Dependendo do humor dele pode ser até pior...

— Não se apavore. — Rex se levantou e começou a desabotoar o paletó preto. — Você não precisa gastar nem um centavo.

— O que você está fazendo? — exigiu Clara, quando ele tirou o paletó, pendurou atrás da cadeira e começou a tirar as abotoaduras dos punhos.

— O que acha que estou fazendo? — Rex pôs as pesadas abotoaduras de prata na bandeja de canetas e começou a enrolar as mangas da camisa. — Vou ajudar você.

Capítulo 15

Rex chegou a ter esperança que Clara o visse como seu cavaleiro salvador em uma armadura reluzente e se jogasse em seus braços, cobrindo-o de beijos agradecidos, mas logo se decepcionou.

— Você tem algum talento para desenhar? — perguntou ela, cética.

— Pelo menos mais do que você, meu doce — retrucou ele, tirando o lápis carvão da orelha dela. Em seguida, espalhou os desenhos e, em uma avaliação rápida dos bonecos de pauzinhos, frascos retorcidos e anotações, entendeu o que ela estava tentando fazer. — A Shaw's Liver Pills vai lançar um novo remédio patenteado, certo?

— Sim, a cura para resfriados.

Rex tossiu como se estivesse duvidando e ganhou um olhar de reprimenda.

— Desmerecer o produto do nosso anunciante não inspira muito minha confiança nas suas habilidades.

— Talvez isso inspire… — Rex puxou uma folha em branco, debruçou-se sobre a mesa e começou a desenhar.

Bastaram apenas alguns riscos para que se identificasse um bebê feliz e uma mãe aliviada. Enquanto Clara se levantava e postava-se atrás da cadeira dele, ele já havia desenhado um frasco de remédio com o logotipo da empresa Shaw também.

— Pronto — anunciou ele, endireitando o corpo. — Como ficou?

Com o olhar fixo no papel, Clara emitiu um som abafado de alívio, algo entre um suspiro e um soluço, o que levou Rex a ter esperança de que a péssima opinião inicial a seu respeito tivesse finalmente melhorado.

— Está bom... Muito bom — disse ela, pressionando a mão no peito. — Ah, muito obrigada, Rex. Obrigada mesmo.

Os olhos castanhos de Clara brilhavam de gratidão e alívio, a ponto de ele pensar em avançar um pouco mais e exigir uma compensação bem mais doce, mas ele se limitou a dizer:

— Pena que eu não soube que você estava com esse tipo de dificuldade antes. Eu teria vindo direto para cá esta noite e me pouparia de ter que ouvir duas horas de ópera de Wagner.

— Você estava no Covent Garden?

Ele confirmou com um sinal de cabeça.

— Foi lá que falei com Lady David. Ela estava no camarote do duque, e como notei sua ausência, resolvi vir procurar você.

— Estou feliz que tenha vindo. Será que... você se importaria em fazer mais alguns desenhos?

— Depende. Tem alguma coisa para comer aqui?

— Você quer comer?

— Bem, eu poderia pedir outro tipo de remuneração, mas me contento com alguns sanduíches — disse ele, sem resistir.

— Acho que posso providenciar alguma coisa. — Clara apontou para algumas páginas escritas à mão no canto da mesa e continuou: — Ali estão algumas anotações sobre a reunião que tive com Hazel antes de ela ir para Surrey. Dê uma olhada para ter uma noção do que tínhamos em mente. Nossa ideia era apresentar seis propostas de anúncios.

— Seriam seis desenhos, então? — Quando ela meneou a cabeça, Rex pegou as anotações. — Combinado.

Clara saiu para buscar os sanduíches. Depois de ler todas as anotações, Rex começou a trabalhar. Quando ela voltou, ele já havia feito dois desenhos e estava na metade do terceiro, mas parou assim que viu a travessa de sanduíches.

— O que foi? — perguntou ela quando o viu encarando desconfiado os triângulos minúsculos.

— Se você quer que um homem trabalhe, Clara, tem que alimentá-lo melhor.

— Imagino que não seja comida suficiente, pelo menos não para você, mas...

Rex virou-se na cadeira para fitá-la e, para sua surpresa, notou que ela estava vermelha.

— É que... Nossa cozinheira ainda está na cozinha. E... ela é sempre a última a sair... Se eu pedir mais comida do que ela está acostumada a preparar para mim...

— ...ela vai acabar imaginando coisas — completou Rex, quando Clara titubeou de novo.

Ela meneou a cabeça, olhando para os pés.

— Você sabe, sua presença aqui não é muito apropriada... sozinho comigo.

Realmente não era nem um pouco apropriado. Pior, era arriscadíssimo, principalmente depois do que já havia acontecido entre os dois, mas Rex não tinha intenção nenhuma de fazer tal observação.

— Entendo, mas não imagino como uma pessoa, mesmo delicada como você, possa sobreviver com uma refeição como essa — disse ele, acenando para o prato de sanduíches. — Aliás, não se pode considerar isso como uma refeição. É um lanche.

— Posso trazer mais daqui a algumas horas, depois que a sra. Gibson tiver ido dormir.

— Pretendo ficar enquanto você precisar de mim.

Clara sorriu, e como sempre acontecia quando ela sorria, Rex sentiu o mundo oscilar perigosamente. Ele então desviou o olhar, apontando com o lápis para os desenhos que tinha terminado.

— Olhe estes esboços e me diga se estou no caminho certo. Depois sugiro que você busque uma taça, se conseguir escapar dos olhos de águia da sua cozinheira. Senão teremos de beber champanhe diretamente da garrafa.

Clara concordou, aprovando os esboços, e saiu em busca de uma taça. Surpreendentemente voltou com duas, pois conforme explicou, as taças de champanhe não eram guardadas na cozinha, mas sim na cristaleira na sala de jantar. A sra. Gibson nem notaria.

— Não se esqueça de lavá-las e colocá-las de volta no lugar esta noite ainda. Só Deus sabe o que sua cozinheira pode pensar. Você pode abrir? — perguntou, apontando para a garrafa.

— Posso tentar.

Foi o que ela fez, mas depois de tirar a parte de metal e mostrar dificuldades com a rolha, Rex decidiu que era melhor intervir.

— A última coisa que precisamos agora é de uma rolha voando, quebrando alguma coisa e causando uma bagunça tamanha que traga sua cozinheira correndo para ver o que aconteceu. Deixe-me mostrar como se faz.

Ele se postou atrás de Clara e, envolvendo-a, segurou a garrafa a fim de demonstrar como se abria e ao mesmo tempo aproveitando os irresistíveis minutos com ela em seus braços. Depois que a rolha estourou, a desculpa fraca para continuar abraçando-a se esvaiu, mas nenhum dos dois se mexeu. Rex então aproveitou a vantagem e, inclinando a cabeça, inalou o perfume de flor de laranjeira daqueles cabelos sedosos. Fechou os olhos, imaginando como seria fácil puxá-la para mais perto e beijar aquele pescoço de pele alva...

Céus, se continuasse assim iria enlouquecer, por isso baixou os braços e se limitou ficar ao lado dela para servir o champanhe, decidindo que seria bom começar a falar de um assunto mais seguro.

— Quer dizer que você despediu o sr. Beale. Como foi que esse evento grandioso aconteceu?

— Perdi a paciência e, antes que desse por mim, já estava dizendo "o senhor está despedido". Admito que tive um prazer imenso.

Rex sorriu ao estender a taça de champanhe para ela e começar a se servir.

— O que aconteceu com aquela balela, de que você tentou me convencer, sobre não ter autoridade para demiti-lo, que faria o melhor para conviver com ele e respeitaria a opinião de sua irmã?

— Não pensei em nada disso na hora. Ele estava abusando de sua autoridade com uma funcionária e eu simplesmente... explodi. — Ela suspirou. — E agora estou arcando com as consequências.

Rex pôs a garrafa de lado e a fitou, percebendo sinais de cansaço novamente.

— Pelo que vejo, está difícil.

— Bem, como eu já disse, o cargo de editor é o mais importante do quadro de funcionários. Não estou acostumada a tomar essas decisões. Eu sabia que minha irmã trabalhava muito, claro, mas nunca soube o que era de fato antes de estar no comando. Nunca supervisionei nada. Durante a maior parte da minha vida, Irene me protegeu e cuidou de mim. Sempre fui protegida.

Rex não podia fazer a observação de que a irmã perfeita estava protegendo Clara como uma galinha protege seus pintinhos. Apesar de que a falta de uma dama de companhia só fazia aumentar as tentações que tanto o atormentavam.

— Com a saída do sr. Beale, eu sou a responsável por tudo — disse ela, trazendo-o de volta para o assunto em questão. — É um tanto assustador.

— Você está indo bem até agora — comentou ele, servindo-se de um sanduíche.

— Estou? — Ela coçou o nariz, duvidando. — Espero que sim.

— Anime-se. O jornal está sendo impresso, está tudo certo no mundo.

— Acho que a esta altura é tudo o que importa. — Clara fez uma pausa para tomar um gole de champanhe. — Seu pai voltou a lhe pagar a sua parte do rendimento da propriedade?

— Infelizmente ainda não. — Ele balançou a cabeça.

— Pergunto isso porque talvez não possa cumprir nosso acordo. Talvez eu não consiga participar de todos os eventos até o final da temporada. Se eu não encontrar um editor, terei de continuar aqui até a volta de Irene. Tomando esta semana como exemplo, duvido que tenha tempo para tudo.

— Nenhum candidato até agora?

— Tivemos alguns. Todos parecem qualificados, mas nenhum me pareceu adequado. — Clara fez uma pausa para pensar. — Na verdade, não posso afirmar que isso seja verdade ou se estou morrendo de medo de escolher errado e por isso estou adiando a decisão.

— Você não pode deixar de resolver alguma coisa por medo.

Clara caiu na risada.

— Diz aquele que nunca vai se casar.

— Jura, Clara? — perguntou Rex em tom zombeteiro. Em seguida pôs a taça de champanhe de lado e pegou o lápis. — Não é a mesma coisa.

— Claro que é. Aliás, é exatamente a mesma coisa. — Ela riu de novo, enquanto ele balançava a cabeça em negação. — Onde está a diferença?

— Um editor pode ser despedido — comentou ele, retornando ao desenho. — Já uma esposa, não.

— Concordo que o risco é maior, mas certamente as recompensas também.

— Que recompensas?

— Amor, por exemplo.

Rex fez um som de desdém demonstrando que o argumento não o impressionava.

— Se o que os amigos dos meus pais diziam era confiável, os dois se amavam, eram apaixonados até.

— Mas não foi uma aliança matrimonial? Pensei que tivesse sido.

— Por quê? Por que eles não viveram felizes para sempre?

Clara cutucou a perna dele com o pé, demonstrando não ter gostado da pergunta cruel.

— Se eles estavam apaixonados, o que você acha que aconteceu?

— Minha mãe era infiel, tinha casos. Achei que todo mundo soubesse disso.

— E esse foi o único erro dela?

— É o que todos na família acreditam. Os dois lados da família condenam minha mãe e a culpam por toda a confusão. Nem mesmo os conhecidos dela a apoiaram.

— E você a condena também?

— Gostaria de poder condenar — disse ele com um suspiro. Em seguida fez um último floreio no desenho, pousou-o sobre os outros e puxou uma folha limpa para começar o último. — Minha vida seria muito menos complicada.

Antes que Clara o questionasse, ele prosseguiu:

— Não creia que acho que minha mãe seja inocente, porque não é esse o caso também. Minha mãe é linda, fraca e muito, mas muito insegura mesmo, e precisa constantemente de reforço e apoio. Sendo um homem impaciente e muito rude, meu pai nunca foi capaz se suprir essa necessidade dela, nem mesmo de compreender.

— Você está dizendo que eles nunca combinaram.

— Eu diria que são quase como água e óleo. Pelo que me lembro, eu mal tinha aprendido a andar quando eles se distanciaram; na minha época de escola os dois apenas se toleravam para poderem se culpar e despedaçar um ao outro. Depois que parti para Eton, minha mãe teve o primeiro caso e... como dizem, o resto é história. Me surpreende você não saber de tudo isso. O assunto foi noticiado nos jornais com detalhes chocantes.

— Eu era bem menina quando aconteceu essa separação, jovem demais para me interessar em ler jornais. Não sei dos detalhes chocantes aos quais você se refere.

— Você não perdeu nada. Quando o amor dá errado e se transforma em desprezo, a história é sempre sórdida. — Rex fez uma pausa para mais um gole de champanhe e uma mordida no sanduíche. — Sendo o tipo de pessoas que são, não consigo compreender como meus pais acharam que poderia ser diferente.

— O amor cega algumas pessoas.

Rex meneou a cabeça.

— Esse é bem o caso dos meus pais, especialmente o do meu pai. Pelo que sei, minha mãe já era um escândalo antes mesmo de eles se conhecerem. Não consigo entender como ele acreditou que a transformaria em uma esposa leal e companheira. Qualquer pessoa com bom senso teria previsto que ela jamais seria o que ele queria.

— Não houve jeito de eles apaziguarem as diferenças?

— Meus pais?

A possibilidade era tão absurda que ele começou a rir, e o som devia ter sido tão chocante que Clara fez uma careta.

— Desculpe, mas você não conheceu meus pais. Quando o casamento começa a ruir, a maioria dos casais tenta se acertar. Mesmo que já estejam separados na vida privada, é normal continuarem lutando e se mostrando unidos para o restante do mundo.

— O que os seus pais fizeram?

Rex riu de novo.

— Eles jogaram a discrição para os ares. Minha mãe já não se esforçava mais para esconder seus casos, pois queria o divórcio, e por isso deu motivos de sobra para tanto, mas meu pai se recusou a liberá-la. Ele bateu o pé e nos anos seguintes pôs esse lamaçal todo nos jornais, prejudicando a posição social da família por completo. O ponto positivo foi que os escândalos estimularam a família a pressionar meu pai, mas mesmo assim ele continuou se recusando a se divorciar, embora tenha concordado em se separar legalmente, o que não evitou o ressentimento que os dois sentem um pelo outro. Ao menos isso diminuiu a chance de se matarem, risco constante quando moravam sob o mesmo teto.

— Nem todo casamento é como o dos seus pais. Os meus viveram felizes juntos. Até...

Clara fez uma pausa, mas Rex sabia o que ela estava prestes a falar.

— Até sua mãe morrer.

— Bem, sim, então meu pai se deixou abater. Mas o amor não é culpado por ele ter escolhido a bebida.

— Acho que é injusto culpar o amor, mas as coisas são assim. Meu pai preferiu continuar amargo, ferido e rancoroso. Ele não perdoa uma mulher que deixou de amá-lo há 25 anos. Minha mãe, por outro lado, sendo bem mais afetuosa e mais fútil, se empolga tanto com o amor que se apaixona todo ano, mais ou menos como uma debutante, que a cada temporada cai de amores por algum rapaz.

Toda vez ela tem certeza de que encontrou o amor verdadeiro, de que vai durar a vida inteira. Meus pais, seu pai... — Ele encolheu os ombros e tomou um gole de champanhe. — Que benefício o amor trouxe para essas pessoas?

— Desde que o conheci sei que você é cético, só não sabia que era tanto. Rex, algumas pessoas que se casam são felizes.

— Ah, sim, minha família me lembra disso todo dia. Mesmo meu pai, que até hoje se recusa a sair do inferno que criou para si, quer que eu me case. Mas com que finalidade? Por que eu me casaria?

— E filhos?

— Eu tenho um herdeiro que, apesar de ser um primo distante, vai evitar que as propriedades fiquem para a Coroa quando eu morrer. — Ele deu de ombros. — Casamento é um negócio difícil. Francamente... acho que o risco é maior do que a recompensa.

— Talvez você mude de ideia quando se apaixonar de verdade.

— Duvido. — A resposta foi muito direta, mas a expressão solene de Clara exigia uma explicação. — Acho que se eu fosse do tipo que se apaixona, iria querer que fosse o mais rápido possível. Dizem que o amor é doloroso, então por que prolongar o sofrimento? — indagou ele, forçando o riso.

Clara não achou graça e o encarou, olhando direto nos olhos, como se pedisse com pena para que Deus o ajudasse.

Rex parou de rir, desviou o olhar e pegou a garrafa para servir mais champanhe a ambos.

— O problema é como identificar o amor verdadeiro. A paixão e o desejo cegam, e por isso não é possível saber se é amor e se vai durar a vida inteira. Você tinha certeza de que queria se casar quando se apaixonou pelo vigário, mas há de concordar comigo que ele nunca a teria feito feliz.

— Acho que não pensei sob esse ângulo. Para mim era tudo simples e direto. Eu o amava, e se fosse correspondida era óbvio que nos casaríamos. Qual seria a alternativa?

Rex segurou a taça de champanhe com mais força, olhando para ela de soslaio e imaginando todas as possibilidades pecaminosas.

— É mesmo, qual? — perguntou ele, estendendo para ela a taça de champanhe.

Clara aceitou com uma careta.

— Amor livre, suponho — disse, tomando um gole de champanhe. — Dificilmente é um final desejado.

— Depende do ponto de vista — ele contrapôs, colocando a garrafa e a taça de lado. — Posso dizer o mesmo do casamento.

O comentário rendeu a ele um sorriso, mesmo que triste.

— Que Deus proteja a mulher que se apaixonar por você — disse ela, balançando a cabeça. — Eu tinha apenas 17 anos quando me encantei pelo vigário, por isso acho que foi apenas uma paixão. Mas isso não foi tudo. Eu gostava muito dele e acho que era correspondida, mas não podia ter o tipo de casamento que ele queria.

Rex pensou um pouco e concordou com um sinal de cabeça.

— Sim, acho que gostava mesmo. Caso contrário ele não teria sido tão sincero com você. Sorte que tenha sido assim. Se ele não tivesse dito que tipo de união esperava, você teria se casado sem saber e acabaria chocada e decepcionada quando a verdade fosse revelada. Sem falar que você ficaria presa a um homem que nunca a faria feliz, para o resto da vida.

— Obrigada, mas... — Clara fez uma pausa e sorriu, girando a taça entre os dedos, já sentindo o efeito relaxante da bebida. — Se tivéssemos nos casado, acho que eu daria um jeito de persuadi-lo a abandonar seus conceitos sobre casamento celestial.

No mesmo instante Rex imaginou Clara em um quarto, de espartilho e roupas de baixo, com aquele sorriso arrebatador nos lábios... Então sentiu a garganta seca e precisou tomar vários goles de champanhe antes de finalmente responder:

— Posso garantir, Clara, que a maioria dos homens não precisaria de persuasão alguma. Mas no caso de um sacerdote, creio que nem toda a persuasão do mundo teria adiantado. Sei porque vi muito esse tipo de coisa acontecer em Eton.

O sorriso se esvaiu e ela o fitou confusa.

— Que tipo de coisa?

— Existem homens que não sentem desejo por mulheres. Por nenhuma mulher, nunca. Pobres coitados — acrescentou, balançando a cabeça. — É ilegal um homem desejar outro, entende?

Ela arregalou os olhos, chocada. Que os céus abençoassem sua mente doce e inocente.

— É isso que você quis dizer sobre ele ser preso?

— Sim.

— Nossa Senhora. — Clara balançou a cabeça, ainda tentando assimilar a teoria dos eventos paralelos à proposta de casamento que recebera. — Então não era comigo — disse depois de alguns segundos, começando a rir. — Não tinha nada a ver comigo!

Rex respirou fundo, incapaz de desviar os olhos daquele sorriso encantador e de afastar a imagem de Clara de roupas íntimas, deleitando-se com aquele recém-descoberto prazer de se torturar.

— Falando sério, Clara, não sei por que toda essa surpresa agora. Há semanas falei que o problema não era você. Se bem me recordo, eu até demonstrei com bastante eloquência.

Clara parou de rir de repente e refletiu no semblante o mesmo desejo que ele sentia. Ou pelo menos era isso que Rex queria ver.

— E não entendo por que você precisa de qualquer demonstração que seja — disse ele, refugiando-se na brincadeira. — Por que você não acredita nas coisas que eu digo?

— Talvez porque... — Clara fez uma pausa e passou a ponta da língua nos lábios, exercendo em Rex o mesmo magnetismo que faz uma mariposa se aproximar da luz. — Talvez por você ser um libertino que não merece confiança.

— Não sou — ele explodiu. — Quero dizer, não sou um libertino. Não mais.

Clara riu, sem acreditar na contestação. E quem poderia culpá-la?

— Sim, já fui... Não me entenda mal. Fui um dos homens mais notórios na cidade e minha reputação foi arduamente conquistada. Bebidas, cartas, más companhias, mulheres... especialmente mulheres. Nossa... — ele começou a rir sem acreditar em como sua vida havia mudado — ... foram tantas mulheres. Eu ia atrás de um rabo de saia de leste a oeste, ia e voltava. Eram atrizes, coristas, amantes, cortesãs... Valiam todas aquelas que não esperavam casamento e que não estivessem comprometidas.

— Você fala como se tudo isso estivesse no passado.

Rex soltou um suspiro nostálgico.

— Bem, digamos que meu jeito profano tenha sido suspenso temporariamente.

— Ah, entendo... — Ela relaxou e meneou a cabeça. — Você disse certa vez que mulheres são muito caras. E agora que seu pai e sua tia cortaram sua renda, você não pode mais arcar com tais despesas.

— Bem, isso é verdade, mas lamento dizer que esse triste conjunto de circunstâncias aconteceu há dois anos, bem antes de meu pai cortar meus rendimentos.

— Anos? Não é o que dizem as colunas de fofoca. Parece que... você tem... — Clara fez uma pausa e olhou para o outro lado. — Dizem que você tem uma... amante diferente a cada dois meses.

— Eu sei, mas são conjecturas, Clara. As mulheres, as cartas, a bebida... — Rex parou de falar e fez um gesto displicente com a mão. — Hoje em dia isso tudo é uma farsa que criei dois anos atrás e que mantive até a noite no Covent Garden na qual fizemos um acordo.

— Mas por que você faria uma coisa dessas? Com que intuito?

Rex encolheu os ombros.

— Eu precisava encontrar uma maneira de explicar por que estava sempre sem dinheiro.

— E por que você está sem dinheiro?

Ele respirou fundo antes de responder:

— Eu dou o dinheiro para minha mãe. Todo mundo acredita que ainda gasto com conquistas mundanas, mas como já disse, tudo isso é tolice. Tenho as despesas da casa, mas já faz tempo que eu mando para minha mãe o que sobra. Peço para você manter isso em segredo, porque se meu pai descobrir nunca mais receberei dinheiro algum dele.

— Claro, não direi a ninguém, mas por que seu pai se importaria?

— Ele estipulou uma pensão para ela no acordo de separação que seria suficiente para a sobrevivência e só. Minha mãe não pode arcar com as despesas de uma casa, então ela sai vagando pelo Continente, pulando da casa de uma amiga para outra, de hotel em hotel. Mas depois de uma década mantendo esse hábito, a boa vontade dos amigos acabou se esgotando e os hotéis pararam de deixá-la se hospedar de graça. Apesar de minha mãe ser uma condessa, é uma nobre que caiu em desonra, sem contar que sempre atrasa as contas. Ela tentou aumentar sua renda com o jogo, mas é claro que não deu certo. Ao contrário, afundou-se em mais dívidas. Dívidas que meu pai se recusou a pagar. É compreensível.

— Então ela começou a pedir o seu dinheiro, e você deu?

— Sim. Foi por isso que meu pai cortou meus rendimentos. Não sei bem como, mas ele descobriu o que eu de fato estava fazendo com o dinheiro. Imagino que tenha contratado detetives, como fazia constantemente no passado para seguir minha mãe. Só Deus sabe. Acho que provavelmente uma empresa desses gentis cavalheiros presta serviços para ele com regularidade.

— Mas deixá-lo sempre sem dinheiro acaba afetando a ele próprio, já que quer que você se case...

— Creio que nem mesmo a ambição de manter as propriedades asseguradas a sua própria linhagem seja maior do que a necessidade de tentar controlar minha mãe. Meu pai nunca aceitou que não foi capaz controlá-la e que jamais será. E ele não suporta a ideia de que minha renda das propriedades possa diminuir seu controle sobre ela.

— Seu pai odeia sua mãe tanto assim?

— Odeia tanto quanto a ama. — Rex deu risada, pois até para seus ouvidos a frase soou um tanto amarga. — Creio que se minha mãe tivesse demonstrado vontade de voltar, meu pai a teria aceitado. Mas claro, ele a faria pagar. Clara, o amor pode ser uma coisa terrível, por isso não vejo muita serventia nele.

— Acho que agora entendo melhor sua maneira de pensar. Mas ainda assim, acredito que o amor pode ser maravilhoso, se for verdadeiro, não?

— Pode ser... Se o amor existir mesmo, o que o meu coração cético está mais propenso a duvidar. Chego a pensar se o amor romântico não é um pouco como um pote de ouro no final do arco-íris.

— Você quer dizer, uma miragem?

— Sim. Lamento se desaponto você. — Rex inclinou a cabeça, lançando um olhar curioso. — Não vai me perguntar por que faço isso?

— Por que você dá dinheiro para sua mãe? Isso é bem óbvio, não?

— Será? Os dois lados da minha família, imagine você, são da opinião de que eu deveria ter mandado minha mãe para o inferno. De que fui um tolo arriscando provocar a fúria do meu pai por causa dela.

— Não acho que você seja tolo. É óbvio que você ama sua mãe.

Ele sorriu, levantando o cálice de champanhe.

— E isso faz de mim um tolo.

Clara balançou a cabeça.

— Não, Rex, não faz. Você está tentando ajudá-la da melhor maneira possível. E isso é... — Ela fez uma pausa, encarando-o, pensativa. — Isso é muito nobre da sua parte.

Rex engasgou-se com o champanhe.

— Nobre?

— Sim. — Clara franziu o cenho quando ele achou graça. — Por que está rindo?

— Clara, faz mais de três décadas que ninguém nunca me considerou nobre.

Ela relaxou a testa e o sorriso voltou.

— Quem está sendo modesto agora? — murmurou ela, e tomou o restinho do champanhe.

De repente a brincadeira terminou, pois Rex viu um laivo de admiração na fisionomia dela que não deveria estar ali.

— Se você soubesse o que tenho pensado a seu respeito desde o momento em que atravessei aquela porta, minha doce ovelhinha, você jamais me chamaria de nobre.

Clara pôs a taça de lado e deslizou para fora da borda da mesa.

— E se você soubesse o que estou pensando a seu respeito agora, jamais me chamaria de doce — retrucou ela, virando a cadeira dele em sua direção e inclinando-se para a frente.

Clara o beijou, e no instante em que as bocas se tocaram, Rex decidiu dissuadi-la daquele conceito ridículo de nobreza da maneira mais devassa possível. Assim, afastou-se um pouco para se levantar e tomá-la nos braços, mas não com ternura e delicadeza em consideração à inexperiência dela, e sim com a paixão que vinha reprimindo em um controle agonizante.

Desde que a tinha beijado naquele sofá, ele não pensava em outra coisa a não ser poder saborear aqueles lábios macios de novo e liberar a doce paixão que tão inesperadamente havia descoberto naquela tarde. Mesmo assim, quando Clara o enlaçou pelo pescoço ele a segurou pelos pulsos, teve a vaga noção de preservar pelo menos uma réstia da nobreza que ela lhe atribuía. Mas quando a boca de Clara se entreabriu, permitindo-lhe sentir o gosto do champanhe, todo o pensamento racional de se comportar se transformou em pó, e em vez de parar, ele aprofundou o beijo, deslizando a língua por entre os lábios dela.

A resposta de Clara foi imediata, os dedos se entremeando no cabelo farto dele, a boca abrindo mais, buscando a língua de Rex com a mesma ansiedade doce que demonstrara no primeiro beijo. Àquela altura era claro que ela não estava pensando em limites ou consequências. Estava simplesmente sorvendo todas as sensações ainda inéditas para ela, e Rex desejava, mais que tudo que já desejara na vida, proporcionar todo o prazer que pudesse.

Ainda a abraçando pela cintura com um dos braços, ele deslizou a outra mão para cima, sentindo as barbatanas do corselete, uma barreira e ao mesmo tempo um lembrete, e mesmo assim ele continuou, terminando por segurar um dos seios por cima da roupa.

Clara suspirou e virou a cabeça, apesar de continuar pressionando o corpo contra o dele.

— Tudo bem... — murmurou Rex, agora segurando o seio inteiro com a mão em concha, enquanto traçava uma trilha de beijos pelo rosto angelical, até chegar à orelha. — Está tudo bem...

A pele de Clara parecia um veludo, o cabelo tinha o perfume de flor de laranjeira, e ele sentia a respiração ofegante dela em seu pescoço. Quando pressionou os lábios na lateral do pescoço dela, ele pôde sentir os tendões estremecendo sob sua carícia. E quando ele foi subindo até mordiscar o lóbulo da pequena orelha, ela gemeu.

O movimento dos quadris dela contra seu corpo rígido disparou fagulhas de prazer em todas as direções do corpo dele, uma sensação tão intensa que quase o levou ao chão. Clara era tão frágil, tão delicada que as mãos grandes de Rex circularam a cintura fina com facilidade, enquanto a erguia para cima da mesa. Sem demora, ele desfez o laço de fita da gola do vestido e começou a desabotoar o corpete.

— Rex? — Clara o segurou pela cintura, fazendo-o parar.

Como estava bem próximo, atento ao vestido, Rex se forçou a olhar para o rosto dela. Infelizmente não conseguiu encará-la nos olhos, pois ela estava olhando para baixo, os cílios quase tocando o rosto.

Ainda não... Por Deus, Clara, ainda não.

— Ainda não — sussurrou ela, e só então Rex percebeu que tinha verbalizado seu apelo agonizante em voz alta.

Entretanto, ele não iria deixar uma coisa trivial como o orgulho atrapalhar o momento. E quando ela soltou as mãos, ele continuou a desabotoar os botões o mais rápido que podia. Mas quando chegou à cintura, precisou fazer uma pausa para respirar fundo, lembrando que em breve precisaria parar. Rezando para que quando esse momento chegasse conseguisse se segurar, Rex afastou as laterais do corpete, revelando a delicada blusa de baixo branca de musseline e o rubor da pele pálida com o toque sensual dele, levando seu desejo às alturas.

Ao se inclinar para mais perto e sentir o perfume suave e puro de talco, misturado ao perfume floral do cabelo dela, Rex sentiu que o desejo se transformou em uma luxúria incandescente que chegava a deixá-lo zonzo. Um beijo na base do pescoço deixou-a tensa, mas enlevada o suficiente para suspirar com a sensação gostosa.

Com as mãos delicadas na lateral da cabeça dele, Clara foi acompanhando enquanto era beijada dos ombros e na curvatura do pescoço até um beijo mais afoito quando ele mais uma vez segurou um dos seios pequenos e redondos.

A vontade de Rex era de terminar de despi-la, mas remover aquela barreira destruiria o pouco autocontrole que ainda possuía, por isso precisou se contentar em senti-la através do tecido. No entanto, não se conteve e roçou os lábios no alto do seio macio e alvo, saliente acima do decote da camiseta. Clara gemeu, o corpo inteiro dela se agitando de prazer.

Com toda a delicadeza, sem deixar de beijar a pele macia e perfumada da parte superior do seio, Rex pegou as saias do vestido com a mão livre e começou a puxá-las para cima enquanto insinuava a mão pelas camadas de tecido e anáguas.

Depois de um gemido fraco e virginal, que poderia ter sido um protesto, Clara apoiou as mãos nos ombros dele. Rex ficou imóvel por um momento, na expectativa de ser impedido, mas quando nada aconteceu ele recomeçou, moldando a coxa através da roupa de baixo conforme percorria a mão mais para cima.

Rex estava rígido, dolorido depois de semanas de desejo acumulado, mas por mais estranho que parecesse, não estava preocupado, e sim movido por uma necessidade maior, que era proporcionar prazer a Clara. Sua vontade era que ela soubesse como era atingir o auge da paixão, e a libertação e o êxtase que se seguiam.

Sem deixar de beijá-la no pescoço e no ombro, ele empurrou as saias do vestido para cima e lentamente a colocou sobre a mesa, deitando-se ao lado dela enquanto subia a mão pela coxa bem torneada.

Clara se remexeu, mas ele queria privá-la de qualquer tentativa de fazê-lo parar, virando mão e pousando-a sobre o montículo no alto das coxas dela. Dessa vez ela se mexeu mais, movimentando os quadris e soltando um gritinho de surpresa.

Rex cobriu-lhe os lábios, abafando o grito, enquanto movia as mãos naquela região sensível, acariciando-a por cima do tecido umedecido para excitá-la ainda mais, porém isso ainda não era suficiente. Ele queria mais, então insinuou os dedos pela fresta das calçolas, tocando-a em seu ponto mais sensível, percebendo que ela já estava úmida, pronta, gemendo, ansiando por mais... Ele sabia que o clímax estava próximo e usou a voz para estimulá-la mais.

— Isso, minha querida... Você está tão perto... tão perto. Deixe acontecer.

Assim que ele terminou de falar, Clara começou a mexer os quadris para cima e para baixo mais rápido, posicionando-se melhor de maneira desajeitada e se movimentando freneticamente enquanto galgava em direção ao ápice do prazer. Quando ela chegou ao orgasmo, Rex foi tomado pela sensação mais doce e arrebatadora que já sentira na vida.

Clara deixou-se cair sobre a mesa, ofegante. Ele esperou até que as últimas ondas de prazer varressem o corpo dela para tirar a mão de baixo das saias do vestido. Estava ciente da própria necessidade agonizante e quando ela abriu os olhos e sorriu, ele soube que não podia ficar ali nem mais um minuto sem ultrapassar os limites.

— Preciso ir embora — anunciou, rolando para fora da mesa.

Não foram poucas as vezes que Rex havia dito essas mesmas palavras para outras mulheres e sempre terminava se vestindo às pressas e correndo para a porta. Dessa vez a razão para sair apressado era bem diferente, o oposto, na verdade. A ironia da situação não lhe passou despercebida.

— Já é muito tarde — ele sentiu a necessidade de ressaltar enquanto vestia o casaco. — Você precisa dormir. Tente descansar um pouco, está bem?

— Descanse você também.

O riso sarcástico reverberou na quietude da sala.

— Você sempre ri das coisas que digo quando não estou tentando ser engraçada — ela o acusou, sentando-se.

— Desculpe — disse ele, abaixando-se para pegar a cartola que tinha caído da mesa para o chão, movimento que só exacerbou a dor do desejo não saciado. — Duvido que eu consiga dormir muito esta noite. — Dito isso, ele pegou as abotoaduras e se virou sem olhar para trás. — Boa noite, Clara.

Rex sentiu o olhar de Clara em suas costas enquanto se afastava, mas continuou andando, saindo do campo de visão dela e sumindo no corredor. Porém, depois de percorrer a curta distância entre a porta do escritório e a saída, percebeu que havia partido sem um beijo de despedida. Então parou, pensando que qualquer mulher merecia pelo menos um beijo, especialmente Clara.

Mas não poderia voltar, nem mesmo para um gesto de consideração, pois estava em plena revolução interior. Se voltasse, Clara perderia sua inocência antes mesmo de um beijo de boa-noite.

— Tranque a porta depois que eu sair! — gritou por cima do ombro. — E de agora em diante, caso pretenda trabalhar até mais tarde, mantenha a porta trancada. Senão qualquer patife pode entrar. E eu sou a prova viva disso.

Assim dizendo, ele saiu da casa, mas não foi embora. Atravessou a Belford Row, parou na entrada de uma construção escura e esperou nas sombras, observando as janelas do outro lado da rua. A agonia do desejo reprimido ainda judiava de seu corpo e foi como se ele tivesse esperado uma eternidade até que Clara aparecesse, segurando uma lamparina. Esperou até vê-la trancar a porta e fechar as cortinas para então se virar e subir a rua para procurar um táxi.

Capítulo 16

Devia ter sido o champanhe.

Clara não sabia o que mais culpar pelo que tinha acabado de ocorrer. O beijo apaixonado que havia acontecido na sala de estar do andar superior tinha sido doce, excitante e tão, tão fascinante. Mas não se comparava com o que ele havia feito naquela noite. Os toques ardentes tinham instigado volúpia, anseios, um desejo ardente e por fim... ondas de prazer que abalaram seu corpo vezes seguidas, algo que nunca sentira antes, nem sequer imaginara. Tinha sido tudo perversamente vergonhoso, embora ela não tivesse sentido vergonha. Até mesmo sua habitual timidez tinha sido ofuscada pelas carícias ardentes, e mesmo bem depois que Rex havia ido embora, ela não era capaz de invocar nem um pouco de seu pudor de donzela.

Não, a única coisa que restara fora uma felicidade eufórica que não se dispersou nem depois de ter jogado a garrafa de champanhe no lixo, lavado e guardado as taças na cristaleira. Depois de subir as escadas, despir-se e deitar-se na cama, ainda se sentia exultante e bem desperta, convicta de que não pregaria os olhos.

Bem, nesse aspecto, Clara estava enganada, pois adormeceu quase de imediato. Quando acordou na manhã seguinte, a teoria sobre o champanhe lhe pareceu a explicação mais lógica para o comportamento devasso da noite anterior. E sempre que pensava nas carícias arrebatadoras de Rex, aquela mesma euforia efervescia como bolhas de champanhe, algo que tornou a reunião com o sr. Shaw ainda mais difícil.

Cada desenho apresentado a remetia ao que havia acontecido, e apesar de tentar se comportar profissionalmente, uma hora ou outra deixava escapar um risinho eufórico durante a apresentação. Mesmo assim, o velho sr. Shaw ficou tão impressionado com o que ela tinha a dizer, com o planejamento de Hazel e com os desenhos de Rex que não apenas aprovou a campanha de anúncios inteira como pediu outra campanha para o novo remédio que seria lançado no inverno. O resultado feliz da reunião deixou Clara com uma sensação de triunfo e satisfação inédita em sua vida, e pela primeira vez ela entendeu a paixão com a qual Irene se dedicava ao jornal.

No entanto, Clara não teve oportunidade de contar a Rex sobre o sucesso da reunião nem de agradecer a ele pela valiosa colaboração com os desenhos, pois naquela tarde soube que ele havia saído da cidade. A notícia transformou a euforia borbulhante em algo sem graça como champanhe velho.

As portadoras da notícia foram Hetty e Lady Petunia, que foram visitá-la no escritório do jornal, mas Clara não conseguiu esconder seus sentimentos muito bem.

— Viu só, tia Petty — disse Hetty segundos depois de dar a notícia. — Eu disse que ela ficaria tão desapontada quanto nós.

— Você está enganada — Clara se apressou em responder, tentando desfazer qualquer traço de emoção no rosto, mesmo enquanto se perguntava se havia sido o episódio da noite anterior que levara Rex a se afastar. — Não estou desapontada.

A resposta não somente era uma mentira deslavada como também algo rude de se dizer.

— Desculpe-me — acrescentou ela, sorrindo. — Não foi isso que eu quis dizer. Eu tenho trabalhado muito. Perdemos nosso editor, e a responsável pelos anúncios precisou cuidar de um parente doente e, claro, com minha irmã viajando em lua de mel... — Clara parou de falar assim que percebeu que estava divagando. — O problema é que não tenho tido muito tempo de ver ninguém ultimamente, por isso não adianta ficar frustrada.

— Mas a partida de Rex é uma frustração? — perguntou Hetty. — Ah, Clara, diga que é verdade! Você deve gostar dele pelo menos um pouco.

Por sorte, Lady Petunia interveio antes que Clara respondesse.

— Chega, Henrietta! Não pressione Clara e nem invada a privacidade dos outros desse jeito.

— Desculpe — Hetty falou de pronto. — Me perdoe.

— Não tem problema — respondeu Clara, buscando desesperadamente algo inócuo para dizer. — Sim, gosto do seu primo. Sabe, nós nos tornamos amigos. — Enquanto falava, pensou em como tinha se deitado sobre a mesa e o beijado, e nas sensações provocadas pelos carinhos dele, temendo estar começando a gostar de Rex de um jeito que nada tinha a ver com amizade.

— Amigos, é? Humm.

O tom irônico de Hetty interrompeu o devaneio de Clara, e ela se deu conta de que algo em seu semblante devia ter dado a entender o que sentia.

— Henrietta, pare com isso imediatamente! — Lady Petunia repreendeu a sobrinha, categórica. — Clara não tem obrigação de confessar nada para nós, e por que o faria, com essa sua provocação? Se você continuar assim, ela nunca aceitará o convite para a festa em nossa casa.

— Festa? — Hetty franziu a testa, virando-se para a tia-avó.

— Minha querida menina, não me diga que se esqueceu da nossa festa de sexta a segunda daqui a seis dias.

Após um breve silêncio Hetty exclamou:

— Claro! A senhora está falando da festa de fim de semana.

— É uma festa com pernoite, de sexta a segunda — corrigiu Lady Petunia, torcendo o nariz —, independentemente de como vocês jovens chamem hoje em dia.

— Eu não tinha me esquecido, tia, só não tinha me dado conta de que já era no próximo fim de semana. Nossa, como o tempo voa durante a temporada...

— Por isso que esse tipo de festa é tão perfeita para o mês de julho. — Petunia dirigiu-se a Clara: — Como você sabe, eu sou acompanhante de Henrietta e de sua irmã mais nova, May, e talvez por ser a primeira temporada de May eu esteja tão ocupada. Mas já não sou jovem, a idade está começando a pesar, e a temporada está tão agitada que logo terei de descansar, ou temo não ser mais capaz de seguir. Então, depois que May for apresentada à sociedade, vamos passar um final de semana em Lisle. Será a festa do meu sobrinho, *Sir* Albert, pai de Henrietta, como você deve saber. Gostaríamos muito que você fosse conosco, minha querida, e a família do duque também, é claro.

— Até eu acho Lisle um lugar adorável — acrescentou Hetty. — Diga que irá, vou adorar mostrar os arredores para você.

— Eu gostaria de ir — Clara garantiu. — Mas como eu disse, as coisas aqui estão muito complicadas. Não sei se posso me dar ao luxo de me ausentar.

— Fica em Kent, na direção de Dover — disse Hetty. — A viagem é bem curta, com trens saindo várias vezes por dia. Se algum imprevisto acontecer você estará de volta em poucas horas. E se você está trabalhando tanto assim, vai precisar descansar um pouco. Não que iremos descansar muito se o tempo estiver bom, porque haverá jogos de críquete, tênis e passeio no riacho. Podemos até ir a Dover e fazer piquenique nos penhascos para olhar o mar.

— Isso seria adorável. Nunca estive em Dover. Mas...

— Pronto, está decidido! — gritou Hetty. — Não quero ouvir mais nem um "mas", Clara. Prometo que será muito divertido. Vai ter muita gente, mas você não precisa se preocupar por não conhecer ninguém. Rex já está lá junto com meu irmão, Paul, que você conhecerá no piquenique.

Clara recordava que o irmão de Hetty, Paul, era muito agradável, e a ideia de conhecer pessoas novas não a incomodava mais quanto dois meses antes, porém foi a menção da presença de Rex que a convenceu.

— Então está bem. — Assim que aceitou o convite, toda aquela euforia de antes a assolou. — Se as irmãs do duque puderem me acompanhar, eu adoraria ir a Lisle.

⌗

Nada melhor do que o campo para um homem recuperar sua sanidade. Longos passeios a cavalo pelas montanhas todas as manhãs, seguidos por caminhadas pela floresta ou ao longo dos penhascos depois do almoço e algumas vigorosas partidas de tênis com o primo Paul no final da tarde ajudaram Rex a voltar aos trilhos.

Ele descobriu que as partidas de tênis eram especialmente eficazes, pois o primo não só era um competidor tão voraz quanto ele, como também um jogador talentoso. Além disso, Paul era dez anos mais novo, o que significava que, mesmo ganhando algumas vezes e perdendo outras, Rex terminava as partidas exausto. E se depois disso tudo as lembranças de Clara ainda lhe tirassem o sono, algumas braçadas no lago eram suficientes para esfriar o sangue.

Depois de doze dias de exercícios intensos e noites caindo na cama completamente esgotado, a lembrança de Clara Deverill já não o incomodava. A sensação daquele corpo quente e doce se tornou apenas uma recordação, e não mais uma tortura. Os suaves gemidos dela ao atingir o clímax pararam de invadir seus sonhos, e com isso ele deixou de acordar excitado e dolorido no meio da noite. Na tarde do dia em que ia começar a festa, Rex finalmente se sentia ele mesmo de novo.

Ele e Paul estavam na quadra de tênis quando Hetty, May e tia Pet, as únicas da família que ainda não estavam em Lisle, chegaram da estação.

O chá havia sido servido no sul da propriedade, perto da quadra de tênis, e alguns convidados já circulavam por ali quando a carruagem de tio Albert chegou, mas foi só quando o veículo parou ali perto e Hetty gritou cumprimentando a todos que Rex notou que uma outra carruagem vinha se aproximando logo atrás. Ele imaginou que fossem mais convidados.

— Finalmente chegaram todos — disse Paul, trazendo a atenção de Rex de volta para o jogo. — Você quer parar para tomar chá?

— Chá? — Rex balançou a cabeça, rindo. — Bem agora que estou por um triz de ganhar esta partida? Sem chance.

— Por um triz? — repetiu Paul em tom de desdém enquanto se preparava para um saque. — Essa é boa.

A bolinha subiu alto no ar, depois Paul sacou para um canto capcioso da quadra oposta. Rex rebateu o saque astuto do primo com a força de uma arma letal e na mesma hora achou ter ouvido Hetty chamar o nome de Clara. Perplexo, olhou para os lados, e o maior de seus temores se confirmou. Ao ver a figura esguia de Clara atravessar o gramado até o lado de Hetty, sua concentração se dispersou e se desfez por completo.

Ele escutou o baque da bolinha na raquete de Paul, mas como ainda estava prestando atenção em Clara, demorou uma fração de segundo a mais para reagir, e quando foi tentar rebater, não conseguiu. Era tarde demais para acertar a bola, e seu corpo continuou indo para a frente, por causa do impulso. Ele caiu com toda a força sobre a relva da quadra, batendo o ombro e o quadril no chão, a menos de 3 metros justamente da mulher que vinha tentando esquecer fazia quase uma semana. Da posição em que estava, a visão que se descortinava aos seus olhos era dos sapatos delicados de Clara e do acabamento de renda da anágua que despontava sob a barra da saia azul de viagem.

Jesus amado.

Rex apressou-se a se virar de costas para aquela visão deleitável, o rosto contorcido em uma careta de dor, e, para piorar tudo, ouviu a risada sonora de Paul. Que raios havia feito para merecer uma cena daquelas?, pensou olhando para o céu.

— Você está bem? — perguntou Paul, ainda rindo.

— Tudo na mais perfeita ordem. Por que a pergunta?

Rex se levantou antes que Paul ou qualquer outra pessoa pudesse questionar a mentira. Ao mover o ombro, percebeu que não tinha se machucado tanto quanto pensara a princípio, e olhou ao redor para procurar a raquete, encontrando-a próximo da linha branca da quadra, ainda mais perto de onde Clara estava com Hetty.

— Jogo difícil? — perguntou Paul quando Rex se abaixou para pegar a raquete.

— Pelo visto foi mesmo. Hetty, srta. Deverill — Rex as cumprimentou com uma mesura, sem olhar para Clara, e antes que ela respondesse ele se virou e voltou para a quadra.

Rex limpou o suor da testa e se preparou para o próximo saque, mas de repente a ideia de continuar jogando, sabendo que Clara estava ali e que estaria olhando, era insustentável. Assim, acenou para Paul, fazendo um sinal para que o outro parasse antes do saque.

— O que houve?

Rex mexeu os ombros de novo e exagerou na careta de dor.

— Vamos parar. Eu desisto — acrescentou antes que Paul pudesse revidar.

— Desiste? — indagou Paul, seguindo o primo para fora da quadra. — Mas você nunca desiste.

— Estou desistindo agora — respondeu ele, temendo que não estivesse falando apenas do jogo de tênis.

<hr />

Rex não viu Clara novamente até a hora do jantar. Por sorte os dois não se sentaram um ao lado do outro na mesa, mas não foi exatamente a bênção que poderia ter sido, porque ele ainda podia vê-la perfeitamente de onde estava. Paul se sentou ao lado dela e devia estar sendo uma ótima companhia, espirituoso e charmoso, pois toda vez que Rex olhava naquela direção, ela estava rindo de alguma coisa que o primo dissera. Na sala de jantar em Lisle não havia iluminação a gás, e a luz das velas conferia uma luminosidade peculiar à pele pálida de Clara. O cabelo dela estava preso em um coque gracioso no alto da cabeça, o mesmo penteado que ele já havia elogiado naquela noite no escritório do jornal, o que só fez remetê-lo ao que havia acontecido lá. Foi um alívio quando o jantar terminou e as damas foram para a sala de estar.

Depois de tomarem vinho do porto, Rex e os outros cavalheiros foram se encontrar com as mulheres. Rex conversou com Clara de maneira formal e educada, restringindo-se a falar o mínimo possível, mas vez ou outra não resistia e encurtava um pouco a distância entre eles para ouvir melhor a voz dela. Uma atitude que se tornou uma tortura, piorando quando a ouviu descrever a beleza de seu quarto amarelo para a cunhada, Lady Angela. Só havia um, e somente um, quarto decorado em amarelo em Lisle.

Assim que descobriu onde ficava o tal quarto amarelo, ele fez um esforço para tirar aquilo do pensamento, embora soubesse que seria o mesmo que pôr os presentes de volta na caixa de Pandora, tanto que, deitado na cama, cinco horas depois, não conseguia pensar em outra coisa.

Imagens tentadoras do cabelo de Clara caindo em cascata pelo corpo, dos seios pequenos e redondos, da pele pálida e iluminada e das pernas longas e esguias dançavam em sua mente. Ele respirou fundo, imaginando o perfume de flor de laranjeira, e chegou a ouvir os doces gritos de prazer que ela deixara escapar enquanto era acariciada, o que fez com que o desejo o atingisse com a força de um trovão, deixando-o enrijecido a ponto de sentir dor.

Rex chegou a descer a mão pelo quadril, pensando em aliviar a agonia de um jeito simples, o que aliás vinha fazendo com frequência ao longo dos últimos dois meses, mas acabou suspirando e deixando a mão pender para o lado. De que adiantaria? Qualquer alívio seria temporário, pois bastava um vislumbre do sorriso de Clara para ele voltar a ficar naquele estado.

Com um movimento abrupto, ele afastou os lençóis e saiu da cama. Hora da natação noturna, decidiu. Vestiu a calça preta e o pesado paletó de cetim azul e saiu do quarto. Desceu as escadas descalço e saiu para a noite enluarada de verão.

Rex caminhou sobre a relva fria, dando a volta na casa e seguindo para o norte na direção do lago, apesar de saber que aquela ainda não era a distância ideal que deveria manter de Clara. Quem sabe poderia alugar um chalé na Irlanda, pensou em desespero, ou ir para o alojamento de caça do pai na Escócia, mas nenhum lugar parecia longe o suficiente. Que inferno. Do jeito que ele estava naquele momento, nem mesmo Shanghai seria longe o bastante para mantê-la segura.

Depois de tirar as roupas, ele mergulhou no lago e contou trinta voltas antes de sentir que a excitação havia passado; a dor tinha amenizado para um mero desconforto e talvez ele não precisasse ir até Shanghai. Mas no caminho de volta, viu luz em uma das janelas, a única luz acesa daquele lado da casa. Contou as janelas duas vezes só para ter certeza, embora soubesse muito bem que não era preciso.

Era o destino. Essa era uma daquelas coisas contra as quais um homem não podia lutar. A tentativa tinha sido uma batalha digna e até nobre, mas ao mesmo tempo inútil, porque ao vislumbrar a luz no Quarto Amarelo, ele soube que havia perdido a guerra.

Rex começou a andar na direção da casa, aumentando os passos à medida que atravessava o gramado e diminuindo o ritmo ao entrar. Preferiu subir pela escada do lado sul, porque os degraus não rangiam; atravessou um labirinto de corredores, passou na ponta dos pés pelo mensageiro que roncava baixinho, virou na direção das suítes dos convidados e parou no começo do corredor, percebendo a fresta de luz debaixo da porta do Quarto Amarelo, sem saber se ficava contente ou não.

Contou as portas até o quarto de Clara, verificando seus cálculos anteriores, e parou na frente da entrada. Respirando fundo, considerou com critério o que estava prestes a fazer, o que significaria e as inevitáveis consequências. Depois pôs a mão na maçaneta, virou, abriu a porta e cruzou a linha limite.

Capítulo 17

Clara ergueu os olhos do livro ao ouvir o barulho da maçaneta girando, e quando a porta se abriu ela arfou assustada e pulou da cama, ficando imóvel ao ver Rex entrando no quarto.

Em seu quarto.

Rex pôs o dedo nos lábios e deu alguns passos à frente, fechando a porta atrás de si. Quando cruzaram os olhares de novo, ela se deu conta de que Rex estava com os cabelos molhados e apenas parcialmente vestido, como se tivesse acabado de sair do banho, e olhou chocada para o paletó aberto que revelava o peito nu dele. Era a primeira vez que via um peito masculino nu.

Uma onda de calor começou a subir pelo seu corpo.

Rex deu um passo à frente e ela deu um passo involuntário para trás, encostando na cama.

Ele parou.

— Rex? — perguntou ela, sussurrando. — O que está fazendo aqui?

Ele não disse nada, mas quando percorreu o corpo esguio com o olhar, a pergunta de Clara teve resposta.

O calor dentro dela se intensificou e se espalhou.

O olhar de Rex parou nos pés miúdos e Clara encolheu os dedos, escondendo-os debaixo da barra da camisola.

— Você não devia estar aqui, Rex.

— Eu sei.

A confissão suave transformou o calor que Clara sentia em um violento acesso de raiva, e ela foi na direção dele.

— Você mal agiu com civilidade quando cheguei — ela o lembrou em um sussurro categórico ao parar diante dele.

Ele se mexeu.

— Ver você me pegou desprevenido. Eu não esperava. Ninguém disse que você viria.

— Ah, e a surpresa fez você querer me ver pelas costas? E por que tem me evitado desde que cheguei e me tratado como se eu estivesse com uma praga?

— Tenho tentado manter você em segurança.

— Em segurança contra o quê?

Ele a fitou com os olhos brilhando como chamas azuis.

— Contra mim.

Clara respirou fundo, a resposta simples e o desejo evidente nos olhos dele fazendo desaparecer a raiva, deixando apenas o calor.

— Se quiser que eu vá, basta dizer — murmurou ele com voz baixa e rouca.

Ela deveria dizer. Claro que deveria.

Chegou a abrir a boca, mas as palavras não saíram. De todas as vezes que as palavras certas haviam lhe faltado, aquela não deveria ser uma delas, mas depois do que havia acontecido entre eles naquela noite extraordinária no escritório, depois dos beijos e carícias ardentes, qualquer noção de decoro parecia absurda. Pior, muito pior, ela não queria que Rex saísse. Desejava todos aqueles beijos abrasadores de novo. E por isso permaneceu em silêncio.

Rex se aproximou bem devagar, e a cada passo que ele avançava os batimentos do coração de Clara iam aumentando, só que na velocidade inversa. Quando os lábios dele roçaram a boca bem desenhada o coração dela estava disparado.

— Você sabe o que acontece se eu ficar, Clara?

Clara sabia. Os dois teriam que mentir. Era arriscado. Podia significar a ruína. Ainda assim, com o leve toque em seus lábios, Clara deixou de se preocupar e meneou a cabeça.

— Sim.

Com uma rapidez que tirou o fôlego de Clara, os braços de Rex a envolveram e os lábios dele capturaram os dela em um beijo luxuriante.

Clara saboreou toda a intimidade tórrida, degustando a carícia tão profundamente quanto ele. Os braços que a estreitavam eram fortes, a boca e o sabor dele já familiares. Ela se moldou ao corpo másculo e passou os braços ao redor do pescoço dele, mas para sua surpresa, ele a impediu, segurando-lhe os pulsos.

Clara murmurou um protesto sem deixar de beijá-lo, mas foi ignorada quando ele baixou seus braços.

— Preciso ir mais devagar — disse, contradizendo-se ao soltar o laço do robe. — Não quero que minha pressa estrague tudo para você.

— Qualquer coisa que você fizer será maravilhosa.

Rex soltou uma risada profunda.

— Gostaria de ter a mesma confiança — disse ele baixinho. — Não se esqueça de que teremos que ser muito silenciosos. Os quartos dos dois lados estão ocupados.

Ele abriu o robe, deslizando-o pelos ombros de Clara. Então, para surpresa dela, Rex puxou a fita que prendia sua trança e começou a desfazê-la.

— Pronto — murmurou ele, espalhando os longos cachos ao redor dos ombros dela. — Tenho vontade de fazer isso desde o dia em que nos conhecemos.

— Como? — Clara piscou e o encarou. — Enquanto dançávamos você estava pensando em desfazer minha trança?

— Isso mesmo. Eu queria desmanchar o penteado, ver o cabelo cair solto e percorrer os dedos por toda a extensão deles.

— Senhor... — Foi um som fraco, quase inaudível.

Rex deslizou a palma da mão pelo rosto gracioso e depois entremeou os dedos pelos cabelos sedosos dela, segurando-os antes de inclinar a cabeça dela para trás e beijá-la novamente, um beijo longo e sensual, mais terno, porém cálido o suficiente para deixá-la ardendo de desejo pelo corpo inteiro.

— Eu também tinha pensado em fazer isso — acrescentou, afastando-se um pouco.

— Eu sabia dessa parte — disse ela ofegante, tentando recuperar o fôlego. — Você me contou.

Rex riu, tirando os dedos do cabelo dela.

— Contei mesmo. Que patife eu sou...

Clara sentiu um arrepio de expectativa e uma palpitação de medo quando ele começou a desabotoar o primeiro botão na gola da camisola. A ansiedade só fazia aumentar a cada botão que se abria. A jovem estremeceu inteira quando a tarefa chegou a sua cintura, e quando ele passou a camisola por seus ombros, braços e quadris, e em seguida até seus tornozelos, ela arfou ao sentir o ar frio na pele do corpo que ardia por dentro, de paixão.

De repente Rex parou, inclinou-se para trás, baixando as pálpebras para admirá-la, e só então Clara percebeu, tarde demais, que estava completamente nua. Todos os tremores desapareceram na mesma hora e ela quis se esconder, em desespero.

Mas Rex não permitiu.

— Não, não... — murmurou, segurando as mãos de Clara antes que ela pensasse em se cobrir. — Tenho pensado nisso há muito tempo, Clara. — Ele abriu os braços dela apesar da resistência. — Não me negue isso.

— Não posso mesmo — sussurrou ela com os braços esticados e as mãos entrelaçadas às dele, o corpo totalmente exposto. — Uma vez que você já me despiu.

Ele riu. Quando o riso se esvaiu, ela soube que Rex observava seu corpo. Mesmo com espartilho, Clara não tinha muitas curvas, e sem ele, então, ela sabia que seu corpo lembrava mais o formato de um palito do que de uma ampulheta.

Clara resistiu com firmeza à observação dele, mas não conseguia encará-lo. Em vez disso preferiu olhar para o queixo dele, enquanto era avaliada com tanto critério, sentindo a tensão aumentar. Rex ficou em silêncio por muito tempo, fazendo com que ela temesse o pior.

— Você é adorável — disse ele, surpreendendo-a ao se ajoelhar diante dela. — Muito mais adorável do que eu imaginava. — Ele riu enquanto deslizava as mãos do quadril até as costelas dela. — E isso é difícil, dada a minha imaginação fértil.

Só então Clara o fitou. Não conseguiu resistir, e quando viu o desejo na fisionomia dele ao admirar seu corpo, o alívio foi tão profundo que ela quase caiu de joelhos também.

Rex subiu a mão mais um pouco e segurou um dos seios com a mão em concha, e o alívio que ela acabara de sentir se dissolveu com uma faísca de prazer tão forte que a deixou ofegante.

A sensação da palma da mão na pele nua do seio foi extraordinária, e quando ele segurou o mamilo com os dedos para brincar suavemente, ela não conseguiu segurar um gemido.

— Shh... — ele a repreendeu e a beijou ali.

Foi uma sensação tão maravilhosa, e Clara precisou morder o lábio para não gritar de prazer. E quando ele abocanhou o mamilo inteiro, os joelhos dela fraquejaram. Rex a segurou antes que ela caísse, passando o braço pelos quadris arredondados enquanto sugava o seio macio.

Clara girou o corpo, a carícia a deixou desesperada para se mexer, mas Rex não permitiu, pressionando os corpos um contra o outro, um cativeiro que só aumentou o prazer que ele evocava com a boca.

No final, ela não suportava mais.

— Rex... — suplicou ela, segurando-o pelos cabelos e puxando a cabeça dele para trás.

Ele cedeu, relaxando, segurando as mãos dela e puxando-a para baixo. Quando estavam frente a frente, ele tirou o paletó do smoking. Clara o impediu quando ele tentou beijá-la.

— O que foi? — perguntou ele, com a respiração irregular.

— Nada... É que... — Ela parou de falar, baixando o olhar para o tórax de músculos bem delineados. — Acho que é minha vez de olhar.

Rex reprimiu o riso.

— É justo. Olhe o quanto quiser.

E foi o que ela fez, percorrendo os olhos pelo peito largo, pelos braços poderosos. Rex percebeu que Clara tinha prazer em admirá-lo e, pela primeira vez na vida, agradeceu pela boa aparência herdada da mãe. Precisou suportar a doce agonia de ser tocado por aquelas mãos delicadas, mas quando ela olhou mais para baixo e as mãos dela seguiram o olhar, ele as afastou delicadamente.

— Um homem não suporta tanta tortura. Se você começar a tirar minha roupa eu enlouqueço e nossa noite termina cedo demais.

— Mas você me despiu — protestou ela.

— É diferente... — Ele a silenciou com um beijo para terminar a discussão sobre o assunto e a deitou sobre o tapete.

Clara não gostou e fez uma careta.

— O tapete pinica. Será que não podemos nos deitar na cama? — sussurrou.

Rex balançou a cabeça.

— Camas de ferro fazem muito barulho.

— Ah... — Ela corou quando entendeu a razão, fazendo-o rir.

Rex jamais imaginara que a doçura de uma mulher pudesse ser viciante, mas com Clara, ansiava por isso como se fosse uma droga.

— Sério, Rex, não entendo por que você acha graça em algumas coisas.

— Eu sei... — Ele a beijou. — Eu sei.

Quando se afastou, Rex pegou o paletó e o estendeu no tapete.

— Pronto, deite-se aqui.

Clara obedeceu. A visão do corpo nu sobre o paletó foi a mais erótica que ele tinha visto, por isso correu os olhos pelos seios doces e arredondados, pela cintura fina, chegando por fim aos pequenos cachos encaracolados na virilha dela. O desejo era tão lancinante que o estava deixando tonto, mas era preciso suportar um pouco mais, pois a primeira vez dela teria que ser a experiência mais bonita e romântica que ele pudesse proporcionar.

Não que soubesse o que estava fazendo, ele se deu conta, um pensamento que quase o fez rir. E pensar que tivera tantas mulheres na vida, mas a experiência não ajudava em nada com Clara. Era a primeira vez que fazia amor com uma moça virgem e desde a adolescência não ficava tão intimidado com o ato.

Depois de respirar fundo, ele titubeou e se deitou ao lado dela, colocando o peso no antebraço e espalmando a mão no abdômen de Clara. Ela reagiu ao toque imediatamente, gemendo baixinho e arqueando os quadris. Rex sorriu. Clara era tão delicada, mas a paixão que a invadia era titânica. Apesar disso, quando ele se aproximou, roçando a ereção na perna dela, ela se assustou um pouco e abriu os olhos.

— Rex?

— Está tudo bem. Confie em mim.

Assim dizendo, ele começou a beijá-la devagar até que o corpo dela relaxasse. Sem deixar de beijá-la, deslizou a mão para um dos seios, moldando-o e brincando um pouco até se abaixar para aprisionar o mamilo com a boca. Clara gemeu de novo e mais uma vez Rex a assegurou de que estava tudo bem. Quando ela ergueu o braço, colocando o pulso sobre a boca, ele sorriu. Ainda sugando-a, ele deslizou a mão pelo ventre dela até a virilha, tocando o triângulo de cachos dourados. Clara arfou e apertou a mão dele com as pernas, movendo os quadris enquanto era tocada.

Clara estava úmida, pronta, mas ele continuou esperando, acariciando-a da mesma forma como fizera naquela noite na mesa de escritório, deslizando o dedo para cima e para baixo da fenda do sexo dela. Ela deixou os braços penderem para o lado, com a respiração arfante e movendo os quadris contra a mão dele.

— Lembra disto? — sussurrou ele. — Lembra-se da última vez que aconteceu?

— Isto não é... — Ela fez uma pausa, arquejando, sem deixar de movimentar os quadris. — Isto não é algo que uma garota esqueça.

Rex riu baixinho. Clara dizia as coisas mais inesperadas.

Ela ouviu a risada, mas como de costume não entendeu o motivo e naquele exato momento estava extasiada demais para se preocupar em descobrir. Cada movimento daqueles dedos hábeis provocava uma onda de prazer que varria seu corpo, até o momento em que ela não conseguiu mais aguentar e explodiu de puro êxtase.

Rex abafou o grito com a boca, beijando-a, os dedos ainda proporcionando prazer a ela, mesmo depois do clímax, enquanto ela arfava contra o tapete.

— Chegou a hora, Clara.

A voz dele estava mais pungente do que de costume, vibrava de desejo, um sentimento que ela compreendeu instintivamente.

— Não aguento mais esperar.

Ao consentir com a cabeça, ela expressou que sentia o mesmo e que estava pronta, embora tivesse apenas uma vaga ideia do que estava por acontecer. Rex afastou a mão e rolou para o lado. Surpresa, Clara abriu os olhos e virou a cabeça para o lado, observando-o desabotoar a calça e tirá-la em seguida.

Ela baixou o olhar, curiosa para ver o queria ter visto mais cedo, mas a visão foi tão chocante que fixou o olhar ali, surpresa, uma súbita apreensão vencendo a curiosidade.

— Rex?

Quando ele a cobriu com seu peso, Clara fechou os olhos e os apertou. O corpo forte e pesado sobre o seu e aquela parte inchada no meio de suas coxas a deixou sem saber se queria continuar.

Rex percebeu o que estava acontecendo, pois ficou imóvel de repente e segurou o rosto dela entre as mãos.

— Clara, olhe para mim.

Ela se forçou a abrir os olhos.

— Esta parte provavelmente vai doer um pouco. — Os olhos azuis continuavam vívidos, mesmo à luz fraca da lamparina, e a voz estava permeada pelo desejo. — Lamento, mas não há o que fazer. — Ele fez uma pausa para beijá-la. — Serei o mais gentil que puder, está bem?

Clara meneou a cabeça e prendeu o ar.

— Sim, está bem.

Ela sentiu a mão forte daquele homem escorregar por entre o corpo dele e o seu, afastando-lhe as coxas.

— Abra as pernas para mim, querida.

Ela obedeceu, afastando as pernas, e logo sentiu a pressão do corpo duro e quente. Quando os movimentos começaram, a fricção foi prazerosa e a excitação de antes voltou a inundá-la conforme ele posicionava a ponta da ereção dentro de seu corpo e iniciava a penetração.

— Meu Deus, meu Deus... — Rex gemeu contra o pescoço dela.

Os quadris dele começaram a se mover mais rapidamente até preenchê-la por completo.

A dor foi mais aguda do que Clara esperava, uma pressão profunda, dura e contundente, que abafou todo o prazer que estava sentindo. Rex calou o grito com um beijo, enquanto seu corpo permanecia sobre o dela.

Foi um beijo longo, intenso e delicado.

— Você está bem? — perguntou Rex, levantando a cabeça.

A voz estava tão sufocada que as palavras foram quase inaudíveis, revelando a tensão em que ele estava.

Ela se mexeu, esquivando os quadris, mas aliviada ao sentir que a dor estava passando.

— Sim. — Ela meneou a cabeça. — Acho que sim.

Depois de mais um beijo, a penetração recomeçou. Ainda estava desconfortável, mas a dor misturava-se ao prazer... Prazer em senti--lo por inteiro, duro e grosso dentro de seu corpo, e na maneira como ele se movia, incentivando-a a segui-lo na mesma cadência.

Ela se esforçou para acompanhar o ritmo dos movimentos, e cada estocada vinha um pouco mais forte, um pouco mais profunda, o que não tinha importância, pois o prazer dela também aumentava.

De repente, sem nenhum aviso, a sensação que ela só sentira com o toque dos dedos dele voltou com uma força maior, enviando espasmos de prazer por seu corpo inteiro. Clara abraçou a cintura dele com as pernas, apertando com força.

Rex soltou um som gutural contra os lábios de Clara. Seus braços deslizaram pelas costas dela, como se ele quisesse aproximá-la ainda mais. Presa naqueles braços fortes, ela saboreou as investidas, uma após outra, vezes seguidas até ele começar a tremer inteiro, anunciando que estava sentindo o mesmo prazer avassalador que ela acabara de sentir. Ele a estocou mais três vezes antes de ficar imóvel, com todo o peso sobre o corpo de Clara. Ainda estavam abraçados, e a respiração de Rex estava ofegante quando ele enterrou o rosto no pescoço dela.

Deslumbrada, a jovem tinha os olhos fixos no teto, as mãos acariciando os músculos suaves e rijos das costas dele. A dor havia se dissipado, e com os braços dele apertando-a com força, tudo o que sentia era uma alegria doce e poética, uma ternura imensa e profunda que parecia envolver a ambos.

Rex se mexeu.

— Ainda dói? — perguntou, beijando-a no pescoço. — Conte...

— Não. Ah, não. — Ela balançou a cabeça.

— Ótimo.

Rex a beijou na boca e se mexeu como se fosse rolar para o lado, mas ela apertou as pernas ao redor do corpo dele, relutante em deixá-lo se afastar.

Sorrindo, ele ergueu a cabeça apenas o suficiente para olhá-la.

— Eu adoraria ficar — murmurou —, mas não posso. Preciso voltar para meu quarto antes que as criadas acordem.

Clara meneou a cabeça, sabendo que ele estava certo, e relaxou as pernas. Rex ergueu os quadris e a soltou. Ela fez uma careta ao perceber que ainda estava dolorida, mais do que imaginara. Estava também suada e pegajosa, principalmente nas partes mais íntimas. Fazer amor não era tão romântico depois que terminava.

Rex se levantou e estendeu a mão para ajudá-la a ficar em pé também, depois fez uma pausa, sorrindo, passeando os olhos pelo corpo nu de Clara, uma expedição que a deixou terrivelmente tímida e envergonhada, mas sentindo-se bonita também, a ponto de rever seus conceitos sobre si mesma. Foi então que entendeu que havia romance depois do ato de amor, sim.

— Por que você está rindo? — perguntou ela, embora soubesse. Pôs a mão no cabelo e ficou mais corada ainda.

— Você está deliciosa — disse ele.

— É mesmo? — Ela deu um sorriso de lado. — Como um biscoito amanteigado, suponho.

— Sim, graças a Deus. — Ele a beijou. — Adoro biscoito amanteigado.

Rex se virou para procurar suas roupas e ela inclinou a cabeça para o lado, estudando o corpo másculo, apreciando a visão. Os ombros dele eram esplêndidos. E quando ele se abaixou para pegar as calças jogadas, ela concluiu que as nádegas também eram lindas.

Rex se virou e flagrou-a observando-o. Clara tentou se fazer de inocente, com um olhar de ovelhinha, mas ele sorriu, não se deixando enganar nem um pouco.

— Apreciando a paisagem? — perguntou ele, puxando as calças para cima.

— Eu estava, até você vestir essa calça e estragar tudo. — Ela fez uma careta.

Rex riu e se abaixou para pegar o paletó no chão, porém, quando foi vesti-lo, parou e, por alguma razão que Clara não podia imaginar qual seria, desistiu e o enrolou nas mãos. Em seguida ficou imóvel, olhando para a peça de roupa, depois comprimiu os lábios, levantou a cabeça e olhou para ela. A expressão severa no rosto dele a assustou.

— Rex? O que foi?

— Nada. — Ele esboçou um sorriso. — Procure dormir esta noite, está bem?

Dormir? Ela o encarou, incrédula enquanto ele se virava para abrir a porta. Seria impossível dormir naquele momento. Nunca se sentira tão desperta, tão viva. Parecia que podia conquistar o mundo. As pessoas realmente dormiam depois de uma experiência tão extraordinária?

Mas antes que pudesse sanar a dúvida, Rex já tinha ido embora.

Capítulo 18

TALVEZ TIVESSEM SIDO AS AVENTURAS noturnas incríveis e extenuantes, ou quem sabe o fato de ter trabalhado até altas horas da noite no jornal, mas qualquer que fosse a razão, e apesar do que previra, Clara sucumbiu ao sono assim que encostou a cabeça no travesseiro, e só acordou porque havia alguém no quarto.

Ainda de olhos fechados e meio grogue, imaginou o que Rex poderia estar fazendo ali. Ele não tinha ido embora? Uma vaga lembrança dele saindo passou por sua mente confusa, e quando ela se lembrou das coisas incríveis que haviam acontecido todas as especulações sobre ele estar de volta sumiram.

Até a noite anterior, Clara nunca tinha se sentido verdadeiramente bonita. Mas quando ele se ajoelhara à sua frente e dissera que ela era adorável com um tom de voz sério, seu coração palpitara de alegria e pela primeira vez sentira confiança em seu poder feminino. Quando Rex a beijara e acariciara, percebeu que era tão adorável quanto ele havia dito, e uma vida inteira sentindo-se desajeitada, passando despercebida e comum, dissipou-se sob o calor ardente dos olhos, mãos e boca de Rex. Até aquele momento a sensação permanecia, levando-a a sorrir no sonho.

Uma gaveta foi aberta e fechada, intrometendo-se nas lembranças deliciosas e etéreas, e ela concluiu que Rex não podia ainda estar no quarto, pois por que motivo ele ficaria mexendo nas gavetas? Com esforço abriu os olhos e viu a lamparina acesa, a fresta de luz através do cortinado fechado, e sua criada guardando roupas de baixo na cômoda.

— Forrester? — murmurou, piscando com a luz. — O que está fazendo?

— Perdoe-me, srta. Clara. — A criada se virou com uma expressão de desculpas. — A senhorita estava dormindo tão profundamente que achei que guardar algumas coisas não a acordaria.

— Sem problemas. — Clara esfregou os olhos com as mãos, tentando ficar mais desperta. — Que horas são?

— 11h15.

— O quê? 11h15? — Perplexa, ela pulou da cama, totalmente acordada. — Já é tão tarde assim?

A rechonchuda criada de meia-idade assentiu com a cabeça.

— Sim, senhorita. Eu a teria acordado, mas a senhorita estava dormindo tão pesadamente que achei melhor deixar. A senhorita tem trabalhado tanto e tem estado tão cansada ultimamente... Espero não ter feito mal em deixá-la dormir.

— Não, claro que não — Clara se apressou em garantir. — E acho que você tem razão, eu estava mesmo precisando descansar. 11h15? Nossa, nunca acordei tão tarde. — Enquanto falava, Clara pensou em como passara a noite e se virou rápido antes que Forrester pudesse notar sinais em sua expressão que entregassem o que estava se passando pela sua cabeça.

Afastando os lençóis e a colcha para o lado, ela saiu da cama pelo lado oposto de onde a criada estava e foi até a janela. Ao abrir uma fresta da cortina, piscou com a luz do sol.

— Que dia lindo. Qual a razão das carruagens? — indagou, notando algumas seges e coches na entrada.

— A srta. Chapman organizou um almoço no campo em White Cliffs para quem quisesse ir — disse Forrester. — Vai ter almoço aqui também, claro, para quem quiser ficar, e quando os outros voltarem do piquenique haverá partidas de críquete e de tênis.

— Tênis? — Clara pensou em como Rex estava lindo no uniforme branco de tênis. E como ficava muito mais maravilhoso sem eles.

Ela fechou os olhos, lembrando-se do corpo másculo nu, dos ombros largos, dos músculos bem definidos das costas e braços e das linhas sedutoras do traseiro firme dele. Tivera a noção de que aquele homem era exatamente assim na primeira vez em que o vira, quando pensara que ele se adequava mais ao monte Olimpo do que a uma pequena e antiga casa de chá de Londres. Ver aquele corpo magnífico foi a prova de que seu instinto estava certo.

E quanto aos outros instintos?, pensou de repente. Qual estaria certo, aquele que o considerara um patife devasso ou o que permitira que ele ficasse no quarto e se deitasse com ela? Talvez os dois, avaliou, sentindo um súbito tremor de apreensão.

Tenho tentado manter você em segurança... de mim.

Clara estremeceu e a dúvida do que aconteceria dominou-lhe a mente.

— Gostaria de ir, srta. Clara?

Ela se sobressaltou e abriu os olhos, soltando a cortina e se virando para a criada.

— Desculpe, o que disse?

— O piquenique. Se a senhorita quiser ir, é melhor nos apressarmos para vesti-la. As carruagens devem partir ao meio-dia em ponto, foi o que disse a srta. Chapman.

Clara se recompôs, afastando os pensamentos deleitáveis sobre o corpo magnífico de Rex e os receios sobre o futuro.

— Quero ir, sim — respondeu, afastando-se da janela. — Hetty tinha me prometido um passeio em White Cliffs, pois nunca estive nos penhascos e não quero perder a oportunidade.

Foi uma correria para se arrumar, mas Clara logo soube que o passeio a White Cliffs teria de esperar mais um dia. O grande relógio de carrilhão já tinha tocado as doze badaladas quando ela passou por ali correndo e desceu as escadas. Quando chegou lá embaixo, Carlotta a aguardava.

— Desculpe — disse, escorregando para parar com a sombrinha debaixo de um braço e terminando de abotoar as luvas. — Estou muito atrasada? Estão esperando por mim ou já foram embora?

— Não, ninguém partiu ainda, mas acho que você não vai querer ir.

Clara franziu o cenho, confusa, especialmente porque Carlotta sorria como o gato de *Alice no País das Maravilhas*, o que era muito raro acontecer.

— O que você quer dizer com isso?

— Vamos caminhar, minha querida. — Carlotta passou o braço pelo de Clara.

Clara ficou atônita e permitiu que a cunhada a conduzisse pelo hall.

— Aonde estamos indo? — perguntou quando elas viraram na direção oposta de onde estavam as carruagens.

— O roseiral está lindo, cheio de roseiras em flor — disse Carlotta. — Achei que podíamos ir até lá.

— E o piquenique? — Clara quis saber quando elas viraram pela lateral da casa e começaram a atravessar o gramado do lado sul.

Mal ela tinha perguntado quando viu Rex parado diante da entrada do roseiral, com o chapéu na mão. Toda a vontade de ver os penhascos de Dover sumiu no mesmo instante.

Como ele era lindo!

As lembranças da noite anterior voltaram em uma explosão de pura alegria, e ela sorriu.

Rex, porém, continuou sério.

Clara hesitou, mas o braço de Carlotta ainda estava entrelaçado ao dela, empurrando-a para a frente. Quando chegaram mais perto, Rex estava tão sério que ela pensou que alguma coisa terrível tinha acontecido, mas ao notar que Carlotta ainda estava sorrindo, ficou mais tranquila.

— Por que isso agora? — perguntou, virando-se de novo para Rex.

Em vez de responder, ele apontou para o caminho no gramado.

— Vamos dar uma volta?

Carlotta puxou o braço e, para surpresa de Clara, a cunhada meneou a cabeça para Rex e se afastou, deixando-os a sós.

— Carlotta? — Clara chamou, mas a outra continuou andando. — Aonde ela vai?

— Para longe da nossa conversa. — Rex passou o braço pelo de Clara. — Caminhe comigo, por favor.

Ele a puxou gentilmente para dentro do roseiral, mas ainda assim Clara continuou olhando por cima do ombro.

— Que raios ela está pensando? Não pode nos deixar sozinhos aqui. Afinal, ela é minha acompanhante.

— Você não acha que já passamos do ponto de precisar de acompanhante, Clara? — ele continuou a falar antes de ela responder. — Pedi a Lady David para arrumar esse encontro particular entre nós, e ela consentiu quando expliquei meus motivos.

Motivos? Só havia uma razão para um homem fazer tal pedido a uma acompanhante. Pensando nisso, uma torrente de emoções dominou Clara. Incredulidade, desânimo, felicidade, receio, alegria, esperança, tudo ao mesmo tempo, embora fossem emoções distintas, mas igualmente poderosas, o suficiente para devastá-la.

Clara parou, incapaz de dar mais um passo, e puxou o braço do dele.

Rex também parou, virando-se para fitá-la.

— Você obviamente imagina qual é minha razão, não?

Uma das emoções sobrepujou as outras, ameaçando levá-la às alturas. Esperança. Mas esperança de quê? Certamente não de um casamento feliz, porque Rex não era do tipo de se casar, o que já era mais que sabido. Da mesma forma, e tão importante quanto, ela não tinha certeza absoluta se queria se casar com Rex, pois nunca havia pensado nisso, não até aquele momento. Então, por que a esperança havia surgido e envolvido seu coração, apertando-lhe o peito em um entusiasmo estonteante? Do que tinha esperança? Sinceramente, Clara não sabia.

Ela olhou para baixo, para o caminho de cascalho, procurando deixar de lado qualquer ideia romântica e se concentrar na realidade.

Era Rex quem estava ali à sua frente, o que significava que a ideia de casamento era absurda, então...

Rex segurou as mãos dela, interrompendo aqueles pensamentos caóticos, e entrelaçou os dedos enluvados aos dela, virando-a para que o encarasse.

— Clara, precisamos nos casar.

Bem, não era tão absurdo assim. Mas o mais estranho era que aquilo não era uma proposta de casamento.

— Precisamos? — exigiu ela, fazendo pouco caso, esforçando-se para pensar. — Céus, isso é uma afirmativa e tanto para um homem que não acredita no casamento e defende abertamente o amor livre.

— Não brinque, Clara. A situação já está bastante difícil.

Não deveria ser nem um pouco difícil, não?

— Você não quer se casar comigo — disse ela.

— Quero, sim.

— Não! — exclamou ela enfática, erguendo a cabeça, soltando as mãos das dele, cada fibra de seu corpo lhe assegurando que ele não estava falando a sério. — Pelo amor de Deus, Rex, não minta!

Ele respirou fundo e olhou para o lado, confirmando pelo menos dessa vez que a intuição dela estava certa.

— Muito bem — disse ele depois de alguns minutos. — Já que você exige que eu seja mais preciso. O que eu quero, Clara, é você. Desejo você desde que foi insolente comigo naquele salão de baile. E continuo querendo.

Bem, pensou Clara, sentindo um arrepio delicioso e uma pontinha de alívio, isso pelo menos era mais parecido com o que ela esperava.

— E se estivermos sozinhos onde quer que seja, vou possuir você rápido como um raio, independentemente do risco. Pode ser aqui e agora, se você permitir.

Clara reprimiu o riso, mas não adiantou muito.

— Temo que se ficarmos sozinhos em algum lugar privado, você não seja o único a agir assim.

Rex não ficou muito feliz em ouvir aquilo.

— É por isso que precisamos nos casar. Você não é do tipo de mulher com quem se faz amor e vai embora.

Clara enrijeceu o corpo, a vontade de rir sumindo com a mesma rapidez com que chegara.

— Existe esse tipo de mulher?

— Acho que você sabe que sim. Por isso não se faça de ofendida, Clara. Existem amantes, cortesãs...

— Viúvas — ela o cortou. — Lady Dina Throckmorton, por exemplo. Seu amigo Lionel acha que ela é desse tipo. E é?

— Não vamos entrar em detalhes sobre Dina e Lionel, está bem? Deixemos que eles resolvam os assuntos deles, enquanto resolvemos os nossos.

— Mas parece que você pensa que nós duas somos diferentes e que merecemos ser consideradas de maneira diferente pelos nossos amantes — insistiu Clara. — Quero saber por que você pensa assim.

— Essa pergunta é mesmo necessária? Dina não era uma mulher inocente e Lionel não foi o primeiro homem da vida dela. Ao contrário de mim, que arruinei você, apesar de ter me esforçado para me afastar. Só Deus sabe o quanto tentei. — Inesperadamente, Rex riu com uma intransigência que a fez franzir o cenho. — E falhei, como os eventos da noite passada demonstraram tão bem.

Clara sentiu um frio que levou toda a alegria que sentira na noite anterior.

— Isso quer dizer que você me desejava contra a sua vontade, lutou contra isso o máximo que conseguiu, mas como falhou e sucumbiu à paixão por mim, agora se sente no dever de me propor casamento, mesmo não querendo passar a vida comigo, ou com qualquer outra mulher. Acertei?

Clara não esperou pela resposta. Já havia escutado o suficiente, mas ele não a deixou ir embora.

— Não é bem assim. — Rex postou-se na frente dela. — Quando fui ao seu quarto ontem, eu sabia o que estava fazendo e quais seriam as consequências. Fiz uma escolha livre e consciente, Clara, e não contra a minha vontade. Eu queria você e aceitei que o casamento seria o preço que teria de pagar para tê-la.

— Preço? — repetiu ela sem acreditar. — Não há preço algum, Rex. Uma vida comigo não é algo que se possa comprar.

— Não foi isso que eu quis dizer...

— Você fez a sua escolha.

Ele se virou para o outro lado.

— Você poderia ter pedido para eu sair, mas não, me deixou ficar. Você também fez uma escolha.

— Não estou competindo, mas você assumiu que nossas escolhas eram iguais. E não eram. Você se lembra — ela continuou antes que ele respondesse —, do que eu disse naquela tarde na sala de estar na casa do meu pai? Você se recorda do que eu disse que queria para a minha vida?

— Lembro, sim. Acredite quando digo que levei isso em consideração.

— É mesmo?

— Você disse que queria um casamento honrado, e eu estou lhe oferecendo isso, embora já seja um pouco tarde. Você também quer filhos. — Rex baixou o olhar e se levantou em seguida. — Um desejo que pode já ter sido realizado. Você pensou nisso?

Não, ela não tinha pensado. Céus, não até aquele momento. E Irene havia lhe explicado com tanto cuidado quando o pastor a tinha cortejado! A irmã a explicara muito bem.

— Meu Deus... — sussurrou ela, tomada por uma onda de pânico.

Rex a segurou pelos braços como se tivesse percebido que os joelhos dela haviam amolecido.

— Está tudo bem — disse com a voz preocupada. — Você não passará pela vergonha, não será arruinada. Eu juro. Vamos nos casar imediatamente e ninguém saberá. Claro que vamos morar em Braebourne. Não se preocupe — acrescentou com a voz mais suave. — É uma casa grande, enorme, com alas para todos os lados, dezenas de quartos para uma dúzia de crianças. Lá tem cachorros, cavalos, pomares de maçã. Fica em Cotswolds, Gloucestershire, para ser mais exato. O nosso vilarejo chama-se Stow-on-the-Wold. É muito pitoresco. Há vários chalés com teto de palha, e rosas e mirtilos por toda parte no verão.

Clara percebeu os atrativos do que ele descrevia. Como não poderia?

— Parece tudo o que sempre quis — disse ela baixinho, e sentiu um impulso absurdo de chorar. — Mas falta o mais importante, não é, Rex? Você me quer, está disposto a se casar, mas... — Clara respirou fundo, fitou aqueles olhos azuis estonteantes e se forçou a dizer: — Mas você não está apaixonado por mim, está?

Rex pressionou os lábios e a encarou também com uma expressão de arrependimento no rosto por algo que não sentia e provavelmente nunca sentiria. O silêncio pareceu interminável.

— Não — disse por fim, uma resposta simples e brutal de tão honesta.

Mais uma vez ela tentou se virar, mas ele não a soltou.

— Clara, sei que essa não é uma situação muito romântica e lamento por isso. Você fala de amor, mas para ser honesto não sei o que essa palavra significa para você. Paixão cega? Companheirismo e afeição? Qual amor é o verdadeiro e duradouro e qual não é? Como se pode saber a diferença? Como eu já disse, eu desejo você. Tenho você na mais alta consideração...

— Na mais alta consideração — repetiu ela com tristeza. — Minha nossa, isso é tão romântico quanto um casamento celestial.

— Como você bem sabe, não é isso que estou oferecendo.

Que absurdo, pensou ela. Pela segunda vez na vida um homem a pedia em casamento, o primeiro porque não a desejava de jeito nenhum e o segundo exatamente pelo contrário. Nenhum dos dois oferecera um casamento por amor. Parecia que ela atraía homens incapazes de amá-la.

— Bem, aí está, então. Você não me ama. E eu... — Ela parou de falar, incapaz de dizer que não o amava. Não podia dizer, por que percebeu que seria mentira. Ela o amava. Tinha se apaixonado com o tempo, aos pouquinhos, começando pela primeira vez em que o vira na casa de chá.

Ah, como era mortificante saber o quanto era tola. Ainda bem que o orgulho veio resgatá-la, ajudando-a a responder:

— No final das contas, você quer se casar comigo não por amor, mas por obrigação. — Uma pontada feriu-lhe o coração, despedaçando-o diante de Rex. — Obrigações invariavelmente se tornam um fardo e não quero ser um peso para nenhum homem.

— E a criança, Clara? O que será dessa criança se você me recusar?

Ela hesitou, afastando-se o máximo que pôde embora ele ainda a estivesse segurando, desesperada por espaço e tempo para pensar.

— Nem sabemos se existe uma criança.

O olhar dele estava firme, calmo e frio como as águas do oceano.

— Se existir, será um bastardo se você não me permitir agir da maneira correta.

— Vou decidir o que fazer quando for a hora, se acontecer... O que provavelmente não irá se concretizar.

Ele balançou a cabeça, discordando com veemência.

— Quanto mais esperarmos, maior será o risco de um escândalo. Não tenho intenção de aumentar o mal que fiz arriscando sua reputação.

— E eu não tenho intenção de tomar uma decisão irrevogável por insistência sua. Minha resposta é não. Não vou me casar com você.

— E se estiver grávida? Vai continuar dizendo não?

Clara não respondeu e sentiu pânico de novo, mas não era de um filho ilegítimo, de desistir do bebê, de criá-lo sozinho ou de sua possível ruína. Se ficasse ali por mais tempo, iria titubear quanto à decisão. Ela podia até ceder, e depois cairia em uma armadilha. Era possível vislumbrar um futuro com Rex, uma vida segura e triste. Podia se ver dali a alguns anos, ainda apaixonada por um homem que não a amava, que tinha tido mais mulheres do que poderia contar e nunca amara nenhuma delas, alguém que podia muito bem não ser capaz de amar e que talvez nem conseguisse ser fiel.

Clara gostaria que ele a amasse e somente a ela, ansiava por isso e ficaria arrasada se ele não pudesse lhe dar seu coração e ser um marido verdadeiro; ela ficaria destruída se isso não acontecesse. Olhou para Rex e viu que ele ainda aguardava por uma resposta.

— Eu me recuso a me preocupar com coisas que não aconteceram ainda — disse, mexendo-se com força para livrar-se das mãos dele. Depois abaixou a cabeça e deu a volta, lutando contra as lágrimas enquanto se afastava.

— Isso ainda não acabou, Clara! — gritou ele.

Acabou, sim.

Ela não falou em voz alta, não olhou para trás, e com o coração aos pedaços, seu único consolo era que tinha certeza absoluta de que recusar a proposta havia sido a atitude mais acertada. Por mais caro que lhe custasse entregar o coração a Rex, não valia o preço de sua alma.

Capítulo 19

Clara estava sentada em um compartimento do trem, olhando pela janela para os campos e cercas vivas de Kent, observando conforme a paisagem mudava para as ruas de carvão de pedra de Londres. Suas companheiras de viagem seguravam livros, mas Clara achava que apenas fingiam ler, pois toda vez que olhava para elas de relance flagrava-as encarando-a. As moças sempre voltavam a atenção para a leitura, mas Clara já havia percebido a perplexidade na expressão das três.

Carlotta, nem sempre a mulher mais compreensiva, supreendentemente havia demonstrado cuidado com seu bem-estar ao saber da recusa à proposta de Galbraith. Não houve sermões, nem questionamentos.

Depois de deixar Clara e a criada para fazer as malas, Carlotta tinha ido informar os anfitriões e as cunhadas que surgira um assunto urgente e que Clara precisava voltar para Londres imediatamente, e que já tinha arranjado tudo para a partida de Lisle.

Ela também devia ter instruído Sarah e Angela não fazerem perguntas, pois nenhuma das irmãs falou durante a viagem de trem que as levava de volta a Londres no final da tarde. Clara ficou aliviada quando ninguém perguntou detalhes, pois o que poderia dizer?

Lorde Galbraith me pediu em casamento, mas apenas por obrigação. Nós passamos a noite juntos, por isso ele acha que deve ser um cavalheiro e me propor casamento. Eu o amo, mas não sou correspondida, então o re-

jeitei. Perdi a virtude, posso estar grávida e agora que não aceitei o pedido de casamento, o que será de mim?

Aquilo tudo era um peso morto pressionando seu coração como uma pedra. O medo sussurrava em seu ouvido, lembrando-a do que acontecia com mulheres solteiras que faziam o que ela tinha feito e do que eram chamadas as crianças que eram frutos desse tipo de relação. *Meu filho será um bastardo.*

Até aquele momento, as palavras de Rex a faziam se contrair e ela não sabia o que faria se, e quando, o pior acontecesse. Agora, à luz fria do dia, procurou justificar o que a tinha possuído na noite anterior e como pudera esquecer todas as explicações e avisos de Irene. E se perguntou como pudera se apaixonar por Rex, depois de tudo o que sabia, depois de tudo o que ele havia contado?

Se bem que ela estava começando a perceber que o amor era uma escolha do coração. Bom senso e razão tinham pouca participação, mas caso tivessem, os dois haviam tirado férias. Pensando no que havia acontecido nos últimos dois meses, entendeu que se apaixonar era algo que temera o tempo todo.

Desde o começo havia percebido que Rex tinha o poder de fazê-la se apaixonar e que, se conseguisse, seu coração ficaria em pedaços. A razão havia tentado protegê-la, levando-a a desaprovar a maneira libertina como ele vivia, a questionar sua moralidade e a lembrar todos os defeitos que detectara, mas desde o primeiro instante naquela casa de chá, sua alma não se preocupara com nada disso. O importante era saber que aquele homem a fazia se sentir linda e desejável, imune à cautela de sua mente racional, e sua alma tinha insistido em empurrá-la na direção dele várias vezes, da mesma maneira que uma planta na janela sempre se vira para o sol. Agora reconhecia que aquele instinto irracional e desconhecido a havia impulsionado a pedir para Rex que escrevesse a coluna de Lady Truelove. De alguma forma, sabia que só ele lhe ensinaria coisas sobre si mesma que nenhuma outra pessoa poderia fazer. Fora por isso que concordara com a corte simulada, porque compreendera que aquele seria o único romance que teria, e seu coração não queria que isso passasse ao largo.

Fora por isso que havia ignorado todos os seus princípios nobres sobre virtude e casamento e havia se deitado com ele, sacrificando todos os sonhos que sempre tivera para o futuro. E era por isso também que, apesar de talvez estar arruinada para sempre, não sentia nem vergonha nem arrependimento. Bem lá no fundo dos recônditos escuros e secretos de sua alma, queria cada segundo do que acontecera, cada momento lindo, esplendoroso e de partir o coração.

Você é adorável. Muito mais adorável do que eu tinha imaginado.

Vergonha e arrependimento, imaginou com um ceticismo recém--descoberto, poderiam vir depois, quando a voz rouca, as palavras doces e as carícias ardentes deixassem sua memória. E se o pior acontecesse, um bebê ilegítimo seria bem eficaz para apagar qualquer anseio por romance que ainda pudesse existir.

O trem diminuiu a velocidade, chegando a Victoria Station, e Clara afastou as especulações sombrias sobre o futuro. Se houvesse um bebê, trataria de enfrentar a situação quando chegasse a hora. Um sorriso curvou seus lábios. No meio da pior crise de sua vida, ela ainda conseguia ser procrastinadora.

Carlotta devia ter mandado um telegrama para Upper Brook Street, pois a carruagem do duque, e uma outra menor, as aguardavam na estação. Seguindo as instruções de Carlotta, os lacaios separaram as malas de Clara das demais, levaram para o compartimento de bagagem da carruagem e empilharam todas as malas restantes na carruagem menor. Vinte minutos depois, a carruagem pequena e seu cocheiro estavam já a meio caminho de West End, e o outro condutor e os lacaios carregavam as malas de Clara para dentro da casa em Belford Row, enquanto ela se despedia das cunhadas.

— Suponho que nos veremos em breve para jantar, não? — Angela abraçou Clara e em seguida afastou-se para fitá-la. — Não devo perguntar nada, mas espero que confie em mim, em qualquer uma de nós, se precisar.

— Sim, obrigada! — Clara sorriu, deu um tapinha nas costas da amiga e decidiu que seria melhor deixar as coisas como estavam por enquanto.

Alguns minutos depois a carruagem do duque partiu novamente, e Clara entrou no vestíbulo, onde tirou a capa de viagem, o chapéu e as luvas, entregando tudo à sua criada.

— Peça para levarem as malas para o meu quarto, Forrester — instruiu. — Vou ver o meu pai, dizer a ele que estou em casa, e depois...

— Clara!

A voz familiar gerou uma explosão de felicidade repentina, aliviando o coração de Clara. Ao se virar, ela viu a irmã vindo do escritório do jornal pelo corredor, com os braços estendidos.

— Irene? — Ela riu, estendendo os braços também e correndo para encontrar a irmã amada no meio do caminho. — Você voltou!

— Faz apenas uma hora que cheguei.

O abraço carinhoso e reconfortante de Irene fez com que de repente todas as fortes emoções que Clara havia reprimido durante o dia inteiro aflorassem. Um soluço surgiu do fundo de seu coração, rompendo a coragem adquirida a tão duras penas. Foi preciso morder o lábio com força para não deixá-lo escapar.

— Henry está a caminho de Upper Brook Street — disse Irene, ainda abraçando Clara com força. — Mas como eu queria ver você e papai primeiro, ele me deixou aqui e seguiu com nossa bagagem. Então eu soube que você tinha ido para o campo. Estava prestes a deixar um bilhete e ir embora.

Clara se esforçou para recuperar a compostura.

— Eu não teria ido a lugar nenhum se soubesse que você chegaria hoje — disse, afastando-se, fingindo uma expressão de censura. — Você é péssima para escrever, querida irmã.

— Olha só quem fala. E quanto a você? Só recebi duas cartas suas, por intermédio de Cooks, nesses últimos dois meses.

— Não era eu que tinha novidades para contar — Clara mentiu.

— Você é que estava se divertindo pelo mundo afora.

— Pois é, e quando chego em casa descubro que você estava se divertindo pelos campos com pessoas que nem conheço. Por falar nisso... — Irene fez uma pausa, franzindo o cenho. — Por que está aqui? Annie me disse que você tinha ido a uma festa que iria durar o final de semana inteiro, e hoje ainda é sábado, não é?

Irene riu, balançando a cabeça, a ruga na testa desaparecendo enquanto afastava para trás um cacho loiro que havia caído sobre o rosto.

— A gente perde a noção do tempo depois de passar quatro meses viajando, e...

De repente Irene parou de falar e ficou séria, e Clara soube que alguma coisa em sua fisionomia a devia ter delatado.

— Clara? — Irene pôs uma mão em seu braço e a outra em seu rosto, com expressão de proteção e preocupação fraternal. — O que foi? O que aconteceu?

A aflição, o medo e o pânico invadiram Clara, ofuscando a visão do rosto da irmã, mas ela piscou para conter as lágrimas e tentou sorrir.

— Eu me apaixonei.

∞∞∞

A regra que Irene e Clara tinham estabelecido de não tomar bebida alcoólica na casa do pai foi quebrada naquela noite, e Clara acabou incluindo conhaque à sua crescente lista de experiências de vida.

Sentadas uma de cada lado da escrivaninha no escritório do jornal, com uma garrafa de conhaque entre elas, Clara contou à irmã tudo sobre sua transformação, de uma mocinha que não era tirada para dançar para uma mulher perdida. Considerando tudo o que ouvira, Irene até que encarou bem os fatos, pelo menos depois que se acalmou e prometeu não dar um tiro de pistola em lorde Galbraith. Não houve recriminação por Clara ter perdido a virgindade, nem sermão por ela ter recusado a proposta de casamento, somente algumas promessas veementes de que não contaria nada ao duque e uma menção séria sobre as possíveis consequências e escolhas que Clara talvez tivesse de fazer. Por último, Irene fez a pergunta vital:

— O que pretende fazer agora?

Talvez pelo efeito calmante do conhaque, Clara conseguiu dar uma resposta calma e razoável.

— Vou seguir em frente, claro. O que mais eu poderia fazer?

— Seguir em frente com o quê? — Irene perguntou com a voz suave. — Se o pior acontecer...

Clara meneou a cabeça quando Irene se calou.

— Eu sei, mas se não houver nenhum bebê, ou se houver e eu desistir, preciso arrumar uma ocupação, uma distração, um propósito de vida, e mesmo que eu volte a frequentar a sociedade não acho que apenas isso será suficiente para me satisfazer agora. Acho... — Ela fez uma pausa e gesticulou, indicando a sala. — Acho que... Quero continuar aqui no jornal.

— No *Weekly Gazette*? — Irene a encarou, espantada, e não era para menos, pois no passado Clara nunca mostrara nem mesmo uma fração da paixão dela pelo negócio da família. — Você quer dirigir o jornal comigo?

— Bem, Jonathan não assumirá a tarefa — lembrou Clara. — Agora não.

— Acho que você está certa, pelo menos enquanto ele estiver pensando naquela mina de prata. Mas desde quando você está tão interessada em dirigir o jornal?

Clara começou a rir.

— Bem, não tive muita opção depois de demitir o sr. Beale.

— O quê? Você o demitiu? Por quê? Ele fez algo errado?

— Você não faz ideia. — Clara explicou como tinha acontecido a demissão do editor e não economizou palavras para dizer o que achava do sujeito e como havia sido difícil trabalharem juntos.

— Minha nossa! — exclamou Irene no final do relato, balançando a cabeça e parecendo mais confusa que antes. — Eu jamais imaginaria que ele era como você descreveu quando o contratei. O sr. Beale foi altamente recomendado e parecia irradiar competência.

Eu jamais o teria contratado se soubesse o que ele achava sobre trabalhar para uma mulher! Apesar de que... — Irene fez uma pausa, franzindo o cenho. — Pensando melhor, ele me perguntou várias vezes sobre Jonathan. Acho que queria ter certeza absoluta de que reportaria ao nosso irmão e não a mim, mas ainda não acredito que não percebi na época.

— Bem, você estava um pouco ocupada. Planos para o casamento e tudo o mais.

— Pode ser... Mas ainda assim... — Irene bateu a palma da mão na testa. — Como fui tola.

— Todo mundo erra, Irene, apesar de que até conhecer melhor o sr. Beale eu nunca achei que você cometeria um erro.

— Ah, minha querida, eu erro toda hora! Apenas tento não deixar que você perceba. Eu sempre quis protegê-la. Falando nisso — acrescentou, antes de Clara responder —, por que você nunca me mandou um telegrama contando dos seus problemas? Eu teria vindo para casa no mesmo instante.

— Eu sei, e foi exatamente por isso que não mandei. Você merecia cada minuto da viagem e eu não tiraria isso de você. O mais engraçado de tudo é que mesmo trabalhando arduamente e tendo sido tão assustador assumir a posição, tem sido muito divertido também. Nunca achei que diria isso, mas estou realmente começando a gostar de estar no comando, tomar decisões e exercitar meu próprio discernimento.

— Engraçado, não é? — Irene riu. — Mesmo assim, estou impressionada com todas essas mudanças. Você se transformou bastante, Clara, sério. Mas... — Irene parou de falar e o sorriso sumiu de seu rosto conforme ela se debruçava sobre a mesa para pôr a mão no antebraço de Clara. — Se você estiver esperando um bebê, devemos considerar com todo o cuidado o que isso significará e o que faremos.

Clara meneou a cabeça, decidindo que era hora de deixar de adiar o problema e se preparar para o pior, só por precaução.

— Você quer dizer que se for o caso eu não posso fazer as duas coisas?

— Bem, eu não diria isso. Se você desistir da criança, claro que pode trabalhar aqui no jornal. Na realidade, já que ninguém sabe o que aconteceu entre você e Galbraith, sua vida pode muito bem continuar como antes.

— Minha vida nunca será como antes.

Irene estremeceu.

— Não, querida — concordou ela com ternura. — Acho que não será mesmo. Mas com ou sem bebê, você tem certeza de que recusar a proposta de Galbraith é o mais certo a fazer? Você sempre quis se casar. E você o ama.

— Mas ele não me ama e chegou a admitir isso. — Ao notar a expressão contrariada da irmã, Clara se apressou a continuar antes que Irene procurasse a pistola do pai. — Então, se eu não estiver grávida, gostaria de continuar no jornal. Caso contrário... — Clara fez uma pausa, a voz se esvaindo por um momento antes de prosseguir: — Terei que ir para o exterior para dar à luz, Irene. E se eu quiser ficar com o bebê, terei que permanecer por lá.

— Não, você não faria isso! — exclamou Irene, horrorizada. — Você pode deixar o bebê com uma família no interior, pagar para tomarem conta, sob sua custódia, visitar durante as férias... — A voz dela foi sumindo conforme Clara negava, balançando a cabeça.

— Acho que nós duas sabemos que isso não seria possível. As pessoas logo somariam dois e dois e chegariam a conclusões. Não posso envergonhar você continuando na Inglaterra.

— Bobagem — disse Irene, categórica. — Você acha que eu ligo para isso?

— Você está casada agora e precisa considerar seu marido e sua posição. Ele é um duque. Seria impossível ter por perto a cunhada rebelde com um filho gerado por amor e sem poder visitar. E quanto às irmãs dele? A posição social delas já foi prejudicada.

— Eu nunca daria as costas para você! — interrompeu Irene com veemência. — Jamais faria isso, nem mesmo por Henry.

— Eu sei. — Clara fez uma pausa. — Mas ainda nem sabemos se estou grávida mesmo. Se eu estiver e decidir ficar com o bebê, você terá que ir para o exterior nos visitar, sem Henry.

Irene reprimiu um soluço.

— Dessa forma você estaria desistindo de tudo, Clara, da vida, do futuro e de todas as suas esperanças... — Irene não conseguiu terminar de falar.

Ao observá-la, Clara esboçou um sorriso.

— Minha Irene querida — murmurou. — Isso deve ser muito difícil para você, depois de ter se empenhado tanto em me proteger. Mas não posso me casar com um homem que não me ama só para ficar em segurança e protegida. E não posso sempre tomar o caminho mais fácil na vida, mesmo que seja isso que você quer para mim.

Alguma coisa na voz de Clara, talvez a determinação, chamou a atenção de Irene, pois ela pressionou os lábios e uma tristeza doce e comovente tomou conta do rosto adorável dela.

— O que você está pensando? — indagou Clara, surpreendendo-se ao ver uma lágrima descer pelo rosto da irmã.

— Acho que... — Irene se emocionou mais uma vez, depois fungou e se inclinou para a frente para segurar as mãos de Clara. — Acho que minha irmãzinha ficou adulta.

❧

Clara se recusava a recebê-lo.

Rex visitava Belford Row pelo menos duas vezes por semana, só para ouvir da governanta austera que a srta. Deverill não estava recebendo visitas. Ele tentou ir ao escritório do jornal, mas a estratégia não teve muito sucesso, pois era sempre informado pela secretária que Clara estava ocupada. Bem que tentara usar seu charme, mas devia estar perdendo o jeito com as moças, pois a srta. Evelyn Huish permanecia impassível e sem se deixar impressionar, uma sentinela partidária à porta do escritório. Resistindo, pelo menos por enquanto, à tentação de arrombar a porta da sala de Clara, ele optou por outros meios para lidar com a situação.

Escreveu duas cartas, mas ficou sem resposta. Enviou flores, que retornaram. Embebedou-se várias vezes. Não adiantou. Certa noite, que Deus o ajudasse, viu-se de pé na calçada em frente ao escritório do jornal, segurando uma garrafa de champanhe, com o olhar fixo nas janelas iluminadas, com a esperança de vê-la de relance. Chegou a tentar entrar, mas descobriu que a porta estava trancada. O que talvez fosse até melhor, pois todos os instintos que o haviam tornado um devasso em seus dias de farra o avisavam que invadir a privacidade alheia só faria piorar sua causa. Sem alternativas, só lhe restava esperar.

Rex conhecia muita gente e tinha muitos amigos que, quando souberam que Clara rejeitara sua proposta de casamento, tentaram distraí-lo. Durante o que pareciam dias intermináveis de verão, choveram convites de todas as partes, chamando-o para caçar no campo, ou para festas, mas de nada adiantou. Ele não tinha intenção alguma de se ausentar para o caso de Clara escrever, contando sobre seu estado, ou decidir ter compaixão e concordar em vê-lo.

Quando os amigos estavam na cidade, no entanto, Rex ficava contente em passar a noite com companhia. Lionel era quem encontrava com mais frequência. Mas apesar de algumas partidas de tênis ocasionais e uma noite de comemoração no final de agosto, para celebrar o noivado formal de Lionel e Dina, Rex preferia passar a maior parte do tempo sozinho. Costumava fazer longas caminhadas pelas ruas de Londres, em geral por lugares que tinham alguma conexão com Clara: Upper Brook Street, o passeio em frente a Montcrieffe House, a Casa de Chá da Senhora Mott, o escritório do jornal. Chegou inclusive a voltar ao Hyde Park, no qual ela tentara empinar pipa, lembrou-se dos risos alegres dela com os sobrinhos e imaginou se teria notícias de um bebê. Podia parecer estranho, mas tinha certeza de que haveria uma criança, talvez porque estivesse preparado para isso quando entrara no quarto de Clara naquela noite em Lisle.

Lorde Leyland, provavelmente acreditando que a proposta de Rex tinha sido rejeitada pelas condições financeiras do filho, não só voltou a pagar os rendimentos da propriedade, como dobrou-os.

Geralmente, quando Rex tinha fundos, sua mãe ficava sabendo de algum jeito e aparecia para pegar seu quinhão. E como era de se esperar, apenas alguns dias depois que a renda tinha sido restabelecida, a condessa chegou a Half Moon Street pedindo para ser recebida. Contudo, para grande surpresa de Rex, pela primeira vez o dinheiro não era a razão da visita.

— Rex! — gritou ela, linda como sempre, atravessando a sala de estar com os braços estendidos para cumprimentá-lo. — Acabei de saber. Oh, meu querido menino, é verdade mesmo, ou só um boato?

— O que é verdade?

— Que você pediu uma moça em casamento e ela recusou. Deve ser fofoca, porque nenhuma garota o rejeitaria, mas minha fonte estava bem certa...

Quando a condessa parou de falar, Rex percebeu que alguma coisa em seu semblante devia tê-lo traído, pois ela deu um gritinho de desalento, soltou a mão dele e o acariciou no rosto no que pareceu ser um gesto genuíno de preocupação materna.

— Então é verdade! Oh, Rex, meu querido...

Ele reagiu esquivando-se da mãe e forçando o riso.

— O único pedido de casamento que fiz na vida foi recusado. Deve ser uma dessas pequenas ironias, não é? E foi bem merecido.

— Bobagem. Qualquer moça seria muito sortuda de estar ao seu lado. Além do mais, você deve persuadi-la. Claro que você não vai desistir depois de uma recusa, não é?

— Lamento dizer, mas foi mais de uma. — Ele pressionou os lábios, curvando os cantos para cima em um sorriso. — Mamãe, ela se recusa a me ver sempre que a procuro.

— Mas por quê? A única razão que pode haver para ela recusá-lo é dinheiro, e seu pai voltou a pagar seus rendimentos... É uma quantia razoável, pelo que sei.

Rex suspirou.

— Não cansa de me surpreender como a senhora consegue bisbilhotar essas coisas.

Ela trocou o peso do corpo de um pé para o outro, mexendo na orelha.

— Tenho meus espiões — murmurou.

— Sim, é o meu mordomo, não há dúvidas. Sempre que pago os salários atrasados que devo, tenho certeza de que ele lhe manda uma carta. Ele é apaixonado pela senhora.

— É, bem... — Lady Layland fez uma pausa, alisando a saia, tentando demonstrar timidez, mas conseguiu apenas parecer uma gata satisfeita. — Ele é um homem tão querido e doce. Se não fosse mordomo, eu teria me apaixonado há anos.

— Ah, tenho certeza de que sim. Agora que já sabe que estou recebendo minha renda de novo... Foi por isso que a senhora veio?

— Não, não preciso de nem um xelim, mas é muita delicadeza sua oferecer.

Rex não tinha oferecido nada, mas esses detalhes inoportunos sempre passaram ao léu pela linda cabeça da condessa.

— A senhora não precisa de dinheiro? — Rex deu risada. — Nossa, há sempre uma primeira vez para tudo.

— Não, vim para contar novidades sobre a minha vida, querido. Mas antes quero que você me prometa não desistir dessa garota com quem quer se casar.

— Sério, mãe? De todas as pessoas no mundo, pensei que a senhora fosse a última a encorajar alguém a se casar.

— Bobagem. De que outra forma você poderia garantir uma renda segura?

— Verdade. — Rex se preparou para o que estava por vir. — Quais são as novidades? Se bem que já posso imaginar — acrescentou ao notar um sorriso tímido curvar os lábios da mãe. — Um homem, presumo.

A condessa suspirou profundamente e pôs a mão no colo, confirmando a teoria do filho.

— E que homem! Bonito, charmoso e rico.

— Naturalmente. Posso saber quem é?

— Claro! Nosso caso não é segredo, e mesmo que fosse eu contaria, porque sei que sempre posso confiar em você.

Rex pensou na noite que contara a Clara segredos de família e como gastava seu dinheiro. E soube então que ela era a única pessoa com quem soltava a língua.

— Nem sempre, mamãe. Mas continue. Quem é esse seu novo homem?

— É lorde Newcombe. Nós nos encontramos em Cannes em janeiro, depois em Zurich em julho, e agora... — Ela fez uma pausa com o intuito claro de fazer drama. — Estou apaixonada!

— Que surpresa...

A ironia passou despercebida para a condessa.

— Foi uma surpresa para mim também! Newcombe é dez anos mais novo que eu.

— Newcombe? — ele repetiu o nome, franzindo o cenho ao se dar conta de quem estavam falando. — A senhora quer dizer o barão Newcombe?

— O próprio.

— A senhora sabe que ele é casado?

Ela começou a rir.

— Eu também sou. Qual é o problema?

— Para a senhora, provavelmente nenhum.

A condessa suspirou de tristeza.

— Rex, eu te amo, mas às vezes você lembra tanto seu pai...

Rex fez um som de desprezo.

— Não sou nada parecido com papai.

—Talvez não na aparência. Você é muito mais charmoso, mas tem algumas características iguais: impaciência, teimosia, cinismo e um jeito cansativo de jogar água fria nas coisas do amor.

— Coisas como amor verdadeiro?

— Exatamente! Você sabia que Newcombe vai me levar em um cruzeiro ao redor do mundo em seu iate? Ele queria partir direto de Calais, mas insisti que queria vir a Londres ver você antes. Não é maravilhoso? — acrescentou ela, unindo as mãos como se tivesse sido abençoada pelos céus. — Não precisarei gastar nada para viver durante meses!

Rex suspirou, ciente de que depois daqueles meses sua mãe estaria ali de novo e ele estaria enxugando lágrimas e dando a ela tanto dinheiro quanto pudesse. Pensou no pai e agradeceu a Deus por sua mãe estar enganada a seu respeito, pois a última coisa que queria era ser um caco de homem desiludido, que apesar dos anos de rejeição ainda amava uma única mulher.

— Peço apenas que tenha cuidado, mamãe.

— Ora, não seja bobo, querido. — Ela sorriu e ficou na ponta dos pés para beijá-lo no rosto. — Tenho sempre os pés no chão.

Alguém tossiu atrás dele, e os dois se viraram e viram Whistler em pé no umbral da porta, segurando uma bandeja de prata e lançando um olhar inequívoco de admiração pela condessa.

— Perdoe-me, *milady* — ele a saudou e virou-se para Rex. — Trouxe a correspondência da tarde, senhor.

Rex percebeu a nuance de importância das palavras do mordomo, e quando lançou um olhar firme e inquiridor, o outro confirmou meneando a cabeça.

Finalmente. Uma onda de alívio o invadiu, e apesar da vontade de atravessar a sala correndo e abrir a carta naquele exato momento, ele se conteve, pois não queria que a condessa estivesse ali quando lesse notícias de Clara.

— Ponha as cartas ali, por favor, Whistler — ordenou, tentando manter o tom de voz indiferente. Depois, enquanto o outro atravessava a sala para colocar os envelopes na escrivaninha abaixo da janela, Rex virou-se para a mãe. — Lamento ter de mandá-la embora, mamãe, tenho um compromisso e preciso me trocar.

— Claro. Preciso ir andando mesmo, pois como disse, Newcombe está esperando por mim em Dover. *Au revoir,* meu querido filho. — Ela segurou o rosto de Rex com as mãos em concha. — Se quer mesmo ficar com essa moça, não desista.

Depois do conselho relativamente irônico, ela o beijou e saiu, seguindo Whistler.

Rex foi até a escrivaninha, pegou a carta do topo da pilha e virou o envelope. Não havia nome, mas o endereço do remetente, 12 Belford Row, Holborn. Depois de engolir em seco, preparou-se e se sentou. A vontade era de rasgar o envelope e abri-lo com sua impaciência costumeira, mas acabou mudando de ideia, então pegou o abridor de cartas da gaveta e deslizou pelo papel. Respirou fundo e trêmulo e puxou uma única folha, quebrou o selo e a abriu.

Lorde Galbraith,
Agora sei, sem sombra de dúvida, que seus temores não se concretizaram. Sendo assim, o senhor está livre de obrigações. Espero que esta carta o deixe aliviado, e desejo toda a sorte e felicidade para o seu futuro.
Sinceramente,
C.M.D.

Incrédulo, Rex fixou o olhar naquelas linhas com a caligrafia regular e primorosa de Clara. Despistá-lo várias vezes parecia ser um dom natural dela, mesmo assim, essas não eram as notícias que estava esperando. Ele não tivera nenhuma dúvida de que havia um bebê e de que um futuro juntos estava garantido e era inevitável, mas a carta o deixara espantado, perplexo e também estranhamente desolado.

Ao ler novamente aquelas linhas, ficou evidente que ela esperava que as notícias o deixassem aliviado — bem, era um desejo razoável, supostamente. Pensando de maneira sarcástica, a maioria dos homens estaria dançando de alegria com uma notícia assim. Mas Rex nunca se sentira tão sem vontade de dançar.

Ao aproximar a carta do rosto, sentiu o perfume de flor de laranjeira e pensou na noite no escritório do jornal, quando a abraçara para mostrar como se abria uma garrafa de champanhe, e se deu conta de que talvez nunca mais tivesse a chance de segurá-la nos braços de novo.

De repente, Rex vislumbrou um futuro à sua frente diferente do que vinha imaginando ultimamente, um futuro igual ao seu passado, um futuro sem Clara. Enquanto imaginava como seria, algo se partiu dentro dele, e em desespero, percebeu que era o seu coração.

Assim, pôs a carta de lado e abaixou o rosto, apoiando-o nas mãos.

Capítulo 20

— Não entendo por que precisamos ir ao casamento de Lionel Strange — murmurou Clara, provavelmente pela quinta vez desde que a carruagem de Torquil partira de Upper Brook Street em direção à Igreja de St. John. — Nós nem ao menos o conhecemos, Irene.

— Mas Henry o conhece mais ou menos, porque ele é membro do Parlamento.

— Mas é uma relação superficial, não justifica um convite para o casamento do rapaz.

— Não é assim, não. Os duques são convidados para tudo.

— Não o seu duque, não depois que a mãe dele se casou com o italiano.

— Sim, mas, mesmo ligeiramente difamado, Henry continua sendo um duque. E já que fomos convidados, decidi que este casamento seria uma boa oportunidade para Henry e eu darmos o primeiro passo de volta à sociedade depois do declínio da duquesa-viúva.

— Mas Henry nem está vindo conosco...

— Ele tinha outro compromisso, vai nos encontrar na igreja.

— Ainda me parece estranho ele ter concordado em ir a esse casamento. Não pensei que um parlamentar de escala menor receberia toda essa consideração de Torquil. O seu duque não se deixa impressionar com facilidade.

— Foi por mim que Henry concordou em ir. Lionel Strange é a favor do voto das mulheres, e eu pretendo falar com ele durante a recepção sobre algumas ideias de como podemos obter mais apoio na Câmara dos Comuns. Henry prometeu que vai falar também, para reforçar.

— Ótimo. Então, por que você insistiu tanto para eu ir?

— Você estava incluída no convite, então é claro que o sr. Strange e Lady Throckmorton querem que você vá. E por que não quereriam? Pelo que conversamos, você foi diretamente responsável por esse casamento. Você e Galbraith.

— Me surpreende que Rex não tenha convencido Lionel a desistir — murmurou Clara. — Presumo que não exista a possibilidade de ele não comparecer, certo?

— Nenhuma possibilidade, uma vez que eu soube que ele é o padrinho. Galbraith estará lá, pode ter certeza.

Clara engoliu em seco, sentindo um nó de medo no estômago.

— É o que eu temia.

— E mesmo que ele não fosse ao casamento do amigo — continuou Irene —, o mais provável é que você o encontre com frequência no futuro.

— Você acha? — O nó no estômago contraiu-se mais.

— Você é irmã de uma duquesa, e ele é o futuro conde de Leyland. É inevitável que você o veja sempre, principalmente durante a temporada. A menos, é claro, que você tenha intenção de passar cada momento livre do resto da sua vida trabalhando no jornal e trancada dentro do quarto, pensando nos problemas.

— Eu não fico pensando nos problemas. E é irônico que justamente você, dentre todas as pessoas, me critique por me dedicar ao jornal. Como se antes de se casar com Torquil você não ficasse até tarde naquele escritório, todas as noites.

— O que estou querendo dizer, querida, é que você terá que enfrentar Galbraith, mais cedo ou mais tarde. Não tem escapatória.

Clara fez uma careta, contrariada, embora soubesse que era verdade.

— É tão difícil assim revê-lo? — Irene virou-se para ela no assento da carruagem. — Já faz mais de dois meses que você recusou o pedido dele.

Dez semanas e seis dias, corrigiu Clara mentalmente.

— Depende — respondeu depois de um momento, forçando-se a rir. — Você quer dizer antes ou depois que ele me vir e sair correndo na direção oposta?

— Ele faria isso?

— Não posso imaginar o contrário. Ele está seguro agora, não está? — Clara fez uma pausa, olhando para a saia de seu vestido verde-escuro. — Ele me visitava ou escrevia a cada dois dias, claramente porque se sentia obrigado a fazer isso. Mas depois que eu escrevi contando que não havia bebê nenhum... — A garganta dela se apertou, mas apesar da dor que sentia, Clara forçou-se a dizer em voz alta a verdade brutal. — Já faz três semanas desde a última vez que Rex me procurou. É evidente que ele não quer nada comigo, agora que sabe que está livre.

— Oh, querida! — exclamou Irene, passando um braço ao redor da irmã. — Tenho certeza de que isso não é verdade. Se fosse, ele seria o maior tolo do mundo. Porque você, minha querida irmã, é um anjo.

Clara fungou.

— Um anjo caído — disse ela baixinho.

— Desculpe... — murmurou Irene, reprimindo uma risada. — Eu não queria rir, juro. — Ela retirou o braço e se recostou no banco. — Eu nunca lhe contei por que Henry e eu decidimos nos casar, contei?

— O motivo não é óbvio? Vocês dois se amam loucamente.

— Bem, é mais que isso. Por favor, nunca diga a ele que lhe contei. Henry e eu, nós nos casamos porque, com a natureza honrada que ele tem, com seus princípios morais e corretos, ele não podia mais permitir que o nosso relacionamento fosse adiante.

— O quê?

Irene assentiu com um aceno de cabeça, rindo.

— Ah, sim, nós nos esgueirávamos para dentro e para fora dos hotéis de Londres, nos registrando como sr. e sra. Jones, em um caso de amor ardente. Portanto, como vê, você não é o único anjo caído da família.

— Eu... — Clara parou e então riu, sem saber o que dizer. — Céus...

— Está chocada?

Ela pensou um pouco. Seis meses antes, sem dúvida teria ficado chocada e desconcertada, sim, pois naquela época possuía um código moral tão correto e rígido que duvidava que tivesse aprovado aquele tipo de liberdade em qualquer pessoa, nem mesmo em sua irmã, uma mulher moderna e sufragista. Mas desde então deixara de ser puritana, e afinal Irene sempre fora um espírito livre.

— Por você não, não estou chocada, mas por Torquil...

Irene riu.

— O romance ousado só durou uma semana, até que ele não aguentou mais e insistiu em fazer de mim uma mulher honesta.

— Então é por isso que você nunca me passou um sermão por causa do que aconteceu em Lisle — disse Clara, pensativa. — Eu não entendi na época.

— Eu não podia fazer isso, não é mesmo? Seria muita hipocrisia da minha parte. Ah, escute, estou ouvindo os sinos. Estamos chegando.

A carruagem entrou em Southwick Crescent e parou perto da Igreja de St. John, o mais próximo possível permitido pelo tráfego de veículos ali na frente. O condutor saltou, e Irene e Clara desceram para encontrar Henry, que as esperava na escadaria da igreja.

Os três assinaram o livro na sacristia e informaram seus nomes aos recepcionistas. Como convidados do noivo, foram conduzidos a um banco no lado direito da igreja, e por privilégio concedido à nobreza o banco ficava logo atrás dos ocupados pela família do noivo, o que proporcionava a Clara uma visão quase perfeita de Rex.

Que sorte.

Ele estava de pé ao lado do amigo, impecavelmente vestido com paletó preto, colete e gravata cinza-claros e calça riscada cinza-escuro. Com a cabeça inclinada, escutava o que Lionel lhe murmurava ao ouvido.

Devia ser algo engraçado, pois ele inclinou a cabeça para trás, rindo, e a visão daquele rosto era tão maravilhosa quanto Clara se lembrava.

O nó em seu estômago se apertou mais, refletindo-se no peito com tanta força que ela sentiu dificuldade para respirar.

E então Rex a viu, e quando a expressão risonha desapareceu de seu semblante, Clara sentiu como se um punho de aço espremesse seu coração. Ela teve que recorrer a cada migalha de seu orgulho para manter a expressão imperturbável, sustentar o olhar dele por alguns segundos e então desviar a atenção para outro lado.

O som do órgão, até então baixo e discreto, aumentou de volume, informando os convidados de que a cerimônia iria começar, e aos primeiros acordes da *Marcha Nupcial* Clara mergulhou em um abençoado estado de letargia.

Ela mal ouviu a leitura do sacerdote do Livro de Oração Comum e os votos matrimoniais dos noivos. Talvez porque já tivesse aceitado o fato de que ela mesma nunca faria tais votos, ou então porque fosse mais insensível do que pensava, a verdade é que conseguiu resistir à cerimônia inteira sem desmoronar.

Depois caminhou com Irene e Henry até a residência dos pais da noiva, a um quarteirão de distância, e mesmo com a visão dos ombros largos de Rex 3 ou 4 metros à sua frente, conseguiu permanecer entorpecida. De qualquer forma, quando chegaram a Hyde Park Square, sentiu-se grata ao constatar que o padrinho do noivo não fazia parte do grupo de pessoas alinhadas na entrada da casa recebendo os cumprimentos.

Para a recepção do casamento, longas mesas haviam sido dispostas no salão de festas, e assim como na cerimônia, os lugares tinham sido determinados de acordo com a classe social. Isto posicionava Clara na primeira mesa em frente à dos noivos e do séquito nupcial, e como Dina e Lionel preferiram se sentar à cabeceira em vez de no centro da mesa, Rex acabou ficando bem diante dela. Ao se sentar, mais uma vez ela agradeceu em silêncio pelo costume que ditava que as mulheres usassem chapéu durante uma recepção de casamento e por abas largas estarem na moda.

Evite chapéus de aba larga, a menos que seja para proteger o rosto do sol, porque embora esse tipo de acessório esteja na moda, ele dificulta que os rapazes vejam seus olhos e os olhos são as janelas da alma.

Apesar do conselho de Rex, Clara estava feliz por ser escrava da moda, pois a última coisa que queria naquele momento era que ele enxergasse sua alma, por isso manteve a cabeça baixa e o olhar fixo no prato. Da sopa até o bolo de casamento, ela conseguiu engolir um pouco de cada refeição, mas quando o champanhe foi servido e os brindes foram oferecidos aos noivos, ela apenas fingiu que bebia à saúde e felicidade dos dois e ficou olhando para dentro da taça, pensando na primeira noite em que tomara champanhe na vida.

Eles não tinham ramos de oliveira no menu de refrescos.

Isso tinha mesmo sido há quase cinco meses? Clara mordeu o lábio. A lembrança estava tão nítida em sua mente que poderia ter sido na semana anterior.

Eu quero cortejar você. Gostaria que me permitisse esse privilégio.

Ela ainda se lembrava de quase cada palavra daquela conversa extraordinária, uma conversa que levara ao momento mais romântico e excitante de sua vida. Um momento, pensou ela, olhando disfarçadamente para Rex, que tinha acabado e nunca mais voltaria.

Ele estava murmurando algo no ouvido da dama de honra principal, sentada ao lado dele, mas então, como se sentisse o olhar de Clara, virou a cabeça, fitou-a e ficou repentinamente imóvel.

Os olhares de ambos se encontraram, e dessa vez ela não conseguiu desviar os olhos. Não podia fugir, não podia se esconder atrás da aba do chapéu. E não podia, de jeito nenhum, evitar a dor ou escondê-la. Então, começou a tremer.

Foi Rex o primeiro a desviar o rosto, virando-se para fazer um sinal ao garçom para que lhe servisse mais champanhe. Com a taça novamente cheia, ele a segurou com uma das mãos e com a outra pegou o garfo. Em seguida levantou-se e bateu algumas vezes com o garfo na taça de cristal, até o silêncio pairar no recinto. Então, ainda segurando a taça, pôs o garfo na mesa e olhou para os convidados.

— Lordes, damas e cavalheiros — começou. — O noivo me pediu que dissesse algumas palavras, um pedido que fico feliz em atender. Há alguns meses, prometi a uma amiga...

Ele fez uma pausa e olhou para Clara. Ela, por sua vez, segurou a respiração, sentindo como se o olhar dele a tivesse prendido na cadeira.

— Prometi a uma amiga que se Lionel e Dina ficassem juntos, eu vestiria meu melhor traje, prenderia um cravo na lapela e faria meu melhor discurso na recepção do casamento, exaltando as maravilhas do amor verdadeiro e as virtudes do matrimônio. É óbvio que fiz essa promessa sem sonhar que chegaria o dia em que eu teria que cumpri-la.

As risadas ecoaram no salão, indicando que a maioria ali conhecia os pontos de vista dele.

— Mas aqui estamos nós — continuou Rex, quando as risadas se calaram. — E embora todos que me conheçam saibam que tive, na maior parte da minha vida, uma visão cética sobre amor e casamento, aqui estou. E embora qualquer discurso que eu fizesse sobre este assunto há alguns meses pudesse ter sido poético e romântico, não teria, lamentavelmente, vindo do coração. Hoje, porém, estou feliz em admitir que não sou o mesmo homem que era até pouco tempo atrás. Eu acreditava que o amor verdadeiro e a felicidade no casamento eram mitos, mas agora, pela primeira vez, eu sei que não são. Agora, pela primeira vez, consigo ver a alegria que duas pessoas podem encontrar quando unem suas vidas.

Ele ainda estava olhando para ela, e o coração de Clara bateu mais forte com uma súbita e irracional esperança. Será que ele estava...

Rex virou-se, interrompendo o pensamento da jovem antes mesmo que se completasse, e olhou para o casal sentado à cabeceira da mesa. A chama de esperança de Clara tremulou e se apagou.

— Temos aqui diante de nós a prova do amor verdadeiro — disse ele, encarando os noivos. — Esse amor brilha como a luz do sol no semblante de meus dois amigos, e eu desafio qualquer um a olhar para eles e não acreditar nisso. — Ele virou-se de novo para os convidados e quando seu olhar recaiu sobre Clara, ela se conteve para não se remexer, irrequieta, na cadeira.

Por que, pensou ela desesperada, Rex ficava encarando-a o tempo todo? Àquela altura já devia estar mais do que óbvio o que sentia... Por que ele teimava em continuar a atormentá-la? Desvie o olhar, ordenou a si mesma, mas sua mente não tinha a força necessária para fazer o corpo obedecer. Tudo o que conseguia fazer era olhar para Rex também, desamparada, conforme ele prosseguia, implacável.

— Tendo testemunhado muitos casamentos, ouvi várias vezes as palavras do Livro de Oração Comum. E hoje, no entanto, essas palavras tiveram em mim um efeito novo, diferente. Talvez graças à habilidade oratória do celebrante, ou talvez porque eu já não seja tão cínico quanto era antes. Seja qual for o motivo, quando o sacerdote nos lembrou hoje de como devem ser os cônjuges, conselheiros nos momentos difíceis, consoladores na tristeza, companheiros na alegria, eu soube, com a mais profunda convicção do meu coração, que Lionel e Dina serão tudo isso um para o outro. — Rex fez uma pausa, sorrindo de leve, um sorriso terno que retorceu um pouco mais o já combalido coração de Clara, por mais que ela tentasse dizer a si mesma que ele estava falando dos amigos e não dele e dela e dos votos que ambos poderiam ter feito se ela tivesse aceitado seu pedido. — E eu só posso rezar — continuou Rex, subitamente sério, o olhar fixo no rosto de Clara — para que algum dia, em breve, uma doce e adorável jovem me permita o privilégio de cortejá-la, apaixone-se por mim e concorde em fazer de mim um homem tão bem-aventurado quanto meu amigo. — Clara levou a mão à boca para reprimir um soluço quando ele a fitou com mais insistência por sobre os demais convidados. — Lordes, senhoras e senhores — disse ele —, por favor, encham suas taças e vamos brindar. — Virando-se para os amigos, Rex ergueu a taça para o alto. — Ao feliz casal, à exuberante alegria que o casamento pode proporcionar e ao amor verdadeiro.

Clara mal conseguiu engolir o gole de champanhe, pois sentia a esperança brotar em seu coração, esperança sobre Rex, esperança que tinha tentado negar desde que o vira pela primeira vez. Foi apenas um discurso, forçou-se a lembrar, palavras que não tinham significado para ele, que foram ditas para os amigos. Ela estava enxergando coisas que não estavam lá, coisas impossíveis. Rex havia dito inequivocamente que não a amava. Ainda assim, se...

— Clara? — A voz de Irene interrompeu os pensamentos da irmã, que, ao se virar, encontrou nos olhos castanhos uma esperança solidária. — Podemos ir embora, se for a sua vontade. Ou — Irene acrescentou gentilmente —, você pode falar com ele, se quiser. Podemos dar um jeito.

Aflita, Clara olhou de relance para Rex imaginando o que fazer. E então a resposta veio quando ele a fitou e a voz dele ecoou na mente dela: *Afaste seus medos. Saboreie cada momento da sua vida, e um dia, você encontrará alguém ansioso para compartilhar essa vida com você.*

— Quero falar com ele. — Clara se virou, colocando a mão no braço de Irene. — Será que ele quer falar comigo? E se não quiser?

— Ele vai falar — disse Irene assertiva ao se levantar, puxando Clara para fazer o mesmo. — Sei que vai. Venha comigo.

— Para onde vamos? — Clara perguntou conforme Irene a puxava para fora do salão de baile, na direção do corredor.

— Para a biblioteca.

— Mas eu nem sabia que você já tinha estado aqui. Como pode saber onde é a biblioteca desta casa?

Irene parou diante de uma porta no meio do corredor e a abriu.

— Na verdade, eu sei, mas explico mais tarde. Entre — ordenou ela, empurrando Clara para dentro. — Vou trazer Galbraith para você.

— Ele nunca concordará em vir — Clara murmurou ao entrar na sala.

Ela esperava com o coração na boca e apesar de não saber há quanto tempo Irene tinha saído, pareceu-lhe uma eternidade até a porta abrir novamente e a irmã surgir acompanhada por Rex. Quando os dois entraram na sala, Clara notou que Irene o encarou franzindo o cenho.

— Quando você me procurou há 15 dias — disse ela, para o espanto de Clara —, concordei em ajudá-lo a se encontrar com minha irmã sob a condição de você se comportar de maneira impecável. Se eu descobrir que você tomou qualquer liberdade com ela hoje, vou matá-lo, no sentido literal da palavra.

Rex concordou meneando a cabeça.

— Entendido, duquesa. E obrigado.

— Irene, o quê... — gritou Clara, confusa. — Você marcou este encontro há 15 dias?

Em vez de responder, Irene se virou para abrir a porta da biblioteca e com um olhar severo para Rex, saiu e fechou a porta.

— Sim, nós combinamos este encontro.

A voz de Rex chamou a atenção de Clara.

— Por quê? Como?

— Como? Fui visitar a duquesa em Upper Brook Street, entreguei o convite de casamento e pedi ajuda para persuadir você a aceitar. Ela concordou e prometeu conceder um encontro particular entre nós, se você quisesse. Agora, o porquê... — Rex fez uma pausa, parando bem perto, e ela notou quando os lábios dele se curvaram em um sorriso terno. — Espero que meu discurso tenha respondido sua pergunta.

— Você não pode estar falando sério. Amor verdadeiro e felicidade no casamento? — indagou ela, atônita e balançando a cabeça. — O discurso foi para Lionel e Dina.

— Não, minha doce ovelhinha, foi para você.

Foi uma explosão de alegria que se uniu a todas as esperanças e receios dela, mas ainda assim Clara não acreditava que Rex realmente havia dito tudo aquilo a sério.

— Eu já recusei seu pedido de casamento. Não há necessidade de refazê-lo agora.

— É verdade. — concordou ele.

— Não há criança alguma. Você não... — Clara fez uma pausa, a voz sumindo, mas era preciso terminar a pergunta. — Você não recebeu minha carta? — sussurrou.

— Recebi sim. Está bem aqui. — Rex bateu no bolso do paletó.

— Bem acima do meu coração.

Clara fez um som abafado, meio soluço, meio ronco, nada feminino, mas ainda bem que ele não demonstrou ter ouvido. Em vez disso, segurou as mãos dela, estreitando a distância entre eles.

— Eu te amo, Clara.

Tal declaração era impossível. Um absurdo.

— Se bem lembro você estava convicto quando disse o contrário naquele dia no jardim em Lisle.

— Sim, porque sou um idiota.

— Bem, nisso eu acredito — murmurou ela, vendo-o rir.

— Você sempre dá um jeito de me pôr no lugar, não é? — perguntou ele com ternura. — Eu acreditava no que disse. Nunca me apaixonei na vida, você sabe, e apesar de desejá-la, eu não entendia que meus sentimentos eram bem mais profundos. A verdade é que eu estou apaixonado faz muito tempo. Pensando bem e relembrando tudo, acho que me apaixonei por você naquele dia no sofá.

Clara o encarou, mais confusa com a notícia.

— Quando você me beijou?

— Não, antes, quando você me perguntou se estávamos nos tornando amigos. Eu sabia que desejava você como um louco e que não queria ser seu amigo, mas na época desconhecia que isso era amor. E também não sabia naquela noite no seu escritório e nem quando cai literalmente aos seus pés na quadra de tênis. É por isso que quando você me perguntou se a amava, eu disse que não. Não reconheci o amor. Pensei que fosse luxúria e não quis dar falsas esperanças de que meus sentimentos se tornariam mais profundos. Não achei que aconteceria e não queria magoar você.

Uma raiva imensa brotou, e ela deu um passo para trás.

— Já era um pouco tarde — disse com a voz sufocada, lutando contra as lágrimas.

Ao observá-la, Rex apertou os lábios e engoliu em seco.

— Sim — concordou. — Só espero que não seja tarde para ter você de volta.

Clara estava tremendo por dentro.

— Quando você fez a incrível descoberta que me amava de verdade?

— Foi no dia que recebi sua carta. Sim — disse Rex, olhando para o bolso do paletó. — Esta carta. Você disse que não havia bebê e que minha obrigação havia terminado, foi quando eu soube... — Ele parou de falar, esperando que Clara levantasse os olhos para continuar. — Soube que estava apaixonado, porque suas palavras partiram meu coração.

A voz dele falhou na última palavra e a concha protetora de Clara se partiu.

— Eu nem sabia que um órgão como o coração podia se partir até conhecer você — acrescentou, rindo um pouco.

Clara deixou escapar um soluço de alegria que dissolveu toda a raiva, o medo e a mágoa.

— Rex, eu...

— Por favor, deixe-me terminar. Preciso dizer tudo isso enquanto tenho a oportunidade, pois sei que você não me dará outra. Sabe, sem um bebê, percebi que não tinha nada a oferecer, nada que a segurasse. Com a volta da sua irmã, não escrevi mais a coluna de Lady Truelove, e quando recebi a carta, soube que não tinha mais nada que nos prendesse. Isso foi insuportável, e até agora me dói, Clara.

— Rex...

— Não estou pedindo que se case comigo, apenas que me dê a chance de cortejá-la da maneira apropriada como toda mulher merece. — Ele respirou fundo e pegou as mãos dela. — Quero ter a oportunidade de conquistá-la, mostrar que minha afeição é inabalável e que meu amor é verdadeiro. Sei que você não me ama, sei também que não posso fazer com que isso aconteça, mas quero tentar mesmo assim...

— Você está errado — gritou ela, sem suportar mais, incapaz de esperar um minuto sequer para dizer o que sentia. — Eu te amo.

— O quê? — Rex a encarou, compreensivelmente atônito. — Você está falando sério?

Quando Clara consentiu com a cabeça, ele soltou as mãos, segurou-lhe o rosto e a beijou na boca. — É sério?

— Sim. Eu te amo. A verdade é que... — acrescentou ela, a voz meio vacilante e lacrimosa. — Tenho me apaixonado por você um pouco mais a cada dia desde o minuto em que te vi pela primeira vez.

— Bem, por que não disse nada, mulher, pelo amor de Deus? — exigiu ele, beijando-a novamente. — Você estava se apaixonando por mim o tempo todo? E nunca disse nada. Desejei você, arruinei-a, propus casamento e me apaixonei enquanto você nunca disse uma palavra sobre me amar. Você não poderia pelo menos me dar uma dica?

— Não, porque eu não queria admitir nem para mim mesma. Lutei o tempo todo, neguei, porque tinha medo e estava tentando me proteger. Eu não queria me apaixonar por um homem como você.

— Por saber que eu não fazia o tipo que se compromete?

— Bem, sim, por isso e por causa da sua reputação, aparência e...

— Espere — ele a interrompeu. — Você se recusou a se apaixonar por mim por causa da minha aparência?

— Em parte, sim. Olhe para você! — exclamou ela, afastando-se e fazendo um gesto com a mão que englobava desde o rosto perfeito até o corpo esplêndido de Rex. — Você pode ter qualquer garota que quiserem em um estalar de dedos.

— Qualquer garota, não — disse ele com um suspiro, lançando um olhar significativo. — Se fosse assim, teríamos nos casado há semanas.

— Quase todas — disse ela com firmeza. — Isso ficou claro quando vi você com Elsie Clark.

— Quem? — Rex franziu o cenho sem entender.

— Elsie Clark, a garçonete da sra. Mott. A garota que você deixou toda derretida bem no meio da loja de chá só para demonstrar ao seu amigo como agir. E o fato de você nem se lembrar dela — acrescentou Clara, quando ele não demonstrou nenhum sinal de reconhecimento — prova o que estou dizendo. Deixei de lado qualquer atração que pudesse sentir porque sempre ficou evidente que você não queria se casar e ainda porque eu sabia que se tratava de um conto de fadas. Questionei também por que um homem como você se apaixonaria por uma moça como eu.

— Espere um pouco — ele a interrompeu, enlaçando um braço pela cintura fina e puxando-a contra si. — Pare agora mesmo. Não vou negar que minha aparência tenha importância, porque a sua tem para mim. Amo tudo em você desde o seu nariz adorável, seu sorriso largo... — Ele deslizou as pontas dos dedos da mão livre pelo rosto de Clara — ... as pernas e os pequenos e lindos pés. Acho que já deixei minha opinião sobre esse assunto bem clara naquele dia no sofá da sua casa.

Clara sorriu ao se lembrar daquela tarde extraordinária e de como ele havia descrito os traços de seu rosto um a um.

— É verdade. É muito estranho que mesmo me deixando com receio de me apaixonar, você me ensinou a não ter medo de nada. Durante toda minha vida fui protegida e abrigada pela minha irmã e me acomodei. Em parte, eu queria me casar para continuar no conforto e na segurança. A primeira vez que precisei ser responsável por alguma coisa foi quando Irene saiu em lua de mel, e eu tive de contar com meu próprio discernimento, mesmo não confiando nele. Tive medo de errar, e na minha cabeça, você seria o maior erro que uma garota poderia cometer. Mas eu mudei, Rex, e por sua causa.

— Você nunca se dá crédito suficiente, minha ovelhinha. — Ele balançou a cabeça.

— Não, foi você. Foi tudo por sua causa. Você me viu de um jeito diferente do que qualquer outra pessoa, você me deu o primeiro lampejo real de autoconfiança, apoiou minhas decisões...

Rex começou a rir, interrompendo-a.

— Imagino que você esteja falando do sr. Beale.

— Essa foi uma dessas decisões. Contratei você para escrever a coluna de Lady Truelove e apesar de ter sido por desespero, meu instinto me dizia que você se sairia bem e você provou que eu estava certa. Foi você que me disse para confiar em mim mesma...

— Tenho questionado esse conselho desde que você recusou meu pedido de casamento.

— E eu estava certa — continuou ela. — Mas o que estou dizendo é que nenhuma dessas mudanças teria acontecido se você não tivesse surgido na minha vida. Escrevi uma coluna de Lady Truelove e já estaria implorando para Irene voltar para casa. Além disso, nunca teria despedido o sr. Beale, ou aprendido a não me preocupar em cometer erros, jamais teria desenvolvido minha autoconfiança ou mesmo acreditaria que era capaz. Tenho dirigido o jornal, contratado funcionários, tomado decisões editoriais e é muito mais fácil do que pensei que seria, mas isso foi porque aprendi a confiar no meu discernimento. Se não fosse por você, nada disso teria acontecido.

— Bem, se isso for verdade, será que você poderia exercitar essa sua nova maneira de ser sem me deixar louco?

Sorrindo, ela o enlaçou pelo pescoço.

— O mais importante de tudo — acrescentou ela —, nunca achei que eu fosse uma mulher desejável. Você me provou o contrário quando me beijou. Esse foi o momento decisivo, depois eu comecei a... desabrochar.

— Eu percebi na hora e saiba que foi uma agonia observar de longe. Ficar olhando você dançar com todos aqueles homens naquela noite no baile me fez sentir um selvagem. Depois ver você rindo com Paul à mesa de jantar em Lisle... Justamente com Paul, que é muito mais devasso do que já fui...

— Vindo de você — ela o interrompeu, lembrando as palavras dele no baile —, isso é bom.

— Não estou brincando, Clara. Durante a universidade, ele partiu o coração de todas as vendedoras em Oxfordshire. Ver você rindo com ele naquela noite em Lisle... Bem, talvez tenha sido isso que me levou ao limite e me impulsionou a ir ao seu quarto. Quanto a mim — acrescentou, apertando o abraço —, quero reiterar o que disse na noite que tomamos champanhe no seu escritório. Saiba que faz tempo que abandonei meus hábitos libertinos.

— Minha irmã não concordaria com isso.

— E eu não sei? Ela se limitou a ser educada comigo quando a visitei 15 dias atrás. Acho que eu teria levado um tiro se não tivesse começado a conversa deixando explícita minha intenção de me casar com você.

— Ah, ela teria mesmo — concordou Clara, rindo.

— Então... — murmurou ele, deslizando uma das mãos pelas costas longilíneas para acariciar a base do pescoço dela, fazendo-a parar de rir —, você finalmente vai ter pena de mim e permitir que eu a corteje de um jeito verdadeiro e honrado?

— Depende — disse ela, sorrindo. — Você conhece algum hotel discreto no qual possamos nos refugiar durante esse período e voltar a ultrapassar os limites?

— Ora, Clara Deverill, sua pestinha — respondeu ele, e a beijou.

— Mas não — completou, afastando-se —, isso não será possível. Se sua irmã descobrir, vai me dar um tiro mesmo!

— Não, ela não faria isso. Não agora que estamos noivos. Minha irmã tem visões modernas.

— Ainda assim prefiro não arriscar. Mas vou pedir que o noivado seja breve. Quando se trata de você, não tenho certeza de até quando consigo ser honrado.

— Será que três semanas é pouco tempo? — perguntou ela. — É tempo suficiente para correrem os proclamas?

— Três semanas, então — concordou Rex, e depois inclinou a cabeça e cobriu os lábios dela em um beijo tão profundo, ardente e apaixonado que quando se afastou, Clara estava sem fôlego.

— Nossa... Talvez seja melhor conseguirmos uma licença especial e nos casarmos imediatamente.

— Os proclamas, Clara. Este é o verdadeiro amor — acrescentou ele, resoluto e severo, sobrepujando o protesto dela. — E é este o problema com o amor verdadeiro. É preciso fazer tudo da maneira apropriada.

— Ah, muito bem — concordou ela, e acrescentou, depois de ficar na ponta dos pés para outro beijo: — Vou procurar um hotel discreto para nós mesmo assim.

O gemido agonizante dele pouco antes de os lábios dos dois se encontrarem foi prova definitiva que um hotel discreto seria realmente necessário.

Este livro foi composto com Adobe Caslon Pro,
e impresso na gráfica Santa Marta sobre papel Pólen Soft 70g/m².